短篇小说

2021中国年度作品

黄咏梅 —— 主编

中国出版集团　现代出版社

图书在版编目（CIP）数据

2021中国年度作品·短篇小说 / 黄咏梅主编. —北京：现代出版社，2022.3

ISBN 978-7-5143-9709-3

Ⅰ. ①2… Ⅱ. ①黄… Ⅲ. ①中国文学—当代文学—作品综合集 ②短篇小说—小说集—中国—当代 Ⅳ. ①I217.1

中国版本图书馆CIP数据核字（2022）第027790号

2021中国年度作品·短篇小说

主　　编：黄咏梅
组稿编辑：庞俭克
责任编辑：申　晶
出版发行：现代出版社
通信地址：北京市安定门外安华里504号
邮政编码：100011
电　　话：010-64267325　010-64245264（兼传真）
网　　址：www.1980xd.com
电子邮箱：xiandai@cnpitc.com.cn
印　　刷：三河市宏盛印务有限公司

开　　本：710mm×1000mm　1/16　　印　　张：18.25
字　　数：333千字
版　　次：2022年4月第1版　　　　　　印　　次：2022年4月第1次印刷
书　　号：ISBN 978-7-5143-9709-3
定　　价：42.80元

目　录

荷　花　姜

潘向黎[1]

　　每一次看见那个女人，丁吾雍心里就有一个声音响起：应该去报案。

　　开餐厅这么多年，丁吾雍记住了一些客人，他们的脸，他们的衣着，他们的点菜偏好，他们对钱的敏感度（不是经济能力，因为人是一种有趣的动物，支付能力是一回事，对钱的敏感度是另一回事），还有他们的姓，甚至有的连名字都知道了（通过订座位、刷卡签字、在席间与别人通话的自报家门等），但是丁吾雍不会一直记得他们，一般只要他们超过两年不出现，这些本来清晰如晶体的印象就会在时间的洪流里渐渐消融，那些晶体不是被水流冲走，而只是在水的浸泡中渐渐地钝了棱角、小了体积、模糊了边界，然后坍塌，直到消失在水中。你知道它们仍然在水里，但是水中已经看不到那些清晰的存在了，当然它们不至于消失得干干净净，假如那些客人在两年的边缘出现了，丁吾雍还是会觉得脸熟，他会笑着打招呼：好久不见。然后用那种久别重逢的笑容给对方照出一条路，让对方顺利地坐下来。然后慢慢回

---

[1]　**潘向黎**　文学博士，专业作家，上海作家协会副主席。出版长篇小说《穿心莲》，小说集《白水青菜》《十年杯》《我爱小丸子》《轻触微温》《女上司》《中国好小说·潘向黎》等多部，专题随笔集《茶可道》《看诗不分明》《梅边消息：潘向黎读古诗》，散文集《万念》《如一》等多部。获鲁迅文学奖、上海文学优秀作品奖、青年文学创作奖、庄重文文学奖、冰心散文奖、报人散文奖、朱自清散文奖、花地文学榜年度散文作家等文学奖项。其小说多次入选中国小说排行榜。作品被译成英、德、法、俄、日、韩、希腊等语种，出版英译小说集《缅桂花》及俄译随笔集《茶可道》。

忆曾经了解的这人的喜好，以及对钱的敏感度。如果超过两年，这项功课就得重新进行。

但是有一个人，丁吾雍确定不会忘记。

人对某些人的记忆，是另一种质地，表面上看上去也是晶体，但硬度很高，水不可能溶解它的，相反，不论过多少年，它都可以拿来划玻璃。哪怕被记忆的那一方已经从你的眼前甚至这个世界上消失很多年。

当这个女人第二次出现，丁吾雍就确定这是他的记忆中晶体不可消融的那一类。

第一次出现，她穿了一件沙滩色的麂皮猎装，牛仔裤，一双长到膝部的长筒靴，头发是盘起来的，但有一些细碎的卷发，像小浪花一样到处飞溅。丁吾雍看了一眼她的脸，第一个反应是：哇。第二个反应，想起了很久以前在一本书里读到的两句——身量苗条，体格风骚，那本书叫什么，想不起来了。后来多看了几眼之后，丁吾雍判断：她应该三十出头了。丁吾雍知道，五官是爹妈给的，满脸的胶原蛋白是年轻的附赠品，而这份苗条，这份动力十足的力量感和流畅的韵律感，却一定是多年运动和自律才能拥有的。

根据多年阅人无数的经验，这样的女人身边的男人，要么像鲜花下的泥土无法入画入眼，要么只能当陪衬的绿叶若有若无。但这女子不但自己亮眼，连和她一起来的男人也旗鼓相当，这男人浑身上下从里到外一身的黑灰色，全部是那种吸收光线的上佳质地，又无一不是半新不旧，中等身材，相貌端正而不出奇，记得在哪里读过：这样的男人适合当间谍，因为不容易引人注目，也不容易被记住。但是见了他两三次之后，丁吾雍就知道自己错了，这个男人绝对不适合当间谍——他寻常的身高和相貌是个看似平凡的灯笼，灯笼的光一旦亮起来，就看不见灯笼只看见光了。这个男人举手投足就是有一股子味道，和一般人不一样，若一定要说出来有什么不一样，也只能说：好像他每次出现，身后都跟着一队随从。好像他往哪里一站，追光就自动跟到哪里，他一抬眼，就有一个麦克风自动从空中挂下来，停在他面前恰好的位置。

他很少说话，好像真的有一个麦克风正对着他，而他要说的话偏偏是惊天的大秘密一样的。他几乎不说话，至少丁吾雍在很长一段时间里没有听到他说完整的一句话，只听到他说："谢谢。"这是用毛巾托递热毛巾给他。还有他有时候对身边的女子说："好。"这是女子拿着菜单在问他要不要点一个金枪鱼 toro 或是甜虾刺身。他也有主动开口的时候，比如说："走吧。"那是他们就着一瓶"菊正宗吟酿"或者"久保田千寿"吃完一整套的"旬之味"

会席料理加散点的煮物和渍物，又喝了两杯热茶之后。每次说出这两个字，女子的行动也很迅速，他们在两分钟之内一定会离开。那个男人总是在喝茶的中间已经把账付了，他还是不说话，只用手里的钱包和眼神示意，然后用现金把账付了。

一个很特别的男人。一身黑灰色，寡言，用现金。

女子则正好相反，她整个人像一挂瀑布，不但引人注意而且始终是热闹的，她说个不停，而且表情多，时而眉飞色舞，时而大笑，时而噘嘴，时而手托着下巴翻一个白眼，时而笑着笑着、突然把脸埋在自己的臂弯里——她把双臂放在吧台上。也不知道是笑得累了，需要调整气息，还是笑着笑着变成了别的表情，又不想让别人看见。

令丁吾雍有些奇怪的是，他们经常坐吧台。只看一眼，丁吾雍就知道他们不是夫妻，也不是工作关系，更不是一般朋友。丁吾雍觉得他们会需要包间，这里有的是清雅安静的包间，那些包间每一间都有自己的名字：驿，涧，梅，雪，竹，兰，松，风，月……都适合一些希望清净的客人，也适合那些不愿意示人的对话和氛围。但是这两个人似乎不需要，他们大多数情况都只坐吧台。大概是那个女子喜欢高高在上的吧台？或者那个男子出于某个理由宁愿选择众目睽睽的吧台？一身黑灰的，用现金的，寡言的人，应该拒绝吧台的，为什么偏偏坐吧台呢？丁吾雍猜不出来，也就放过了。

日常里，许多事情都是这样的，再奇怪再想不通，发生的次数多了也就成了惯例成了自然，也就习惯了。许多百思不得其解的结局，并不是最终“得其解”，而是大家慢慢习以为常、不再求解。

丁吾雍这个老板，不是那种只投资、不掌握核心技术的老板，他自己就是主厨之一，而且是餐厅的招牌。当初日本留学回到上海，许多人都用带回来的钱买了房子然后进一家日企，而他，不喜欢朝九晚五的刻板，似乎对在人堆里谋生有一种天然的畏惧，于是选择了自己开餐厅。他知道，这样一选择，就再也不能回到正常上班族的轨道了，所以他必须掌握核心技术，才能不因为主厨的变动而使自己陷入困境。后面的事情也没什么可说，一个天赋高的人一旦投入，事情早晚会顺利的。唯一的痛苦，就是丁吾雍被捆在了店里，除了一年一次的春节休息七天，丁吾雍几乎一周六天都在店里，而且只要有客人，他的位置就是在吧台内的操作区，站着。休息的那一天，他睡觉、看书，有时候去钓鱼。作为一个四十多岁的男人，丁吾雍似乎没有任何中年危机。但他心里清楚，没有中年危机，是因为他自从大学毕业就不再年轻，提前进入了中年，他觉得自己二十年前就是中年了。

和他相比，余清是个正常的女人。余清经常抱怨，说他回家太晚，害得她早睡不成，影响皮肤。余清不是丁太太，两个人在一起没什么不好的，但好像没想起来结婚，或者说缺乏动力去做这件事，当然也没有人用传宗接代生孩子之类的来烦他们，就这样，两个人同居十年了，关系稳定。

丁吾雍经常在吧台内的操作区，因为这一对男女总是坐在吧台一角，所以只要他抬头，不用刻意把脸转过去，用余光就可以知道他们的动静，相距不过六七米，他们说话的声音如果稍大，丁吾雍也能听个大概。这样的客人，丁吾雍希望他们能一直来，于是他采取了最稳妥的做法：保持距离。他们和其他客人不同，太不同了。丁吾雍不但不和他们攀谈，也暗示穿着和服的女侍者不要和他们攀谈，除了上菜和送饮料，不用给他们倒酒，尽量减少打扰他们的可能。丁吾雍自己，连目光都很少打扰他们，除了他们进来时例行的"欢迎光临"，丁吾雍甚至连每次对坐吧台的客人递上的微笑都减到半明半灭。丁吾雍想让他们觉得：自己在忙着呢，根本没太在意他们的出现，当然也不会记住他们，更不可能期待他们的到来。既然他们选择了离他很近的吧台，应该是一种对丁吾雍的信任，那么丁吾雍必须让这种信任的幼苗扎根、长大、枝繁叶茂。就要让自己隐入背景之中，虽然就是站在他们斜对面的一个大活人，但他要尽可能让自己就像店里的一架屏风（那架黑色底子上画着硕大宽纹黑脉绡蝶的漆艺屏风）、一盏灯笼（那盏白色的和纸上面飘着枫叶的灯笼）、一瓶花（那瓶吧台上每周更换的大型插花，经常是蝴蝶兰、菖蒲、绣球、洋水仙、六出、锦带），总之是一个自然、安静、绝不可能泄露任何秘密、令人毫不设防的存在。

他做到了。他们越来越无视他的存在。

那个女子，丁吾雍始终不知道她的名字，连姓也不知道，但是丁吾雍知道她最喜欢的一道菜：荷花姜，于是丁吾雍在心里暗暗叫她"荷花姜"。

如果在网上查"荷花姜"，可以看到——

即阳藿，又叫茗荷。英文：myoga，或 myoga ginger 日语：ミョウガ。

姜科姜属多年生草本植物。喜温，遇霜茎叶凋萎，耐阴湿，有较强的抗病虫性。食用部分为花蕾，味芳香微甘，可凉拌或炒食，也可酱藏、盐渍，富含蛋白质、脂肪、纤维及多种维生素等。有很多别名，俗称芽何，又称蘘荷、野姜、襄草，嘉草（《周礼》），芋渠（《后汉书》），覆菹（《别录》），阳藿（《广西志》），阳荷（《黔志》），山姜、观音花（《浙江中药资源名录》），野老姜、土里开花、野生姜、野姜、莲花姜。在日本又称茗荷，应为阳荷的变音。

有特殊的香气，素有"亚洲人参"之美誉，是东南亚各国家、地区居民喜食的菜肴。一般7月中旬至9月中旬收获。在中国的江淮地区多有种植，常与毛豆或咸菜同炒，味香，当地人称为蛇禾或舌禾，又因为此地方言繁杂，又有一种叫法即阳荷。在中国分布于安徽省、陕西省、江苏省、江西省、福建省、湖北省、湖南省、海南省、广东省、广西壮族自治区、四川省、贵州省、云南省。

据《本草纲目》记载，阳藿不仅可作为蔬菜食用，还有活血调经、镇咳祛痰、消肿解毒、消积健胃等功效。

但是作为日式料理店老板的丁吾雍，当初毫不犹豫地在菜单上加了这道菜，是因为他知道茗荷在日本是受重视的。在日本，高知县、群马县、秋田县、宫城县都有栽培。还有一个传说：释家的弟子因吃了美味的茗荷料理，饱食之后居然忘了应该做的事而睡着了。茗荷的花蕾和花茎具有特殊香气、色彩、辣味，是季节感明显的香菜君王，在小菜、汤、醋渍、油炸、酱菜等日本料理中到处可见。

也许是日本人一向重视粗纤维菜品的习惯吧？就像他们一向爱吃牛蒡一样。但是丁吾雍猜测也因为荷花姜的美。荷花姜的轮廓很像毛笔笔毫的部分，写大字的，蘸满了墨。又像迷你的竹笋，有交错覆盖的硬壳；可是顶端的颜色是花一般鲜艳的，中间大部分是嫣红或者玫瑰红，只有根部和顶端泛出一点淡黄色，有时是雪白。丁吾雍觉得荷花姜作为食物，太好看了，简直可以说是性感。

另外，这是在中国，而且是中国也出产的食材，还是叫它"荷花姜"好听，也好记。所以在菜谱上，丁吾雍日文写的是"茗荷（ミョウガ）"，中文写的就是"荷花姜"。

丁吾雍在"煮物"和"天妇罗"里都用了荷花姜，第一次看到的人，往往会"哇，真好看！"然后小心翼翼或者兴致勃勃地放到嘴里，接下来的情况就很难预料了，有人是新奇地辨析一会儿，然后说："这个很特别，嗯，一种特别的香。"有的人则是一下子吐出来："呸，这个什么味道啊？好奇怪！"荷花姜就是这个样子，模样娇艳，味道奇特霸道，不是人人都能接受的。

为了不让荷花姜受委屈，后来遇到有客人点，丁吾雍总是先问一句："您吃过荷花姜吗？"如果对方说没有吃过，丁吾雍会说一句："味道有点特别，不是人人都喜欢，您确定要试一试吗？"

但是那个女子，第一次吃了荷花姜——那是丁吾雍用笋、土豆、鲥鱼鳃、猪肉片一起炖出来的荷花姜，马上大声说："老板，这个真好吃！从来没吃过！这么好吃！"

丁吾雍说："你喜欢就好。"

那个女子问："这个叫什么？"

丁吾雍说："荷花姜。"

女子把筷子上的荷花姜转动着看，一边说："这么好看，到底是花还是菜？"

丁吾雍说："这个，不好说，是花，也是菜。"他把手里的金枪鱼中段切好了，加上一句，"明明是花，人把它当菜吃，它就是菜；明明是菜，你把它当花看，它就是花。"

一身黑灰色的男人深深地看了丁吾雍一眼。丁吾雍有点后悔自己话太多了。

那一眼，让丁吾雍想起了一句话"他的俊目一贯含有清莹的倦意"，木心这样说罗马的培德路尼阿斯。丁吾雍喜欢过木心，《哥伦比亚的倒影》《即兴判断》都读得很熟。

那个女子，丁吾雍后来在心里叫她"荷花姜"，不是因为她爱吃荷花姜，是因为她与荷花姜颇有几分神似：俏丽，鲜艳夺目，但不是"甜"那一路的，更不柔弱，相反从外表到质感到气味都是洗练明媚和动荡妖娆的奇异统一，具有一种容易引起争议的、特殊的刺激感。

但是这两个人罕见的般配。男子出色，女子也出色，而且男子像一个黑色的瓷碟子，托着荷花姜的尖、俏、艳，格外显出她的醒目，而荷花姜也反衬出他的不动声色和深不可测。

突然有一天，那个一身黑的男人不见了，荷花姜一个人来。

她一个人坐着，脸上的表情让丁吾雍知道今天那个男人不会出现。但是她的胃口还可以，和那个男人在的时候差不多，只是酒喝得多。她自己一个人喝，点的是烧酒黑雾岛。起初丁吾雍给她推荐过清酒出羽樱，她要喝烧酒，丁吾雍就推荐了白波和锻高谭，她一个嫌淡，一个嫌甜，最后选定了另一种——黑雾岛。每次都喝个半瓶左右，剩下的就存在这里，本来应该问她姓什么，但是丁吾雍当着她的面，写上了"姜"，他说："荷花姜的姜。"女人深深地看了丁吾雍一眼，眼光里似乎有遇上知己的感觉，又似乎第一次有了怨恨和委屈——在这里出没这么久了，连自己的姓名都不能公开。

每次吃完她都是自己走的。丁吾雍心想：以前他们两个都喝酒的时候，都是那个男人的司机开车吗？还是找人代驾？现在她一个人来，是另外有人接？还是干脆打车回家呢？

丁吾雍的好奇心仅止于此。因为这个城市里，盛产的就是男女间的各种相遇和离散，何况是这种女人遇到这种男人。女人越出色越不容易甘心，男人越出色越多顾忌，花落水流，无可奈何，那是一定的。但是，他们都是这个城市里的人，他们不会有太出格的举动，短则两个月，长则半年，个别死心眼的，也许一年？感情创伤是有期徒刑，刑期都不长，刑期一满，也就都过去了，释放了自己，新一季衣裳一着，换个发型，阳光下面，又是光鲜的、体面的、没有过去的城市栋梁了。

丁吾雍料错了。有一天，这女人出现，穿了一身黑色的吊带连衣裙，脸上没有化妆，素颜本来很好看，却偏偏突兀地涂了烈焰般的口红，让丁吾雍非常不习惯。当然，心情不好的女人，这个程度的反常才是正常。

她不坐平时的吧台角落，而是坐到吧台的中间，喝着喝着，对丁吾雍说："我请你喝一杯。"

丁吾雍不废话，递过去一个杯子，她给他倒上，丁吾雍喝了一口，似乎出于礼貌地说："吃得还可口吧？"

她抱歉地笑了一下："一直忘了说，你的手艺真好。"

丁吾雍说："谢谢。"

她看了看他，突然说："你也话少。"

丁吾雍微笑，等着她往下说。

没想到她不说，而是反过来提问："你怎么不问，他到哪儿去了？"

丁吾雍又喝了一口，他不知道该说什么，因为不知道对方是否愿意说，还有，酒醒之后会不会后悔。如果后悔，她就不会再来了，那样的话，这里就会失去一个喜欢荷花姜、长得也像荷花姜的客人。如果那样，他宁可她什么都不要说。况且，丁吾雍真的不算一个好奇的人，因为他相信太阳底下，真的没有新鲜事。

但是这一刻，这女人眼神里有某种东西，让丁吾雍突然觉得，自己可能太自信了。他的预感马上被证实了，她身子探过来，凑近了丁吾雍，用一种介于耳语和正常对话之间的音量说："你不问，是因为你猜到了，对吗？"

丁吾雍只能含糊地点点头。

她说："对，他不会再来了。"

她眼里碎玻璃一样凌乱而锋利的光芒，让丁吾雍确认：自己过于自信了，这件事，超出了他的想象。

她说："对，他死了。"

说出这句话，荷花姜似乎用尽了力气，颓然坐回了吧椅，在这个半失控的过程中，她很哀伤很诚恳地说："他死了。是我把他杀了。"

丁吾雍觉得整口烧酒突然卡在了喉咙里，而且像火一样烧了起来。这样的话，他本来以为只会在电影里听到，绝对不会和自己的生活、自己的店有任何关系。想当初，看见荷花姜和一身黑走进来的时候，他马上判断出了他们的关系，同时他也马上决定要长期欢迎他们，反正挣谁的钱不是钱呢？这种关系，在钱上总会格外大方的。加上客人养眼，不是福利吗？当然丁吾雍知道，短则一年，长则三年，他们一定会分开的，就像知道店里插花的蝴蝶兰可以开一个月，六出花一星期一样。但是丁吾雍没想到，有时候，还没到花谢的时候，半空中一个雷劈下来，连花带瓶震倒了，碎的碎，流的流。

丁吾雍觉得自己应该去报警，但是又没有把握自己一定会那么做。他不喜欢这种纠结，他只能希望那个女子不要再来了。那样，丁吾雍就不用纠结了。

可是荷花姜还是继续来，和原来的间隔差不多，就是一星期一次。她还是坐吧台一角，总是继续喝她的黑雾岛，喝不完的存着，没有了就再来一瓶，菜交给丁吾雍安排。丁吾雍依然会按照她的喜好和时令，给她安排妥帖的三四个菜，她来者不拒，看着手机，一会儿看一下，一会儿写几句话，写的时候很专心，好像不是来吃饭喝酒，而是来写那些话的，写完了就把手机往旁边一丢，然后继续不紧不慢地吃喝着，有时候往门口看一眼，继续吃喝，吃喝完了，就自己走了，有一次走到门口，还会回头看一眼，好像奇怪身后的人怎么不跟上去似的。

身后哪里会有人？早就没有了。那一瞬间，丁吾雍感到在她的身后，是一大片空虚，空虚得连整个店和店里所有的人都不存在了。

那之后，她没有再和丁吾雍聊什么，似乎根本不记得曾经说过什么。丁吾雍怀疑她是酒醒之后忘记醉时一切的那种人。要不然她怎么敢继续出现在这里，还这么若无其事？难道在等丁吾雍下决心报案，好把她抓起来吗？丁吾雍又希望，那是她的醉后胡说，那个男人还活得好好的，这个女人只是这么说说出口恶气罢了。

可是，那个男人呢？丁吾雍也越来越不相信他还活得好好的了。

黄梅天了，有一天，荷花姜刚开始吃，雨下得大起来，下得都不像黄梅雨通常的那种慢脚雨，下成了瓢泼，下成了满城风雨、一世飘摇、充满末日感的那种阵仗。丁吾雍知道，这种天气特别容易喝醉，可能是湿度太大了，不利于酒气蒸发。果然，荷花姜喝着喝着，满脸红晕，一只手支着半边脸，眼神迷离。

丁吾雍破例说一句："差不多了，别再喝了。这个天气，你怎么回去？"

"我怎么回去？我回不去了。哪里都不是家，哪里都没有人等我回去，我怎么回去？我回哪里去啊？"

她大哭起来。

酒气蒸腾，水汽弥漫，整个店里充满了一个女人的哭声，那种哭声很可怕，虽然很响，但又很压抑，既像一个旧时代的乡下女人苦候多年却听到丈夫死讯，又像一个五六岁的孩子被困下水道里挣扎不出来，用最后一点能量来拼命完成的号啕。

丁吾雍心里一凉：那个男人，恐怕真的是死了。要报警吗？

晚上回到家，看见余清在灯下插花，洗过的头发还半湿地披在肩上，他心里一动，上去对她说："简单一点结个婚，怎么样？"

见余清一脸不解，丁吾雍说："好像觉得还是结婚比较好，你说呢？"

余清说："你想和我结婚？"

丁吾雍说："是啊。"

"让我想想。"余清说。

丁吾雍说："你还要考虑啊。"

"有人求婚，然后自己考虑，这是待遇，总要享受一下吧。"余清说完，笑了起来。丁吾雍也笑了。

看见她的笑容，丁吾雍有一种说不出的感觉，好像是如释重负，好像是通过了一场原本担心通不过的考试，发现自己高估了考试的难度。多大的事？不就是结个婚吗？要弄得那么吓人，哪至于呢。

第二天，荷花姜又出现了。才下午五点，店里还在准备。

她说："老板，今天不吃饭，我是来还你钱的。"

昨天晚上，她确实喝醉了，上了洗手间吐过之后，丁吾雍替她用打车软件叫了车，用店里的大伞送她上了车，谁都没顾上结账的事。

"下次来的时候顺便结就可以了，你还特地来。"丁吾雍说的是真心话。有的人，一看就知道是一辈子都不会赖账的。荷花姜，就是这种人。其实那个一身黑、眼睛里有清莹倦意的男人，也是这种人，只是不知道为什么欠了这个女子的。

荷花姜的脸看上去已经没有什么异样，要存了心仔细搜索，才能看出眼皮略略有点肿，脸色不如平时好，除此之外，依然是一个引人注目、打扮入时、举止得体、行动流畅的摩登女郎。上海的黄金乃至钻石地段有许多高级商务楼，而这些现代女郎的气场让人坚信她们有能力敲开其中的任何一扇门，在正南朝向、一尘不染、光线、温度和设备都无可挑剔的房间拥有一个任她挥洒自如的位置。

她们的妆容含蓄、皮肤白皙、五官精致、轮廓秀美、神情矜持而举止干练，在她们脸上，你看不到黑眼圈、细皱纹和斑斑点点，那些都在十分服帖的粉底下面；你更看不到哭泣、动怒、灰心、失魂落魄的痕迹，那些都在她们心里，就像藏进了深海之中。女人心，海底针？说这话的人还是小看了女人。女人心，就是海本身。

"我要到外地去一段时间，接下来要几个月不来了，所以今天来一趟。"

丁吾雍马上想：太好了！

他从此不用见到这个女人了。如果她是真的出差，离开一段时间，可能会因为换了环境而想开，总之应该不会再来这个伤心地了。如果她是逃走，那也帮了丁吾雍的一个忙，那样，她就和丁吾雍一点关系都没有了，丁吾雍也不需要再纠结了。

她真的消失了。半年过去了。

偶尔，看到钵里的荷花姜，丁吾雍会微微有点出神，这么好看，怎么可能杀人？可是，锋芒毕露，又好像有点杀气。这样的女人，会是什么命运呢？空闲的时候，丁吾雍有时候会望着那两个位置。曾经坐在那里的那两个人，他们都在哪里呢？甚至，那个男人，还在这个世界上吗？从今以后，不可能再看到那样悦目的一对，出现在自己的店里了。不知道为什么，丁吾雍真心觉得遗憾。

到了年底，生意忙了起来，丁吾雍渐渐不再想起那两个人。

一天，七点的时候，正在忙碌的丁吾雍，看见当班领座的小茉莉带进来两个人。一个中年女人，风韵犹存，一身讲究得稍微有点过分的打扮，脸色倨傲中有几分阴郁。走近几步，她身后的人露了出来，竟然是那个男人，那个一身黑。

丁吾雍大吃一惊，以至于习惯性的"欢迎光临"都中途变了调门，小茉莉不无奇怪地看了他一眼。

这个男人没有死？他还好好的，那么就是他不要荷花姜了。荷花姜说的是气话。不要荷花姜，居然还带着自己的老婆到这里来？丁吾雍觉得自己错看了这个男人，谁知道是这样的人，完全不在道上。上海滩的餐厅酒家天上繁星似的，这个人带不同的女人，偏偏来同一家，胆子倒也不小。他就不怕这么多眼睛吗？

小茉莉直接把他们带进了包间，丁吾雍心里冷笑一声。等到小茉莉过来，丁吾雍问：那两个人谁说要进包间的？小茉莉说，他们预订的。有个男人打电话来，不知道是不是这个男的本人，说要一个小包间。

这就奇怪了。和情人倒光明磊落坐在外面，带老婆反而一定要躲进包间，什么年头？什么人？

丁吾雍亲自上菜。那两个人在交谈，但是不起劲，零零碎碎听到什么"学校""租房子""美金""同学"。丁吾雍实在猜不透这两个人在谈什么，而且感觉他们的关系，坐下来细看，也不那么像夫妻了，倒有几分像讨债的和欠钱的。

等到要上雪花和牛涮涮锅的时候，丁吾雍在大托盘里放上了一个青海波纹小碟子，里面是三枚盐渍荷花姜。盐渍过的荷花姜，娇艳的颜色暗淡了许多，但是转成了一种憔悴的风情，充满了欲言又止的过去。上桌的时候，男人看了一眼，说："我们点这个了吗？"丁吾雍说："这是送的。"一身黑看了一下荷花姜，然后看了丁吾雍一眼，丁吾雍接住了他的眼神，两个男人似乎完成了一次无声的对话。

丁吾雍还没出包房，就听见男人毫不避讳地说："钱我带来了。"他把一个厚实的信封交给女人，信封口是开着的，看颜色就知道是美金。又是现金，只用现金。这是个固执的人。

出了包房，丁吾雍转身拉上拉门的一瞬间，听见女人平淡地说："明年一年的够了。"

什么够了？这个女人一年的开销吗？如果他们是夫妻，怎么会这样一年一次给钱？如果不是，又为什么要给钱呢？丁吾雍觉得自己脑子不够用了。

过了几壶酒的工夫，拉门开了，那个女人出来了，走了。谁都不知道她那个华丽的漆皮包里比来的时候多了什么。丁吾雍这时候明白他们为什么要进包房了。但是这一点点合理，像太少的水，不能熄灭他的好奇之火，反而让火更加熊熊燃烧起来了。

那个男人并没有跟出来，而是又叫了一瓶烧酒，开始自斟自饮。

一个小时以后，丁吾雍进去添茶。他心里好奇，但是丁吾雍是个在上海滩做了十几年生意的人，这种人，无论心里想什么，做出来，总归是合理的——至少有一个合理的解释。这时候进去，是餐馆的常规动作，就是以添茶的名义，看看客人是否要添主食，要咖啡，或者是否要买单。如果遇上客人酒足饭饱还想独自坐一会儿，就会添上热茶，然后不动声色地出去，让客人自己安静地剔牙、打饱嗝、发呆或者独自疗伤。平时这件事是服务员做的，今天既然是丁吾雍自己负责这个包房，那么，他可以让服务员来接手，也可以自己去。

此刻，丁吾雍拉开了门，进去添茶。

茶水注入茶杯中，细细的清香腾起。一身黑说："谢谢。今天你亲自照应。"

丁吾雍说："不客气。"他注意到男人有了酒意，脸红了，精神看上去和过去不同，没有那股有棱有角的气势了，但萎靡里透出轻松，显得真实。就说："今天吃得还可以吗？"

这个"还"用得妙。既表示委婉和分寸，也可以是"依旧""如常"的意思，加上"今天"这个提示，那就是在问：过去喜欢的口味，隔了一段时间，你觉得怎么样？重点是：有过去。

"很好。你这里的菜一直道地的。"

丁吾雍听见他用"一直"，居然是对过去的一切认账的口气，就说："说起来，您有一阵没来了。"

这话是试探，但也可进可退。

男人叹了一口气。丁吾雍不敢相信自己的耳朵，看向他，听见他说："她，后来来过吗？"

　　这话包含的意思太多了，简直把丁吾雍当成哥们儿了。看来他今天是喝多了。丁吾雍一时不知道怎么回答好了，就点了点头。

　　男人又叹了一口气。"恨死我了，一个个，都恨死我。"男人用双手用力揉搓自己的脸，好像一个寒冷的清早，清洁工在马路上扫着落叶一样，既孤单又萧瑟。

　　一阵不可理喻的同情攫住了丁吾雍，丁吾雍马上提醒自己，正是这个男人，让那个女孩子那么伤心的，而且还毫不介意地和一个身份不明的女人又到这里来。

　　"你太太也很漂亮。"丁吾雍说，这话不知道怎么就突然蹦了出来。说了之后，发现这句故作莽撞的试探妙不可言。

　　男人抬头看了丁吾雍一眼，有点惊讶，有点迷茫，然后露出了一点笑容。"太太？哦，前妻。刚才那个，是前妻。"

　　丁吾雍不轻易放下戒备："您后来又结婚了？"

　　"没有啊。活剥一层皮才离了婚，我怎么会再结？就二十年前结了一趟婚，生了一个女儿，烦到现在都烦不清楚，前妻的保险啊，房子啊，女儿的留学啊……我有几条命，再去结婚，再去生小孩？"

　　丁吾雍吃了一惊，暗暗有些羞愧，同时有更多的如释重负。他不说话，因为不知道说什么好。

　　"欸？"男人突然语气一挑，"怎么，难道你以为我有家庭，每趟和我一起来的是……情人？"

　　丁吾雍的脸有点火辣辣的。

　　男人笑了起来："那是我的女朋友。我们都是单身，光明正大来往。只不过我不想结婚，她想。"

　　丁吾雍说："不结婚，就要结束？"

　　"给不了她想要的，就放人家走吧。"男人用手搓了搓脸。

　　丁吾雍说："人家会觉得你是在寻借口。"

　　男人笑了起来。那笑容似乎在说：自然是这样。又似乎在说：随便吧。好像在说：我怕什么？又好像在说：哪有这么便宜？

　　丁吾雍端起茶壶转身的时候，男人突然说："她后来一个人来喝酒的，对吗？"

　　丁吾雍叹了一口气，点点头。

　　男人说："她……哭了吗？"

明月白雪照着大地

李嘉茵[①]

接到陈实电话时，他在车上睡着了。被铃声突然惊醒，披在身上的旧外套抖落到了腿边。他看了看屏幕上的时间，差一刻钟凌晨三点。睡眠浅，无梦。醒来后，幸而没受噩梦缠困，比睡前略微满足，他拧转僵硬的脖颈，按揉肩颈，拉下手刹，等待红绿灯的间歇点燃一根烟，然后拨划方向盘，驶向城郊，开往陈实车子抛锚的地方。十五公里外的乌兰乡，他依稀记得有条乡间公路可以直通，无须在蔓延弯绕的省道上耗费燃油，只是那条路，夹在两山之间，前日积雪未化，坑洼处水凝结成冰，委实称不上好走。

他将暖气开至最大，挡风玻璃水雾消退。道路昏黑，没有路灯，他的车灯是数公里内的唯一光源。陈实用车载对讲机不停向他发牢骚，穿越隧洞时，话音时断时续，夹带沙砾般的杂音。飞蛾如雪末般向他扑来，他挥动雨刮器，将尸首斩断。骸体被雨刮器刮至稀零，青色虫翅粘在玻璃上。他驾车钻入隧洞，明暗交错，洞顶灯光倾泻如瀑。隧道长长，他眯起眼睛，拉下遮

① 李嘉茵 生于1996年，先后毕业于厦门大学中文系、南京大学文学院，江苏省作协签约作家（第11批次），南京市文联签约作家，南京市第二期青春文学人才计划"青蓝人才"签约作者。2011年开始发表作品，已在《天涯》《雨花》《芳草》《清明》《长江文艺》《青春》等刊物及出版物发表小说十五万字，有作品被《思南文学选刊》《中华文学选刊》《长江文艺·好小说》《海外文摘》转载。曾获第十四届全国新概念作文大赛一等奖、第十六届全国新概念作文大赛二等奖、第二届福建高校文学作品大赛小说组佳作奖、第十一届全国中融原创文学大赛小说组三等奖等。

光板，在刺目光柱间穿行，仿佛遭逢审判。

开出隧洞后，中断的信号又续上。陈实问他有烟没有。他说，一盒硬白沙，半盒黄鹤楼软红，烟管够，人抓了吗？陈实说，抓了，铐在后座，躺得像块厚切肋排，正打呼噜。天亮把人关了，去老何那儿整个羊肉锅，怎么样？

老何两年前负伤，办了病退，在城南公路边开了间羊肉馆。特色是活羊现杀，食客自行挑选部位，黑面母羊临死前的哀叫穿彻整条公路。

他和陈实先前总去老何那里，点锅红焖羊肉，老何摘下围裙，坐下陪同喝几盅，拐杖靠放桌边。包间圆桌边缘溜滑，钢质拐杖时而不慎滑落，砰的一声砸落在地。陈实欲俯身，他按住陈实。老何弯下身，铆足劲，扑腾半天，将拐杖归位，脸憋得潮红，浑然无事地说笑，置酒。老何去偏远乡镇追捕偷牛贼，便衣出行，误入圈套。七八人按住他，一人拾起一副农具，木扁担、长齿铁耙、铁锄在他身上轮番锤击之后，他被扔在雪地里躺了半宿。天亮后，被前来搜救的同事发现，抬上三轮车运往镇卫生院。此后，他得到了一副钢质拐杖，以及一枚婴儿手掌大小的二等功奖章。偷牛贼总像蟑螂似的，抓住一个，后面还有一窝。他说，阴天时，断腿还会疼，像郊狼啃咬腿骨。

觊觎牛羊的不仅是流贼。牧民忙赶场，死去的羊，丢在半途，被神出鬼没的郊狼啃食大半。他会捡拾残骸，架起火来烤。这是在戈壁巡逻时的余兴节目，他从未对旁人说起。他每日开车追随日落轨迹，采摘沙棘浆果，看羚羊成群迁徙。那段日子过分寂寥，营地储备匮乏，对食物的欲望有增无减。他吃过许多高原野物，牛羊牧犬，野马松鸡，还有陷入流沙脱险无望的马鹿和骆驼。赤红火焰在戈壁的岩洞里升起，他手掌贴靠焰尖，等待肉食升温，血腥味减少，火光在洞中波动，仿佛一场隐秘的仪式。

高原公路笔直通天，仿若在大地凿刻下的神之掌纹。他驾驶棕绿卡车自边防站返程时，曾不慎撞死过一只突然蹿出的羚羊。那时他在演习中受伤的右臂还打着石膏。他下车查看，四野无人，索性将羊扔进车斗，载回营地。肉被分食，小博留下了羚羊那对角，休息日去山下乡镇，找维吾尔族匠人打了一把羚角短刀，铁质，刀身精美，雕刻云纹，刀柄羚角质地温润通透。刀尖朝外，开过刃，适合近身搏斗。小博闲时把玩，见他好奇打量，拉近他，靠近篷顶灯光，给他指看刀柄深处的绵红血丝。他将短刀插入鞘中，端详着鞘上那颗点缀隆盛的红玛瑙，问小博另一只羚羊角去哪儿了。小博说，还在老师傅那儿，想磨成串珠，休假返乡时带给女友。又问，玩过手串吗？他摇摇头。忽然记得从前有个小学同学，初中毕业后去阿尔及利亚务工，回乡探亲时偷运了点象牙制品。聚会时见那个同学戴过一只象牙手串，每有人问起，便掏出口袋中的小型镭射手电筒，给人看个通透。仿佛随身携带手电筒的目的，便是随时准备着向旁人展示这只手串。他听说，象牙贩子摘取象牙时，多是用麻醉枪将象射倒，随后立刻切掉象的半张脸和长鼻，裹挟整根象牙潜走。只剩半张脸的象，在原地挣扎，哀鸣许久才会死掉。

他们两家住得不远，聚会散场后乘同一辆出租车回家，车内氛围沉闷。他问起手电筒的事，略带调侃。对方解释说，自己在阿尔及利亚北部礁灰岩的布哈德拉铁矿工作，下矿井时总会带个备用手电筒，不然心里头不踏实。下车后，那个同学晃着手电，一步一步拐入没有路灯的街巷。他回头看，想象着一头迈着硕大金黄脚印的象缓缓走远。高中毕业后，他再次参加同学聚会，听说戴象牙手串的那个同学在矿井工作之余，兼做零散的象牙走私生意，去年被海关抓住，已判刑入狱。多亏回国坐监，这才躲过了阿尔及利亚的反政府暴乱和一场隔年的矿难。不然，这场聚会极有可能选定在葬礼结束后举办。不过，这些都是他来高原之前的旧事了。

路边有道黑影晃过，他没能看清是人还是动物。他降下车速，在后视镜中回看，空无一物。可能是流浪犬或野地郊狼。他想起自己在高原公路上撞死的那只羚羊。在过去，他停车查看时，会顺带拿起尼龙束袋和长筒猎枪。他不信佛禅，对它们不怀分毫敬畏。它们对他而言，仅有蛋白质的意义和价值。村落中野狗散落四处，成群结队，甚至可以同山上雪豹争夺猎物。牧民温和地注视它们，偶尔抚摩，间或投掷残食喂养。他休假时偷偷去镇上买酒，见到一只矮脚黄狗，一只灰色猎犬，高瘦，肌肉紧实，可能是牧民所养，两狗并排追逐，打闹不止。他用一点食物将它们诱至荒僻处，开枪击杀。狗怔怔地注视着他的枪管，蓬松如芦花的狗尾仍在摇动。狗血温热，不腥，他拿水囊接引，对准奔涌不息的动脉血管，接满。料理血旺，小博很有一手。下锅烹调前先焯水，沸水浸烫，热油，葱姜翻炒爆香，出锅前撒几粒花椒，增香去腥。小博从前是饭馆学徒，贵州人，好吃，粗通各种菜系。小博有点斗鸡眼，照相时双目紧咬镜头，有点滑稽，舌苔味蕾却优于常人。血旺拿来涮狗肉火锅，点缀薄荷，被小博暗地里做成一道名菜，十几条狗，可供全队上下大快朵颐三日。

车内空气变得湿冷些许，他的右臂和左腿隐隐作痛。他问，今晚是不是有雨雪？陈实说，还真是，预报说今晚有雪。下雪好，上个月干得不行，每天起床都会咽喉痛。自从手臂钢板取下后，他便不再像从前那样喜欢雪天。雨雪于他而言都算不得好天气。大片白雪覆盖沙漠，阳面积雪消融早，露出沙色，消融时在沙地上落下鱼鳞样痕迹，离远了看，广阔沙面显出似虎豹一般的白色斑纹。沙黄与纯白如影相随，相互叠错，绵延不绝。他开车时，悬吊着的那条手臂不自觉地颤抖，车子从一处沙堆坡顶直冲下来，歪歪斜斜地搁浅在底部。沙子细软，游蛇似的挪移着，他试图重新发动，有些困难，后胎空转，在残剩雪迹中留下一圈徒劳挣扎的印痕。

挡风玻璃上雨刷器不住挥动，总有碾不完的飞蛾尸体粘连在上，越积越厚。他细瞧一阵，发觉是落雪。夜风骤冷，雪粒子簌簌坠落，这种天气，帐篷里向来是难挨的。他从被中钻出，拨开帐篷，外面沙丘连绵，砾石遍地，吹来一阵沙雾，闭上眼睛，睁开，目之所及，几乎空无一物。他在原地立了一会儿，看黄沙戈壁间，含着一张脸。陈实说，附近有个火星小镇，去过吗？他问，什么火星小镇？陈实说，新近开发的旅游景点，在冷湖那边。地上光秃秃，寸草不生，满眼黄土，跟火星表面差不太多。那边还有火星营地，像模像样的。我们还可以报名参加个旅游团，模拟地球的最后一夜，有领队带我们攀越山谷，寻找水源和食物。另外听说营地有台天文望远镜，夜里观星可用。

他颤动嘴角，大笑两声，说，你他妈是去参加夏令营的童子军吗，是不是还有探险寻宝的小游戏？

小博女友会看星象，耳濡目染许久，小博竟也变得能掐会算，给他们所有人都看过。给他看时，问他生辰时日，说他是火星相位，在星盘里十分耀眼，日月火合，敏感易躁。他掐灭烟头说，这不准。小博手指悬立他唇边，移开，挑眉，向天上指。一枚硕大星粒嵌在冷蓝深邃的天空中，周边散落稀零星子。星空如海。在夜里，星芒只能引起他的恐惧。他蹲守在院门外一株旱榆下，宿醉的眩晕尚未消退，他深呼吸，视线抛向天空，被璀璨如钻的星群惊颤。小博穿着防弹衣，率先冲进院落，掩在窗下，等候指令。他蹲在院外待命，两记枪声传入鼓膜。他们冲枪声响起的方向连开数枪。有什么从围墙上砸了下来。砰一声。

　　一只手电筒晃晃悠悠、不疾不徐，滚至脚边。他将它捡起。小博完了，老万说。他的语气听起来，像是刚刚挤完了一管牙膏，或是一个游戏角色刚刚打空血槽。他按下手电开关，亮了一瞬，光芒随即熄灭。他喉中焦渴。在那明亮起来的瞬间，他看清了小博竖立着的一双眼，眼中有惊诧，似乎不知淌过额角的血流缘何而来。黑白遗照上，小博两只眼睛依旧不自觉地斗着，两只眼珠一起向天上眺，仿佛静待夜中流星划落。

　　你别说，还真有这个项目。陈实乐得拍了下方向盘，车喇叭嘟了一声，像是丰田车也跟着笑起来。户籍科的徐涛上个月就去了，说体验不赖，就是磕伤了膝盖，模拟荒野求生，翻山越岭的，不给水喝，听着还挺有挑战性的。他喉咙里挤出一个含混不清的字，不置可否。陈实说，可惜这个月没假了。陈实话多起来，便说明他已开始犯困。陈实继续说，我记得上小学时，老师布置让写关于梦想的作文，我老写去火星探险。他在黑暗中无声地咧嘴笑，说，相信我，那种地方没什么好玩的。

　　他一面应付着糟糕路况，一面敷衍陈实，让对话光滑平顺地进行下去。我想起来，包里有两张温泉折扣券，上回去小十字街一家洗浴中心出任务，老板送的，周末去吗？像是怕被他拒绝，陈实又补充了句，或者去隔壁KTV唱唱歌，隔壁酒吧坐坐，随你挑，我帮你喊上车管所的小王菲，老穿超短裤，文了韩式半永久那个。

　　我不喝酒，对女人也无福消受，他说。转过一个急弯后，险些撞上一辆尾灯暗淡的货车尾巴。他踩下刹车，路面湿滑，轮胎较平日多滑行了数米才停下，随后他踩起油门，试图超车过去。陈实问，怎么了哥们儿？他说，没事，前面有辆货车，大晚上不开灯，差点撞上。

　　驶近后，他发现这是辆厢式货车，车身过宽，乡道太窄，雪天超车，他不是太有把握，按了几声喇叭，最后放开警笛，将货车逼停路边。他下车同司机交涉，对方神色略显慌乱，他问司机拉的什么货。司机说，一些牛肉，没别的。他去后车厢查看，拉开门，七八具牛尸悬挂在铁钩上，血液凝固，瘦骨嶙峋，看上去像是几件悬在衣架上的皮质外套。检疫证看一下。他挥走两只盘绕耳边的蚊蝇，合上车门说。车主递来几张揉皱的纸片。他反复查看，挑拣不出毛病，只觉得哪里有古怪，叮嘱车主早日将车灯修好，记下车牌，便挥手放行。

　　陈实听他讲完，说，车上的牛会不会是偷来的，检疫证造假不难。这些偷牛贼，招式五花八门。像我车上这家伙，弄了辆面包车在村里盯梢，车上贴张"百年好合"红剪纸，夜里剪开农户的栅栏，往车厢塞进一头牛。我还听说，有人会把走私货藏在死牛胃里，跨省运送。他问，走私什么？陈实说，麻果啊，野货啊，诸如此类。

货车开走一段时间后，他仍心悸不止。可能是连日来的疲劳，半夜开车，路况不佳，精神紧张所致。他从副驾驶座前的抽屉里取出药瓶，倒出两粒药片，干嚼咽下，思虑陈实的话，脚下给油，试图追上那辆消融在夜色中的货车，再度探寻些蛛丝马迹。

路面爬满裂纹，时间久了，磨损扩散，坑洼不断。他竭力加速，厢式货车仍旧无影无踪。每途经一个无法避让的硕大路坑，车头都会猛地抬翘，他与座下这台车龄八年的老式桑塔纳同时飞行，再跌坠下来，哐当一声落地。陈实说了句什么，他在颠簸中恍神，将对讲机贴在耳边，要他重复方才的话。陈实的声音变得断续而摇晃，飘忽不定，像是自隧洞里传出。他勉强听清他的话：车子前面走来一个人，戴一顶奇怪的帽子。他在对讲机的杂音中隐约听到了咔嗒咔嗒的脚步声，走来的人似是穿着一双马靴，鞋跟马蹄铁般坚实硬挺。他问，那人干什么的？陈实没说话，对讲机里，一切声音都被抽干，唯有真空般的静谧。

群山幽暗，躯体庞大黝黑，比夜更深。他猛踩油门，车速升至一百二十迈，不时传来路面剐蹭底盘的声响。翻查手机导航，还有四十分钟车程。道路两侧的山上，不时传来鸦鸟啼叫。山路弯绕，前灯扫过冰冻路面，反射晶莹冷意。轮胎有些打滑。他握紧方向盘，好像如此就能牢牢把握方向。街道空无一人。临街商铺纷纷锁闭，拉着卷帘门，像一群匍匐在地的人质，惊恐到连眼睛都不敢睁开。只有一辆车，在街面孤零零地走。路中横躺一辆被烧焦半身的三轮车，写着"malajun"的焦烟纸壳歪立车头。他绕过搁浅的三轮车，味蕾霎时被激活。他回想起上次吃到这种土制蜂蜜冰激凌还是去年仲夏的事。他捏握方向盘，恍然间，竟不知应驶向何方。透过漆黑的防弹玻璃，注视着窗外幽暗莫测的一切。余生的一切都是未知，甚至有无余生都无可估量。

他来帕米尔高原的第六个月便吃了一颗子弹。子弹从左边锁骨穿过肩胛射出，他倒在一片丰茂的玉米地里，随即被灌浆后锋锐如刀的玉米叶子割破了耳朵。玉米茎秆长得一人高，叶片宽长，在风里摇晃，他们缓慢挪步，留意周遭。四下安谧，只有衣料与叶子摩挲的轻微窸窣。老万被前方猛然捅出的一杆长矛刺穿嘴部，急扣扳机，流了一脸血，断了五颗牙，烤瓷牙镶嵌到位前，说话漏风了三个月。而他因伤口感染发起高烧，昏迷数日，退烧后，又在帐篷里躺了一个月。小博一边把玩那柄镶嵌红玛瑙的羚角弯刀，一边对他说，临时停尸车就在帐篷外面候着。他笑了笑，两颊刺痛，才发觉颊边皮肤因干燥少水而龟裂。小博死后，这柄刀成了他的。他抚摩着刀把上的那颗血红玛瑙时，会想起小博。有时，他会想起那些狗乌黑潮湿的眼珠。

走出高原荒漠，是在三年后。军医诊断，他的精神状况已不再容许他继续完成营地任务。他退役了，顶着中尉头衔，以及金光闪烁的三枚奖章，回到故土，一个群山环绕的西北城镇，生活安逸，发展迟缓，城中央的水塔地标十年未改。秋冬时节，万物萧条，飞沙走石，大雪埋覆一切，雪野空无一物。这是他一年中最为沉闷的日子。时令交错时，他要定期坐进心理医生的白色办公室，回答医生的诸多提问，伴随着不间断的沉默。他交出的答案总是积极明朗，努力饰演着过去的自己，那个在山路上骑着摩托车环绕群山围猎风声的年轻人。他认为这项固定日程毫无意义，但是，如果不来，会有麻烦。他们这类人，解除配枪退役后，便被视作危险人群。经受过千百次演习训练，除了恐怖分子，再没人比他们更加了解如何制造混乱。更何况，如果不在这里，便会在其他地方浪费这段时间。在此处，或在彼处，并无区别。今日和明日，粘连一处，时间漫漶，令他心慌。再没什么有意义的事情。因此，他还是每月造访，按时抵达，从不迟到。

他在离家不远的派出所当片警。他想过当武警，将枪拾起，老连长得知后，主动帮忙请托战友，他为此志气昂扬了好一阵子，但最终没能通过心理测验。遗憾又幸运，得知结果后，他满意地叹了口气。学生时代的朋友，他没再联系过。上一次彼此发送消息，是在半年前。而那条消息，是一年前收到的。过去半年，他终于拿起手机，划拨到与朋友的聊天界面，没有过多解释什么，敲下几句话，潦草回复。也不愿解释为何自己消失了整整半年。与其说是应答，不如说是一封诀别短书。其实他不觉得过去了那么久。这句时隔半年送达的迟到的短信，无声无息地消失在了时间的褶皱里。没有回响。朋友知晓了他不再联络的意图，了然于心。他们的时间流速早就不同了。他想起自己从前与朋友在野水库游泳的事，那时他游得很快，动作迅疾生猛，体力充沛，总是第一个游到对面石桥下。这段距离不近，二三百米。他一边抖弄着发梢上的水珠，一边看后面的人在水里费力地扑腾。现在，所有角色全被掉了个儿，几年过去，他还在旋涡里旋转，而他们早已游到了对岸去。

　　每天早上，上班前，他都会对着镜子，将胡须仔细刮干净。他盯视镜中的脸。铜色土质，颗粒起伏，布满坑洞和旋涡。山丘挺立，而后是陡极的坡下，状如峭壁，以及一处褐色暗洞，挤满沉淀黑黄烟渍的牙齿。那片荒漠在面庞上衍生、扩张，形成一个更具象的缩影。它是怎么被烙到自己脸上来的，他不知道。他时常弹落积沉在帽子边缘的几粒沙土。往日，他看也不会去看，那天他忽然有了一点想法，将一粒沙捧在手心，贴在眼下，细瞧。他在沙砾上看到了令人惊异的画面。那仿佛是一张人脸，贴附在不规则的沙砾上。他迎着酷烈日光，旋转变换沙砾棱面，每一面都在泛光。看着看着，棱面上瞧出了五官，那五官仿佛是参照自己的脸捏造而成。他简直是在对着一个微缩的自己窥看。

　　再熟悉不过的画面。他在梦里不停地回到那片戈壁。苍茫烟沙，东顾无人，西顾无人。骆驼刺簇聚，根系连通整个荒漠。浅红的一点日影，悬垂在黄烟里。天空和荒漠镜子般屹立，遥相对望。他是走不出这片荒原戈壁的，他想。如一盘被卡住的录像带，布满清晰划痕，永远重复地播送着同一天。

　　那是一个高瘦男人，恶名在外，据说一直收藏着某人死前被割下的半只耳朵。男人不是普通牧民，黄褐色眼珠，留山羊胡须，穿一双马靴，鞋跟硬实，戴一顶有护耳的帽子。帽子看上去是驼绒之类的材质，保暖舒适。高倍狙击镜帮他看清护耳上飘落的骆驼绒毛。如果仅凭裸眼，那不过是对面山丘缝隙里的一道模糊暗影。他趴伏在骆驼刺丛中，盯守数日。将枪对准人的时候，竟不像对准其他野物，他多少会有负罪感，尤其是用连发的自动步枪，手枪会好一点。至于为什么手枪会好一些，他想不明白。他唯一想到的是，自己心肠还是没有料想中的那样冷硬，起码没有到杀死同类毫不眨眼的程度。

　　后来他想通了，这是一种处决感。将物变为非物，是上帝的手笔。而反过来，随便一个远距离持枪者便可做到。埋伏在高处，向下瞄准，将百米之外的人轰得脑浆四溅，将他的灵魂收割。来到此地之前，他从未做过狙击手，也不想尝试。他想，这太夸张了，与枪战游戏全然不同，简直是对上帝角色的戏仿。

　　他看准时机，射出了那一颗子弹，击飞了男人宽大的帽子，连同头颅上的天灵盖。男人不是轰然倒地的，他的那双腿战栗而扭曲地向前跑了两步，执行着头脑运转最后的指令。他想起那只被自己射落的松鸦，扭断脖子后，翅膀依旧不停扇动，双脚跳来跳去，肉身早已死去，肌肉记忆顽固得难以想象。那一瞬间，他怀疑那颗子弹是否落错了地方。最终男人还是倒下不动了，一阵风吹卷起沙砾，掩埋在他身上。

或许陈实是睡着了，他想。这么冷的天气，发动机出了毛病，空调不知还能不能用。陈实肯定会把车窗摇上去，车内会暖和些。他开的那辆丰田，大修过两次，窗户掩不实，总留道缝，些微漏风。对讲机通信照旧中断着，像是彻底消失了一般，电波信号无法送达这里。从子弹射出到皮肉开绽的短暂瞬间，他肉身紧绷，感到一阵恐惧。在此之后的数十个夜晚，噩梦接踵而至，他梦到子弹射出后，自动变更轨迹，瞬间回弹，穿透了自己的胸腔。他担心自己认错了目标，将无辜者葬送。他甚至在梦中预演了几场法庭审判，戴着手铐脚镣，低头不语，囚衣外套着一件刺目而难看的橙黄色马甲。醒来时，甚至记得法官抖动胡须的样子，低头一字一句宣读判决书，从头至尾都不曾看他一眼。

如果一切能够从头来过的话，他会拒绝这纸调令。他相信，所有毫无防备地被送上高原的人，或许都曾这样想过。这里永远不能像演习时那样，像催泪弹散发出的呛人白烟那样，被风轻易驱散，不留印迹。第一次中弹的时候，他惊异于自己对痛觉的麻木和滞顿。痛缓慢地攀附上来，血浸透衣料，他才意识到有颗子弹穿身而过。对死亡的恐惧在这时翻涌上来。他在黄昏的空气里看到一缕飘扬的绛色烟雾。后来他想，小博死前，是不是也看到过呢？如果不来此地，小博会继续留在表舅开的农家乐饭馆里，在挂着大蒜和红辣椒的屋檐下，蹲在门槛上剪龙虾尾，清洗花蛤，削萝卜和土豆皮。

桌上摆着冷透的羊杂汤和嚼剩的残骨。酒过三巡，他们稍有醉意。老何借着酒劲，又一次讲起同事的故事。他在追捕偷牛贼的过程中，喝多了，误射一发子弹，正入对方后背。同事被宣判死刑。那时他还年轻，孩子刚出生，是个男孩，嗷嗷着，咿咿呀呀，还没学会叫爸爸，在葬礼上舔咬手指，从拇指啃到无名指，冲每位来客咯咯笑个不停。

老何病退后，编制空缺由陈实顶上。陈实警校毕业，分到基层历练，成为他的搭档。那时他已在所里待了两年半。他被安排和陈实一组行动，开始是他带陈实，告诉陈实怎么摆平经济纠纷，解散盲流群架，劝和夫妻斗殴。他心思缜密，压得住事，只要情绪正常，不受刺激，不知内情的人看不出他需要定期前往市三院精神科挂号。陈实热心，胆大鲁莽，路过河坝，见有老头凿冰垂钓不慎落水，冬月里衣服顾不上脱，直往冰窟里跳。有时，事情结局并不那么好。陈实曾用皮带狠戾地抽打过一个扼死生母的赌徒。

　　时间久了，他已渐渐适应了与陈实的相处模式，就像他和小博、老万那样，彼此熟稔，兼有默契。陈实出事时，他委实不想更换搭档。入监时赌徒体检查出脏器受损。最后所长从监控摄像头里搞清楚了这件事。他代陈实揽下罪责和处罚。他与陈实身高相近，体形相仿，都剃青皮圆寸，模糊的监控影像无法明辨二者之间的细微差异。抑或所长早已看出端倪，但仍默许了他的顶替。他的情况，旁人都知晓，此事于他而言，着实称不上惊讶。所长也放弃了对他的训导，宣布完纪律处分后，只叮嘱他按时就医吃药。

　　意味不明的目光触怒他，向他暗示着那段过去的时日，手枪揣在触手可及的位置，扳机按在指腹下，随时准备撷取威胁者的性命。在城巷和荒野，他的感官像动物那样明敏、锋锐，一切细琐的声音和诡秘的响动都无法逃开他兽类般锐化的耳朵。每一秒钟都不曾松懈，不然他很难在荒原上活下去，并撑到回乡这天。

　　那些未能归来的人，便留在了那片荒漠，伴着骆驼刺、沙棘和芨芨草。针叶无花，苔草稀零，沙地植物根系发达，连通整片戈壁。

　　他与老万曾去小博家，探望小博的父母，参观小博的卧室，东户朝阳，光与尘在床褥上空悬浮。书桌上摆着一台德劲牌录音机，体形硕大，仿若一台琴。书架上满是周杰伦和陈奕迅的磁带，还有伍佰的《单程车票》和《光和热》，以及迈克尔·杰克逊的《危险之旅》。旁边摆放着动画片《神奇宝贝》中的妙蛙种子和水箭龟手办模型，彩漆剥落，年疏日远。他甚至翻看了书桌抽屉里的作业本，五年级七班，廖庆博。上到五年级，字迹还是歪歪扭扭，偏旁与部首赌气般各居一方。他取了一盘磁带，塞进录音机的肚腹，播放的是伍佰的《挪威的森林》。他记起，小博曾在营地篝火晚会上唱起这首歌。唱至"雪白明月照在大地，藏着你最深处的秘密"时，磁带卡住，刺啦刺啦，杂音不断。他将磁带取出，卷紧带头，重新放入，还是卡带。他将溢出的狭长黑带缓缓拉出，带上有划痕和裂纹。他转动轮轴，将黑带绕回，搁放归位。他向两位老人询问小博女友的联系方式，说小博曾多次提及她，他留下的部分物品，想来应当转交给她。

　　小博父母互看一眼，说，谈不上，小博没有女友，只有一个相亲对象，本想休假回家时见一面的。老万低声岔开话题，转而谈起今年丰润的雨水。

老实说，他并不觉得太意外。营地很多人都是如此，单身或离异，却时常聊起女友或妻儿，仿佛在异乡有个温暖的去处，倦鸟归巢，总有人在等候。本想转交小博女友的书信和笔记本留给了小博父母，连同那只缀满红棕色血珠的羚角手串，珠子是他看着老匠人一颗颗磨润、抛光的。他踟蹰许久，到底还是留下了那把羚角弯刀。夜深难眠时，他总在黑暗里静默摩挲刀背雪浪般的纹路。刚回家的那半年，他没见任何故人旧友，父母在侧，嘘寒问暖，他照旧刀不离身。

风雪塞途，车灯在茫茫黑暗中切割出一小块楔形光亮，随即被鹅毛似的大雪覆盖。他的车速越来越慢，方向盘越捏越紧。

街上空无一人，路中央的钢质阻车拒马被冲得七零八落。他提前结束休假，赶去与老万他们会合。一个脸庞脏兮兮的男孩，圆脸，灰褐色眼珠，头发蓬乱卷曲，八九岁模样，细瘦孱弱，站在路边冲他招手拦车。他点踩刹车降速，平缓地从他身边开过，没有停下。他想，自己要去的地方远比站在路边冲往来车辆挥手冒险得多，他手臂探出窗外，冲男孩比了个打电话的手势，在剩下的路途里，他用对讲机告知调配中心的同事，路边有个男孩疑似走失，并描述了详尽位置。

他们总是执着于找到一种好办法来消度时日。小博收集短刀和匕首，研究战术武器，在他带去高原的几册军事杂志上圈画批注，最终将这些书页翻得脆如酥饼。他一闲下来便要饮酒，每次外出，都会绕去镇上牧民阿尔斯兰那里，收购数斤自酿酒浆，回来勾兑，灌在矿泉水瓶里，睡前固定要喝上几口，淌着醉意入梦。老万的兴趣是刻骨牌，每日结束训练后，便坐在书桌前，对着灯光，一笔一画精雕细刻，小博让老万刻一副麻将牌出来，老万不应，指尖忙碌照旧。某晚起夜时，他披衣起身，老万没睡，灯光里，目光灼灼。他走过去，看了眼老万手里的玩意儿，没有一个确切的形状，像是无数匹涌动的波浪在海面上初显，此起彼伏，将落未落。他在雕刻这片荒原沙漠。

退役几年后，他再去看老万时，老万躲入云南一座山中小寺，拜住持宽宁和尚为师，皈依为俗家弟子，法号永慈。老万佛袍松垮，穿件T恤，与平日举止无二，照旧抽烟饮酒，只是不再杀生吃肉，怎么劝说都不再吃。临走时，老万将一袋后山采来的野生菌和那件刻像送给他。这种野生菌，摆在公路边卖，招徕过路游人，标价一斤七百块，照样卖得精光。他将野生菌煮汤，有棵菌深暗发紫，表面依附黏液，炖在汤里，很是另类。他没多想，全数喝下，当晚睡前，出现幻觉。他坐在桌边，四肢骤缩，变得米粒大小，落入桌上的荒原刻像中，沙原辽阔，黄沙尽头耸立着奇形岩柱和波纹石壁，粗粝碎石间，散落流沙和洞窟。他走了一夜，没能翻越一面沙坡，天地虚渺，他逐渐迷失方向，前方道径无数，抑或说，条条都是末路，他用衣料做绳结，计算自己行走的日子和公里数，结局当然是再也走不出。

距离陈实发来的位置只剩三公里，雪势渐大，他不得不降下车速，低挡行驶。风雪中，他遥遥看到陈实那辆白色丰田，已近乎融于雪野。他在一处稍远的地方停车，掩在车内观察，拨打陈实的电话号码，铃声自前方车中响起。他下车，缓步靠拢，向前窗探看，车内空无一人。绕车一周，躬身搜寻车底，排除了潜藏炸弹的可能。车门紧锁，他试图找寻一块趁手的破窗利石，走入路边松林。

手电的金黄光柱在密不透风的夜林中游荡，眼前晃过枯瘦枝干的层叠纹理，他环视四周，电筒光柱在某处折射出耀目的金属亮泽，他摇晃手腕，在那束灿烂的光泽里，恍惚之间，他看到了一副银色手铐，以及一只垂下的手。

陈实右手被铐在一根松树枝上，身体像一块散落的布，意识模糊，四肢僵直，下肢有伤。配枪和弹夹都已不在。他把陈实抬上车，拾起落在地上的旧外套，披在他身上。他返回丰田车上寻找医药箱，发现对讲机线路被切断。他将陈实伤处缠紧。陈实说，没跑远，快追，我还行。他没说话，拧转钥匙，发动车子。陈实拉下手刹，车猛然晃动一下，停了。陈实说，就两个人，其中一个中弹，跛足，走不远，两人身上一把短刀，一把枪，枪有消音器，剩一发子弹，他们往山背面跑去了。陈实直愣愣地看向他的眼。哥，我不想剩下的日子里一直背着这个处分。

这回他避过了陈实的目光。他手掌拍在陈实肩上，说，别傻了，想想老何。陈实说，天快亮了，就一个小时，我在这儿等你回来。

天快亮了。再过一小时，天色便会泛青，雪夜中的晦暗云絮即将舒展眉眼，地平线上的一切都不再能藏掩干净。好吧，他说。他推开车门，走入松林。一切错位的事物都应被重新矫正。

　　行动集结那日，前夜结束了一场长官调任的送别会，地上橘子皮、瓜子皮还未扫净。翌日收到线报，有人在附近村镇发现了××××县爆炸案嫌疑人藏匿的踪影。全队武装，立即出发。他宿醉未消，脑内昏沉，坐在车中，穿行在一条幽邃的入村窄道上。队长在车盖上摊开地形图，圈画出嫌疑人藏匿地点，制订围捕策略。他被命令先行侦察，旁人跟随。他点头，心脏开始剧烈搏动。天黑下来，行动前他去门外溪流处掬水洗脸，排尿，头脑清爽不少。小博拍他肩，问感觉如何，他点头。回来后，队长宣布，方案有变，他的位置已被顶替。

　　他腰上缠着尼龙绳，很快追上了那个跛足男人，积雪疏松，鞋底湿滑，地面已开始结冰。躲避男人挥来的短刀时，他踉跄了一下，慢了半拍，抬手格挡，被划伤小臂，血涌出来。他心想，有点麻烦了。随后抽出腰后的羚角弯刀，挥刺数下，引对方分神，找准时机，一脚踢飞跛足男人的短刀，猛扑上去，将其按倒在地，不受控制地砸了数拳，砸至对方血肉模糊，眉上的血倒向额心涌。

　　他用刀柄将跛足男人彻底击昏，边捆缚对方的手脚边想，这也许是个陷阱。

　　他将跛足男人捆在一块崖石边，继续向上攀爬，站上峰峦，他的眼中雪野苍茫，仿若一张面影，倒坍在大地上。那个头戴驼绒护帽的男人，在即将消散的雪亮月色和圣洁原野下，骑着一匹马，行走于眉峰间，扭转身来，冲他挑动眉毛。他不知自己如何看清了他的神色，仿佛虚空中高倍狙击镜早已在面前架起。他习惯性地去摸羚角弯刀，发现腰后空无一物。弯刀掉落在了何处，他不知道。白雪似的月光在地上汪成湖泊，一切暗影都将被照亮。

　　他转身四顾，搜寻那把散落雪野的弯刀，耳蜗捕捉到扣动扳机的细微声响，仿佛赶牛人挥动了一记皮鞭，雪原上的牛群必定会朝既定轨迹行进。不知何处，不知何时，这颗子弹将会穿过迢迢山川和千里冰湖，为他奔赴而至。

地上的天空

钟求是①

朱一围病逝三个月后的一天，其妻子筱蓓给我打了电话。电话的中心意思，是让我帮忙解散掉家里的藏书。筱蓓说："吕默，我家房子本来不大，不能让书房一直做着老大。"筱蓓说："吕默，这些书是随着一围的，一围一走，它们早晚得散了。"筱蓓又说："晚散不如早散……我不图钱，要是能找到合适的去处，一围会高兴的。"

这是个有点突然的求助。我握着手机静了嘴巴，把事儿想了几秒钟，又想了几秒钟，才慢着声音应接下来。

我当然明白，筱蓓把此活儿交给我，不仅是因为我原先在市图书馆当过差，容易找到收留这些书的地方，更是因为一围朋友稀少，对这种事能够上心的也许只有我。

我依着记忆算了算，一围的藏书应该有四千余册，其中作家签名本为三四百本。这些藏书在一围手里很受宠，所以占着家里的一个大间，而上高中的儿子周末返家，只能在客厅里打地铺。儿子是个未来理工男，对文学书籍压根儿瞧不上眼，显然无意继承父亲的爱好。现在一围抽身而去，书本们

① **钟求是**　男，1964 年出生，毕业于中央民族大学经济系。在《收获》《人民文学》《当代》《十月》等刊物发表小说多篇，作品获《小说月报》百花奖、《中篇小说月报》双年奖、《中篇小说选刊》优秀中篇小说奖、《十月》文学奖、浙江省优秀文学作品奖等。出版小说作品《零年代》《两个人的电影》《谢雨的大学》《昆城记》《街上的耳朵》《等待呼吸》等。现为《江南》杂志主编，浙江省作家协会副主席，一级作家。

在家中自然也失去了贵宾身份。毕竟对三四万元一方的房子来说，它们的存在有些喧宾夺主。

我左右琢磨一天，又打一天电话，把事情大体办妥了。书分成两拨儿，捐给两家区图书馆。没有联络老东家，是因为我心里还存着一小块别扭，而且市图书馆撑着派头，态度容易淡慢。区图书馆就不一样，不仅可以上门取书，还颁证书发消息，其中一家更掏出诚意，准备专门立一个捐赠书柜。这就有点意思了，至少对一围是个远距离的安慰。

情况跟筱蓓一说，果然获得好几声谢谢。她表示这两天就把书收拾好，分成两组。我提醒说："那些签名书送图书馆不合适，别让他们拉走。"筱蓓说："你的意思是签名书……另有价值？"我说："签名书价值可大可小，你收在家里价值就不小。"筱蓓说："吕默，一直等我老了，我可能也不会打开这些书，还是早点让别人去看吧。"我停顿一下，说："那好……我另外想想办法，反正不能亏待了这批书。"

话儿说出来顺嘴，真做起来却不易。若赠送给图书馆，有"朱一围"三个字在扉页上号着，这些书到底派不上用场。若放在网络书店上一本一本地卖，不仅费劲儿，也会惹得一围在那一头不高兴。当然了，我也想过由自己接管，存住朋友的遗物，但我毕竟不是文学先生，不读小说久矣，又因为在图书馆待过，反而少了藏书的兴致。更重要的是，我心底里还是尊重这批书的，觉得它们应该有更好的投奔之处。

这批书有些重要，一是因为书的作者大多是国内或省内之知名作家，笔下的文字和故事上得了台面，二是因为一围为求签名很下功夫，费了不少心思和时间。在这个城市，有好几位收藏作家签名书的爱好者，一围是其中一位，而且是比较卖力的一位。早些年，他采用写信求的方式，寄书向作家索要签名。这几年，作家的作品分享会、文学对话会多了，他就携着作家的一本或几本书跑去蹭会，在会后凑到作家跟前，一脸真诚地打开书页并报出自己名字。有时获得一个著名作家的签字，他会兴奋得像洗了个澡，一身痛快地拍照下来发给我看。有一次一围在微信里夸口说，自己已拿下近百位作家，按这样的节奏往前走，不出十年就能搞定中国所有的重要作家。十年不算一个很奢侈的数字，但对一围而言终于成了一个遥远的虚词。大约一年前，他一头撞上一种叫下咽癌的东西，先是在喉咙部位割开一个小洞，然后一日日地与这个小洞做着斗争。在那段时间，他失去了声音和精力，但床头一直放着一本名为《第七天》的小说——小说讲的是一个人死后进入另一个世界的故事，扉页上有作者的签名。有一天我去看他，他在白纸上写下一行字：我准备好了，去另一个世界。

往前一些年，一围有着温润的声音和满格的精力。那时他在邮政局上班，我还在图书馆做事，有一天晚上，两个人因为一位共同的朋友在一百米高的大楼的酒桌上相遇。共同的朋友刚刚炒股赚了一笔钱，想分撒一下大好的心情。为了表示股票走高，他特意订了一幢三十层大楼顶部的餐厅，又为了忆旧论今，他记起了一些久未联络的朋友。那天一大桌人，场面热闹非凡。我和一围凑巧坐在一起，两个人在热闹中都显得安静。我酒量比较薄，喝了三两白酒便脑袋起热，耳朵受不了嘈杂。我起身出去抽根烟，找到了大厅旁边的一个小阳台。过了片刻，一围也来了。他不抽烟，是想躲一会儿清静。既然是躲清静，我们俩就没有多说话，只是靠在栏杆上，默默看着远处明明淡淡的灯光。

后来饭局收尾时，我和一围先站起身，一块儿坐电梯下楼。一围积极打了车，顺道把我捎回了家。

本来那次聚会只是蜻蜓点水似的交集，但大约是因为我的图书馆职员身份，一围第二天便联络了我。一围说自己在邮局工作，却不喜欢收集邮票倒喜欢收集文学签名书。我说，你干这事儿我其实给不了什么帮助。一围说，我不需要帮助，我只是想让你知道我也在跟书打交道。我问他，为什么玩这个，是因为喜欢读小说诗歌吗？一围嘿嘿地笑，说自己也看不了几本书，只是日子太平淡了，总得找点儿有趣的事。他的说话口气不让人讨嫌，我接受了他的靠近。如此开了头，一年跟着一年下来，我竟成为一围为数不多的好友之一。

我是在第三天才想到一个不错的主意的。城市之大，免不了市民重名，我想尝试找一位（或者两位三位）名字也叫朱一围的人。这些书在其他人眼里没价值，但到了姓名为朱一围的人手里，岂不身价大增。若新的朱一围喜好或敬重文学，那更是书之善缘。

我在脑子里编好寻人赠书的一段话，再变成手机上的文字，从微信朋友圈发出去。大约这种事比较好玩，不多时间，便引来一大群人的点赞。有人留言：纸书存之，可添雅气。又有人留言：我百度了一下，没见到朱一围的名字。也有人表示：此等趣事，我已转发。

尽管这样，我对找人之事并无过多的期待。毕竟不是刑事追人什么的，朋友圈热闹半小时便过去了，再则朱一围的名字相当稀罕，这个城市很难说有第二人的存在。

过了两日，有人在我手机里要求添加朋友，并提示与寻人赠书有关。我点了接受，对方是一位号称"衣艺者"的女士。我送一个"握手"图标给对方，问：你是哪一位？我认识你吗？对方写：你不认识我，但我知道你叫吕默，我帮你找到了一位朱一围。我吃了一惊，写：还真有人也叫朱一围？线索靠谱吗？对方：不是线索是实物，他是我男友。我给出一个疑问的"微笑"：那他为什么不亲自现身？对方：我想把书拿到手，送他一个意外惊喜。我：那我怎么相信确有其人？先给身份证让我看。对方：人民币比身份证更可靠，我是准备用钱买书的。我：用钱买书？你知道有多少本书吗？对方：我知道你那位朱一围留下不少签名书，我全买下。我又吃一惊，之前发出的寻人文字比较简单，没说一围的病逝，也没说书的数量，看来这位"衣艺者"有备而来呀。不过真用钱买书，倒说明对方对这批书确是看重的。我问：这位女士，我想知道你的实名。对方：陈宛。我：好吧，陈女士，你有什么具体打算？对方：我想早点看到这批书，然后给出价格。我答应了：那我说个时间，明天晚上吧。

第二天傍晚我在公司加一会儿班，又在食堂胡乱吃过一点东西，便出门去了一围家。筱蓓开了门，直接引我进入书房。房内的书已经基本清空，只剩下靠里的一墙书架还饱满着。我抽出几本翻到扉页，上面均有作家署名，署名之上则题"朱一围先生一阅""朱一围先生正之"等俗语，也有一本亲昵些，写着"朱一围先生在阅读中进步"。可以想见，一围待在这间书房里，回味着与"一阅""正之""进步"这些词儿相关的签书场景，心里是多么受用。一围是个活络不足、古板有余的人，平常在场面上混酒交友的时候很少，与我酒桌结识实在是一个例外。但一围把书房的门一关，脸上大约是有亮色的，因为书架上聚着许多他结识过的人呢。

正这么走着神儿，外边响起敲门声。筱蓓走过去，很快将一位女客领进书房。这是一位三十多岁的标致女人，大约因为穿着有些轻软的绸衣，身形微胖而不显。她似乎有点紧张，一进来眼光找到我，才松了脸一笑。我说："是陈宛陈女士吧？"女人说："你叫我陈宛就好。"我一指筱蓓："她是这儿的主人，书的事她说了算。"筱蓓说："没关系的，您先看看合适否，这种事讲的是缘分。"女人点点头，眼睛慢慢扫一圈屋子，走到书架前直着脖子看。她抽出一本瞧了瞧放回去，又抽出一本瞧了瞧放回去，然后手伸到上格取下一本蓝皮书，目光停在了封面上。我凑近一步丢去一瞥，是小说《第七天》。女人说："这一本好。"说着打开扉页细细地看，仿佛淘到了一见如故的藏品。我说："不光这一本好，每一本都有点意思。"女人抬起眼睛，承认地点一下头。我说："如果你愿意，现在就可以说个价。"女人说："我还得先问一句，为什么要把这批书处理掉呢？"我看一眼筱蓓，筱蓓说："我老公……一走，这些书就用不上了，放着也是放着，还不如找个用得上的地方。"女人说："为什么说还不如呢？剩下这一墙书架，也不算太占地方。"筱蓓说："人走了，这一墙书架却像是一种提醒，我不喜欢这种感觉。"女人说："像是一种提醒？提醒什么？"筱蓓微露不悦："别走题好吗？我可不是为了钱，我本来就没打算让这些书变成一桩买卖。"筱蓓这么讲有些傻了，至少会露出心里的待价底细，对方分明在话中夹着试探呢。我打着掩护说："是的，转让收藏品不是买卖，靠的是眼缘和心缘。"女人说："好吧。切入正题……我提个数字，你们看合适否。"她默一下脸，伸出两个手指说："二十万。"我暗吃一惊，同时瞧见筱蓓的眼睛使劲大了一下——这个数字远远超过期望，让人觉得是耳朵听错了。

书房似乎安静了片刻。我用手推推鼻子，一边生出一些警惕，说："你开的这个价，含有别的附加条件吗？"女人摇摇头说："没有。这么多签名书，值这个钱。"筱蓓说："您这样说我挺欣慰……我能不能知道，您是做什么的？"女人淡笑着说："别以为我很有钱，我是想让男友高兴。我相信我这么做，他会高兴的。"我说："我也问一句，你男友喜欢文学吗？"女人拍拍手中的《第七天》，说："喜欢的。他爱读小说，还向我推荐过这一本。"噢，若是这样，逻辑是成立的。我舒口气说："那你这一次做对了！女人要拿住男人，不能光喂他好话，你得让他真正心跳一回。"这句自作幽默的话有点勉强，但多少把气氛说松了。随后双方又来回讲些话，议定了付款方式和搬运时间。

在我的眼里，两个女人的脸上都渗出了满意。

日子的推移有时是不知不觉的。四五月间，我在公司里帮着打理一个非遗产品展示会，出策划书、做 VCR 什么的，嘴巴和手脚经常一起忙碌着。待弄完了松口气，天气已经转热。站在办公室窗口抽烟时往街上一瞧，路人们开始躲着阳光了。

这天午休小憩后，我习惯地划开手机，瞧见筱蓓一条微信：事情不明白，有空电话一下。我坐到办公桌前，打电话过去。筱蓓在手机里咿咿呀呀发着声音，讲了十多分钟。原来昨天晚上她跟住校的儿子进行每日例行电话时，儿子顺口丢了一句，说学校图书馆出现咱家的藏书。她问什么藏书？儿子说小说签名本呀，上面有老爸的名字。她有些纳闷，说你也开始读起小说啦？儿子说我眼睛哪里忙得过来呀，是班里一同学在看。她想一下，让儿子去拍张小说扉页照片。过一会儿，照片真的发过来了，情况属实。为此她琢磨一晚上再加一上午，脑子还是糊涂。

我一边听着一边也直眨眼睛。花一笔钱买签名旧书，一转身送了学校，这实在有些稀奇。不过让书籍到达图书馆，也算物尽其用，没什么不高兴的。我说："这种事儿是人家的权利，咱们不能说她做得不对。"筱蓓说："我没有说她做得不对，我只是感到奇怪。"我说："干什么事儿都有内在逻辑，只是咱们不知道而已。"筱蓓说："一围的书，我多少得知道一些吧？方便的时候你联络一下她呗。"

我静一静脑子，在手机微信里找到"衣艺者"，先打一声招呼，然后试探地问：那批书给男友后，他惊喜了吗？对方许久没有回复，过了半小时才跳出一句话：你这是产品售后调查吗？我写：毕竟是朋友的书，我得关心一下。对方：那你来一趟吧，我允许你见一面。我给一个微笑图标：我又没提出这个要求。对方：透过手机屏幕，我看到了你脸上的企图。我：那怎样才能找到你？对方：浣纱路北边，衣艺者。我：呀，你是衣店女老板。对方打出一个眯起单眼的调皮图标。

放下手机，我脑子似乎有点不稳定，坐了片刻终于按捺不住，就找个借口离开办公室去了街上。坐几站公交车又走一截路，到了浣纱路北段。两旁有一溜儿花花绿绿的商店，我东张西望一会儿，眼睛一亮见到了"衣艺者"三个字。这是一间门面不大的售衣店，推进门去，里边倒是清爽开阔，挂卖的衣服热闹而有秩序。一位年轻店员迎出来刚想说什么，我已绕过去往里走，因为我看到了坐在售台后面的陈宛。

我说："大隐隐于市，原来陈女士藏在了这里。"陈宛站起身一笑说："来得挺快……就不能叫陈宛吗？"我说："好吧，陈宛，这个店开几年啦？生意不错吧？"陈宛说："三年了，生意马马虎虎。"我说："不能马马虎虎，马马虎虎怎么能掏钱买书再送出去呢？！"陈宛翘了眉毛给我一眼："知道这个啦？怪不得又是微信又是打上门来。"我说："我可不敢打上门来，我这是上门求教。"陈宛说："想打探为什么把那批书赠送给学校图书馆吧？"我点点头："我有点好奇。"陈宛说："我那位朱一围早年在那个学校上过学，放在那儿比放在家里好。就是这么简单！"我说："那个中学是你男友朱一围的母校？真是巧了。"陈宛说："巧什么？"我说："我朋友朱一围的儿子也在那儿上着学。"陈宛"噢"了一声："这不挺好吗？父亲的书最终到了儿子的学校，用报纸语言叫一段佳话。"我说："可是……玩这样的佳话代价不小。"陈宛说："我明白你的意思，我也不是把书全送去学校的。"她一摆头，引着我走到T恤挂墙前——其中几件T恤不同颜色，胸前均印着《第七天》的扉页签名，图案清晰别致。陈宛说："我做了三百件文化衫，我可以赚些钱的。"我用手指推一推鼻子，说："有点意思，到底是衣艺者。"陈宛说："要是喜欢，可以送你一件，你自己挑个颜色。"我呵呵一声没有拒绝，左右看一看，选了一件浅蓝色的。衣服上的作家签名挺有力道，我用手摸了一下。

陈宛说："看着这衣服，你心里的问号有没有去掉？"我说："没有！三百件文化衫就是全卖掉，又能赚多少钱呢。"陈宛说："看来你是个较真儿的人……朱一围有你这么个朋友也是侥幸。"我说："朱一围才是个较真儿的人。他已经不能溜达过来说话了，我是替他较真儿。"陈宛说："好吧，为了去掉你心里的问号，我再请你喝个茶。"我说："又是送衣服又是请喝茶，我是不是应该不好意思？"陈宛笑了说："其实呀，让你过来一趟，我就是想和你去茶室说些话的。"

年轻店员将T恤包好，我卷起来塞入携包。陈宛引领着我，出了店门右拐走一段路，进了一家外相低调的茶室。茶室厅堂不大，但看上去藏着安静。陈宛熟络地要下一个小包厢，点了绿茶和糕点。我说："瞧这架势，要跟我长谈呀。"陈宛说："不长谈，一小时内把事儿说明白。"我说："一小时够长了，抵得上大半部电影。"陈宛说："长话短说……我刚才撒了个谎，那个受书的中学其实不是朱一围的母校。"我说："那为什么把书送去？"陈宛说："因为他儿子在那儿上学。在儿子眼里，他是个没有能力不能出彩的人。他曾经说过要为儿子挣点儿面子……"我说："等等！你是说你那位朱一围也有一个儿子在那儿上学？"陈宛说："我说的就是你的朋友朱一围。"我端着杯子一笑："嘿嘿，你把我说糊涂了。"陈宛说："我的朱一围其实也是你的朱一围，两个人是同一个人。"我嘴巴差一点被呛着，使劲伸一伸脖子吞下茶水，又咳出一口粗气。陈宛笑一笑说："你别把惊讶动作弄得太夸张，我做的事里没有阴谋。"我说："之前你一直在说，朱一围是你的男友。"陈宛说："男友这个说法还真是不准确，可我找不到一个合适的词儿扣住我和他的关系。"

在接下来的时间里，陈宛轻着声音讲述了她和朱一围之间的故事。她清晰地记得，俩人的相识是在小说《第七天》的作品分享会上。那天她正在一家书店大厅里买流行服装的书，听到好几个人说着话儿往旁边活动室走。她好奇地过去瞧一眼，原来是一位著名作家与一位主持人在对话，介绍一本三年前出版现在仍被讨论的书。她没见过这样的场面，就怂恿自己留下来听一会儿。周围的脑袋很多，把整个活动室挤满了，她只能在中间通道上站着。站了片刻，有人指挥通道里的人坐到地板上。她穿着白色裙子，又不是粗条随意的人，神情便有些犹豫。这时旁边椅子上的男人站起身让出座位，自己坐到了地板上。她不好意思地坐下，朝让座的男人送出一笑。分享会结束后，她受了诱惑，到文学书柜找《第七天》，这时又遇到了那位让座的男人，他刚好也来取此书。让座的男人告诉她，自己有八折优惠卡，可以替她付款。她认真地道了谢，因为省下的小钱里有人家的好意。随后她加上对方微信，将打折的书钱发去——此时她知道了对方名字叫朱一围。

到了晚上，朱一围在微信里打招呼，并把作家签名发来给她看。从此开始，两个人时不时进行文字聊天，她说些服装走势的事，他说些签名收藏的事。陈宛很快知道，朱一围是个实诚的人，朋友很少，但认对了人就会往深里走。此时陈宛离了婚正单着身，心里装着一堆郁闷，这也促进了双方交往。过了不久，两个人把对方视为可以讲心里话的人。又过了不久，两个人约在一起泡茶室、逛书店，偶尔还一块儿看一部电影。再往后的一些情节可按快进键，因为陈宛没有细说。她对此的表达是：两个人的朋友等级相当高，除了身体没有合并。

大约一年半前，陈宛想开一间服装店，"衣艺者"的店名都想好了，可左腾右挪仍缺一截资金。把情况说给朱一围，暗想也许能获援三五万的，不料几天后她的银行卡上颇有气势地长出二十万。她吃了一惊，又有些不安的感动。在她的印象里，朱一围花钱并不豪放，在家中也不打理财事，所以凑起这笔款子得花多少心思呀。这么一想，她觉得自己跟他更贴近了一步。又过了一些日子，有一次两个人一起喝茶，喝着喝着朱一围起了感叹，说咱们相遇太晚，这一辈子不能娶你，下一辈子你嫁给我吧。陈宛说行呀，下一辈子咱们早点儿遇上。朱一围说，这不是玩笑话，为这个念头我已经琢磨了好几天。陈宛便笑，说不就是来世嫁你吗？没问题的，你对我这么上心，我不能那么小气。

这样的话说过，陈宛仍然以为是玩笑。她不信佛不进教堂，从未想过瞧不见摸不着的来世之事，再说自己的年纪离终点线还差着几条街呢。不料过了两天与朱一围再见面，他从衣兜里取出一只信封，再从信封里取出两张相同内容的纸，纸上放着醒目一行字：下一世婚姻协议书。下面文字则简约清晰，写明了两个人下一世自愿结为夫妻，共同敬爱相处，不违背对方。陈宛问，这是什么意思？让我签名字吗？朱一围说，这是自由婚姻，你愿意了就签上，一式两份。陈宛说，下一辈子的我能由这一辈子的我来做决定？朱一围说，转了世你还是你，你的婚事当然由你做主。陈宛说，这协议签了你拿在手里真觉得有用？朱一围说，我相信哪个世界都有律条也都有规约，拿着这份协议我心里踏实。话说到这个份上，朱一围又拿着如此的认真劲儿，陈宛就不好推拒了。她嘻嘻一笑，又拍拍朱一围的手臂，在纸上写上自己的名字。完了她调皮地说，今天算是领结婚证的日子，你怎么不备些彩礼？至少也得送束鲜花递个戒指呀。朱一围说，我想过了，那二十万就折成一份彩礼，虽然有些少，但总归按着规矩走了步骤。陈宛说，你还真给彩礼呀？朱一围说，当然得给，不然把这份协议显轻了也显假了。

　　陈宛讲述的时候，没有理会我脸上的惊讶表情，因为这是她能预料到的。大约口渴的提醒，她缓一缓气，端起茶杯喝了两口水。我这时才想起自己应该讲些话，便说："一围是个二分之一认真二分之一古板的人，有时候不通世俗但不会迂腐，他真的认定下一辈子事情可以弄到纸上？"陈宛说："一围是个二分之一认真二分之一古板的人，所以在外边也不应该有一位我这样的女人，对吧？"我无法应答，就没有吭声。陈宛又说："在这几年里，一围多次跟我提到你，但他没有跟你提到我，这不是对朋友留一手。我的意思是说，一个人在最好的朋友跟前，也会有属于自己的秘密东西，比如女人啦比如对来世的看法啦。换一句话说，他对来世的看法是一种秘密态度，跟迂腐什么的没有关系。"

　　显然，陈宛是个细腻的女人，她的话并不浅淡。我沉默一会儿，说："也许你说得对，对别人包括对一围，我只是看到了能够看到的那一部分。现在我想看看另一部分可以吗？我是说那份协议。"陈宛有准备似的点点头，摁几下手机调出协议图片，递给我看。我细看一遍协议文字，又盯看一眼下面的签名。两个人的名字一个认真一个随意。

　　我将手机递还，问："签了这份东西，你有什么感觉？"陈宛说："开始没怎么在意，不就是一张纸吗？后来慢慢地生出异样的感觉。"我追问："什么异样的感觉？"陈宛说："你想呀，以前两个人喝茶逛店看电影，再靠近也还是朋友。有了这张协议垫着，待一起时我偶尔会恍惚，觉得自己像一位未婚妻。"我说："你喜欢这种感觉吗？"陈宛说："不喜欢。"我说："为什么？"陈宛沉吟一下说："我对一围有好感，但没有依靠感。"我说："你是说不爱他？"陈宛"嗯"了一声说："还不到那个程度，这也是我……没把身体交给他的原因。"我说："那你相信有来世吗？"陈宛说："以前呀真没注意这种事儿，眼下的日子还应付不过来，哪有心思去想很远的未来。但自打签了这张纸，心里像是多了一件事，时不时地会琢磨一下。不是说人的认识是有限的嘛，万一真有转世呢，万一灵魂长生呢。"我说："这么说你有了担心，担心那张协议以后真的会生效。"陈宛轻笑一声说："那会儿我想起手头还有一本小说《第七天》，以前没正经打开看呢。我读了一遍，好像没有读懂，就又读了一遍。读着读着我对自己说，不管人死后有没有来世，你得先把这事儿看作有。"

　　陈宛把自己的故事讲完，一个小时刚好过去。但我的沉默拖住了她，两个人仍坐在那里，似乎还有话要说。过了片刻，我问："你把二十万元还回去，是想单方面撤出协议？"陈宛说："也别这么说，这毕竟是我欠一围的债，他治病也花了不少钱。"我说："如果一围还活着，你会把解除协议的想法说出来吗？"陈宛说："不知道会不会马上说出来，我原以为将来的事还远着呢。可他走了，走得这么快。来世的事情他已经知道了真相，而我什么也不知道。"我说："在这一个小时里，我接收到了你的不安，同时我也一直在琢磨，你把这个故事告诉我为的是什么。"陈宛说："是的，我把你约过来是有目的的，你是一围最好的朋友，我想请您帮个忙。"我说："讲讲看。"陈宛说："那协议一式两份，另一份在一围手里。"我明白了："你想把另一份协议也拿到手，然后一起撕掉。"陈宛吸一口气吐出来，说："拜托你先探问一下，好让我心里有个数。那份协议现在变成了危险的东西，要是抖搂出来对谁都不好，吕哥你说对吗？"她第一次叫了我吕哥，在这个下午结束的时候。

　　是的，这是个让人吃惊的下午，一张协议书更改了我对一围的认识，至少是部分认识。在许多个日子里，一围除了收藏一些书，对生活基本没有想象力。他的工作是平淡的，坐在柜台里办理汇款取款，还有订阅杂志什么的。他的家庭是平静的，与筱蓓相处得不热也不冷，有点一起慢慢老去的样子。他还跟我说过，自己在家中不乐意担事儿，时间一久，排起序来便做不上一号人物。就是这么一位配角男人，却悄悄自己给自己做了一回主。

　　我无法揣测一围怎么保管自己那一份协议。也许已经撕了或烧了，反正他内心认定协议将在约定世界里生效。也许放在某个暗处，随着他的离去而彻底消失。但日子里哪有彻底的事，若是某一天筱蓓一不留神看到，心中会长出一个长久的痛点吗？

　　我可以肯定，陈宛所要的忙我是帮不上的。或许她也只是一说而已，并不真的指望我能取到那份协议。但此时我心里又探出好奇的手，想抓住一些未知的东西。我甚至负责地觉得，既然自己听到了这件事，就不能再做一个偷懒的局外人。

　　从茶室出来我没有回家，在街上闲逛一会儿又用过简单的晚餐，看看时间合适了，向筱蓓递一声招呼，随后打车去了她家。一围书房已经变成卧室，无法再进去了，我只能坐在客厅沙发上，像一个派遣出去的打听者向女主人通报书籍的事。我告诉筱蓓，自己已见过陈宛，那批签名本确实赠给了学校图书馆，因为那中学也是另一位朱一围的母校，他想给自己添点面子。筱蓓随即做出一个判断："看来他们是有钱人。"我说："这个不知道……眼下这年头有钱没钱哪能一下子看出来。"筱蓓说："不然为什么要花这笔钱呢？"我说："那位陈宛在街上开了一家服装店，她把扉页签名图做到T恤上。这种文化衫现在挺流行，应该能赚钱的。"我从携包里取出那件T恤，铺在沙发上让筱蓓看。她摸了摸衣服胸前的图案，脸上出现解惑后的满意。她说："想不到签名还能在衣服上派到用处。"又说，"那些书放在学校里挺好的，虽然是那位朱一围捐送，但儿子的同学都知道书的真正出处。"我说："一围知道了，心里也会高兴的……我说的是咱们的朱一围。"筱蓓思忖着说："他们毕竟花了一笔不小的钱，我心里好像过意不去……我得感谢一下。"我说："怎么个感谢？"筱蓓说："我想请他们吃个饭，你也一块儿去。"我摇摇头说："不用的，这只是一次花钱购书，你没必要跟他们交朋友的。"筱蓓说："我想见见那位朱一围，共用一个名字怎么也是缘分。"我心里摇晃一下，嘴里已形成一句谎言："他们俩是双城记，那位朱一围不在这个城市。"说完了觉出漏洞，赶紧又补一句："陈宛告诉我，他在这儿读的中学，大学毕业后留在了外地。"筱蓓说："那好吧，就跟那位陈宛聚个餐也行。两个女人都找了名字叫朱一围的男人，总有些话可聊的。"我不能马上再否决，就点点脑袋"嗯"了一声，又记起什么似的转过话头："有句话我一直想问，一围临走时说了什么话吗？"筱蓓一指自己喉咙说："吕默你迷糊了，一围那时候已经不能开口说话。"我耸耸肩说："我是说他有没有留下文字？"筱蓓说："你为什么问这个？"我说："不知怎么，这两天我挺惦念一围的……我在回想他最后的那些日子。"筱蓓沉默几秒钟，让话题进入了我想要的轨道。

筱蓓说："吕默你有没有记起来，最后那些日子你到医院探望时，在一围脸上看到了什么？"我眨眨眼说："是骨头浮上来的那种消瘦。"筱蓓说："消瘦里还有东西……是高兴。"我愣了一下，最后几次去见一围，他的情绪的确不差，但那应该是面对朋友时的强打精神。我说："那高兴是撑着的吧？朋友一走就收回去了。"筱蓓说："不是的，那些日子他一直挺愉快。"

筱蓓停一停，回忆了一些细节。一围刚住院时，心情也是不好的。做了喉部手术后病情不仅没刹住，反而向坏的方向滑去。那些天他因为不能说话，整天想着什么，想着想着忽然就开朗了。微笑先来到他的嘴角，然后出现在眼睛里。他开始找些书看，譬如那本《第七天》。再到后来，他身上力气少了下去，看字儿容易累眼，便让筱蓓读小说。有时筱蓓读着读着，他眼睛慢慢眯上就睡过去，脸上还搁着安适的神情。

筱蓓抿一抿嘴，慢慢地说："一个人离死亡很近时，一般是恐惧的或者痛苦的。如果此时这个人开心起来，你觉得他会是什么样子？"我回答不了这样的问题，摇一下头。筱蓓说："诗人。我是说诗人的样子。"我说："为什么这么说？"筱蓓："那会儿一围整个人是轻的，不是瘦了以后身体的轻，而是心里丢开负担后的轻……他脑子里时不时会出来一些好词好句。"我说："好词好句？他不是不能动口吗？"筱蓓说："不是动口是动笔，有一天他取了一张纸，先写一句：有一种动静，叫太阳的声音。又写一句：蓝天上的白云结了冰。再写一句：真正无限的，不是死亡而是生命。我奇怪地瞧着他，他笑一下用笔告诉我，这些话是作家们说的。"

随后几日，一围还试图体验作家们说的这些话。他穿着棉衣坐在轮椅上，让筱蓓推到住院部楼下院子里。冬日的阳光有些松软，把他的影子投到地上。他瞧着地面却没有在看，因为他静着耳朵去听太阳的声音。听了片刻，进入耳朵的只有院子里一些嘈杂的声响。他有些不满意，便让筱蓓推着轮椅出了医院，往安静的地方走。远处有一片草地，颜色已成枯黄。在枯黄之中，卧着一块不大的水池。经过水池时，一围突然激动起来。他看到水面结了一层清亮的薄冰，上面倒映着蓝色的天空和天空上的白云。他身上似乎长出了力气，想从轮椅上站起来，但没有成功。筱蓓将轮椅再往水边靠几步。一围安静了，身子久久不动。也许在此时，他眼睛看到的是水池里的白云在结冰，耳朵听到的是太阳化开冰面的声音。在他的意识里，那应该是一种冲突中的美丽。

筱蓓说："在那一刻，他喉咙里竟咝咝地发出一些声响。他好像要发点儿感慨，可是我没法听明白。"我说："白云结冰呀太阳声音呀这些虚的东西有啥含义吗？对一围意味着什么？"筱蓓说："谁知道呢！人在这个时候吧，脑子里出一些古怪念头也不奇怪。"筱蓓顿一顿又说，"那天从水池边回到病房，一围又在纸上写了一些字递给我看，意思是白云可以从天上到地上，人也可以从地上到天上，天空也是一个大水池。"我轻笑一声说："这时的一围，的确越来越像诗人了。"筱蓓说："这时我也知道，一围剩下的日子不多了。"我说："那后来他还有什么遗言吗？"筱蓓说："也没什么正儿八经的遗书，但他写了几句话，让我把书房里的书处理掉，不要存在家里。"我愣了一下："把书处理掉是他的意思呀……他为什么呢？"筱蓓说："他知道这些书对我和儿子没啥用，想让它们遇到阅读的人……这是我的猜测。"我点点头，一围虽然爱书，可这种想法到底没有错。

该问的话已经问过，时间也不早了，我站起身准备告辞。筱蓓想起来说："对了，一围最后还写了两句话，只是我不明白。"我问："什么话？"筱蓓说："一句是：对书上的文字，一双眼睛便是一次公证。另一句是：在对不起上面贴上邮票，从那边寄给这边的你。"我沉吟一下用手推推鼻子，说："这也是哪个作家说的吗？"筱蓓说："也许吧，那会儿我已习惯了他这样，也就没问。"我说："真像是半个诗人呀，也不枉藏了这么多年书。"筱蓓沉默一下说："我跟他也待了这么多年，可他的一些想法我还是不明白。"

告辞出门来到街上，我心里晃晃地还不想回家，上出租车后往市中心随便指一个方向，最后在一个灯光热闹的路口停下。

我站在人行道上给陈宛打了电话，告诉已见过筱蓓。陈宛嘴里出来几个问号，想知道筱蓓的反应和协议的下落。我说筱蓓神情没有异常，不像知道了这件事。我又说那张协议的藏身处只有朱一围知道，所以也许是永远安全的。陈宛说："也许是永远安全也许是定时炸弹。"我哈了一声说："你不能把这份协议说成定时炸弹，不然一围会不高兴的。"陈宛不吭声了，过几秒钟才说："吕哥你说得也对，我不应该担心……我又没做亏心事。"我把筱蓓约请吃饭的事说了，问她愿不愿意在一张餐桌上聊聊天。陈宛说："聊什么呢？"我说："两个女人在一起，总可以聊些话的。"陈宛哑笑了一声说："可以呀，我和她又不是敌人。"我说："到时候我陪着你们，让一个男人听两个女人聊天。"

摁了手机,我沿着人行道无目的地往前走。两旁一些商店已关了门,一些商店还没关门。我走过一些关了门的商店,又走过一些没关门的商店。我脑子里突然跳出一个念头,一围也许把那张协议书夹在某本书里呢,这是很好的存放方法。临走之际,他改变了躲藏的想法,要让协议跟着书籍流出去,到达某一位有缘分的读者眼里。"对书上的文字,一双眼睛便是一次公证",他不怕了,他愿意让别人见证自己收藏的情感和来世的日子。当然啦,这只是我的猜想,一时无法去验证。说实话,我现在有些吃不准一围内心的真正样子了。

这么溜着神儿,我的目光就有点散,不经意间掠过街道对面一幢高楼里的灯火。又走一小截路,我刹住脚步再望那高楼一眼,正是一些年前我和一围首次相遇的地方。我脑子一醒,原来今晚我是想让自己到这儿来呢。我调转脚步,穿过斑马线走几分钟来到大楼跟前。在这个时间点,大门仍进进出出不少胖瘦不一的男女。我想一想,走了进去。

坐电梯上了顶层,那家餐馆还存活着,而且吃喝的喧闹此刻仍未散尽。我一时不知道干什么,就在待客区的椅子上坐下,把携包搁在腿上。我微眯眼睛,脑子里出现了第一次遇见一围的情景。那天他撑着精神,脸上有一种认真的和气,而且老露出微笑,但他的内心,对酒桌上的豪华气氛是有些胆怯的。这一点被我瞧出来了,因为我当时的心情也是这样。可能正是这种暗中的相似,让两个人能够走近。在后来的相处日子里,我不时能见到一围收的一面——不是收敛的收,而是收缩的收。记得有一次我们聊天,不知怎么说到"撤退"这个词,我起了点想法,认为自己和一围的性格里都藏着"撤退"元素,可称为"撤退人士"。这么说是由于此前我因一件挺无聊的公事跟馆长闹了不快,他觉得这件公事不仅不无聊还很重要,指责我办砸了。我在单位并无斗志,正好借此怂恿自己从图书馆撤出,去了闲散一些的文化公司。

当时一围问:"这撤退人士怎么个理解?"我没有拿出自己的事,而是举了生活例子:"譬如撤退人士是A,那么三个人散步,A十次有九次不会走在中间,而一堆人拍集体照,A十次有九次是站在旁边的。"一围说:"这话儿也是在说,十次中还有一次是例外的。"我一提声音说:"九次往旁边靠的人,会在剩下的那一次使劲往中间挤吗?"一围嘴角露出一丝神秘的微笑,说:"只有在例外的地方,才能找到秘密的出口。"一围又说,"这是一个作家说的。"

　　旁侧响起什么声音，我弹开眼睛望过去，有一个男人从一扇甩门里出来，手里还拿着一只烟盒。噢，想起来了，那是个小阳台，我和一围曾经在那儿站过一会儿。我起身走过去推开门，仍然是记忆中的样子——一个外伸的弧形阳台，面积不大却有点儿凌空感。

　　我站在栏杆前，目光往下扫过去，看见了一大片与房子们相缠的灯光。又抬一抬眼睛，看见了更大一片的天空。此刻站在高处，天空似乎也近了一些，几朵白云和几颗星星在夜幕中显出来。夏风吹过来，让人似乎轻了身体。我举着脑袋，突然想到如果让自己跳出阳台，会不会在身子下落的同时灵魂飞向白云？一围就是这么认为的：白云可以从天上到地上，人也可以从地上到天上。

　　当然，我是不会允许自己这样做的。不过很快，我脑袋里又生出一个念头。我拉开携包，取出那件T恤抖展开来，又看一看胸前的签名图案。图案在暗色里仍是清晰的。

　　我吸一口气，将T恤伸出阳台，一片浅蓝色在我手里飘动起来。我一松手，衣服猛地蹿了出去，先在空中兴奋地转一个身子，然后轻盈地跑向远处。我的目光跟着它，就像跟着一个移动的秘密。

　　但夜色中我终于没有看清，那片浅蓝色是落到地上，还是飘向了上空。

峡 谷 边

郭 爽[1]

我又梦见了父亲。不过这一次，在梦里我是他。在梦里过另一种人生并不是难事。我变成过忍者，在连绵起伏的屋脊上俯身跳跃。也梦见变成女人，与其他男人或女人在梦里暧昧直至亲热。甚至变成动物，有狗、牛、鹦鹉和壁虎，在梦里爬行、摇尾、用被修剪过的舌头发音。这些我都能自圆其说。比如，我整天玩电子游戏，又看古龙小说，才会变成决战紫禁城之巅的忍者。我喜欢班里的女同学又迟迟不敢表白，才在梦里变成了她的朋友，两人躺在一张床上时我终究没能控制住自己的本能。至于动物，也可以解释为漫画里兽人、半兽人和会说话的动物的延伸。这些梦的内容本身就是意义，是醒着时的我印象和意识的堆积，所以也不需要解释。就算梦完整得像一个故事，像平行世界里我的一段经历，我也不会把它看作预兆和象征，顶多醒来后反刍般回顾一下，然后大脑就会自动把这些意识的碎片扫空、归档。

跟父亲有关的梦却不是这样。起初，我在梦里守规矩，只配合梦里的那个父亲完成他的动作。他提出要去一个什么地方，或者要我去做什么时，我都按他的意思办。最多我要求他跟我一起去。这样的话，在梦里我就能延长跟他在一起的时间，他就不会像梦里其他模糊的人一样一闪而过。所谓模糊是，我清楚地知道对方是谁，但并不能像醒着时那么立体地感知对方的存

---

① **郭 爽** 1984年生于贵州。已出版《月球》《正午时踏进光焰》《我愿意学习发抖》。获山花双年奖·新人奖、西湖·中国新锐文学奖、《钟山》之星·年度青年作家奖、《小说选刊》年度大奖·新人奖等。

在。似乎对方只是一个投影，或者我的五感被遮蔽了大半，没法全息摄取对方的一切。

每个晚上入睡前，会不会做梦、会梦见什么都是无法预知的，父亲何时进入我的梦里自然也没有预告。但随着我对梦里的他日渐熟悉，每当梦境降临，未完全失去控制的我的意识总提醒自己——抓住它。

这个阶段里，梦运行一会儿后，梦里的我和我本身，会同时意识到这是梦。而我已不想绝对地顺从。不是顺从于梦里的父亲，而是这里面或这之上，自始至终存在的某种能量。

我的意识挣扎越顽强，越能确认它的边界。是的，在梦与梦之间，在印象、想象和意识看似孤岛般漂浮着的板块之间，有无数条精密的链条擦出金属的合音，也有这之外隐形的边界。我的意识与它交锋，尝试反抗和搏斗，但当意识的能量或成就超出一定范围时，我的身体会被唤醒。

醒来即意味着梦的结束，也就是我被踢出了那个世界。它觉察了我的企图，像拖动一个文件夹一样把我放进别的磁盘分区。

于是我试着不要用力过猛，比方说，在即将醒来的边缘，我慢慢松开试图抓住它的冲动，试着再次顺服或至少伪装顺服，任由自己在意识海里下坠。这种态度或者说行为会被它接收，很多时候，我可接续梦境，绵延那不知终点的旅程。

那段时间，我研究有记录留下的自体实验者。或许由于现代以来自然科学作为一种思想模式的影响甚嚣尘上，我能轻易找到的资料里，这些疯子、先知、狂人或祭司多半是科学家。他们割开自己的皮肤，主动感染未知的病菌；或者把恶病患者的"坏血"注射进自己的静脉。也有把自己暴露于辐射物之中，或者吞下血吸虫。

与其说他们在用自己的身体冒险，不如说这是一场狂妄的搏斗。他们往往天资过人，早早摸索出一套规律与法则。但如同天才的棋手在放下一颗棋子之前，心中已演练了无数次棋路仍跳不出棋盘格恒定的格局，他们的挑衅也预设了法则的完整和暗藏的缺失环节。缺失就可以补全，隐匿就能够显影，科学家跟同一个对手博弈。

了解这些，对我有用，也没用。梦是领地，更是酵母，也可视作炼金的要素。虽然古希腊人在神庙里孵梦时，手术是不可或缺的一个环节，但进入神庙接受梦的安慰和启示仍不可被手术代替。

随着我对梦的训练和控制越来越深，我开始愈加清晰地看见意识和身体连接的边界。而我手中的砝码，除了年轻的躯体、与父亲共有的记忆之外，还有可靠的大脑。

我不再喝咖啡和茶，每天去山林里徒步四十分钟，我申请去药房工作。换工作意味着每天不再是坐在办公室里看诊，而是读取处方、来回走动、配比药剂。跟上手术台时的眼、手、脑的配合不同，在药房我感觉不到损伤，感觉不到手和器具进入病人身体时，病人器官和血液传递的触感和温度。我的身体和精神不用再承担对病人身体负责的直接压力。

慢慢地，早晨醒来时，我能感受到绝对态的清醒——头脑和身体的摆针叠合归零，等待我的指示。而我要做的是若无其事地等待，等待梦境再度降临。

那天下午快下班时，电脑传来一张加急处方。我刚取出苯妥英钠注射液，窗口的紧急铃已被按响，取药的护士已就位。药拿走后，我盯着电脑屏幕看了一会儿。这是张一模一样的处方。父亲颅脑损伤后曾引发癫痫，处方上也是苯妥英钠。癫痫发作往往毫无预兆，他的半边身子猛地抽搐起来，像失控的玩偶。父亲睁着眼，看得出在努力克制，但无济于事，他只能任由肌肉过度收缩、体温升高，与此同步发生的是大脑缺氧和电流紊乱，而癫痫则会越剧烈。药剂注射进父亲静脉后，直至抽搐平息之前，父亲的眼神像哀伤待宰的兽。偶尔会有一两滴泪从他眼角滑落，他的意识和情感仍留有尊严的余地。最好的时候，我和母亲一人拉住他一只手，而他的手指已强直蜷缩。更多的时候，也就是父亲漫长的康复期里，我只能透过手机屏幕跟那头的母亲连线，母亲总是把镜头杵得太近，父亲的脸卡通式地变形。

我望向药房窗外高大的桉树群。医院建在平缓的山丘之上，隔绝开市声与公路，此时国内是冬天。而在这里，南半球的夏日阳光正炽。从医院所在的山丘开车下去不远就能望见海。消波块堆积出几何形状的海岸线，人以此防卫自然的喜怒无常。我闭上眼，设想苯妥英钠从静脉进入身体，体内的躁动被阻断，我像父亲一般安睡过去，脑电波复归平滑的曲线。

抓住它。它——知道这些吗？

当晚，我再次梦见了父亲。不过这一次，在梦里我是他。最开始，我以为跟往常一样，我只是梦的参与者，从梦的拼图里分取属于我的份额。但从峡谷升起来的雾阻断前路，我无意识地踩刹车，而车戛然停在断崖边时，我明白了我的位置。

我接管了父亲的身体，接通了他的意识。我不再是 David Tao，不再是神经外科医生，不再是全然的我。我成为陶勇，一个在峡谷边生活的年轻人，一个司机，一个新与旧的意识体。

而跟在梦里延续使用我自己身体的感觉不同，进入父亲的身体，我似乎同时在两条车道上驾驶。车道 A 让我用父亲的眼睛往外看，车道 B 让我与其脱离，悬于空中。与这种多重的共时存在相比，这个时空本身并不让我恐惧，因为在此之前，父亲已经跟我讲过太多次了。

峡谷边多雾。车在七拐八弯的盘山公路上蛇形，越靠近峡谷，雾越浓。天还未亮，路上不见其他往来车辆，陶勇弓起背，看黑色路面一点点缩短。黑色即将消失时，当机立断就得左转。下山都是左转。跟陶勇一个车班的老陈，曾因漏掉最后一个左转弯，车头直冲撞上石墩，断了左手。隔着车窗，峡谷水流声仍盛大。及至谷底，水声震耳欲聋，陶勇有些恍惚，不知行进在哪个结界。陶勇将车拐下车道，想停在杂草丛生的黄泥地上歇口气。驶下水泥路面时，车胎被湿软的泥土吸住，像滑入巨型动物的腹部。

石墩下面即悬崖。峡谷两壁对峙，山势陡峭。大坝建成前，两岸鸟啼猿啸，险滩湍流搅起如雷水声。如今大坝既已建成，昔日被唤作"雷公河"的河段似被驯服，除非雨季涨水泄洪，平常日子里，已不见波涛连天的凶险。人胆子慢慢大了，这才把路修到谷底，架桥，过桥后沿盘山公路爬至坡顶，从水电站进城也就用不了一个小时。像陶勇这样年轻力壮的司机，开四十来分钟，就能把来勘察的领导或技术人员平安送回城。

水雾如蛛网，陶勇比平常更用力地抽烟，吐出的烟雾在浓重的水雾中几乎凝滞。一口气抽掉三根烟后，陶勇拍打身上细微凝结的水珠，转身看见了道路尽头一辆黑色的小轿车。

引擎发动，轰一声之后，陶勇再次上路。车开得慢，跟黑色小轿车擦身而过时，隔着雾蒙蒙的窗玻璃，陶勇仍看见了车里的人。一个男人在驾驶座上，身子后仰。陶勇有时也会把车停在路边打个盹儿，这边路况差，山高得遮天蔽日，翻一座山少说也要一两小时。也有跑长途的卡车司机，管不住嘴喝了酒，在路边打一盹儿就当过夜，还省了住客店的几十块钱。车轮轧上桥面唰唰作响，带起桥面的积水。桥的尽头，一只白狗闪出，横穿而过。陶勇猛踩刹车，桥面震颤。想了几秒钟，陶勇驶下桥，掉头往那辆黑色小轿车而去。

陶勇拍打车窗，车内的男人没反应。拳头印在车窗留下的印子破开水雾，得以看清男人的脸。车门没锁，拉车门时太用力，陶勇身子歪了一下，险些跌进黄泥地里。陶勇伸出左手，靠近男人鼻子，触电般缩回手，转身走开。在医院守夜照顾病重的父亲时，陶勇有时也会把手靠近父亲的鼻子，父亲会猛地惊醒继而咒骂他。眼前这个男人显然不会了。

警察来得太慢。陶勇不知不觉抽完半包烟。太阳出来了，雾气慢慢散去，峡谷如平日般苍翠，险峻之美摄人心魂。警察问话，陶勇可讲的不多，直至警察翻着驾照问他，死者姓巫叫巫延光、是否认识时，陶勇想起了这个名字。陶勇看着已围蔽、尸体已搬走的黑色小轿车说，不认识。

陶勇赶回小车班时，王主任已经在等他了。陶勇把车钥匙放在桌面上。王主任说，明天你不用跑电站了，北京的专家由小刘去接。陶勇愣了一下说，我闲着也没事啊。王主任说，你赶回来有事？陶勇说，有场喜酒。王主任抬手看看表说，接亲怕是赶不上了。陶勇嬉笑着说，领导，没跟你打过招呼，我也不敢随便拿车出去用啊。王主任鼻腔里似有似无嗯了一声，过了一会儿又说，喝喜酒好，去去煞气，又拱卒子一般把车钥匙往陶勇方向移了一步，说，还是开去？陶勇连忙起身、摆手说，不用不用，背朝门口退去。王主任站起来，送他到门口，又递了根烟给陶勇。烟抽过一半，主任说，那个人是不是你同学？陶勇说，哪个人？主任说，峡谷边那个。陶勇说，主任，人家开桑塔纳的。主任说，你开的不是桑塔纳啊？陶勇说，主任，我是给公家开车，就是个出力气的，人家是自家车子，比不成。主任笑了，拍拍陶勇肩膀。

陶勇去吃喜酒。新郎已听说了上午的事，还跟陶勇开玩笑说，撞上这种事，去买彩票说不定要中大奖哦。陶勇揽着新郎，也就是他的朋友王小蛮说，彭坨坨呢，彭坨坨怎么还没来？小蛮叹气道，等会儿他来了你自己问他吧，这个彭坨坨，是不是脑壳真的少道拐？陶勇说，巫延光，峡谷边那个人是巫延光。小蛮说，听说是自杀？陶勇歪了歪嘴说，法医都没出结果，你消息怎么这么快？小蛮扬了扬下巴指指不远处坐着的一个男人说，今天过了那就是我姐夫了，公安局的。陶勇说，还有什么消息？小蛮压低声音说，他不是一个人，巫延光不是一个人。陶勇说，放屁，车里车外我都看了，有第二个人我跟你姓王。小蛮笑了，说，大坝边上有农民报警，说河边发现一个女的，死了。女的，多大年纪，身份有了吗？陶勇问。小蛮又笑，说陶勇你搞刑侦啊？巫延光长什么样我都不记得了，就晓得他比我们高三届，但这个女的嘛，你肯定认识。陶勇顿了一下，说，不会吧。小蛮这下不笑了，只嗯了一声。

客来客往，小蛮被叫着往别处去了。陶勇站在迎宾处，从堆得满出来的花生果盘里拣一颗糖剥开吃了。等了一会儿，陶勇看见彭宥年跟在服务员背后进来了。新郎新娘、双方父母都在迎宾，彭宥年却没上前去，三步两步走到侧边挂礼的台子面前，俯身掏钱。待他回身，陶勇堵住了去路。彭宥年讪讪笑着说，我有事，先走一步。陶勇不言语，夹着彭宥年胳膊就往新人面前去。陶勇把恭喜贺喜的好话又说了一遍后，死死揽住彭宥年的肩膀往婚宴大厅里去。彭宥年想在最靠近门口的一桌趁势坐下，只动了半边身子就被陶勇箍住，拽着他往靠近舞台的前方去。亲属主桌之外最近的一桌还空着。

两人坐下后，彭宥年自言自语道："百年好合，早生贵子，幸福美满，白头偕老。"

"彭坨坨，我记得你是教生物的啊，怎么教起语文来了？"陶勇说。

"这是吉利话。我自己说还说不得啊？"

陶勇作势要扇自己耳光："我啊，不就是嘴巴跑得快。抢了你的话啊？来，来，长点记性。"右手扇下去时，左手稳稳接住右手，啪一声作响，两人都笑了。

新郎王小蛮的姨妈来了，穿了件紫色的旗袍，正在把脖子上红色的丝巾往下拽。她不像要坐下，只是站着跟陶勇说话："人一老啊，出点汗就喘不过气来，我这像什么样子？"陶勇半唱半念道："啊啊啊啊牡丹……百花丛中最鲜艳。"姨妈笑了："你们小年轻，懂什么？"背挺得更直，丝巾在手上绕了几圈，转头对彭宥年说："今天的菜好得很，小彭老师你多吃点。小彭老师，都说你上课上得很好。"彭宥年像是吓了一跳，连着摇头。姨妈走到陶勇和彭宥年之间，两只手一左一右搭在他俩肩上，略微压低声音道："我十六岁那年就考上歌舞团，都是我爸，说我要敢去就打断我的腿。现在他老人家也不在了，留我在这里，别说专业了，连个舞伴都难找。小彭老师，趁年轻……"话还没说完，新郎的妈妈过来把她拉起来，姨妈不情不愿，但也被自己姐姐拖回主桌去了。

"她是不是知道了？"彭宥年问陶勇。

"你上课上得好，大家都知道啊。"陶勇说。

"我还是走吧。"

"你要是敢走，老子打断你的腿。"

"我头有点痛。"

"头痛，老子才头痛。马小芸死了，你晓不晓得？"

彭宥年嘴角抽动。

"跟巫延光两个一起，哪个先哪个后现在还不知道。你还别扭啥呢？这些人都搞出人命了，谁还管你那点破事？"

彭宥年掏出手机打电话。电话通了，接电话的是个男的，他说，我找马小芸。对方说，我是马小芸的哥哥，马小芸今天上午已经去世了。

挂了电话，彭宥年复述电话内容给陶勇听。陶勇拍了拍他的肩膀说，是我发现巫延光的。

像是被猛地拔掉梦的电源，我醒了。眼睛适应了房间里的黑暗后，我确认了仍在房间之中，门在左手边、窗户在右手边，墙上的地图在黑暗中仍看得出色彩。双手手指僵直，似乎紧张了很久。我试着让连头皮都绷紧了的身体放松下来，四肢下沉，陷入床垫之中。不久，我闻到了从窗户缝里灌进来的潮湿的海水味。我还在珀斯。此时此刻，我还在珀斯。

我躺着不动，试图控制呼吸的节奏，让身体的频率不至于完全脱离梦的频率。然后我闭上眼，脑子里重复演练梦最后的片段。彭伯伯打电话，跟父亲说话，父亲伸手拍了拍彭伯伯的肩膀。但无论我怎么努力，以怎样的倍速重播这段梦的残片，我已无法再度进入梦里，直至完全清醒。

我坐起来，打开电脑，开始记录刚才的梦。其中多半是父亲说过的，也有父亲没说过的。比如，父亲回到小车班交钥匙，跟王主任的那段过手，就是某次我跟父亲一起时亲见的。只是父亲远没有我梦中这般灵活狡黠，递给王主任的烟也因对方迟迟不接而夹回自己耳后了。还有那场喜酒，记忆里，母亲抱着我也在席上。同桌的人边吃边说闲话，打趣彭伯伯的丑事，父亲嘴快多回了几句，差点与对方动起手来。小蛮叔叔和新娘子薛阿姨一起来敬酒时，彭伯伯已经有点喝多了，舌头囵囵着，说自己不是脑壳少道拐，他就是舍不得女儿，要能争取到女儿的抚养权，他什么都愿意。席间吵吵嚷嚷，没人听彭伯伯在说什么，母亲放下我，拽了拽彭伯伯的衣角，让他坐下了。

我把记忆里父亲说的部分标成蓝色，我自己添加的部分标成明黄色。文档变成蓝色和黄色色块的堆积，分属父亲和我的意识体。光标在最后一个字节后烁动，提示着选项：我可以写下去，补足这个梦；也可以打出一个句号，让这个梦暂停。

我起身，光脚在房间里走了一圈。房东贴在墙上的世界地图已有些泛黄，但并不妨碍我在上面迅速找到了自己的坐标。在珀斯，语言、季节甚至色彩，都提醒我这是国外，但有些时候，比如现在，我又会因珀斯跟北京处于同一时区而恍惚。在刚才的梦中出现的所有人，包括被隐去的我和母亲，此刻都应在睡梦中。自然，除了父亲。我不确定他现在是否需要睡眠，或者他所在的世界还有没有睡眠这回事。

我走回电脑前，坐下，统计了蓝色和黄色色块的字数，分别是1387和1401。我添补进去的部分超过了父亲传递给我的记忆。所以——是这样吗？它发现了。发现我在用自己的色块覆盖父亲的色块，而如果我继续下去，一路推进至章节的终点，我将改变后来的事。

后来的事，父亲也说起过。大部分时候，父亲跟我讲他的经历，多是为了让我体会其中的道义，简单说就是，遇上事的时候，怎么做个人，做个什么样的人。但这件事，从父亲讲述的起始，就不完全是让他得以自证价值的说辞，他被其中圆环般的关系困扰，即使一遍遍重复事情的经过也不能解释到底发生了什么，以及到底是怎么发生的。

他第一次跟我说起这件事，是我大学放暑假回家的时候。我跟父亲第一次一起喝酒。那时父亲的酒量已大不如前，只喝了二两，夹花生米就变成慢动作了。他试着问我有没有女朋友，得到否定答案后，就说起他的女朋友们来。有些我从母亲嘴里听过，更多的让我有些意外。比如母亲一直念叨马小芸是父亲的前女友，但父亲说，马小芸喜欢的是彭伯伯，从中学开始就喜欢，但马小芸那疯样，彭坨坨怎么会喜欢？彭坨坨啊，不是喜欢脖子像鹅的，就喜欢眼睛像鹿的。父亲这神叨叨的比方只能让我想到长颈鹿，于是我说，彭伯伯又不是动物饲养员。父亲摆摆手说，他一天到晚搞那些花花草草，早就是草食动物了。我说，大象也是草食动物，狮子老虎还不敢惹呢。父亲不听我的话，兀自说，彭坨坨不要马小芸，马小芸不要巫延光，彭坨坨老婆跟人跑了，彭坨坨还是不要马小芸，马小芸跟了巫延光，巫延光跟老婆离婚了，马小芸等不得跟别人了，巫延光把马小芸杀了，巫延光又把自己杀了。

我听完想了一会儿，问父亲道，这是彭伯伯的事啊，跟你有啥关系？父亲想了一会儿说，是啊，跟我有啥关系？顿了顿又说，你还不懂，我的事就是他的事，他的事就是我的事。

后来这故事我听过好些遍，每次父亲的重点都略有不同，不变的是主角永远是他和彭伯伯。虽然在我看来，巫延光杀死马小芸再自杀，这件事离父亲和彭伯伯都有点远。像父亲说的，这事发生前，他和彭伯伯连巫延光长什么样都忘记了。如果说彭伯伯还有马小芸这层关联，马小芸和巫延光的死对他是个刺激，那父亲切身的，不过是在峡谷边发现了巫延光的尸体。父亲只有高中文化，讲起故事来平铺直叙，毫无吸引力。最开始我以为这是本地罕见的情杀加自杀案，父亲才会讲。慢慢又觉得父亲可能有些同情马小芸，毕竟她罪不至死。但随着细节越堆越多，甚至离题千里，跟故事里的人有关没关的亲戚同学都被讲了个遍，我开始觉得，父亲对我隐瞒了什么。我不经意间跟母亲提起过，想让她说一个她知道的版本，可是她毫无兴趣，还说，你爸啊，不就因为那之后，彭宥年就走了吗？走去哪儿，我问。调动走了，去农学院了，以前不是在附中教生物吗，后来才慢慢成教授的呀，母亲说。

我是不太理解。彭伯伯虽然工作变动了，但跟父亲还是好朋友，家里没事两人就在一起消磨时间。项目单调，不是斗地主就是喝酒，持续到父亲生病前。即使后来酒吧多了，他们也不爱出去，还是把对方的客厅当自己半个家。两人见面从不预约，想起了随时拔腿就往对方家去，扑空的话才想着打电话。遇上对方家里有客人，也不回避，坐在那里自己看电视喝茶。

我一度对父亲失去耐性，烦他不懂人和人，准确地说是成年人之间该有的距离。大概因为我长大了，有一套自以为合理的行为逻辑。比如我总反驳他说，什么事那么重要非得见面？时间多么宝贵，你为什么一定要跑到人面前才能说话？跟我越来越多对他的反驳、否定激起的反应相同，他总是怒不可遏，不断提醒我，三岁看老，我从小玩过的玩具转头就扔，没心没肺。我自然不甘示弱，甚至有意刺激父亲，说我的手是拿手术刀的，不是抓方向盘的，我是靠脑子吃饭的，不是靠卖力气。父亲竟然沉默了，然后让我有多远就滚多远。

我也确实滚了。凭实力滚到澳大利亚，够了。直到现在，我只能用黄色和蓝色色块来区分和联结我与父亲。或许不止于此，如果我和父亲之间真如黄色与蓝色色块一般泾渭分明，我不会介意我竟然不了解他，更不会觉得因为对他欠缺了解，所以我自身的许多地方也渐渐不可解释。

我打下句号，另起一段，犹豫着要不要把梦的结尾、我复归自己身体时的感受打出来。

与父亲的身体脱离前的片刻，我的手拍在三十出头的彭伯伯的肩膀上时，他的肌肉反作用于我的手掌，轻微地震颤。即使是在梦中，我的手掌仍被导入了一股电流，传至我的中枢神经激起一阵波动。我知道大脑在迅速比对，这一经验有无类比，该如何归档及储存，也很快被告知答案——这体验是我没有过的。不只是亲密，还有别的，是两个颜色极接近但又不同的色块的相互覆盖，彼此一部分的消融。能量在其间涌动、循环，边界消逝，归于平静。

或许父亲说得对，我太无知了，根本不懂一生的朋友意味着什么。

一种思维的积习是：当身体出现疾病，人要到身体以外去寻找救助方法。我的问题不是由身体原发的，但很难界定病灶的位置。苏格拉底的看法是，大部分人终生都在梦游，从来没问过自己在干什么，以及为什么要那么做。他们吸收了父母的价值观和信念，或者父母的文化，毫不质疑地接受下来。但如果他们刚好吸收了错误的信念，他们就会生病。

我是这样吗？不是这样吗？

记下那次我变成父亲的梦之后，我再没做过梦。梦神在惩罚我。我竟然用人类的语言和文字来与之对抗。但除此之外，没有别的办法。渐渐地，我失去了边界感，昼与夜，醒着与做梦，说话与呓语，它们之间甚至不需要衣橱里的一扇纳尼亚之门，而是豪华酒店的旋转门，流光溢彩间，你被推送出来，再推送回去。而我既然无法再做梦，对意识的控制力就平移到醒着的时间里。很长一段，我不确定什么是真的发生过的，而什么不是。

乘务员推着酒水车过来了。成年人大多要了啤酒。天气正热，从珀斯到新加坡的飞行时间是五个多小时，啤酒是最佳选择。车推到我面前，乘务员问道，先生，也是啤酒吗？我说，不，谢谢。那你想来点什么？他是个亚裔，但听不出口音。噢，不用了，我说。邻座的女人先给儿子来了杯牛奶，再给自己来了杯冰茶。"多一点冰块。"她说。乘务员把冰茶从我脸前递过去时，我听到了冰块的吱吱声："给我一杯啤酒吧，谢谢。"

淡黄色的泡沫涌进嘴里，我才意识到，这新鲜的感觉几乎像第一次尝到酒的滋味。我的梦境控制计划持续了七个月，也就是说，从至少七个月以前开始，我就再没喝过茶、咖啡和任何含有咖啡因的饮料。酒断得更早。如果没记错的话，第一次起念要戒酒，是在看了父亲的脑部CT之后。从考进医学院开始，八年求学、四年工作，似乎我所受的训练就是为了让我能看懂这张该死的CT图。外人都以为父亲是因为肺癌死的，毕竟，谈癌色变。但我清楚，跟癌症相比，真正让父亲放弃希望的是大脑的萎缩。如果他没有意外摔破脑袋去检查，答案不会那么早就被给出。在医生群体里，有些可以并愿

意给自己的亲人做手术，另一些则不能并拒绝。我属于后者。但父亲的脑部
CT图仍印刻在了我的记忆里。我有该死的好得不得了的记忆力。

"是去旅行吗？"邻座的年轻母亲问我。

"看亲戚。"我说。

"我也是。你是新加坡人？"

"中国人。"

"我也有亲戚在中国，上海。"

"你是新加坡人？"

"马来西亚。"

孩子打翻牛奶。她左手抱起孩子，右手用纸巾擦拭小桌板。突然靠近我
的孩子有一双蓝眼睛，是个混血儿。眼睛之外的五官很像他的母亲，这张脸
对于男孩来说太好看了些。

等她收拾停当，我主动说："我可以帮你抱他一会儿。如果你想喝完这杯
茶的话。"

她把孩子递给了我。孩子的脑袋刚好在我下巴下面几寸，我忍不住低头
闻了闻他的头顶。

"我猜你还在读书吧？"她笑着说。

"我是个医生。"

"这孩子看起来很健康吧？"

"闻起来健康极了。"

我们一起笑了。我让乘务员再给她加了点儿茶。她叫朱莉安娜，在一家
石油天然气公司工作。我开玩笑问是不是该买更多的能源股票，她很认真地
给我推荐了几个公司，建议我关注，还说其中没有她所在的公司。

乘务员把杯子收走后，她给孩子讲起了绘本故事。孩子叫罗伊，三岁
了。机舱远处响起鼾声，慢慢地，孩子睡着了。朱莉安娜抱着孩子也闭上了
眼睛。我捡起那本故事书，书名叫《大卫，不可以》。书里，一个头发像毛
刺、龇牙咧嘴的小男孩正在搞破坏。用锅碗瓢盆奏乐、用棒球打碎家里的花
瓶、把盆子里的鸡腿和土豆组装成小人……作者就叫大卫，在短短的作者自
述里，大卫说，这本书来自母亲的礼物。

"几年前，我的母亲寄来一本书。那是我还是个小男孩时期的作品，书
名叫作《大卫，不可以》。书里的画全是我小时候不被允许做的事。里头的
文字则几乎都是'大卫'和'不可以'（这是那时我唯一会写的字）。重新创

作这本书的主要原因是，我猜想这会很有趣，同时也是纪念'不可以'这个国际通行、在每个人成长过程中必会听到的字眼。'可以''很好'当然是很棒的词，不过，它显然没有办法阻止蜡笔远离客厅的墙壁。"

客厅的墙壁，嗯，父亲受民营电站行贿受贿案牵连后，曾被调到电站三年。说是调动，其实是下放，从小车班的副班长，变成电站工地上的拖斗车司机。他自己住在电站的宿舍，母亲带着我还住城里。每次去电站看父亲我都很高兴，没人管我在不在墙壁上乱涂乱画。那段时间母亲的心思不在我身上，她到处托人求人，想要把父亲弄回城去。很快，我跟电站的孩子们熟悉起来，在打了几次架，而我胜多败寡后。我们沿着峡谷一路往前，无论是白天还是夜里，大坝都像张着嘴的怪兽吞吐着河流。很快我们也发现，在水电站下游不远的地方还有一座火电站，遍地的煤渣，煤燃烧后喷出的黑烟让那一带肮脏不堪。火电厂的孩子连挂着的鼻涕都是黑色的。我问过母亲，发那么多电干吗，母亲说，卖给用电的地方。我问，哪里？母亲说，珠江的下游。母亲保留着我小时候的玩具和涂鸦，其中一张画印证或加强了我的记忆。一条黑色的龙在喷火，喷出的火焰是一个个三角形，绿色的。虽然都是三角形，但涂上不同的绿色，深深浅浅，长大后我看着这幅画，想起了绿色是什么，绿色是峡谷的雨雾、水滴，所以绿色三角形才覆盖了整个画面，似乎龙不是主角，而三角才是。我把这幅涂鸦带回珀斯，在装框时才发现了背面有一行小字——爸爸 37 岁生日快乐。这行字提示着，遗忘比记忆残酷许多，如果没有保留下这幅画，我将忘记当自己还是个小男孩时，如何笨拙地想要让父亲高兴过。

那时，也许母亲意识到了嫁给一个司机的风险与后果，她不再为父亲忧心忡忡，开始把重心放在督促我学习上。我的手指很长，母亲曾让我跟着彭伯伯学小提琴，但不知哪天开始，母亲说我不用学了，说手指长可以干别的更有用的活儿，比如像外公一样，当医生。如今看来，我的人生有多符合母亲的设想，就多偏离了父亲的阶层和轨道。

跟大卫一样，我的规矩都是母亲立的。

到樟宜机场排队过海关时，朱莉安娜和我交换了 Facebook 账号。有机会再见，她说，去小印度转转。

我入住乌节路的酒店。豪华酒店的空气、植物甚至光线，都透出钱的底色。母亲来珀斯时，我给她买了头等舱机票，事先没告诉她。她在飞机上拍了不少照片，还发朋友圈。可能女人还是比男人乐观一些，或者母亲对父亲了解得足够多，彼此身上堆叠的时间足够长，才不会像我一样，只能在记忆的碎片中费劲拼组，得到的仍是一个不确定的父亲。并且，我是父亲遗留给母亲的某种纪念，而从母亲身上，我并不能索求父亲。同时我发现，当我把话题稍微触及自我的痛苦或父亲留给我的痛苦时，母亲就迅速滔滔不绝说起她的麻烦事来，她对自我的痛苦过于沉溺，对她自己之外的痛苦缺乏耐心。每个人都想讲述自我，不是吗，可是没有那么多耳朵。

　　从地图上看，离植物园已经很近了。我不确定是不是应该马上动身往植物园去，还是需要做点准备。落地玻璃窗外是乌节路的车水马龙。除了街道上偶尔闪现的简体中文，这里跟珀斯没有区别，跟北京上海也没有区别。我真的来了吗？

　　就在我犹豫不决时，手机响了。我接起来，彭伯伯问，毛毛，你到哪里了？

　　我来过新加坡两次，但每次都没想到要去植物园。这里本身已是植物蓊郁的热带，跟树木花草的相遇无须刻意。但进入植物园后，我才意识到，如果没有在这个马来半岛最南端的城市拓殖，这里会一直是植物与鸟兽的天堂。

　　彭伯伯在电话里说，我到了雾园门口就给他打电话，他来接我。但进了植物园没多久我就放弃了地图，只任意走着。去彭伯伯家学琴时，我总是抄小道。弯弯曲曲的巷子走多了，变成连接彭伯伯和我相处的那些时间的通道。那时候我还不知道，我那么喜欢待在彭家客厅里，是因为那里有我们家没有的氛围。虽是一样的沙发、茶几、边柜和电视机的布局，但这屋子里没有女人的气息，不会有人让我把香蕉皮马上扔进垃圾桶里去，任它摆在桌面也没什么问题。但类似摆在桌面的香蕉皮这样的细节多了，我发现了彭伯伯和父亲的不同。父亲那时已从电站停薪留职，去广东做生意。最开始进了一批牛仔裤，卖得不错。后来又不知从哪儿拉回一车椰子，大赔。运气最好的时候，父亲靠电饭锅、电磁炉这样的小家电赚了不少。彭伯伯却一直在教书。我练琴的间隙，他点支烟，坐在窗户边翻书，像是不知道世界的变化。母亲不让我学琴后，我还是时不时溜达到彭家去。那时我对彭伯伯的女儿平平嗤之以鼻，女孩子，整天就给洋娃娃穿衣服脱衣服，穿了脱，脱了穿。男孩可不是这样的。一次，我偷了父亲五十块钱，父亲在游戏室把我抓出来当街打了两耳光。我跑到彭家去，彭伯伯照旧问，吃饭没有。我说没有。彭伯伯就给我下面条。又从冰箱里端出半盘回锅肉，全撅进我碗里。我说不想上学了，想出去挣钱。彭伯伯说，进工厂怕是都不要你呢，年龄不够是犯法的。又问，零花钱不够吗？是不是有女朋友了？我说，我不想用陶勇那个狗日的钱了，花他的他就瞧不起我，老是骂我：有本事你养活自己啊，没有你爹你得睡大街去。彭伯伯起身进平平房间去了，抓着几颗巧克力回来塞给我吃。我吃了一颗，继续说，我要给陶勇看看，我跟他是不一样的人。彭伯伯笑了。我说，你是不是也不相信我？彭伯伯说，要被别人看得起，不是力气大、挣钱多就可以的。力气大、挣钱多，别人只是怕你，或者趋利避害，有求于你，当然，你现在也可以用零花钱、漫画笼络些人在身边，但这样的人不会是你的朋友。我说，陶勇不会是我的朋友。彭伯伯起身，在书柜上找了半天，抽出一本书递给我，你是个聪明的孩子，我相信你会有出息的。

到了雾园我没急着给彭伯伯打电话，先自己转了转。细密的水雾从四面八方喷出，蕨类和苔藓遍布。指示牌上说，这是模仿高原云雾缭绕的低温环境，以适宜于兰花的生长和培育。沁凉湿润的空气是模拟出来的，雾的漂流状态也是，但我仍有瞬间恍惚，这里就像我梦里峡谷的切片。雨雾大的天气，峡谷里也有人背着背篓寻找野生的兰花。野生的兰花颜色并不艳丽，往往平平无奇，但如果你闻过它的香味，就很难忘掉。跟梦里不同的是，在这里，峡谷只是一种氛围和想象，而在梦里，峡谷是峡谷本身。

彭伯伯从木板铺成的道路尽头走来，穿着工作服。几年没见，他头发几乎全白了，脸却没太老。彭伯伯伸手用力拍我的肩膀，说我壮实了。

"你在干活啊？"我问。

"他们照顾我，让我也能用实验室。"

"要我等你下班吗？"

"不用，没有任务。我带你看看？"

"好。"

彭伯伯很高兴，边走边跟我介绍雾室的布局和植物，还说他来之前，平平担心他不会英语不方便，给他买了个新手机，里面装了好几个翻译软件。他举起手机，说了句，欢迎毛毛。手机回答他说，Welcome Maomao. 彭伯伯指着玻璃大棚说，那是岚烟楼，低温温室，里面是兰花，兰花的种类很齐全，按旧世界、新世界分成两部分，我们进去先会看到旧世界的兰花，就是亚洲、非洲的兰花，然后慢慢就是新世界，美洲的兰花。原种兰花有一千多种，杂交的就更多，有两千多种。彭伯伯时不时扯低叶片，让我看颜色、脉络和花纹。他跟我一样，有一双灵活的手，这样的手可以用来弹琴、画画，也可以像我一样用来做手术。

彭伯伯蹲下身，手指戳进土里，捻碎一些青苔说，这里的土用的是调配土，松软，跟我们那儿的土不一样。起身时他喊了声头疼，我问是不是颈椎病犯了，他说老毛病了，时好时坏，又问我，听你妈妈说你一直在休息，现在怎么样，好点没有？我说，你不是还夸我壮实了吗，在澳洲就是运动得多。我一个劲儿往下说，沙滩啊冲浪啊，徒步啊游泳啊，就欺负彭伯伯没去过澳洲。等我终于不说了，彭伯伯说，工作要是不喜欢，就换一换。我愣了一下说，也不是不喜欢，就是想调整一下。

"他们都说是我害死了我爸，你觉得呢？"我对着棵不知道是什么的植物说。

"谁说？"

"我接我妈去过澳洲，可我爸却不肯去。怎么说都不去。"

"年轻时跑东跑西，折腾坏了。光是在广东那些年，他就没少受罪啊。"

"我自己过不了的是，我好歹是个医生，可自己爸的病一点办法没有。"

"那你外公不也是医生，自己的病也没办法。"

我对着一丛淡黄的兰花站着不动。我不确定自己到底要不要告诉彭伯伯，我像个神经病一样在搞梦境控制练习，而我梦见和没有梦见的东西，会不会一旦对着另一个人说出口，就像肥皂泡泡一样噗一声破了。我要赌一把吗，还是再等等。

"彭伯伯，陶勇到底是个什么样的人？追悼会上，好些来跟我握手的人，都要说几句对他的评价。说他软弱，说他窝囊。但我疑心那根本不是他。我盯着那些人的眼睛、嘴，心想你们怎么还不他妈闭嘴？"

"老陶啊……"彭伯伯的视线升高，一群鸟低空飞过。

鸟群扑打空气，空气中遗留下动物的气息，一片绒毛缓缓下坠。我们俩都发现了那片绒毛，谁也没作声，直至绒毛在水雾中比平常更加慢地坠落。

是不是对着认识父亲的人说出他的名字，或者在心里默念"不要害怕不要害怕不要害怕"，父亲就能从语言中显现。还是说，我和父亲共同拥有彭宥年这个朋友是我们最好的运气，如果没有彭伯伯的存在，我再不能找到一个人，一个活生生的人，却是时空的容器。想到这里，我几乎不想说话了，只要彭伯伯还是彭伯伯，而我能在这里再待一会儿。

我们绕着岚烟楼又走了几圈。顺时针。顺时针绕圈的次数如果足够多，就能形成隐秘的能量场，我的瑜伽教练告诉我的。我记得这一点是因为我相信。但现在我不确定我和彭伯伯要用这些能量做什么。我们能对兰花做些什么。

　　沉默许久后，彭伯伯开口说话。我虽想到了，他沉默是因为在想跟我要说什么，但当他真的开口，还是让我意外。比如他说，父亲能在峡谷边发现巫延光的尸体，是因为父亲那阵老失眠，半夜三四点醒了就再也睡不着，那天早上才天不亮就开车回城。父亲觉得是巫延光和马小芸替他挡了煞，虽然他说不准到底这煞是个什么煞，但彭伯伯确定，父亲已经被那个东西逼得快走不下去。还有，他们俩每年都会在那个日子聚会，是约定，也是秘密，似乎他们认定，在多年前的那一天，发生的事比实际的更多，而他们只是侥幸从峡谷边生还了。那么比实际更多的是什么事呢？

　　"那时候我呢……也跟团烂泥一样。平平判给我了，我高兴，可怎么带她？出了那种事，人看你的时候只一眼你就知道他们在想什么了：你没资格做个男人了，连老婆都管不住。也不是没有想过死。胆子还是小。死了可能更让人笑话。但你管不住别人的嘴。我们明明是平常人，但什么东西却在失控。就是你所有的事情都在该在的位置，结果你就一动不能动。可能那个年代，人都那样，钉死在格子里。你见过昆虫标本的，就那样。

　　"王小蛮婚礼上，你爸打了人。何止那次呢，后面几次三番，都是差不多的事，都是你爸上。开始我觉得他是替我生气，慢慢我明白了，不劝了，让他打。

　　"马小芸被杀死，对我刺激太大。我觉得不能再这样下去了，可是要怎么下去，我也不知道。老陶也一样，一样找不到出路，找不到办法。

　　"后来平平被她妈藏起来，我差点疯了。老陶跟我到处去找人，找到的时候平平妈撒泼，她男人也作势要打人，老陶这才把他打坏了。我听见那男人骨头断开，咯嘣一声。老陶也听见了，停手了。我知道，他这次会停手了，警察要来了。

　　"那是个特殊时期，人想的事、做的事，离疯狂近一点，但反过来说，是生存的本能。不这样，就会真的疯狂。后来你也知道了，我下决心走了，反复几次终于走掉了。老陶没走成。他想过走，但各种巧与不巧……最后他说这是他的命。我不信。"

　　我蹲下，把手指像彭伯伯那样戳进土里。湿润的，松软的。"什么特殊时期？"我问。

彭伯伯没回话，继而笑了，"1992年春节前，我记得很清楚。老陶弄了一车椰子回来，分了两筐让我帮着卖。我没胆子摆摊。好笑吧？摆摊都不敢。找了小蛮，把椰子拖去他的烟酒批发部门口寄卖。反正是按个数卖。卖到大年二十八，餐馆要放假了，椰子还剩一筐半。那时候，过年哪有什么花样，全部店铺关门，大家躲在家里。大年二十八没卖出去，到正月十五也卖不出去。老陶拿个砍刀，椰子给砍出个洞，把水倒在玻璃杯里，瓢子掏出来让我们尝。问我，这是不是好果子，我说是。他说那咋没人买？小蛮说，不是所有外来货都灵的。你卖牛仔裤火了，有人也去广东进货回来，现在人人都买了牛仔裤，也不好卖了。老陶说，骗人的事我不想干。小蛮说，把钱从人兜里掏出来，这事哪有那么简单。他俩越说越多，后来小蛮请客，吃饭喝酒，椰子嘛，老陶也不要了。"

"我爸死，土小蛮没来。"

"小蛮嘛，后来挣着钱了。"

"骗得了自己？"

"他也可怜。"

"我爸后来不疯了？"

"要是我说，老陶自始至终都一个样。你能明白吗？"

我摇头。

"你看我，疯不疯？"

我摇摇头，但又迟疑了。

"也有人说我有病，是不是？"

"谁没病？"

"他不变，他不走，他代我把一半补上。很多人没这运气，才会失魂落魄。"

"我妈倒是说过，你走了，他是失落了。他想像你那么活。"

"老陶问过我，要不要留在广东，那边生活容易些。我当时觉得，他一个人留在广东，日子长了，你和你妈就麻烦了，就劝他回来。但现在回头看，那时候谁也想不到中国会变成这样，留在广东算什么呢？如果老陶不回来……"

"我倒希望他不回来。"

彭伯伯低下头，踢走草的断茎："在哪儿，老陶都是强人。"

我抬头，想看看彭伯伯的脸，他是不是在骗我。过于善良的安慰，跟欺骗没有区别。他引我看高大的蕨类。

"植物有智慧吧？"我问。

"有，但不是动物，尤其不是人类的智慧结构。"

"光合作用算吗？"

"植物是向光而生的，光合作用可以获得养分，但向阳植物为了追求阳光都拼命纵向生长，放弃横向发展，有时候会病态。"

"可能因为根扎在土里跑不了吧。"

"也有树冠羞避。起作用的是风。风吹过来，树冠和树冠之间自然留出缝隙来。这是智慧吗？我觉得是。"

"陶勇到底是个什么样的人？"我似乎陷入循环之中，不自觉地重复之前的问题。

"我有时候也会想这个问题。后来我发现，每次我想这个问题的时候，其实我是在想：我是个什么样的人？"

"那么，你是个什么样的人呢？"

"你妈送你来跟我学琴的第一天，你就问我，弓重要还是弦重要？我说，弓和弦各自摆着，是不会有曲子出来的。得上手，把位，握弓，运弓，才会有声音。要奏出曲子，那就更复杂了。如果你真喜欢小提琴，得勤学苦练，才能奏出曲子，让人感动。然后你问了个让我吃惊的问题，我没有想到你是这样一个孩子，以至回答了你之后，我开始高兴又担心，老陶有你这么个儿子。你问我，陶伯伯，学琴这么辛苦，就是为了感动人吗？我说，是，就是为了感动人。"

我没有提那些跟父亲有关的梦。临别时，我伸出手揽住彭伯伯，像梦里的父亲那样，想拍拍他的肩膀。彭伯伯给了我一个男人的拥抱。短暂，有力。像我们的谈话一样，绕行于雨雾中，但止步于峡谷边。来之前我就明白，不能指望任何人。但此刻，有些东西微妙地溢出。不属于梦，也不属于世界。

有那么一秒，我想起很久以前，我在一个域名为 iaskgod.com 的网站上玩问答游戏。页面只有一个对话框，你输入问题，God 就会回答。最开始我像测试算命先生一样问他我的性别、年龄、性格，后来慢慢地，就跟他讨论更深入的问题。他回答了些什么，现在我已经不记得了。只一次，当我像厌倦父亲一样厌倦他，而想关掉窗口结束对话时，他突然说，祝福你孩子，记住常常来跟 God 谈话。我不信神，可一股电流穿过身体直击心脏。跟我对话的真的是一个计算机程序吗？

此刻，我看见空气中的省略号浮现、消失，又浮现。对方正在输入。

彭伯伯的身体跟父亲不同，他的拥抱传导出的肌肉还是肌肉，骨骼还是骨骼。最后的日子里，我把双手插进父亲腋下就能轻松抱起他。我的左手揽住他的背，手掌握住他的脖子，这样就能扶住他的头。他轻得像个小孩，耷拉在我身上。小孩才需要别人做决定。而我的决定是，等待。

在峡谷边，总有雾。天气不好时，雾就变浓。我和陶勇之间，雾越来越厚，越来越浓。语言、动作、情绪再无法穿透。我知道母亲要我回去的原因。她走出病房，轻轻带上了门。医生向我确认，我确认。半小时后，陶勇的身体停止了呼吸。我把手松开，从被单底下缩回来，揣进兜里。陶勇的手指保持着被我握住时的形状，在被单底下鼓起一块。手指是陶勇的手指，手指属于陶勇。手指和陶勇的关系如此确定，几乎让我嫉妒。它们之间至死不渝。

在岚烟楼门口，我转身走开。彭伯伯问我，你想好了吗？

他的话激起回声，像从我内部发出，被许多个我反射，再回到我耳朵里。

回到宾馆，我打开电脑，把那个关于父亲的梦的文档打开，另起一行加了一段：陶勇没有告诉彭宥年，看见巫延光的脸时，他看到了自己的后半生。即使没有马小芸这样的变数，他也跟巫延光一样，迟早会结果在这峡谷边。峡谷边没有什么不好，也没有什么好，只是他本不该在这里度过一生。陶勇还没想好去哪里，但无论去哪里，他都决定，不要再回头。

我跟朱莉安娜约在小印度见面。约会前，我看到她 Facebook 上的状态写的是单身。有点意外，更多的是高兴。她推着车来了，罗伊坐在上面。我们沿着小印度有些混乱的街道随意走着，沿途路过供奉天后娘娘的天福宫，后座供有孔子像，也经过印度教神庙，主神是破坏女神伽梨。朱莉安娜说她不信教，问我信吗。我开玩笑说，听说墨西哥有玉米神，我喜欢吃玉米，如果玉米神来考验我，我愿意相信他。朱莉安娜指指不远处花柱一样的印度神庙说，我应该相信象鼻神，我长得像他。我笑了，问她知不知道象鼻神为什么长了象头人身？朱莉安娜说不知道。我说，象鼻神的爸怀疑他是私生子，一怒之下把他的头砍掉了，还跟他妈说孩子死了我们可以再生一个，但他妈不愿意，非得让他爸把孩子救活。他爸到人间走了一圈，把大象的头接到了儿子身上，儿子复活了，成了人见人爱的象鼻神。朱莉安娜说，还是印度人有意思。

罗伊说要撒尿。找到公共厕所后，我说可以带罗伊去。朱莉安娜看着我笑了一下，把罗伊从车里抱起来递给我。罗伊像小猴子一样双腿夹住我的腰。进了男卫生间，把罗伊从我腰上掰下来，我才意识到他还没有小便池高。我愣了一下，抱起罗伊，让他的小鸡鸡对着小便池："对准了，发射！"父亲就是这么教我的。

事逢二月二十八日

朱　辉[1]

1

时值正午，阳光灿烂，有风。东边房间的门开了，又重重地关上，一串清脆的足音，由近而远，款款而去。谛听中，足音的节奏变了，这是她在下楼梯，细巧的高跟鞋踩出舒缓的顿挫，听不见了。李恒全走近窗户，轻轻地把窗户推开，他看见那女人窈窕着身子，沿着楼前的小路渐渐远去了。

二月份，即使是正午风也还凛冽，像挟了针。他关上窗，躺到了床上。她这是去上班，每天都是这个时间离开，后半夜才回来。他的眼前，晃动着她的影子。她是做什么的，他并不明确，但他住到这里已个把月，了解她的生活规律。她过年后就回来了，只拖着个小拖箱，他知道是老住客。他起身，拉开了自己的门，门外立即飘来了一丝香气。四顾张望，楼道顶头的窗户明晃晃的，破了玻璃的地方露着蓝天；地上亮得像是蒙尘的镜子。没有人。一只老鼠窜到走道中间，停住了，歪歪头，嗖的一下没影子了。

这楼里只有香气是新鲜的，其余一切都破败陈旧。这是一栋老楼，所有的房间都朝南，门前是一条走廊，连接着盘旋的楼梯。走道的水泥地不知被多少人蹭了多少年，粗糙坑洼，只靠墙的地方还留有原来的地漆。墙大致还是白的，以白为主，墙皮脱落处是灰黑的，还遍布着更多奇形怪状的痕迹，

---

① **朱　辉**　《雨花》主编，江苏省作家协会副主席。短篇小说《七层宝塔》曾获第七届鲁迅文学奖。

鞋印当然一眼就能看出，可位置高得很奇怪；还有很多圆斑，顶上都有，李恒全上学不多，刚来时想了半天也没明白这是什么印子，直到他发现一只瘪气的篮球。它落在墙内的一个玻璃柜里。玻璃破了个洞，但还能看出"消防"两个字。

他喜欢眼前的香味。他似乎能看见香味，与阳光混合了，金粉一样弥漫。他深吸一口气，反身进房，从墙角的柜子底部拿出几样东西，拢在袖子里。

自己的门虚掩着，并不关上，他习惯性地给自己留好后路。女人的房间在他东边，隔一间空房。他步态正常地过去，贴近门。他看准了门锁，直起身子，双手配合着动作。没有声音，走道里没有声音，只有他的手能感觉到声音。吧嗒一颤，门开了。

他侧耳听一下，猫腰走了进去。他当然要轻手轻脚，却突然想起了什么，笑一下，坦然直起了身子。眼前的格局与他的那一间类似，一张床，一个立柜，一个桌子，但女人把桌子变成了梳妆台，一面镜子倚墙立着，前面随手摆着不少化妆品。大楼外风声呼啸，他看见这里的窗户下面，有一片水渍，跟他那里一样有点漏水，还有点漏风。

这是女人的住处，是她的房间。香味幽幽，奇怪的是，这源头的香味并没有走廊里浓。他这是第二次进来。他立即注意到，这里有了一些变化，窗户和门之间拉着的一根绳子，上次绳子上挂满了衣服，这次是空的。他拿眼一扫，看见那些衣服都已收在床上，还没有叠。衣服散乱着，红的、白的、淡黄的，还有一些难以形容的颜色，如半床的乱花。一只丝袜黑蛇般蜷曲着，另一只从衣服底下露着头。他忍不住要把它拽出来，手伸出去，又缩了回来。

他使劲地吸着房间的味道。上个月十五号，他呼吸到了久违的自由空气，在这里，他再一次嗅到了美好的人间气息。他的心脏狂跳，脸色绯红。如果可以，他真想把这些衣服叠好。曾经，他无数次钻到别人家里，带走一些东西，他不把别人家搞乱，只是为了不让别人发现，或者说晚一点发现。现在不同了，他可不想再回到那个肃杀的号子里。他绝不会再带走别人家一件东西。他一进门就看见了床头的钱包，小巧可爱，镶着玻璃钻，鼓鼓囊囊的，他习惯性地拉开，不少钱；立即又拉上了，摆回原处。钱包就在枕头边，枕头上垫着花枕巾，中间有脑袋留下的印痕。他终于没忍住，脑袋对着枕上的凹痕，躺了下来。

很香。他的手不听话，摸向那堆衣服。他闭着眼，手划拉过去。丝绸的滑爽，针织的粗粝。他的脸更红了，热烘烘的，像被人抽过。他腾地起身，走向了那张桌子。

瓶子，管子，小镊子，李恒全不太懂这些。女人好复杂。他能认出的只有口红，有好几管。忽然想起了什么似的，他右手伸进了自己的衣兜。就在这时，大风又加了一把劲，尖厉地呼啸中，走廊里传来砰的一声。他被枪打中了似的一颤。他飞步跑出去，呆住了：他的门，被风吸上了。推不开了。

他一时有点发蒙。怎么办？当然，他立即就想起了自己的专长，这对他来说不是问题。曾经那么多的门，只要他看中了，差不多都不是问题。工具是现成的，就在裤兜里。现在的问题是，他还从来没有面对过这种情况，就是说，他要用技术打开的，是自己的门。他晃晃脑袋，摆脱了暂时的恍惚。手伸进裤兜时，他触到了一个东西，他一愣，快步跑回了她的房间，走到"梳妆台"那里，把兜里的东西摆了上去。那是一管口红。每次见到她，她的嘴唇都油光锃亮，红里发黑，他觉得这不够好看，老气。应该红一点，但不要黑。

他知道他还会再进来。这个地方让他留恋。他有点舍不得走，把桌上的几管口红都旋开了，一个个在自己的左手背上画一下，一排颜色。他认出了她最常用的那个，毫无疑问，自己带来的口红最好看。他恨不得当面告诉她。

当然不能。他那么多次看见她，从来不敢开口。也曾点头打过招呼，还冲她笑笑，可是她戴着墨镜，面无表情，也没搭理过他。他眼前总是浮现着她的墨镜，发黑的口红和她婀娜的身姿，这些是她的概括，通通被她的气味笼罩。

他仔细地关上她的门，回去，轻易地把自己的锁打开了。这栋楼所有的锁都差不多，A级锁，最容易打开的那种。他只需要不到十秒。上个月的那一天，在等待高大的铁门打开的那一刹那，他狠狠地在心里说：李恒全，你决不再干了！永远不要再进来！他确实做到了。在进入她的房间前，他犹豫，挣扎，但置备一套工具对他来说太简单了，稀里糊涂地就去弄齐了。事实是，他确实没有拿她的钱，还用口红对她提了一个隐秘的建议。他管住了自己的手，准确地说，他只是管住了自己手的某一类动作，却没有全管住。不偷窃，却送礼，想到这个，李恒全咧嘴笑了起来。

以他的技术，这城市一半以上的锁，他可以视若无物。一切房子，无论它们多么规整呆板，或是曲折复杂，在他眼里，都只看见锁：无数的锁，一行行，一列列，凌空悬置。他那时的目标，就是要挑出最容易开、最值得开的那一把。现在这栋楼，地处城郊，周边拥挤简陋，住着各式各样的人。租金很低，都是些身份不明的男人女人，跟他也差不多。他能看出身份的，就是几个大学生，还有几个人大概干着他熟悉的营生。他不说破，也不搭理。既然已经洗手，那就不再沾惹。

2

李恒全出门时太阳已经偏西。他把那套家什摆到柜子底，上了街，匆匆而行。他其实没有目的地，没有家等着他回去，也没有锁等待他搞开。他从前上街，搜索，踩点，都是碰碰运气。现在他还是碰运气，不同的是，他希望的运气是一份工作。

工作不好找。除了开锁以及相关活动，他别无专长。他身子骨本来就不算强，精瘦，在号子里待了两年，早晨六点半吹哨起床，七点出工；晚上五点半收工，八点半锁门收封，十点睡觉。作息规律，三餐有时，倒长胖了些，不过干重活还是不行，吃不消。出来后，除了过年那几天猫在屋里，他一直留意着工作，但高不成低不就，左不行右也不成，他心里揣着朦胧的希望，在街上瞎逛，至少，自己觉得是在努力，突然，他眼前一亮，心里说：怎么这么笨呢，这不现成的吗？

一个小摊子，架子上挂着无数钥匙，一个招牌："专业开锁"。不少街上都有这样的摊子，开锁的业务也肯定不少，因为并不是所有人都身怀绝技。那个专业开锁的汉子三十刚过就谢了顶，这会儿正在给人配钥匙。他把待配的钥匙和一个钥匙坯分别夹在台钳的两端，手一摁电门，两把钥匙同步动作，火花四溅，转眼间，钥匙就配好了。他迎着阳光瞄瞄，拿锉刀修修，说：好了。来配钥匙的是个少妇，她说：你要保用呀，不行还来找你。她掏出十块钱，接过钥匙走了。

他忍不住多看了那少妇一眼，又看看自己手背上的几道口红印子。这女的显然没有东边房间的那个女的好看，不过她的口红倒不黑。片刻就挣十块，不慢，而且可以光明正大地挂牌子。这老兄配钥匙要用电动工具，谈不上技术含量，不知他开锁是个什么架势。这老兄的头顶在夕阳下亮晃晃的。李恒全脸上不禁漾出笑来。配钥匙的老兄问：你什么事？

他一怔。他刚才想的是：是不是每配一把钥匙，这人就会掉一根头发呢？立即换了请教的笑，说：我没事。我看看的。你手艺不错啊。

那人嗯了一声，看着他。

是这样的，我看你这营生不错，也想摆个摊子。来学习学习。

配钥匙的说：摆呗。就摆我边上，这儿还有个空。

他连忙摆手说：不不，不在这。你放心，不抢生意的。我懂规矩。

你懂规矩？配钥匙的手一指钥匙架上的招牌：这你就不懂了吧？配钥匙开锁是特种行业，要到公安局挂号的——"的"字拖得老长，有一种注册登记的自豪。果然那招牌上有一行小字"开锁登记第××号"。配钥匙的补一句：我们开锁，都是公安派下的任务，接私活是犯法的。

李恒全被噎得说不出话。他拿起一把钥匙，朝眼前一举，看看，扔下；又捏起一把钥匙坯，拿起锉刀直接开锉。他闭着眼，头扭向一边，盲锉。那配钥匙的眼看着他把钥匙往台子上一扔，走了。两把钥匙并起来，分毫不差。配钥匙的目瞪口呆。

事实上，他可没敢显摆。这是他的想象，解气。他笑笑，摆摆手就走了。就他这个身份，才出来，又去公安局挂号？他有这个技术，可这技术有案底。他信得过自己，但别人信得过他吗？他早已决意不再碰这块记忆，但他有艺在身，管得住手，这回却没管住腿，讨了个没趣。惯性太大了。

也不全是惯性。如果刚才来配钥匙的不是个女人，他可能就不会停在摊子前。他又抬手看了看手背上的口红印。印子基本已经看不见了，但那个黑口红的女人，仍在他脑海中晃动。

他初中时的那个女同学，声音细细的，身条也细长，但胸前已有了起伏。她头发有点发黄，自来卷，这一点与那个黑口红黄头发的女人有一点相似。他早已离开了她的生活，当然知道这两个女人没有一点关系，但他很想有机会跟她搭话。但要说什么，他不知道。她很有规律，下午出去，半夜回来，不知道她在外的这大半天，具体做什么。可这是不能问的，你问了，人家要是反问：你做什么的？他一个才放出来的人，只能扯谎。这天半夜，她回来了，脚步声有点杂乱。他人在床上躺着，耳朵却在走道里。有轻轻的说话声，两个人，另一个也是女的。他松了一口气。两个女人在房间里弄出不少动静，间或还咯咯地笑。第二天一早，东边的门里有响动。他飞快地打开门，走了出去。

黑口红的女人在关门，边上站着一个胖胖的女子。他大方地说：你好。黑口红的女人扭头朝他看看，墨镜晃闪一下。胖女人向他咧嘴笑笑。他立即看见，她的嘴唇红艳艳的，显然，他摆在梳妆台上的口红被用了。用在了一个外人的嘴上。他顿时瞪大眼睛呆在那里。转眼间她们已经走了。

他有点难过。她发现多了一只口红，就没有起疑心吗？可以想见，那胖女人一定狠狠地用过口红，像啃火腿肠那样；可以肯定，他的口红这会儿已经被胖女人摆在包里了。

李恒全忍不住想到她的房间去。他想验证一下，他摆的那支口红，还在不在。但他犹豫了，柜子底的家什已经拿在手上，不超过十秒他就可以进去。他想了一会儿，把家什又丢了回去。

兔子不吃窝边草，这句话，上点段位的人都知道；瓦罐不离井上破，常在河边走哪能不湿鞋，这里面更有切身的教训。站在她门前的那一会儿，恍惚中他面前的门，就是号子的门。这两个相伴出门的女人，说不定什么时候就会突然回来。

他确信自己那天没有进去。但他万万没想到，女人失窃了。门被撬了，乍一看完好无损，但他眼一扫就知道，是怎么开的。那是中午，女人出门前才发现少了东西。她把楼下的门卫喊来，自己站在一边抽泣。她说，钱丢了，首饰也没了。她倒老实，自己说首饰不值钱，但是钱有三千多块哩。

门卫能干啥，他连疏于看门的责任都赖得精光。他指着完好的门锁说：你看，哪儿有人进来过？也就你自己说。女人哭出了声，她实在是太委屈了。她争辩着取下了自己的墨镜，这是她第一次不戴墨镜，她泪眼婆娑，并没有朝他这里看一眼。

那门卫挺胸凸肚，穿着制服，胸前还有"特勤"两个字。他很精明，完好的门是他推卸责任的有力帮手。女人一迭声地强调她真的丢了东西。门卫打开手电筒，东照照，西扫扫，最后又把光圈对准了门锁。大白天的，这手电筒无疑只是个道具。李恒全看不下去，突然说：这门确实被开过。他声音很大，爆破音似的，自己都吓了一跳。门卫皱眉看着他，说，你怎么知道？你有什么证据？李恒全还是没管住自己的嘴：不撬锁就不能开了？门卫往前走几步，盯着他说：哟嗬，和平进入，你懂得还挺多啊，我看你是个行家！他目光如炬。李恒全慌了，他结结巴巴地说：你盯着我干啥？我看人家一定是真的丢了东西。

有人帮腔，女人马上说你们不管，我就报警。门卫说：你以为警察吃饱了撑的要消食？你说丢了钱就要上门？你报呗。他一脸的满不在乎。李恒全顿时紧张起来，他比门卫更不愿意警察过来。他走到门边上，装模作样地打量一番，对女人说：门还真是好好的。是不是你记错了，还是摆在别的什么地方了？

女人真是个没主见的。李恒全的话立即起了作用，她嘟嘟囔囔着在自己房间里翻找起来。门卫对李恒全很满意，点点头就挺着肚子走了。

李恒全心里不好受。说什么都显得心虚。悄悄走了。他那身形步态，像猫一样无声，像老鼠一样警觉，与他当年做事得手后撤离时的样子，十分相似。

3

这楼里有很多老鼠，他厌恶老鼠。曾经，他也是一只老鼠，老鼠当然一眼就能认出同类。那门卫下楼后，三个年轻人从那头的房间出来了，他们脚步轻松，有个还吹了一声口哨。李恒全狠狠瞪了那边一眼，不等对面的眼光射过来，就转身进了自己房间。这几个小子的身份，他有九成把握，女人失窃八成也与他们有关。如果他们对她劫财劫色，哪怕他们拿着刀，他都不会装怂。但他们只是偷窃。一只老鼠指认另几只老鼠，其结果可能是一起被拍死。此后三天，他强忍住，没有再进女人的房间。女人的那个胖女伴没有再来过，她依旧独来独往。他突然想，说不定是那胖女人顺手牵羊呢？她可能也想到了这个，或许，她们已经吵翻了。这么一想，情况复杂了，他没有挺身而出指认偷窃者的内疚也减轻了。

那几天风雨交加。走道被鞋子们带了水，亮汪汪的。女人的行踪略有些不规律，有两天一大早就出门了；回来得也晚，有一天她居然第二天早晨才回来。这是不对的，女人这样不好。没有人管她，李恒全没资格管。他在走道上遇到女人，女人香味依旧，但混合了酒气。依然戴着墨镜，他看不见她眼睛的表情，但她朝他点了点头。这算是打招呼了。李恒全有点激动。无数的话往外涌，被他用嘴唇封住了。

他听见过她说话，有点口音，但肯定不是老乡。他不由又想起了初中时的女同学。他们那里结婚是要彩礼的，初中时他就盘点过，他出不起。等他手上的钱时多时少潮涨潮落，他却明白自己已经失去了娶她的资格。东边的女人身材妖娆，个子也高些，他无端觉得她们有一种相似。也许，只是她们的下巴都有点尖。波俏。

还有一个好。不论她是做什么的，却从来没有带男人来过。这真的好，不容易。她的房间是进过男人的，但她不知道。

风雨如晦，阴沉湿冷。风被大楼的尖角撕得呻吟，像报复似的，把雨水朝窗户里灌。雨一下，李恒全的窗户就开始渗水。雨稍一歇，他去街上买来了老粉和刮刀，调了胶，把窗户堵上了。他很细心，因为不是熟手又加了耐心，一寸一寸补好，批平。

剩下的泥子暂时没有扔掉，摆在墙角。他的眼前浮现出她的房间，那个窗户比他这边漏得还要厉害。他在床上躺了一会儿，侧耳听听，轻轻打开了自己的门。

他再一次进入了她的房间。

这是第三次，他记得很清楚。一进去就觉得暖和，暖和得不正常。他看见她的床前摆着一台取暖器，居然还是开着的！他吓了一跳，仿佛是自己的大意。他跑过去把取暖器关掉，摸摸床上的被褥，热，有点烫手。这东西也许一直没事，但说不定什么时候就会出事，出大事。他惊魂甫定，一时间竟忘了他为什么来。四处看看，窗户那里果然漏水，但情况倒比预料的要好一点。他愿意给她补墙，但不能当面跟她提。她如果反问：你怎么知道我这里漏水的？他跳进黄河也洗不清了。

房间里有点乱，比以前乱。香气和酒气带着热量弥漫着，简直把能见度都降低了。晦暗中，闻到的是她的鼻息。他想到了那支口红，但此刻已经没了兴趣。窗户漏下来的水汪在地上，像是小孩调皮撒的一泡尿。床上很凌乱，好女人不该这样的，但乱糟糟的被子和衣物，更家常了。他立即面红耳热，站在床前，身体直挺挺地倒了下去。这简直有点调皮，是她的床令他迷醉。他深深地呼吸，紧紧抱着她的被子，很暖和，超过了她的体温。枕头边有一只胸罩，他拿起来亲亲，抚摩着。

一时间他有些恍惚。心狂跳，手开始动作。半响，他轻轻哼了一声，紧绷的身体断弦般松了下来。他腾地起身，看着自己手上的胸罩，心跳难抑。

他闯祸了。他无数次进过别人的家，但像今天这样，还是第一次。这个房间注定要发生他的很多第一次。送口红也算是一次，后面说不定还会有。刚刚，躺在她床上，还没看到她胸罩的时候，他还想着或许有一天，他可以鼓起勇气说要帮她补窗户；如果她推辞，话又不太狠，他就以玩笑的口吻请她索性住到自己不漏水的那间去。现在，他觉得自己很脏。

这胸罩怎么办？正想着，一串巨大的声音鞭炮般炸响。他身上，手机。他吓坏了。这是一个疏忽，正因为他现在的目的与从前决然不同，他才轻忽了这个细节。以前他的手机绝对是静音的。他像是被打了一梭子，身体被洞穿。他飞快地蹿了出去。

他疾如闪电。在铃声的短暂间隙中，他已跑进了自己的房门。电话是老西打来的，他刚要接，又把手机扔下，他想起，女人的门还没有关！

手机还在响，催命似的。他的床上，那只胸罩被他带过来了，他飞快地塞在被子底下。他拿起床上的手机接通，立即又扔在床上。他接通只是为了让它不再响铃。他出门探头看看，跑过去，把她的门关上了。他拿起手机嗯嗯地听着，手随着心脏颤动。老西是当年的大哥，是他把李恒全带入了行。他那时只会翻人家门前的地垫，翻到钥匙就试着开，是老西教给他全套手艺。他感谢过老西，也恨过，现在不想再搭理。反正，他出来后从不主动联系。神通广大的老西在他一出来时就找到了他，给他钱，老西说：这是你应得的，你没有乱咬。但李恒全只肯要一半，似乎全拿了，就意味着要全盘接受老西的安排。他说我想找个工作，正式的，你能帮就帮。老西来过几次电话，前几次都是劝他跟着干，这次不同了，真的有个工作。老西说：保安，你干不干？

李恒全愣了一下。他有点心不在焉。老西在那边嘻嘻怪笑起来，嘎嘎嘎，像个鹅。他这一笑，李恒全脑子清楚了。他说：不干。老西不笑了，说：可别说我没帮过你，是你自己不干的。

不干。

语气很坚决，理由并不明确，他眼前浮现出楼下的胖门卫，他不就是个保安吗，虽穿着件"特勤"制服，但他欺负女人。这还不是关键，厉害的保安也有的，他当年被弄进去，可能就是栽在一个瘦保安手里。不堪回首。他不想被往事纠缠。他是觉得，一个曾经的老鼠，现在要披挂上阵做猫，这特别怪异。他几乎一眼就能看出谁是老鼠，万一遇到以前的同行，那说不定就要惹麻烦。

4

他真的管住了自己的手，没有再开她的门；但他的腿也真的不太听话，老是要自动往女人的房间那边走几步。他很想给女人的房间放一点钱，可惜没有这个实力，反而带来了人家的一个胸罩。他不承认这是偷，可不是偷又是什么？太恶心了！他鄙视自己。他把手狠狠地在墙上抽了两下，发誓绝不再到她房间去——除非，除非他有机会把她的胸罩送回去。

　　至少应该提醒她取暖器要及时关掉，但怎么提醒，却是个难题。显而易见，她的生活不如以往那么规律了。这才是傍晚，通常这时间她是不会回来的。自从她的房间失窃后，他只要在自己房间，就会留意着她那边的动静。这有点像个守门人了，很可笑，他宁愿自己是个等待妻子下班回家的男人。这其实更可笑。她由远而近，足音清脆。她开门，进去；门关上，再出来时，已是第二天早晨。

　　他们在楼梯上相遇了。他买早饭回来上楼，先听见了她节奏明朗的脚步声，一抬头，眼帘中是两条穿着黑丝袜的小腿。他在转弯处站住了。她戴着墨镜，似乎正在看他，其实不是，她视线向下，是盯着脚下湿漉漉的楼梯。他说：你好。

　　这是不得不说话的局面了，但她没开口，只点点头。她依然戴着墨镜，如果不是他曾看见她摘下墨镜抹眼泪，他一定认为她眼有残疾，或者是个吊疤眼。楼梯间的玻璃破了，寒风呜呜钻进来，他身上紧了一下。她衣服单薄，但是好看，他的目光不禁落在她胸部，胸罩，他眼睛立即像被溅进了火星子，躲闪开去。他的脸发热，突然说：你，你还没吃早饭吧？给你。她愣住了。看不出她墨镜里是什么意思，但她肯定错愕。他的话却顺溜了，说：我吃不下，正好，见面分一半。说着把手里的塑料袋一扯，又扯出一个袋子；鸡蛋正好是两个，煎饼隔着袋子对半一撕，早饭一分为二。他的动作麻利，很卫生，很巴结。她不得不接住了，笑笑说谢谢。她动了一下脚步，问：你上次说我的门，不撬锁也能进去，是真的吗？

　　他吓了一跳，脸煞白：我说过吗？哦，想起来了。我相信你是真的丢了东西，故意帮你说话。我瞎扯的。

　　她嗯了一声，迟疑地说：我真的丢了东西。肯定是被人偷了。连衣服都偷。

　　他的脸像被抽了一下，火辣辣的。这时，倒是墨镜帮了他的忙，她看不见他异常的脸色。他急中生智说：偷衣服，那肯定是女人，女人偷了自己穿。

　　她不见得没听说过有男人专偷女人内衣，但不愿多说。她鼻子哼了一下：恶心！

　　李恒全连连点头。女人说：我最恨小偷了！我以前逛街，手机就被偷了。

　　他立即说：我也丢过手机。谁都丢过。这是小事，倒是你一个人，水啊，电啊，要注意。她扑哧一声笑道：你倒大方，小事，好在有你这个大男人做我邻居，我还胆大些，不过我还是要早点搬走。她笑笑，笑意漾出了墨镜的范围，抬手扬了扬手里的早饭，继续下楼了。

高跟鞋敲击着楼梯，一下一下，声声清晰。他呆在那里，半晌才想起上楼。他脚步沉重，她丰腴的胸已然离去，但那个胸罩还在他房间里。这东西肯定很贵，她并不富裕。他仔细把胸罩洗干净了，阴天里，胸罩又厚，他经常摸摸，一直都不干。她的生活目前有点捉摸不定，他能确认她在不在房间里，但她会不会突然回来，那可说不定。

他原谅自己了。他当面提到了水、电，不知她有没有领会；总不能每天等她出了门，立即进她房间检查一下。她那么讨厌小偷，他李恒全现在也讨厌，但他无法忘记她说这话时的表情和语气。很久以后，他才偶然听说，她的丈夫因为盗窃，那时间正在服刑。也许，他们还在号子里见过哩。

李恒全出来一个多月了。二月很冷，也很小，转眼就临近月底。出来的时候，他计划尽快找到工作，二月份一定要解决。他完全没有意识到，二月比别的月份要短——实在不行，就学着当个泥瓦匠吧，这活儿技术含量很低。

到目前为止，他是个不着实的人，飘着。且不谈他的过去，就现在，他的工作没着落，就连身份也可疑，至少，他确实又去拿过别人的东西。这么一想，他心里很憋屈。细雨绵绵，时断时续，据说春雨贵如油，有利于庄稼，可他再找不到工作，庄稼丰收了他也没吃的。他打了几个招工电话，都是生产线的，有一个"零基础"，下午可以去试试；又到街上乱逛，餐馆也是个去向，不能掌勺，洗碗端盘子也行，只可惜所有的餐馆都还没有开门，他连点个盖浇饭的地方都没有。他目前只吃得起盖浇饭，幸亏天气总是在往暖里走，他忍一忍，可以不必再添置冬衣。

总算还有一家开门的水饺店。他要了一碗吃完，把汤也喝了。这里离住处很近。路很窄，倒是四通八达，怎么走都走得通，到处都是卖各式小商品的摊子。一辆小轿车使劲地按着喇叭，催促一辆卖棉拖鞋的三轮车让路。他伸手帮了一把劲，把三轮车推上了路牙。路牙边蹲着几个男人，面前摆了几个三夹板牌子，上面写着：泥瓦工，专业堵漏，水电工。几个男人蓬头垢面的，一见他停下来，马上站了起来。他本来还想打听打听行情的，他们一站，他连忙摆摆手，继续往前了。不知道这几个男人，他们的老婆是做啥工作的？毫无缘由的，他突然想起了他的女邻居。

也就在这时，远处似乎乱了。有人在喊叫。他一下子没听懂，但他的眼睛立即就明白了：南边一箭之遥的方位，腾起了烟雾。

他跑到街的另一边，仰头望去。阴雨天气，烟被压着，低低地和水汽混合了，宽大的楼面中间像被谁泼了黑墨水，慢慢地洇散。大概是四楼，正是他住的那一层！他的鼻子飘进了刺鼻的焦煳味。

着火啦！好多人喊了起来。他怔一下，拔腿跑了过去。很多人都往那边跑，他不是第一个启动的，但绝对是跑得最快的。地面湿滑，无数人呼啦啦跟在他身后。乱了，街上全乱了套，有个女的摔倒了，手里买的菜落了一地。她大呼小叫地保护她的菜，跑到路边捡滚得老远的西红柿，有个人一脚踩碎了一个，立即就起了纠纷。好些人不跑了，站住了围观。他们只是爱看个热闹，哪边的热闹都一样看。

5

大楼周边好多人，乌泱泱的，所有人都仰着头，指指点点。着火的确实是四楼，浓烟很黑，夹着火星子从一个窗户里往外蹿，噼里啪啦的。那是她的窗户！李恒全踩着湿滑的草地，绕到大楼南面。好几个人从大楼往外跑，男的女的，衣冠不整，十分狼狈。有人上去打探情况，他们都不答，只咳。可能已经烧了一阵子了，但没有人救火。他们都不是专业人员，这里也没有水。乱哄哄的。不知谁叫了一声：快报警啊！那胖门卫站在远处的草地上说：报啦！

李恒全跑到那门卫面前，大声问：她在不在里面？

胖门卫一愣，说：谁呀？

李恒全说：里面还有没有人？

那我可不知道，胖门卫嘟囔着，走到远处去了。一个小伙子裹着被子说：要不是呛醒，我就完了。小伙子面熟，贼头贼脑的，咳嗽得像只生病的大白熊。你命大呀！他边上一个穿着红马甲的女清洁工说，说不定还有人！我第一个报的警，刚冒烟我就看到了，我好像听到有个女的在哪儿喊救命。她拿着扫把一指门卫：胖子！你应该一个门一个门地敲！

刹那间，李恒全脑子像是空了，又似乎塞得满满的。他拔脚蹿出，朝大楼飞奔。

踏上楼梯他就摔了一跤，鞋底的烂泥太滑。好在楼梯上烟雾还轻，李恒全右手抓着栏杆，三步并两步，飞快地旋转上升。烟雾渐浓，李恒全气喘如牛，烟呛得他呼吸有点困难。他掀起衣服捂上嘴，拼命向前跑。虽然视线有点模糊，但他熟悉方位。一只老鼠撞到他脚上，他跑得更快。他扑过去，使劲敲打她的房门。咚咚咚！

没有反应。门缝里往外挤着烟。侧耳贴上去听听，脸上感到热，却没有声音。里面有人吗？他大喊，你在里面吗？

隐约听到轻微的火花爆裂声。门是铁的防盗门，他使劲踢。楼下隐约有人喊：你使点劲啊！李恒全脚疼，但门很坚固。暴力入室从来不是他的专长。他飞跑到自己的门前，打开。他的房里暂时还只有轻烟，他扑到柜子前，弯腰伸手，立即又起身。跑出房门时他趔趄了一下，差点摔倒。他手里攥着那套家什，再一次站在她门前。

他犹豫了。她在里面，还是不在？

南面传来了消防车的鸣笛声。楼下鼓噪起来。笛声由远而近，却在远处停住了。消防车使劲地鸣笛，车顶的喇叭也在喊话。道路太窄，肯定是车进不来了。

他摸出了家什。如果她在里面，他这是救命。他救的是她，也是他朦胧的希望。时间就是命。可她如果真在里面，却还有意识，他开门进去必将被她认出，那怎么办？不是小偷，怎么会开锁？以前的失窃，难道不是你？！

他略有些迟疑，还是举起了那根铁丝。这是第一步，烟雾遮眼，他一时瞄不准。

烟雾呛得他眼睛流泪，但身为一个老手，不该手抖成这样，是他的心里腾起了烟雾。铁丝只要伸进去，他几乎不再需要试探，马上就可以进钩子，然后，啪嗒，门就能开……可她如果被他救出来，即使她当时不知道具体情况，事后，她又怎能不知道救命的人是如何进去的？谁有义务帮他李恒全保密？

他的手还在动作，但脑子发昏，感觉完全不对。他似乎看见她头发焦黄，脸庞发黑地伸手向他道谢，但她眼睛里有鄙夷，嘴角在冷笑。他哆嗦了一下——可他必须救她！他定定神，加快了动作。

没想到他曾经的提醒还是起了作用：她的门今天反锁了。这显然增加了难度，但也不过再多花几分钟。手上原本运用如意的铁丝这时却像是细树枝，又钝又软，额上的汗水挂了下来。

楼下乱哄哄的，人声嘈杂。有个人突然冒了一嗓子：你个鸟人在听墙脚啊？！一片哄笑。人声最擅长的是传递秘闻隐私，不知道他们是否也在为消防车进不来而着急。黑压压的人群一齐注视着这里，众目所聚——火可能还没全熄灭，所有人都将知道，那个救人的英雄原来擅长开锁。烟雾遮挡不了众目睽睽。

楼梯上响起了杂沓的脚步声，两个消防员冲了过来。你在干什么？高个子消防员厉声喝道：你怎么还在这里？！

李恒全立即把家什拢到袖子里，后撤一步。他还没想好说辞，那消防员骂道：你要钱不要命啦！你撤！

李恒全转身慢慢往外走。虽然来的只是消防员而不是警察，不管闲事，但他从前的经验还是近乎本能地阻止了他乱开口。他此刻只能默认这是他自己的门。很可能，她本来就不在里面。果真如此，一切就是最美好的。她安然无恙，他在事后或将有勇气告诉她，我曾为你担心，为你冒险冲上去……可是他转回身，对消防员说：这房间可能有人。我踹不开。

话音未落，她的房间里轰隆一声巨响，房间的门被水柱冲得直颤。水终于接过来了，房间里不断传来玻璃掉落的声音。李恒全指着门，正要再重复一句，走道里咣当一声，矮个子消防员已砸破了墙上的消防柜。他骂了一句脏话，操起手里的消防斧，对准门锁位置，狠狠砸了下去。一下，两下，三下五除二，高个子抬腿一脚，门开了。两个消防员冲了进去。楼下传来一片掌声。

他跟了过去。到处是飞舞的水，浓重的烟雾。还有酒气。还没等他看清，两个消防员已把人从床上连被子抱起，朝外冲去。李恒全躲闪不及，脚下一滑，一屁股坐在水里。手一撑，很疼。

她真的在里面！他的头像是挨了一记重击，嗡嗡的。他爬起来，跟在他们后面。经过楼梯的时候，他扬手把袖子里的家什扔掉了。她怎么样了？她会不会死？如果他一上来就把门打开，她一定不会死。他跟着她跑出大楼，湿漉漉地蹲在地上。

她被暂时平放在草地上。人群围拢过去；另有几个人靠过来，一迭声地打听情况。李恒全捂着头，什么也不说。上衣里的手机响了，一直响，不屈不挠。他掏出手机，这才发现手被划破了。伤口不大，他不理会。是老西的来电。李恒全在屏幕上点一下，拒绝了。屏幕上染上了血。他抬起衣袖擦擦，看见了屏幕上模糊的日期：二月二十八日。他觉得这日子好像与自己有关，却又有点犯晕。远处传来了救护车的声音。担架下来了。他挤过去。救护人员把她往上抬，连着被子一起抬。他帮不上忙，只看见被子上有红色的血闪了一下。她的头发焦了，好似缩成破烂的黑布片；头侧着，微微晃动。

她的眼睛似乎睁着，正朝向他。他心中一震——这是她唯一一次注视他，而没有戴墨镜。

手机又响。救护车鸣着笛开动了。李恒全摸出手机，再一次看见了这个日期：二月二十八日。离他的生日还有一天。有泪珠滴落在屏幕上，洇着手指的血，他以为是雨滴。他生于二月二十九日，那是好几年才会出现一次的日子，一个经常不存在的珍稀的日子。今年，就没有那个日期。

灵异者及其友人

鲁　敏①

又有朋友跟我说起了小神仙，第几次了？得有十回了我想。小神仙，你肯定也听说过，大概每一个基数单位的人群里，比方说，两万人左右吧，就会有这么一位，也有的叫大师，巫婆，预言者，类似的。人们总会在口耳相传中，交换他的各种灵验案例。你们当中的那个是什么名号？我们这个叫千容，据说是朋友圈昵称，就都这样叫开来，虽然大部分人并没有加她为好友的荣幸。

"听名字是个女的？"虚假地，显示我对她一无所知，以听到更为详尽的其人其事。

"哦！你！"朋友满意地摇头，"居然都不知道，真正的小神仙哎。"显出蓬勃的讲演欲。她学工艺设计的，在新西兰念过一年研究生。她一直对这

①　鲁　敏　1998 年开始小说写作。已出版《奔月》《六人晚餐》《梦境收割者》《虚构家族》《荷尔蒙夜谈》《墙上的父亲》《取景器》《惹尘埃》《伴宴》《纸醉》《时间望着我》等三十余部。

曾获鲁迅文学奖、庄重文文学奖、冯牧文学奖、人民文学奖、十月文学奖、郁达夫文学奖、汪曾祺文学奖、《中国作家》奖、中国小说双年奖、《小说选刊》读者最喜爱小说奖、《小说月报》百花奖原创奖、2007 年度青年作家奖，入选《人民文学》未来大家 TOP20"。

有作品译为德、法、瑞典、日、俄、英、西班牙、意大利、阿拉伯、土耳其文等。

江苏省作协副主席。现居南京。

些感兴趣，并且强调，外国大学或机构里，专门研究转世记忆，巫术原理，灵异事件的，多着呢，也算人类学的一个小切口。

"多大了，长得好看吗？"

"哦！"这回是责怪地摇头。对一个神仙，怎么能关切她是否漂亮呢。但还是迁就了我，认真想了想，像回忆一个太过熟悉的老友，"以前很苗条，结婚生小孩后胖了点，胖点更好看。"

"结婚了，都。生小孩了，都。"我喃喃重复。也一样的程序啊。婚姻、工作、学区房、车牌摇号、婆媳相处、双语幼儿园。她会比平常人笃定和幸运吧，最起码会很顺利。

"她前面还离过一次婚呢。"朋友也若有所思，语调随即上扬，"预言者从来都不算自己的。见过理发师自己剃头吗，医生自个儿开刀吗，送葬人自己入殓吗。再说，也许她命里头，就该着离一两次婚的。"

"也是也是。你接着讲。"懊恼不该打岔。纯粹的"信"，会使讲述更加动人。就前面若干次听闻千容的经验来看，有讲得特别投入的，双目圆睁起来，听得我汗毛为之倒竖，十分痛快。也有一边讲，一边哂笑着自嘲或解构，这就十分不好玩了。

其时，我们正从屋里走到南阳台，正事已经谈完，随意寒暄到花花草草。她窗台上一溜排装置般的草木，配有山石沙地，皆极为袖珍，没一个大过巴掌的，品种我一个也叫不上来。"你可真讲究，我只会水培绿萝，那玩意儿好伺候，从桌子爬到空调，从空调顺着晾衣架，能把半片窗户都绕得绿油油一大圈。也挺热闹。"我其实带点自夸。

"你绿萝下面的水里，有鱼没？"朋友打断，语气像抓住什么要害。

"鱼？"从没想过，能惦记着换换水就不错了。

"绿萝还好，要是别的爬藤类，可不能养在屋子里。那个，最是吸人精气。所以要放点活物，回去买几条小金鱼丢进去吧，游来游去的就好了。真的，千容说过。"她就是这样说起千容的。

为了进一步奉劝，她随即神色凝重地讲到她一个朋友。律师，自己开事务所，精干得不得了，以前专门做经济案子，这几年迷上传统文化，也顺带做些版权保护之类。有天，她正跟一位书法家在事务所谈事情，书法家途中接个手机，谁的呢，就是千容的。千容一通手机，马上就对书法家说，哎哟，你现在待的地方不大好啊，赶紧地，叫你身边那位朋友，把房间里的大株植物统统都移走。一株不留，快快的。可惜了可惜。

我显得愚蠢地摇头："这可怎么讲呢。不都说植物净化空气嘛，人与自然的和谐。"

"我那律师朋友跟你想法一样。再说，隔个电话，都不认识，平白无故的，可惜个啥，她可什么都好得很。听之不理。好了，两个月后，查出乳腺癌，晚期。赶紧再求教千容，千容也是老实，说她并没有办法解救或挽回，她只是可以'看到'必将发生之事。至于爬藤，是她看到事情的一个通道或信号，爬藤与病症是关联的。我那律师朋友现在胸前空空，装了逼真的义乳也没用，还是得了抑郁症，成天地瞅人不注意，要扒窗户往外跳。"

"千容，她替你看过什么吗？"我听她谈起千容的口气，很是随意。

"哦，我还不认识她呢。"朋友扭开头——那你怎么说她胖点儿好看——"我是一直觉得吧，女人，还是稍微胖点耐看。反正我从此就不再养大株植物，体质本来就寒，再给吸了气，还了得。小盆景也好的，你凑近点，定住了往深里看，有点日式小庭院的意思吧。"

最早听到千容的神异预言，是一桩好姻缘，十多年前了。也是听一个朋友所说。朋友是个泛指，但也对，大家每天出门，碰上的、彼此说话的，不都是朋友吗。这个朋友，跟千容是真的认识，故而讲得要详细些。

千容啊，她有一双好唇，圆圆的微嘟。她喜欢松松地扭一根辫子，系一条复古的艳绿色丝带，拖过来搭在一侧肩膀上，搞得小年轻们挺爱慕呢。可一听说她有那本事，嗬，全跑了。你想，谁能接受枕边躺个巫婆啊。其实她挺能干的，一直在外头自己做事，给各处的网站做客服外包，旅行社，培训班，连锁酒店，小剧场，茶庄，什么活儿都接。第一次嫁人的时候，辞了工回家。离了就又出来做。再嫁，就又回家，专心备孕带小孩，算是贤惠型的吧。

那她帮人看这看那的，收费吗？才不，从不，连谢礼都不要。千容也从不有意地拿腔拿调，给人家看个高考或大买卖什么的。我感觉着，她做这事是要有灵感的，碰巧看到了、晓得了，就自然会告诉对方。硬赶着问，似乎不成。

她替你看过啥呢？记得我当时多次追问，朋友也是多次地避而不答，反倒更紧地抿起嘴巴，似乎哪里牙齿里露一道风，也会走漏命运的讯息。碍于我们的交情，她会略作解释。这么跟你说吧，你在外面按摩过吧——打个不恰当的比方，跟那个一样的。她按得我哪里痛，哪里酸，只我自己才有数。讲给你也是白讲，你听不出窍门的。

她倒是愿意讲讲别人的事。下面是她说的，那桩姻缘——

我有位朋友，算是老师兄，86届的复旦中文系，出名的书痴书疯子，出来后分到古籍社，一头扎进去，万事不管，慢慢做成古书上的头块牌子。他太太呢，研究宋词，比他还要呆上十倍，从不社交，只给学生上课，可她的讲义，整理出来，卖得很好，也是著名学者了。他们有个宝贝儿子，不负书香子弟之谓，一门心思专攻古代戏曲研究，也是三记大棍敲不出一个闷屁。有什么与众不同吗，哦，他特别耐寒，一件厚衬衣就能过冬。千容不知是什么场合见到这孩子一回，远远看了一眼，便对我那老师兄断言道，你家公子啊，27岁上结婚，会娶个演员，小演员，不是太红。

师兄掰开指头数数，儿子那时虚岁已27了，时至年底，他生日是5月，满打满算也就还有半年，他连初恋都不曾有过，就能结婚？再说，演艺圈，怎么可能。他们全家人就是分三批次绕地球跑上一圈，也遇不上那个圈子的呀。不用说，师兄跟我们转述时，口气是大大的发笑的，也带点骄傲。

千容不可能看错。半个月后，我这师兄被邀参加地产公司的一个年度庆典，这家地产公司的所有楼书，都喜欢做成线装古籍的样子，摘引起文绉绉的断篇，跟社里算是有些合作，这且不讲。碰巧那几天师兄患上风寒感冒，西药汤剂齐下，也不见效果，只落得个昏昏欲睡，不敢开车，便让儿子接送他往返。地产界都是活络的人，哪里肯让他公子回家呢，留下来一起参加庆典吧。而这庆典上的蓝色水钻短礼服的主持人，便是他儿子当晚将一见钟情的明日娇妻。

确实是小演员，排不上号的过路角色，三四集之后就不知所终，是热闹娱乐圈的寂寥人。可能正因为如此，他们互相感知并爱慕了。当晚所有能同时看到他们两个的人，都会看出来，有爱降临了，端庄庞大，空气都在颤动。独我那师兄后知后觉，他被安排在主桌，药物缘故，总是倦眼蒙眬，只靠拼命喝水提神。晚宴过后的回家路上，他从一上车就开始让儿子找公厕要撒尿。直到他第二回放空膀胱，坐到车上，猛然发现，后排坐着一个亮闪闪的蓝衣少女。他惊骇地询问驾驶室里同样脸颊带光的儿子，后座传来细丝丝但毫无怯意的抢答：我是他女朋友，可以叫你爸爸吗？

三个月后，他们在民政局排起短短的队伍，怀揣旁若无人的甜蜜。

这朋友的讲述大头小尾，把老师兄夫妇介绍得挺详细，对新人的终身之定只草草带过。但在当时听来，反显得更加可信。毕竟，一对年轻人，如何结识，如何闪电相爱，并不重要，比这更离奇的姻缘可有的是。厉害之处在于千容，是真的提前知道，她"掐"出来了呀。我都能够想象到，那一对老书虫夫妇，面对这戏剧化的飞来横喜，回想千容半年前的预言，会是什么反应呀。跌落海底，还是升入高天，就此修正笃行大半生的辩证唯物主义吗？

那个时候我就有点动心了。我想，得结识千容，让她也给我看看。当时我正好陷入一段荒谬的恋爱，是一个诗歌论坛上的宿敌，我们观点相异、势不两立，总是鼓捣着各自的队伍大吵，有一天被坛主拉着，在线下结识，并……被强烈互相吸引。他太年轻，一无所有，脾气很暴，所有理性可及的现实主义条目，都不符合婚配中最起码的杠杠。我对他而言，恐怕也一样。我们像拙劣的对子，明显不工整不对仗。可他妈的，激情又像大江大海似的在奔涌啊。

我这情况，不是比她师兄的儿子那根本无影无踪的缘分更多线索吗，假如千容也能远远地看我一眼，肯定就会提前"看到"，我这场恋爱到底有没有结果了。然后给个暗示也行啊，是否要继续纠缠和犹疑下去。我这人从小被家里教育地对"珍惜时间"很有执念，替自己想，也替别人想着，别瞎耽误工夫。而搞恋爱，免不了要看苦月亮，没完没了地谈话，幻想或辩论将来的可能性。多浪费时间啊，等于慢性自杀或谋财害命，鲁迅先生都这样说的呀。当时我真太急于解决此事了。

可我没有吭声。我这位朋友是因为别的事情认识千容的。就算认识了，她也从来不问千容任何事情，只等千容无意中看到了，才会得到忠告。总之，要结识到千容，并得到其指教，这简直比恋爱本身还要微妙，连介绍认识都不被允许的——因为你先自就存着主动的想法。而千容的天眼，得在全然"空无目的"的状态下，才会开，其预言才有如神算。

这些，都是我这个老朋友很早就警告过我的。确实，我完全同意。命啊，多么玄虚，哪能那么容易识破的呢。故我始终压制着请她引见的渴求，只茫然等待"无意中"结识千容。

好在我总还是能继续听朋友讲到千容。

那之后隔了大概有三年吧，有天我在街上拐进一家假发店——我想剪掉长头，那瞧上去太温顺了，又土。换个爆炸头可以？得找一顶类似的假发试试，看是否合适——带着伪装的购买意愿，一看二问三试，在导购员的帮助下，终于套上了一顶八十年代港味的满头细卷，正对着镜子照前照后，突然感到有人使劲拧了一把我的大腿。什么情况，有这么笨拙的性骚扰吗？我忍痛扭头寻觅，那家伙影子一晃，已出了店门，却隔着透明橱窗跟我直招手。眯眼一瞧，认出来，老朋友啊，毕业那年，我们在同一家报社实习过，当时处得很好。

她仍在招手，幅度更大，是叫我出去的意思。我只得匆匆又照了几眼镜中的自己，确定了我跟这种发型是不相宜的，摇摇头放下假发就出来。

"好好讲不行啊，拧得我，恐怕腿上都青了。"我亲热地抱怨。多年不见，正好斜对过有家西点坊，进去要了两份甜品。

"我不好讲的，怕店员打我。镜子！假发店的镜子，是千万不能照的。"

"镜子？"我盯着她，几年不见，她脸上跟我一样，留下了时间的牙印，可以看到一连串跌爬过去的障碍与栏杆。做过人流。还在换工作。三人合租并且是最小的那间。开了双眼皮但很不自然。与最近一个男朋友分手了。

"知道什么人买假发最多吗？除了一小部分爱臭美的，大部分都是各种原因秃顶的，或者做化疗的。"她用明显带着偏见的口气，"外头的镜子，真不能随便照。对你不好。"

我没吭声。谁有资格嫌弃谁啊。她以前可不这样，当年在报社，我们被版面编辑派着，跟一家国企跑戒毒所，拍中秋节送温暖的照片，她还拼命争取着，要给照片里的戒毒人员打马赛克。

"这并不是我本人的认识论。"她看出来我的态度，立即补充，"也是听以前公司的一个副总讲的。他认识一个，怎么讲呢，巫婆吧可以这么说，懂这方面的门道。关于镜子，讲究可多了。"

"叫什么？"嘴唇沾了一大块奶油，来不及拭去。我有预感。

"千容。反正我听他们都这样叫她。"朋友面带敬意，压低声音。多么熟悉的腔调啊，我心里也立即升起了那股子熟悉的贪婪感。

店里进来一对搞早恋的学生党，挨得很近共同挖舀一桶冰激凌。这毫不影响我们的交谈。

"千容对镜子特别有研究。她有次跟着一帮人到我那位副总家里玩，他爱收老玩意儿，旧铁壶旧烛台旧花瓶什么的，啥都捡回家。老婆早已和他离婚，儿子在澳州留学，所以甩开膀子来，到处瞎收，家里堆得满地。这可好，那千容一进门，脸色就变了，副总又跟她不熟，问怎么了，哪里不舒服。她只说需要歇一下，也不跟众人四处看东西，只在沙发上喝烫茶，一杯接一杯。等到聚会散了，她却磨蹭着留下一步，私下问副总，你是不是收了什么老镜子？镜子，没有啊。副总想半天。哦哦，有个带镜子的老梳妆台，算吗？有点残破，我放在楼上小阁楼里了。

"千容点头。你这镜子，起码三个女人死在里面。一个是小脚，她抽烟袋，脖子挂一长串珠子，穿得倒是气派，就是老得不成样子。再一个，又小得不成样子，都没照到二十岁，白衣黑裙的学生样。镜子里照到她最后出门那天，手里还挺神气地举着小标语。还有一个，镜子里模糊些，但一看是见过世面的样子，经常关起门在家对着镜子穿各种洋装，出门却换上灰蓝工装。有天被拉出去开会，回来一照，头发被剃掉一半。然后就开了柜子把所有洋装统统剪碎，然后系上绳子把自己吊起。千容逐一地说，好像面前有本影集，她在翻看那三个女人。

"你想那位副总，搞收藏的嘛，倒是乐坏了。你刚才说的长珠子，是不是朝珠啊，那没准是个诰命夫人呢，她后面的女学生，搞运动的吧，时间对得上。嗝，这可是捡着了！我收来时一个角被砍，破相了，价格很便宜。走，带你上楼近了瞧瞧，你要能看出来那老太太身上衣服的纹样，我就能推出来，她大概是几品……男人啊，也真是心大，也不想想，千容一进门，可是给镜子里三个女人给惊着的呀。千容又捧起茶杯来喝，呷了一口，凉了，换上滚烫的，喝那烫茶。不了，她不要看。她只是说，这老镜子啊，孤单了，还是要喊个女人来照。你家要有个女人了。副总想着，这是暗示他会再婚，无谓地大笑。他为人有趣，确实也有一二亲密女友，这事儿，还用老镜子来呼唤吗。"

朋友讲到这里，定睛瞧我，我也瞧她，足够的停顿过去，她吁一口气，"过了没两个月，副总的儿子从澳洲回来，已做完变性手术，上面下面，相关的器官各有增减。退掉两年的学费做的，还加上两年打工所赚，还借了一点点钱，总之是没要老爹出钱。能说什么呢，副总于是把老梳妆台送给变成女儿的儿子了。"

挺叫人唏嘘的，可得承认，听着很满足，千容从来不会让我失望。

朋友用小叉子戳起最后一口甜品："千容说，每个人就最好用自己的镜子。镜子啊，特别能藏，所有照过的那些人，不管死的活的，魂魄精气都留在里面，时间久了，就要出来人间瞧瞧转转，可能啥事不碍，也可能要闹一闹，兴风作浪的。所以，你推推这个道理，假发店镜子里藏着的，可全是焦虑症忧郁症工作狂绝症之类的呀。"

她后面的说法有些生硬，算是她的创造性发挥，但无论如何，这显示了她对我的关切。能有人关切，多好。我当即郑重点头：再也不照假发店的镜子了。其实我心里更高兴的是，又听到千容了，她还在我的朋友们口中流传，总在为朋友、朋友的朋友们显现出她的灵异之力。这不能不让我重燃某种希冀，也许，我正在以不可知的弯弯绕的轨道向着她那个方向缓慢靠近，并将在某日，达成"不期然"的相遇。

不过当时，那场令我纠结无比的激情恋爱，早已安然作古，无疾而终还是恶病发作，都想不起来了。但我对千容的向往依然强烈，因我正陷身一个更难的抉择——对，在考虑换工作，有一个很不错的机会，但不是简单的跳槽涨薪，是完全的连根拔起，到一个偏远的北方城市。北方，对我到底意味着什么呢，面食，干燥，儿化音，暖气。当然不止这些，甚至不是这些。橘生淮南则为橘，生于淮北则为枳。连橘子都会变种，何况人呢。心里可真是不踏实，午夜梦醒，想到故土难离，远地未卜，实在辗转难安。

"你呢，现在咋样。"久别重逢，必然会聊到这一步。她刚刚说了她的情况，跟我第一眼从她脸上看到的信息差不多。于是我也说了我的，这不丢人，谁不是一串瞎扑腾总摔跤的冰糖葫芦，尤其说到我南北之移的为难，顺便想听听她的意见。我又问店员要了两杯饮料。

朋友直摇头："我能有啥见识。要有千容替你看看就好了。她可不光懂镜子。"那对学生情侣走了，又来了一对可能刚刚吵完架的母女，她们仇怨地彼此错开视线，要了不同口味的大杯奶茶，分得较远地默然坐下。朋友过渡性地观察了一会儿她们，又讲起千容的另一个故事。

是那位爱收旧玩意儿的副总讲的。不用说，儿子变性之后，他成了千容的铁杆追随者，四处搜集和传诵她的预言故事。为了减少转述中的损耗，我把朋友的这一层转述去掉，好比是直接听那位副总讲吧。

"千容可看得远了，前因后果，三生三世。生人就不讲了，讲了你们也对不上号。就讲带她来我家的那位朋友吧，我起先就是找他打听的。他做药材生意，天南海北地跑深山老林，收各种草木藤根，回头加工一番，就成了名贵中药材，赚得可狠。他有时在乡下看到老家什老物件，三文两文也替我收了带回来。我们也算是铁交情。见我打听千容，他马上就端正身子，抹一把脸，用眼睛盯着窗外。我也跟他盯着窗外，外面空空的呀。盯了一会儿，他才说，还记得我媳妇不？能不记得嘛。那可是个标致人，陕北妹子，做一手好吃食，我因为孤家寡人，常去他家蹭饭。

"可他媳妇后来不见了，挺突然的。那一回，我听闻他长途收货回来，便像从前一样，拎着几包熟食，径直踩着饭点过去。一进门却发现家里冷锅冷灶，四壁颓然，黑灯冷影里，我兄弟一人枯坐着呢。大半月没见，瘦缩了一圈。怎么回事啊这。我咋呼着，开了各处的灯，唤找他媳妇出来收拾吃食。这四处一转，发现他家里跟地震了似的，墙上画，案上瓶，地上凳，房里床，各样东西或是移了位，或是颠了倒，都瞧着不顺了。关键是，少了一个大活人呀。他媳妇人呢。好在也算熟门熟路，我到厨房找出碗碟筷子，又翻出上次没喝完的老酒，摆好，拉小兄弟坐下。他压着胡子连喝几口，才缓过劲，从嗓子里拖出一团湿棉絮来：我没去山里收货。就在家里，花了半个月，好不容易才把她给赶走了。

"这是什么话呀。我惊得酒都洒了半盅。他又连喝几杯，我强夹给他几片猪耳朵，让他慢慢说。他却又什么也不肯说了，只管摇头。反正打那以后，我就再没见过他媳妇儿。算算也是三年前的事了，要不是他这会儿自己提起，这谜底恐怕还一直不会揭开。既然，你还记得我媳妇，又问起千容，该着的，我是可以讲了。再保密下去也没意义。他看着窗外跟我讲。

"起先是病，他媳妇患上疑难女症，有大半年了，下红淋漓不止，四处求看，药汤喝下去能有半条河，仍是只见重不转好。虽说不是立时三刻致命，但任凭多强壮的身子，也经不住这样的流泻。有天他在小区里烦恼地瞎转，脚上踢到一只野猫，全身通黑，一对绿莹莹眼眸，喵呜嚷他一声。他不管，继续闷头走，哪晓得小东西竟蹿到前头，绕在脚前不去。他想起媳妇一直好猫，身上常年揣着鸡肉肠，院子里的野猫她认得十有八九。可能这一只，也是她一向喂熟的呢，他心里一软，慢下步子。黑猫真跟带路似的，一步两回头，带着他曲曲折折地走。不过，这就是小区嘛，还能走到哪里，走到头就是西侧门，侧门外就是水果铺子。黑猫把我兄弟给带到水果铺子，绿眼睛一眯，就跑不见了。行，都到这儿了，那就，称一把香蕉买五斤苹果呗。他挑拣起水果。

"你呀，恐怕得买梨子，回家跟你媳妇分着吃。他刚要付钱，给人拦下了，让他换成梨子。是个不认识的女人，也是买水果的，一边挑她的桃子，一边瞅我兄弟的脸色。她把他拉到边上，两句话切中要害，全是媳妇的内中症候，然后不轻不重地指点了几句。她不能跟你一起待家里了，要往西南方向，一千公里，在那边正经住下来，调理半年。我能同去吗？不行，你得老死此地。并且你还要回去，把家里的东西，如此这般地做一番颠倒与挪移——那便是我当时去他家所看到的局面。当时连他自己也觉得此事太过离奇，所以不肯跟我细讲，怕万一不灵，反落个大笑话。

"他给我讲到这里，呼一口气，把眼光从窗外转到我脸上。是灵的。他媳妇一到西南某小城，一个星期不到，身上就清爽了，两个月下来，肉长回来了，脸上又有颜色了，等住到半年，月事恢复正常，发来的照片，简直大姑娘似的。这当中，一有媳妇好转的消息，小兄弟便千恩万谢地向那水果摊上偶遇的女人报告。他跟千容从那时起，就算是有了交道。可千容总是半点喜色也无，也不要他的谢谢，只说不要恨她便好。你们想想这话啥意思。我这时其实也回过来神了，对啊，这都过去了三年了，他媳妇身子是早就好了，可人也回不来了，身子和心皆已生根在西南边了。连这个，千容也是知道的，或者说，她真正所提前预知的，就是他媳妇在西南边的另有归属。所谓病症的调治与家具的颠倒，不过是一种过渡与形式。他跟我回顾到这里，平静地补充道，怎么可能气恨千容，服气还来不及呢，到底是救了媳妇儿一命。是恩人。"

朋友转述了她从副总那里听说的，他那位小兄弟千里逐妻的救命之事，然后跟我总结道："看，千容就能知道，这人，跟哪里哪里的水土，是合的。合才能养人、才能安人，也才能久居。可惜我离开那公司久了，跟那帮子人来往少了。要不要我试试看，这位副总人挺热心，叫他替你跟千容拉个线？你这毕竟，也是大事啊。"

我心里一动，还是忍着，摇头谢绝了。并带着一丝丝优越感想着，她也是只知其一不知其二啊。怎么能主动去结识千容呢，要也能有只全身黑的绿眼睛野猫给我带路还差不多。

不过人的想法会变。尤其最近这几年，这事那事的一层层覆盖，每到难处险处跌跤处，便多次为当时的拒绝而感到懊恼。她都那样说了，就嘴边上的事，我点个头就行的呀，那现在又何至于这样，凌乱中抓瞎。痛中反思，我在心里反复给自己叮嘱，假若再能听到"千容"二字，别再一根筋了。世界上哪有什么纯粹"不期而至"的相遇，还是得努力，得事在人为吧。

好在千容毕竟是大家的，月亮或星星一样，或是这里那里升起，或是这里那里闪烁。那天我带果果去打针，就又听说到她。果果，对，是我胖儿子，两岁了，那周该着打乙脑疫苗。

那两年，我有几样事，是串在一起发生的。当时我差不多已决定去北方了，还有些细节想去人社局打听下，同学群里有人说，有位高一级的校友应当在那里做事，几个话头一捎，便联系上，原来是他呀，我们都在校广播站干过。他颇是热情，替我考虑到伴侣跟随政策、购房、医保接续、人才流动等各种政策细节，连两地工资水平，甚至未来的养老金发放标准等都打听到了。前后有一个月，他带着我东跑西跑。有天正好碰到大雨，我们给困在一家小面店，对着桌上只有残汤与菜叶的大碗，他突然开起玩笑，说在校广播站的"共事"，他那时还暗恋过我呢。

玩笑还是真话？但这话，能说出口来，就是个意思与信号吧。再说我真挺谢谢他的，那一阵子，我是太飘忽了，抓个浮枝都能当铁锚。当晚就跟着去了他的住处。他跟我讲了他突然逃婚的前女友，语气甚是悲凉，这让我意识到，他还没走出那一段儿。随后，我继续准备有关调动的琐事，同时等待北方那个城市的各种回复，一边麻木地继续与他同睡，不顾前路。

然后就发现自己开始呕吐。两人都太粗心了，准确地说，是对自己和彼此都浑不在乎。那怎么弄呢。沉默地看了一会儿验孕棒上的两道杠，他字斟句酌：要是你舍不得打掉，就别去北方了。我心里一块石头轰隆隆滚落，突然放松了，这个宝宝就算是要留我在这里的吧。至于跟什么人结婚，也没那么重要。总之，就那两个月，去留问题、婚姻问题连带着怀孕一并解决了。

果果打疫苗有个特点，人多必然长号大哭，人少则软绵绵哼唧，若只母子二人面对医生，说不定还笑嘻嘻。所以我尽可能地磨蹭着，很不积极地排队。然后就发现，有一位妈妈，似乎跟我是一样的想法，我们像两个"慢车比赛"选手，只等着大批的哭闹主力军过去。无聊之中，两个孩子在我们手边就近玩了起来，无法，我们也只能将就着一起打发时间。而这种两个妈妈抱着孩子在疫苗结种区的聊天，恐怕是世上最乏味，也是最奔放的聊天，三分钟之内，就能从小孩一天大便几次到乳房缩小与下垂程度，聊到盆底肌恢复情况以及是否漏尿等隐私话题。

"你知道人类平均每年应当做多少次爱吗？"瞥了一眼正彼此吐泡泡与口水的孩子，园园妈妈突然抛出这个问题，我一怔，还真没想过。她马上灵活地从微信收藏夹调出一篇公众号文章，伸手到我眼前，标题上就有显示：104次。

"园园爸爸是达标了，他一直在外面乱搞。要是什么有情有义的小三，那也还能讲得通。可是他，全是刷的约炮软件。"明白了，怪不得她眉目间总有点忧色，讲起性的话题来好像别有一种亢奋，"可笑就可笑在，这还是千容跟我说的。"她很随意地提到千容。我不敢相信，可能是名字相近的人名？

"谁？你朋友吗？"

"才不是，公司网站的客服。你想，连个外包客服都能看出来，说明我这是呆到什么程度，说不定办公室所有同事都知道了。我就说呢，他跟我，连人类平均次数的十分之一都没有，另外十分之九，全都在外头哪。"她露出这种情况下常见的怨愤。想到以前听说千容是做客服的，看来应当就是她。我露出愿闻其详的同情之情，心里不敢惊动地轻声喟叹。来了，千容又出现了。不过，听说她再次结婚后，好像不工作了呀。

相对我以前听到的千容故事，尤其是讲述者那种有意的起承转合，节奏和因果上的拿捏，园园妈妈这个就显得太过平常了。她只是因为在公司里负责跟网站客服对接，所以两人打交道比较多。你们见过吗？没有，她客服呀，就微信上聊聊的。园园妈妈显然把千容看成一个有点多嘴的八卦婆，从别的某处听说，按捺不住，告诉了她而已。

园园妈妈兀自沉浸在她的痛苦中："关键两边老人都很烦，几个老家伙一条心，整天盯着我要二胎，说既然政策放开了，当然得用足啊，正好换个品种，要个女孩。以为这是点菜吗？点什么就有什么。关键是，没有人给我撒种啊。我都35了，高龄产妇了。"她的忧虑显然还包括生育。

"你，听听千容怎么讲呢。"我想把话题往千容身上引，她只是一带而过。

"她能知道什么，自己也是个单身妈妈呢，搞得一塌糊涂。"虽然我知道卜者不自占的道理，可她的口气让我很是不安，"不过，你这一说，我想起来了，"园园妈妈沉吟道，"她当时跟我讲了两个消息，一个是园园爸爸的事。还有一个是讲我，说能看到我后面有一条大河。说大河主富贵，我过几年就要发大财了。你说怎么可能呢，就这指甲盖大的微信头像，她还能看出条大河来？真要能发大财。妈的，我这家里一样不拿，连手机都不要。"她作势要把须臾不可分的手机都扔掉，表示弃绝之烈，"带上园园就走，我他妈的也找男人去，一年搞104次。"她使劲儿地笑，苦中作乐、绝无可能的笑。

我颇为羡慕地看着她。我知道，千容"看到"的肯定能成真，她多么有福啊，眼下这根本不算个什么。可她，也太不拿千容当回事了，实在叫我看不下去。膀子里两个小孩不知啥时都睡着了，打针的队伍还是臃肿着，保姆，爷爷，爸爸，外婆，小姨，一个小孩起码两个大人。我们两对母子倒像一个小小的岛屿。我突然一阵冲动。

"你啊，是真不晓得千容？她可是顶顶出名的小神仙哪。"我把果果在手里换一边胳膊，把从前打各个朋友那里听到的案例全都讲了一通。可能有些地方比较含糊，或转折过于凶猛，毕竟时间久了，记不清，得边想边说。即使如此，我满意地看到，她把她儿子也换了一边胳膊，向我这里靠得更紧，梦魇似的，眼皮半睁，眼珠快速转动。她这模样加剧了我转述的愉悦程度，也增添了我转述中的华彩，我甚至编造了些更有趣的细节。比如，对那个在澳洲变性的孩子，千容甚至从镜子里看到了她（他）回国后初次揽镜自照的模样：一套红蓝条纹的连身工装女裤，唇膏和眼影都是银色的。诸如此类。这并没有改变事情的本质，不是吗。

　　偶尔，在停下来喝水时，我一闪念中也会想到，以前听朋友们讲述时，我也是这样迷醉的梦魇之状吗，而她们，也同样，会不由自主地添油加醋吗。但我咕咚咚地喝水，并把这样的念头一并咽下。不管这些，毕竟，这个过程太有成就感了，我简直把园园妈妈给换了一个人。

　　她的样子慢慢恭敬和拘谨起来，在我提到千容时，会小声跟一句，我们该叫千容大师吧。但对我，反倒有点倨傲和防备了。她现在也知道了，不日，她将要大富贵了，哪怕就是三年五载之后，那依然是显见之事，必将到来的呀。

　　"介绍我认识一下千容吧。"我直截了当地说。铺垫得够多了，也许太多了。打针的队伍已到尾部，再过半小时，上午的门诊都要结束了。

　　"这个，她又不是我朋友，只是外包客服呀。对客服这一块，我们公司有规定，我不好私下里……"她支吾着，好像千容反过来成了她必须尽力维护的什么宝藏，当然，她也有点不好意思，伸手到包里乱翻，又慌张地摇怀里的儿子，想喊醒他，"这样，我给你指个路子，你呢，就直接到我们公司网站下面去留言，反映问题，客服就会出来跟你沟通的。千容，不，千容大师就跟你直接会话了……"她一扭腰抱着儿子站起来，快步往队伍后面走去。

　　"你什么公司啊。"我也一把抱起果果，腿都差点一软，不依不饶地也挨着她排上去。

　　"弗兰卡厨具，华东大区。"她匆匆作答，拿出她的号码条，跟前面两个人说了什么，一下子就插到最前面，刚好里面有两个老人合抱着一个哭得直打挺的娃娃出来，她便一大步挤将进去了。

　　谁叫我跟园园妈妈只是这种偶然的闲聊关系呢，就是刚刚谈过乳房下垂和性交频率又怎么样。我也没太伤心。只在心里默念那个厨具品牌，有些不情愿地想着，真去售后客服那边留言吗，或者当真给家里换一套整体水槽？这是合理程度的努力吗，还是有点过头。关键是我不太喜欢售后客服这个背景，千容那是在工作之中吧，总觉得氛围不对。

可惜刚才没问清楚，千容是真的又离婚了吗，她过得不怎么样吗，她就不能找另一个小神仙（同行之间也会有联系的吧）给她自己也把一把不好吗？我杂杂拉拉地想着，心里倒替她感到有些纷乱不安。我自己这边，其实最近还好，虽有小烦小恼不断，但到底一家三口算安定下来了。就算前面可能埋伏着什么，正淌着哈喇子打算吞我下去，我也没必要提前操心。就这么着，暂时搁一下吧。只要千容还在我们当中就行了。

"记住啦，回家路上你拐到菜市场去，买两条小鱼。你要信！可别也整出个什么毛病出来。"再次叮嘱一番之后，我朋友左右交替挪动双腿，右手无意识地抓捏，这是急于要送我出门的架势。可能是因为刚刚承认了她并不认识千容，有点儿不自在。可更多的是，我能看出来，我太熟悉这感觉了——这些年，她显然也都是从不同的朋友那里听说千容，并跟我一样惦记着，有着求而不得的憾恨。

Two heads are better than one. 想起初中时学过的这句英语谚语。我们不如合力把各方面信息碰一碰，不是更能接近渴慕之人吗。我们是从业务关系慢慢变成好朋友的，知道对方的为人和生活情况，也足够信任彼此。

前年，我儿子果果被两家大医院和一个研究所都诊判为智力发育障碍，也就是大家骂人时常讲的"弱智"，果果爸爸崩溃得很彻底，第二天就离家出走，切断所有联系，一个半月后托人捎话，说再也不回来了。曾宣称暗恋我，也娶了我的高中广播站成员就此成了前夫。能怎么办呢，他先抬了腿，不要讲出走，我连寻死也轮不到了，总得有人把果果给拖大，还得挣下我死了之后他的养老钱。

想想一个小文科生，除了敲打键盘，能干什么呢。长夜苦思，看几眼痴睡的果果，我开始挨个儿给淘宝上的小破店留言，尤其是那些一看就没有策划包装的店铺，提出我的全套文案服务，诸如广告词、产品描述与解说、创意命名之类。比如，卖干花的，我会替它搞一个"紫色心情"或"窗外"系列，类似这样"时间驻留往昔芬芳，化为颊边的恋人絮语"，卖百香果或紫薯的，则是"我们采撷大地深处的精华，穿越千山万水，醇正原香只为换取你的每日维C一笑"，而卖棉服饰的，则需要给那些皱巴巴的裙子取出名字来，叫"湖畔相遇""庆历四年春分"等等。三四流的土味诗意，正好够用。这一谋生的想法，多少也算来自千容吧，我相当于她的上游产业，负责勾起购买欲，她那里则是跟进售后。既然她一个人能单干，我干吗不试下。

没有料到，这还真做出点名堂，需求之大、收入之易超乎意料，后来我索性辞掉小文员差使，找了一个肯吃苦的姑娘做帮手，全心全意做起这无本生意来。而我眼前这位朋友，手上开了五家淘宝店，不排除还要扩大，全都是我替她从无到有一手托举起来的。她起先卖女包，小作坊流水，好在皮子还可以，我给她的定位就是意大利风格的小众品牌，价格立刻翻了两倍。后来她卖贝壳饰品，成本很低，有时就是残损边角料，我给她所有的文案和页面配乐等都指向跨性别与多元文化，黑酷范儿，卖得可好。生意上，她确也离不开我的。

所以也没多想，我把意思跟她说了出来："不如一起找找人，跟这个千容结识下。明面儿上，我们可以说是请她做你的售后客服，这很自然……"

不等我说完，她用手势打断，把我从阳台引回室内："假如真能认识，就太好了。我正碰到……"她停住，毫无过渡地突然抽泣起来。她戴着用深海贝壳做成的异形项链，随着她肩部的抖动，它们散出蓝绿色的深海荧光，一点也看不出廉价。我所有朋友中，她留过学、父母不用她养、丈夫很顾家、女儿找人上到双语幼儿园、生意很可以、定期健身，真是什么都好的呀。可这怎么也控制不住的抽泣，表明她绝对碰到大事情，远大于我以前或眼下碰到的任何事儿。"我实在扛不住了。有一个多月了，得不断增加药片，才能勉强睡一会儿。快说吧，我们怎么能认识她？"她那口气，像急等药汤入口救命。

"你真的相信她能帮到你？"不知怎的，我问出这愚蠢的问题。可能是她表现得太急切了，让我十分忧心，万一千容解决不了呢，那种完全扑上去却一脚踏空的破灭，我是不敢想象的。她是我流水额最大的旺铺客户，跟我的结算是佣金式的，她生意好，我的收入才能多些，果果将来便更多几分保障。她闭着眼睛抽泣，所答非所问："需要，我需要的呀。"

我们于是有商有量的，从所有讲过千容的那些朋友里，各自分头打听起来。事实上，这工程并没想象中的庞大或曲折，知道她的人比预想中还要多。没费太久，千容的喜好、工作、生活、社交圈等皆已了然——确实是又离了，自己带孩子。年前出过一次车祸，断了三根肋骨，但恢复得很好，基本无碍。工作不再是单干了，给一家公司收编过去，而今只负责家用电器方向的客户。她性格偏内向，但朋友倒是不少。喜欢看电影，尤其是动画片。等等一大堆有用无用的细碎情况。

最终，找什么人来引荐，大家约在哪里吃饭聊聊，也全部敲定：就这个周六中午，粤式茶餐厅，据说那里的海鲜粉丝煲和招牌腊味饭口味甚好，是千容惯吃的。看看，这就搞定了嘛。我与朋友击掌相庆。这会儿，就是叫我们去结识我们都喜欢的布拉德·皮特，恐怕也非难事。

其实每个周六我都要带果果去海洋馆泡一天，他最喜欢待在那里面。算了，只能把他送到一家托管处，那托管处居然同时接管宠物，气味不大好闻。可这次见面太重要了，我不希望果果出现在那边。然后便急忙回家收拾打扮，试了起码五六套衣服，连背什么包都琢磨了半天。我心里在不停地翻滚和盘点，带点劫后余生般的兴奋劲儿，千容让我回想起若干的、我最需要她的那些艰难时刻，一浪又一浪的恐慌与打击。单方面看，我认识她得有十年了吧，都能算是老朋友了。可她还没见过我呢，所以真得好好收拾下。我简直有点面试的心态，要显出我老道的职业状态，同时很会过生活，当爹当妈一把手，虽然经历了些坎坷，可对付得还行……也许就凭今天看我的这一眼，她看到了一切……

我提前一小时收拾，扔了满床的衣服，最终出门还是迟了。滴滴叫车要排队，还碰着个慢性子水平又菜的司机，一路吃红灯。粤式茶餐厅在美食中心中庭三楼，我气喘吁吁地，老远就在扶梯上看到那家店，落地玻璃里，我朋友的玫红色绲边套装十分触目。她昨晚就发了照片给我，选了最贵的，然而我认为是最难看的一套，好处是让我一下子就看到他们四个。

我们俩共同的一个朋友，打横头坐着，正跟服务员讨论菜单。有一位男士，昨天我们也加上微信了，他是我俩共同朋友的朋友，是他带了千容过来。男士与千容都背朝扶梯这个方向坐着。我朋友正跟千容在讲话，我看到她鲜艳的上半身，两只胳膊不对称地挥舞，显得过分活跃。她旁边空着，那是留给我的位置，跟千容斜对面。

我理理头发，触到脸颊的两根指头冰凉，像两根迷你冰棍儿。我上了扶梯，又从边上掉头下来，打算再坐一遍。他们聊得正好，我反正已经迟到，对结识千容而言，等这么些年了，还在乎这几分钟嘛。

扶梯很慢，甚合我意。我得以远远地张望千容的背影，带着莫名的温存与眷恋。近在咫尺啊，只最后一步，就要抵达了，从此将失去对她的所有期盼与无限寄托。

碎短发，并不是某个朋友曾描述过的粗长辫子。从背影看，也谈不上微胖，是相当清瘦的体形。扶梯到最高处时，能看到她小半个侧脸，肤质有些糙，发黄，好像蛮沧桑的。还能看到她脚下搁着个大挎包，鼓鼓囊囊的，款式和颜色跟我以前一个同事的一模一样，我刚刚送儿子去托管处，用的也是类似这种大包。这让我有一种悸动的亲切。这就是奔波中人常用的包嘛，轻，能塞。像今天，我装进了儿子只肯吃的两种零嘴、惯用的水壶、替换的小毛巾，还有他走哪儿都要带着的一只毛绒企鹅。猛然间想到果果，我心头一空，感觉离开他很久又很远，突然很不放心起来。想想看，为着周六的海洋馆，他等了整整一周，这可是他最大的盼头。他会一直在哭吧，不远处还全是狗吠猫叫，臭味一阵一阵。

这让我有点不安，但仍然重新踏上扶梯，一边张望千容，一边在心里念叨：这么多年啊，可终于等来她了。可是，等一下，心脏突然一阵剧烈地跳动，继而几乎骤停：如果真在多年前遇到千容，而她也平静地指示出我今天的必然。在确凿的命运线中，我真能走得到今天吗，眼睁睁地看着自己一头撞向透明的冰山？或者，我将由于她的预见而拼命抗争，我纵身投入那一无所有的恋爱，一意孤行去往北方，逃命般地通往另一段婚姻，以求像大部分人那样生下一个健康的宝宝——那么，我将没有果果？

不，我受不了这样的假设，我甚至已不能接受跟果果有超过半天的分离。我在后怕中大感庆幸，随之而来的，是心乱如麻，是更大的愧痛，有如锥刺。我怎么能一下子想到这许多，太冒犯了。若以此类推，今天，当真结识千容之后，未来的生活……

像个冲到悬崖边的胆小鬼，或是差点伸手去按动类似核武器的启动按钮，都等不及到顶头再换乘了，我有些踉跄地扭头就往下逆跑，用力跑，加速跑，才能跑过扶梯本身的上行速度。正是饭点儿，扶梯中挤挤挨挨全是赶赴约会的人们，带着空腹，也带着期待地交头接耳，他们由远及近又由小而大的面孔，在我失焦的瞳孔中，像美好的花朵一样轻微晃动。我喜爱他们那无知无觉的样子，多么天真啊。对不起，让个道，对不起。我向他们所有人道歉。

双脚终于着地的时候我突然想到，千容应当早就知道了，说不定也早已告知我那玫红套装里的朋友，以及在座其他两位了。她斜对面那个位置，将会一直空着，我不会与他们一起共享海鲜粉丝煲和招牌腊味饭。她什么都知道的对吧。这个想法让我大为释然，几乎愉快起来。我最后一次扭过脖子，抬起眼睛，像暗中浇灌并拥抱某种不为人知的深沉友谊，远远凝望茶餐厅那个方向，虽然已看不到千容的背影。

启蒙者的餐桌

叶　弥[①]

　　我爸年轻时爱慕一位女士，那个时候他和我妈已经结婚八年了，有了我这个儿子。他的婚外情，乐果巷的人们都知道。他除了要承受大家的道德指责，还得忍受我妈的哭闹。直到有一天，我家来了一位叔叔，带了一篮子鸡蛋。

　　我妈正在大院门口生炉子，准备烧午饭。叔叔悄无声息地站在了我家门口，脸带微笑，准确把握着某种节奏，不紧不慢地跨进院子，手上提着的一只小篮子，稳稳地放在我家桌子上，对我爸轻轻地说："你不要碰鸡蛋。我马上回来。"

　　这位叔叔有着神奇的行动节奏，他走过之处仿佛能从此安定下来。这是上天赐予他的本领吗？为什么我爸成天这么浮皮潦草？

　　小篮子里装的是鸡蛋。很精致的竹编元宝篮，篮子已老熟，透出岁月的老气和光泽，看着让人莫名地心安。

　　我那时候七岁，看得懂我爸脸上的惊讶，惊讶里还带着无法控制的惊慌。现在是上午十点钟，我爸刚起床刷了牙。他张着嘴，嘴里喷出中华牙膏夹着隔夜酒的味道。我觉得，那位叔叔应该是我家的亲朋好友，趁我不在家

[①]　**叶　弥**　女，1964年6月生，汉族，江苏苏州人，中国作协第九届全委会委员、江苏省作协副主席。文学创作一级。曾获第六届鲁迅文学奖短篇小说奖。代表作有:《风流图卷》《美哉少年》《天鹅绒》等。部分作品译成英、法、德、日、韩、俄等语。

的时候来过多次，所以对我家熟门熟路，对我爸也是不用客套。可是我爸为什么这么惊讶又惊慌呢？

很快，我听见外面响起邻居们的各种声响，几乎整条巷子的女人都站在门外看那位叔叔在替我妈生煤炉。一会儿叔叔替我妈拎着煤炉进了院门。我们的院子里住了五家人家，每家人家的炉子都放在廊檐下，烧饭时颇为热闹。我妈对我说："曹叔叔是友谊宾馆的干部，今天是第一次上门，快叫曹叔叔。"

我妈的声音悦耳动听，笑得很是妩媚。这是我人生第一次为一件事难为情，没有一个正常的女人会笑得这么热乎乎，黏糊糊的。她还吊起凤眼，眼梢缓缓地然而用力地朝我父亲扫了一下。我懂，每当她觉得真理在握，或表达示威，就用这个方式。

我爸缓缓地坐在椅子上。

门口站满了前来看热闹的女人和小孩，我家很长时间没有这么多人来看热闹了。上次还是两年前政府部门来为我父亲落实政策，给我死去的爷爷奶奶平反，退还房子和存款，补发了许多工资。打那以后，我父亲就从中学语文老师的岗位上辞职了，或者说他从中学语文老师的岗位上消失了。他在银行存着大笔的钱，还不许我妈染指。他说当他跟着资本家父母亲受罪时，我妈正享受着出身于工人阶级家庭的优待。他现在什么也不干，整天在外面游逛，呼朋唤友，吃喝玩乐。上山打猎，下水捕鱼。他说要好好享受生活，把以前吃的苦，遭的罪都补回来。为了延长寿命，让他这个身体多一点人世间的享受，他还听了人家的话，去过小公鸡的血……

我爸一声不吭。忽然他站起来，气急败坏地对我妈说："我不认识这个人。我也不想看见他。你们忙，我出去还有事。"

他低着脑袋慌乱地走了，脚步错乱，深一脚浅一脚，好像做错事的是他。他从前在家里大声说出喜欢那位女士时，也没见他有过一丝的慌乱。看来世上很多的第一次，今天都在我家碰头了。

曹叔叔对我父亲的背影说："你回来吃晚饭吗？我蒸的鸡蛋是友谊宾馆一绝。国家领导人到宾馆来，都点名要吃的。"

曹叔叔说到这儿，我们都知道他大致的工作了。他看上去有四十岁，不胖不瘦，腰板挺直，说话不急不忙，态度不卑不亢。他穿着藏青色的中山装，每一粒扣子都扣得恰到好处，不紧不松，端端正正。不像我的老爹，穿着见风就飘的阔版衣，还嫌衣服上的扣子限制了他的自由，统统剪了。最可笑的是，他异想天开，居然把长裤上的裤裆扣也剪了，坐下的时候，露出里面的短裤。他说这就是自由自在的样子。

曹叔叔脱下中山装，露出里面的白色长袖 T 恤，上面别着一枚什么章，看着很高级的样子。我妈从碗橱里拿出一只大碗，曹叔叔挽起袖子，把篮子里的鸡蛋统统打到大碗里。我在边上数着，他打了十只鸡蛋。然后他从篮子底部拿出一个小油纸包，打开。油纸里包着一团剁得细细的猪肉糜。我好奇地看着他把这团猪肉糜放到一只小浅碗里，撒上一撮盐，与猪肉拌匀，放在木砧板上，小浅碗与鸡蛋碗并排而立。曹叔叔说，这叫"静蛋"，它们成为另一种凝固的状态前，需要静一静，想一想，做好准备，这样才能把它们最好的鲜味调动出来。这也是厨师对它们的尊重。受到尊重的东西自然会全力配合厨师的意图。

我听不懂曹叔叔的话，但是我很喜欢听他的话。听完这些话，这一大一小的两只碗在我心里仿佛有了生命。它们静静地站在那里，沉默的，然而是坚韧的。坚韧的，又是令人愉悦的。它们境界如此之高，把家里所有的东西都比下去了。它们又好像要变什么戏法，要把我看得见的生活一下子变得里外通透，让我不由得满怀期待。一个男孩子的期待是有形状的，我妈和我说过，男孩子的"气"充足又纯净，虽然软，但是有形状。你看不见，但它确实存在。听说有些气功大师看得见小男孩身上的纯阳之"气"，说这种气是椭圆形的，笼罩着小男孩的身体。我现在的期待就像笼罩在我身体周围的气。

我早就厌烦了我爸那一套。从中学辞职下来，他变得咋咋呼呼。三十岁的人，就像一个十七八岁的年轻小混混一样，浑身带着发条，随时随地穿着无扣外套一闪而过，不知蹦到什么地方去了。半夜回家，喝醉了就在巷子里乱吼乱唱，邻居开了窗责怪他："吴有光，你老是这么闹下去，我们真的是暗无天日，没有光啦。"他就回敬人家说："怎么？我托了国家的福，过上了好日子，你们就眼红了。"每每想到他的好日子，他总是无比兴奋。

这个曹叔叔安静稳妥，与我和妈妈很配。我喜欢他。他要是挤走我爸来当我的爸，我会接受他。

我就依在他身边，东摸西摸，假装对碗筷感兴趣，想听他说些什么。他也很善解人意，或者说，他也想讨好我，就把他和我妈认识的经过告诉了我。他是友谊宾馆的厨师，我妈去友谊宾馆财务室办事的时候，认识了他。他对我妈一见之下，产生了爱慕之情。他以暗恋者的身份，与我妈保持着不远不近的某种友情。这种友情是复杂多层次的生活催化出来的，不同于任何一种感情方式。昨天下午，就在我爸一觉醒来又出去的时候，我妈决然地去了友谊宾馆找到曹叔叔，把她对我爸的不满和盘托出。以一个女人的直觉，我妈知道这个人会改变她的生活，至于改变成什么样，她不知道。曹叔叔一声不吭地听我妈说完后，陷入沉思。一个厨师的沉思是不寻常的，可能隐藏着看不见的刀光剑影。一个厨师的沉思也是细密的，要不然我们就吃不到经过他们仔细调理的美味佳肴。他沉思后对我妈说："明天是星期天，你在家里等着我，我上午十点钟前来看看你。"

曹叔叔相信我妈的话。他也相信我妈需要他拯救。最重要的是，他相信自己的能力，相信自己踏进一个陌生的家庭后不会受到伤害。

我妈的工作是吴郭市自行车厂的总账会计，其实是一个很谨慎的人，但长期和我爸这种人生活在一起，她也变成了一个泼辣率性的女人。当下她二话不说，一口就答应了。于是就有了上面那些事情，这些事情让我们的乐果巷像过节一样热闹。

我妈妈适时地朝外面喊："你们都看够了吧，我家又没有午饭吃，（你们）还在这里干什么？"

院子里的看客们一下子潮水一样退去了。

突然，他们又像潮水一样回涌了过来，浪头上挟着我父亲。我父亲回来了，昂着头，脸上一副胸有成竹的模样。

我妈吃惊得张开了嘴，摸不清我父亲的意图。一位邻居大妈凑到我妈的耳边，神情诡异地说："哼，他刚才去了小红楼。"

提到小红楼，一般是代指庞女士，她一个人住在对面巷子的小红楼里。她就是我爸公开爱慕的那位女士。我爸早就不与他以前的同事朋友来往了，现在他的周围聚集着算命大师、气功大师、落魄诗人、街头下棋者……我去过他们的聚会，香烟、酒、诵诗、哭泣、大笑、残羹剩饭……每个人都在自说自话，企图压倒别人的声音。我爸身边，只有庞女士是他的正经朋友。说到"正经"两个字，指庞女士是个真正有社会地位、受人尊敬的人。

庞女士住在乐果巷对面的巷子里，那条巷子里有一个小池塘，庞女士就住在小池塘边上，一幢西式小红楼里。过年过节时，从市政府到区政府都会派人到小红楼里进行节日慰问。我爸对这幢小红楼很熟悉，对小池塘也很了解。因为这幢小红楼是我家的祖业，国家落实知识分子政策以后退还给我爸了。我妈很想住到小红楼里去，体验一下资产阶级的生活。但是我爸不声不响地就把小红楼卖掉了，买主就是庞女士。他们就是这样认识的。

我爸每回说去看小池塘的水波，回忆童年时代短暂的小红楼时光，其实就是溜到她家看她去了，坐在她家绿草茵茵的小院子里。遮阳伞下面，一动不动地坐着庞女士，她总是在看书。我爸只有在她身边是安静的，坐在她身边，陪她看书，给她倒茶、削水果。

她四十不到，没结婚，一个人住着这幢小洋房，用着一个五十多岁的阿姨烧饭和搞卫生，她称这位阿姨为"菊妈妈"。这位菊妈妈不是她的妈妈，她的爸妈十几年前就死了，听说是双双上吊自杀。也许就是这个伤感的原因导致她至今不肯结婚成家。她的身边只有这位又烧饭又搞卫生的菊妈妈，兄弟姐妹们全在美国或英国，都是搞科研的专家学者。至于她为什么不出国，为什么不结婚，为什么神秘地独往独来，没人知道确切原因。街坊邻居只知道她特别喜欢穿裙子。吴郭城的气候属于亚热带季风性气候，四季分明，夏天很热，冬天也时不时地下雪。下雪时她还穿着裙子，样子像在温泉里泡澡一样舒坦，丝毫也看不出她冷的样子。凭这一点就让人肃然起敬。她画眉描眼，戴着珍珠项链，还喷香水。怎么看，她都是个有故事的人。经常有孩子傻傻地跟在她后面，眼巴巴地望着她的脖子，希望那里掉下几粒珍珠来。大人们说，她的珍珠项链每一粒都值一辆自行车的钱。

她家里到处是书橱，楼梯边上的墙掏空了做成一个个放书的格子间。连走廊里都放着一排排别致的藤书架，书橱里放满了书。她坐到院子里的遮阳伞下看书，我爸就坐在她边上。别人告诉我妈，庞女士叫我爸吴弟弟，还把手搭在我爸肩膀上。我妈听了冷笑，呸了一声。

我爸刚一进来，我妈就问他："喂，你到小红楼里干什么？找你的狗头军师出主意了吧？"

我爸说："别瞎讲。我是讨教人家去了。我的庞姐姐做蒸蛋也是一绝了，她说自己第二，没人敢在她面前称第一。"

我妈说："你是个四体不勤、五谷不分的人，也想来打擂台吗？"

我爸说："我是一家之主。你是属于我的，有人想用小恩小惠把你勾引走，我当然不答应。"

我妈朝着门外招着手喊："各位乡邻，你们听到没有？这个人说我是他的，也不撒泡尿照照。我是属于我自己的。"

我妈最后那句话说得比较深刻。女人们要么属于丈夫，要么属于儿子，或者既属于丈夫又属于儿子。总之是属于家庭，没有哪个女人真正意识到是属于自己的。时间长了，"自己"这个词在她们那里早就生锈。今天被我妈一提起，女人们一个劲地点头。一位没牙的老太太一边点头一边哭了起来。

但是我爸反驳说："你是自己的，我也是自己的。凭什么我心里有个她，你就不停地哭闹？"

他的话赢得男人们一致赞叹。

我妈说："你不真诚，爱要真诚。要么她，要么我，你要有选择，不能两个都要。"

我爸说："你不要搞得你死我活的好吧？没到那个地步。你不是心里也有一个人了吗？这个人还厚着脸皮跑到我家来了。"

这时，曹叔叔说了一句话，他声调不高，大家可听得真真切切的："哈，我看见有人送物资来了。"

他这句平凡的话打破了僵局，大家都哈哈地笑了，松弛了脸面，不再沉浸在紧张高昂的情绪里。菊妈妈从人群里挤过来，接着曹叔叔的话风趣地对我爸说："吴有光，你的军需官来了，给你送物资。今天你要和别人打擂台，只准赢不准输哦。"她右手捧着一个金边蓝色玻璃盘，里面放满鸡蛋。那些鸡蛋一看就让人垂涎欲滴，个头不大不小，红棕色的蛋壳，仿佛在海边晒过日光浴，被海风吹过，结实而健康。曹叔叔的鸡蛋壳都扔在畚箕里，它们的个头都比菊妈妈的鸡蛋大，颜色是粉红中带着惨白，仿佛在澡堂里工作的女服务员，夜里出来被冷风一吹的样子。两种鸡蛋一比，孰优孰劣，一看而知。

菊妈妈的左手，也捧着一个玻璃物件，很小，白色的，像一个半开放的花苞形。里面放着一捧什么东西。一个女人在菊妈妈走过她身边时，伸出脖子嗅了一下说："这是发好的干贝。我从来没看见过颜色这么好这么鲜香的干贝。……吴有光，你肯定赢了，板上钉钉的事。"

我是长大以后，才知道菊妈妈那天拿来的干贝是车螯肉柱，又叫红蜜丁。其鲜无比。它们是庞女士做蒸蛋的独家法宝。具体的步骤也不难：把鸡蛋打在碗里，搅匀。车螯肉柱用清水泡十分钟洗净，加上葱段、黄酒和少许清水，大火蒸二十分钟。取出肉柱凉透后，剁成末，滴上一些鲜牛奶，撒上小葱末，放入搅匀的鸡蛋一起上蒸锅蒸二十分钟左右。

菊妈妈拿来的干贝都是庞女士在家里泡发好的，只要我爸把它放在鸡蛋里一起蒸熟就行了。对于我爸来说，主要问题只有一个，就是鸡蛋里该放多少盐。但他显然无比烦躁，打鸡蛋时就出了问题。他打的鸡蛋壳支离破碎，搅鸡蛋时又把鸡蛋晃出了碗外，用布擦碗没擦干净，弄得整个碗外面黄白相间，黏黏糊糊。他也不管，呼啦一下子就把碎干贝倒进蛋碗里，然后用手进去抓了几把，看上去就是手指头洗了洗澡。

我急忙指指曹叔叔的两只碗，提醒他："爸爸，要静蛋，静蛋。"

我爸看看曹叔叔放在砧板上的两只碗，马上明白我说的意思，说："沸腾的时代，让两只死样怪气的碗滚开。我这种碗才是真正的碗，浑身上下挂满蛋糊。这就叫有福同享。"他把他的美食作品丢进蒸锅里。

他的话还没落，大伙就等不及地笑。我妈说："大家看归看啊，要文明地看。"

我家只有一只炉子，有一位邻居拎来了他家的旺火炉子，曹叔叔上前谢了他，接过炉子放在我家炉子边上。他开始了，把猪肉糜倒进蛋碗里，一双筷子在他的手上调弄得让人眼花缭乱。筷子在碗中间旋转，顺时针旋几下，逆时针旋几下。他动作幅度不大，但筷子上很有力道。肉糜和蛋汁的混合品像一幅布一样裹着他的筷子，每一个分子都体面地经过上升和降落的集体运动，汁水一滴也没有溅到碗外面。

菊妈妈悄悄地走了。她总是悄悄地来去，是个特别安静的女人。

这个时候，大家都看出来这场比赛不太公平了。曹叔叔是友谊宾馆大厨，做菜功力深厚。我爸最多在家里偶尔洗个碗，或者偶尔炒个番茄炒蛋。但是仔细地客观地想一想，这种不公平的差距就缩小了。蒸蛋是家常菜，大厨做不好家常菜，也是常见的。街巷里弄的大爷大妈阿姨叔叔们，能做一手绝妙家常菜的人不在少数。

过了十几分钟，两只炉子上的蒸锅都散发出扑鼻香味。

曹叔叔这时候把炉门关了起来。眼看着煤球的火越来越小，快要没有了。他突然又打开炉门，加上几块煤球，拿起蒲扇一顿猛扇。那煤炉里的火配合着扇子，一下子蹿了上来。蒸锅里的水又开始"咕咚咕咚"地欢响起来。我爸袖着手站得老远，他根本不懂得需要做什么。庞女士和他讲了，蒸二十分钟，他只需要看着手表就行。

二十分钟到了。我爸走上前去端下蒸锅，放在砧板上，捏起拳头，朝大家比了一个胜利的手势，赢得一阵鼓掌声。

我妈妈去屋里搬出我家吃饭的桌子，朝大院子里一放，放稳以后，从口袋里掏出一把大大小小的勺子，撒在饭桌上。只见曹叔叔快速地从炉火上端起蒸锅，用抹布在碗口轻轻一捏，他的蒸蛋就被他提到桌子上了。我妈紧接着把一块巴掌大的草垫子垫在蒸蛋碗下面，曹叔叔的蒸蛋碗好似被人扶了一把，挺起了腰，站在领奖台上睥睨众生。我家只有一块垫碗用的草垫子，我爸干瞪着眼，他是真生气了……但他没说话，也没有任何粗蛮举动。

我妈专注地看着我爸，不知道她在想什么。

我爸一生气，穿着连衣裙的庞女士就来了，两个人好像有心灵感应似的。要说这位庞女士，也真是宠爱我爸，从来不到我家里来，这次为了助阵我爸，第一次上门来了。她自是不把我妈放在眼里，眼珠子都没朝我妈转一下。我妈本是个气焰嚣张的女人，不知道为什么，见了她，头竟沉沉的，忍不住地低了几分。没人敢对庞女士说什么，我想我应该说几句。我就问她："你是我爸的相好吗？"这句话代表了大多数人的好奇。

庞女士笑起来，她笑的声音不响也不低，就如诉说着一个悦耳的故事。我喜欢这种自然悦耳的笑声，我妈她们一帮女人，要么不笑，一笑就是耳朵的一场灾难。我想，如果庞女士挤走我妈当我的妈，我也是能接受的。

可惜庞女士明确地说道："不是，我不是你爸的相好。我庞爱兰与吴有光永远是好朋友。"

周围的人们发出惋惜的声音。本来大家是想看一场惊心动魄的撕扯大战，被她轻轻一句话就消解了危机。那她来干什么呢？

她是来给这场比赛放下一个关键的砝码，当然是放在我爸这边。

今天太阳很好。五月的太阳里装着许多友善的内容。我家门口聚拢的人更多了，不少人吃过了午饭，都跑来看热闹。庞女士从口袋里掏出一样东西，这东西像镜子一样拖出一道弧光，光芒所到之处，大家都唯恐避之不及，以为是什么危险的东西。等到庞女士把这样东西朝桌子上一放，大家围过去一看，看清楚是一个圆形的金黄色的扁平玩意儿。有识货的行家说，这是缅甸老黄金樟木隔热垫，垫子边上围的那一圈是真正的黄金，黄金圈上镶的那几颗绿石头也是什么宝石。

这样就必须要说说我家这张饭桌了。我家的这张桌子，是我妈从娘家硬抢过来的。那时候我家很穷，连一张吃饭的桌子都没有。有一天，我妈不知道去哪里借了一辆黄鱼车，她自己骑着。她回来时车上多了一张桌子。她的弟弟和哥哥都曾经过来想把这张桌子接回去，但我妈不让。她的理由也很充分：她与我爸结婚时，家里什么陪嫁物事都没有。拿一张破桌子化解心结，便宜娘家人了。她弟弟和哥哥说了许多话，只有一句话是一样的：谁让你嫁了一个成分不好的人。

后来我家落实政策以后，我妈买了两张老榆木桌子，一张送去了她弟弟家里，一张送去了她哥哥家里。她还让运送的人在兄弟家门口各放了一串一百响的鞭炮。至于那张她从娘家抢来的旧桌子，不过是杂树剖板拼接起来的，然后打磨、上油漆。我爸识树，说这张桌子板，大部分是杉木，中间最大的那一块是柳木，四条边是榆木。上面有着各种划痕、油渍，有为数众多的大大小小缺口、蚀伤……这张桌子，我妈和我爸意见一致地留了下来，作为家庭的一员，继续见证岁月的移动。

庞女士把她那个金光闪闪的垫子放在桌上，她的视线停留了片刻，没人知道她对这张陈旧的桌子有什么想法。我爸急忙就从砧板上端起他的那碗蒸蛋朝垫子上一放。他是个不讲究的人，从不掌握好行动的节奏。他那么粗糙地一端一放，那碗蒸蛋差点跌倒在黄金垫子上，亏得争气，晃了一下，稳住了脚跟。

人群突然一静。

我爸刚想喝声彩，马上忍住了。

我妈嘀咕了一句："要文明啊……"她总是话里有话，但这句话如果是在警示我爸的话，那是白搭了。一来她的声音太低，二来我爸正看着桌子上的两碗蒸蛋，脸涨得通红。

人群继续静。静这个东西外柔内刚，轻盈如水，却有着墙一样的坚固，一时半会打不破它。

谁都看见了，这两碗蒸蛋放在桌上差距有多么大。两者一比，高下立分。我爸这碗蒸蛋，碗外的蛋汁也熟了，东一道西一道，像个舞台上的大花脸。而且它看上去气息奄奄，"三观"不正，站在桌上真是丢人现眼，无法让人尊重它。造成这种状况，也许是没有"静蛋"的缘故，也许是我爸不够尊重它们。或者，纯粹就是隔夜酒在我爸的肚子里闹得慌。相比之下，曹叔叔的蒸蛋保持着足够的尊严，不以物喜，不以己悲。它是这么的无可挑剔，气场饱满，刚才像站在领奖台上，现在有我爸的那只碗做陪衬，它更神气了，简直是个打胜仗的大将军，对前来投降的敌手不屑一顾。

再说那只华丽的金光闪闪的垫子吧。它不来还好，一来，更衬出了我爸那只蒸蛋碗的寒碜和渺小。非但寒碜和渺小，越看越滑稽，简直是我爸可怜现状的翻版。

谁笑了第一声，结果大家全都笑起来了。连庞女士和我妈都在笑。只有两个人没笑，一个是我，一个是我爸。我没笑的原因是看见我爸走进屋里去了，我很害怕他走进去拿出菜刀什么的乱砍人，我看见他的眼睛里有泪水，愤怒的泪水。

他确实走进屋里去拿了菜刀。他拿了菜刀走进他和我妈的卧室，提出一只祖传的中式黄花梨老花架。除了那幢小红楼，政府落实政策时，这是返还我爸最值钱的东西，别的东西都流散不知去向。

他把老花架放到饭桌边上，朝花架面上砍了一刀，再把自己的那碗惹人嘲笑的蒸蛋放在上面。这是他的桌子，他的蒸蛋专门用的高级桌子。此举等于无赖讹人，朝自己头上拍一砖，搞点血出来抹到自己脸上。这一砍吓得没人敢笑了，也没人敢尝这两碗蒸蛋究竟哪碗好吃。

轰轰烈烈的一场比赛，一场复杂的较劲，莫名其妙地结束了。

曹叔叔先走了。他走过去拍拍我爸的肩膀，表示心有歉意。并且对我说："我也不是你妈的相好。我曹元青和你妈妈永远是好朋友。"

我目送曹叔叔的背影消失在院门外，他的背影和他正面一样显得端庄大方。他什么都是恰到好处，从外形到内心。但是他太正派了，正派得让人心慌。所以我不再想他替代我爸的事。

曹叔叔走后，庞女士也走了。她临走时对我爸说："吴弟弟呀，我没想到垫子会出了这个效果。我是太草率了呀。"

我感到了她内心的沉重，非常沉重。这种沉重与两碗蒸蛋没多大关系。这么沉重的内心，难怪她不肯结婚。她摸摸我的头说："我告诉你一句话，你爸是个难得的大好人。你以后就知道了。"

我爸穿着无扣上衣坐在地上，满心委屈，十足是个弱者的样子。他今天表现得一无是处，说实话，他不像个大好人。

又过了十几年，我谈了女朋友，她家父母不同意我们交往，说我是单亲家庭长大，没有父亲的陪伴，心理会不健康。我就当着她家所有人的面，讲了我爸我妈分手前的那场蒸蛋比赛。一直讲到庞女士临走时，她摸着我的头说："我告诉你一句话，你爸是大好人。"

我当时不懂她为什么这么说。不过这句温暖的话一直回荡在我的心里。随着我爸妈的离婚、分家，各种琐事尘埃落定。我妈有一天对我说："你爸是个好人。可惜我跟他缘分尽了。"

我就问我妈："你们都说我爸是个好人。他好在哪里呢？"

　　我妈说："你爸悄悄拜师学过气功的。你爸的内功，可以近身打退三个大汉。但是那天，他就是忍住了没有出手。姓庞的肯定知道，你爸和她无话不说。"

　　所以我七八岁就知晓爱的模样，在爱的引导下，我从没有过迷失和彷徨。我爸是个失败者，但是对我，他是个启蒙者，爱的启蒙者。

半　张　脸

石一枫①

"我仿佛在哪儿见过你。"

"真的是你？"

对话是这么开始的，既顺理成章又猝不及防。

夜晚明亮，但毕竟是夜，因而也有难得的、幽暗的角落。俩人坐在一个过道里，头上缀满半街霓虹。滑不溜秋的台阶下，石板路通向熙攘的四方街。再往远看，那个标志性的大水车遥遥在望，白天也不动，这时却似随着光的流溢而缓缓旋转。

发起这场对话时，单眼皮男人已经给自己留好了退路——一旦对方感到冒犯，那么他可以声称认错人了，随即全身而退。而这又是多么陈腐的路数，甚而带有某种怀旧色彩。在他生活的北方城市，类似的一幕曾在不同时空反复上演。就连单眼皮男人本人也尝试过不知多少次了，在酒店大堂，在夜店舞池，在停车场里进口跑车的车窗内外。每次都是同样的话，一字儿不差：我仿佛在哪儿见过你。说得多了，近乎箴言，更像咒语。但那往往是一句失效的咒语。大多数被搭讪的姑娘会翻个白眼儿唯恐避之不及，而他则自我安慰：这未见得说明她们讨厌他，毕竟都挺忙的。到了他这个年代，连拒

---

① **石一枫**　1979 年生于北京，1998 年考入北京大学中文系，文学硕士。著有长篇小说《红旗下的果儿》《恋恋北京》《心灵外史》《借命而生》等，小说集《世间已无陈金芳》《特别能战斗》等。曾获鲁迅文学奖、冯牧文学奖、十月文学奖、百花文学奖、小说选刊中篇小说奖等。

绝也缺乏必要的仪式感。

哪儿像传说中的当年，"飒蜜"会啪啦抖开一把扇子，上书两个大字：有主。

唯一有点儿意思的是在某所著名艺术院校的内部餐厅里，受其滋扰的姑娘立刻露出了八颗牙的标准微笑，转眼掏出一根签字笔来：

"我只能给你签个名，合影的话得问我经纪人。"

因此，对于这位搭讪爱好者来说，眼前双眼皮女青年的回答，不亚于一场意外收获。简直是对他锲而不舍的精神的奖励，天道酬勤啊。

单眼皮男人打了个激灵，至此才第一次认真打量起了对方。在刚才，他只是晕头转向地溜到酒吧门外，找个公共厕所泄掉膀胱中的残留物。酒吧有卫生间，但和他一起的那些人正在排队，老家伙们的前列腺多半又不太好。所以他才差点儿踢到台阶上这个单薄的背影，进而腿一软坐了下来，又进而判断出对方的身份——女的，活的——随后便甩出了那句陈词滥调。那话脱口而出，滑溜得像嚼过无数遍的口香糖。即使放在单眼皮男人那并不漫长的搭讪史中加以考量，这也是少有的、未经踌躇的率性而为。

在某种意义上，也要感谢他们所处的这块地方。古城里尽是陌生人，天南海北，虽然陌生却建立了熟悉的共识，因而同时具有陌生人的轻松和熟人的热络。记得刚下飞机时，他就看见了赫然写着"约吗"的广告牌。那时他就觉得类似的召唤过分直接了。

嗯，缺乏仪式感，是他这个年代的通病。

所以现在，单眼皮男人正在尽力补上那一课——郑重而不失谨慎地凝视着双眼皮女青年。对方眼神儿没躲，令他如受激励，愈战愈勇。除去长了一双明艳的大眼睛，这位女青年给人的整体印象是清瘦、镇定，脑门儿还幽幽映着微光。头发半长、略黄，在脑后随意扎了个辫子，像喜鹊的翘尾。在他的印象中，类似面貌经常属于学校的女田径队员，脸部造型或如鹿类般温婉，或带有肉食尖嘴小兽的狡黠。在他还是个孩子的时候，就曾对上述两种脸型的异性着迷，并拖着书包郁郁寡欢地在操场外围假装来回路过。

可惜他只看见了半张脸，脸的下半部分蒙在蓝色医用外科口罩里。

这当然也不奇怪，这是今天世界的常态。在来时的大巴上，一车人都只有半张脸；在民宿的前台，茶几背后端坐着半张脸；在载歌载舞的表演现场，篝火照亮的都是披金戴银的半张脸。防疫举措不能停，佩戴口罩常洗手。已经有多久了？身边人们习惯了除去吃和睡，仅以半张脸示人，尤其是陌生人。也正是在诸如此类的不懈努力下，他这样的异乡来客才有机会离开半张脸的城市，登上半张脸的飞机，降落在半张脸的古城。

　　没错儿，此刻他的脸上同样蒙着这玩意儿。而对面的半张脸也在盯着他，并声称认出了他的半张脸。这才是令单眼皮男人倍感振奋的原因，同时还有些许诧异。他不确定自己的半张脸是否有那么特征突出，分明也没有刀疤或者少了条眉毛嘛。

　　于是单眼皮男人清了清喉咙："我可没跟你开玩笑……"

　　不料，双眼皮女青年也清了清喉咙："我像是在跟你开玩笑吗？"

　　听这话时，单眼皮男人忍不住竖起耳朵，试图辨别对方的口音。很可惜，那是一嘴纯正的、近乎播音腔的普通话，不带任何地域特征。经过又一轮的试探，对方的反问越发笃定，这倒令单眼皮男人有点儿心虚了。难不成他果然偶遇了一个故人，并且对方还先于他而认出了他？倘若如此，倒真是一件神奇的事儿，不过想来也不是没有可能。毕竟这些年来，他匆匆忙忙见过太多的人，却与其中的大多数再未发生什么交集。他们变成了通讯录上的一个号码，抽屉底部的一张名片，或者社交软件上永不互动的一个好友。这是他的生活状态所决定的，也可以说，与今天人们的普遍状态相关。我们活得兵荒马乱，天知道哪个回合就被取了首级。那么话说回来，眼前这姑娘是谁？他到底在哪儿碰到过她？还有，尽管他是发起对话的那一方，但凭什么她对他有印象而他对她没有，她的记性怎么就那么好呢？

　　还是说，他具有某种令人过目不忘的特殊气质——起码对她而言？

　　这么想着，单眼皮男人不禁稍微有些得意了。但想想又是多么可笑，他这个岁数的男人了，居然还不放过任何一个自我陶醉的机会。妈的，油腻。除去建立必要的仪式感，我们生活中的另一要义就是避免油腻。单眼皮男人纠正了他的"北京瘫"，改为正襟危坐，姿态略显谦恭。他还有意无意地把右手放在左腕上，遮住了伯爵手表和硕大的紫檀手串。与此同时，他继续打量并努力辨认着对面蓝色医用外科口罩上方露出的那半张脸。

　　无数人影从他眼前飘过，无数场景在他心里重组。他像个积极配合警方调查的目击者，正在尝试根据草图复原嫌疑人的长相——然而未果。

　　这又让他焦躁起来，与之相随的还有惭愧。

　　终于，他抬起手来，伸向耳畔的口罩系带——如果他这样做了，那么对方也应报以同样的坦诚和互信。世界骤变之后，也只有真正的熟人之间才能裸脸相见。再打个夸张的比方，就像老夫老妻才敢于不戴避孕套去过性生活。

而按她的说法，他们不是早就认识了吗？都熟到仅凭半张脸就能彼此相认了。

但立刻，单眼皮男人听见双眼皮女青年说："别，千万别。"

他听出她话音打战，如同畏惧。难道她是一个防范意识极强的抗疫模范？这当然也不稀奇，他的生意伙伴里就有那种开门之前都要用酒精擦拭一遍门把手的老大姐。只不过倘若如此，她又何必来到这个古镇，出现在摩肩接踵的酒吧街呢？

单眼皮男人站起身来，向后退了两步。他示意给对方留出了安全距离，并再次揪住了口罩。然而双眼皮女青年也警觉地站了起来，背手靠在墙上，眼光流向台阶之下，一副随时要逃之夭夭的模样。酒吧里的光换个角度照在她的半张脸上，如同兵刃出鞘。突如其来地，单眼皮男人有了似曾相识之感——他的确认为自己"仿佛在哪儿见过她"了。但陡然，他又听见双眼皮女青年的口气软了下来，甚而是在哀求：

"……还是算了吧。"

"什么算了？"单眼皮男人愣了一愣，反问她。

"我们就戴着口罩聊会儿吧。"双眼皮女青年沉吟片刻，又说，"反正我们也早就知道对方长什么模样了……不是吗？"

单眼皮男人迟疑着点了点头，使得双眼皮女青年松懈下来，但她又像怕冷一样把外衣拉链往上提了提。这个动作其实没有必要，正是高原的春季，白天阳光肆无忌惮，留下的余温尚未退去。单眼皮男人自己只穿了一件松松垮垮、形同道袍的定制款亚麻衬衫，还热得微微冒汗呢。他也注意到她穿得挺"潮"，尽管是一身破洞牛仔裤配运动帽衫，但牌子相当讲究，做工也不像淘宝上买的冒牌货。而纵观他在与异性交往方面取得的成就，又有多久没被这种"痞帅范儿"的女青年另眼相看过了啊。

尤其这两年，在他彻底改头换面以后，贴上身来的就尽是些"肉隐肉现"的十八线网红了，以及少数靠装疯卖傻来博取关注的女文青。没劲，俗。他一边和她们周旋却一边避免琢磨她们，他的周旋是套路却为她们的套路而感到乏味。

随即，双眼皮女青年的另一个动作又让单眼皮男人心里怦然一跳。何止是怦然，简直是轰然。只见她反手拽了拽运动衫背后的帽子，从里面掏出一包香烟与一只打火机来。那动作灵巧而滑稽，让人想起猴子在挠痒痒。女孩身上兜少，如此这般携带不值钱的零碎物品也情有可原。不过，她干吗宁可不背包，倒把帽子当成了百宝囊呢？

双眼皮女青年从烟盒里掏出一支，两指夹住，另一只手正要点火时却扑哧一笑。她好像这时才想起自己也戴着口罩，而口罩除了防止病毒以外还可以防止吸烟。她耸了耸肩，把那盒混合型的"中南海"放在他们之间的台阶上。

单眼皮男人伸手捡起烟来，也掏出一支。

他不抽烟，但他宁可夹起一支陪着对方，尽管对方同样有烟抽不了。经由那个反手从帽子里掏烟的动作，他开始回忆。

大概是七八年前了吧。地点是他所来的那个北方城市。二环里，金融街，两栋玻璃外墙的写字楼之间。人在这种地方会幻觉自己的影像被重叠倒映，一直反弹到天上去。那时单眼皮男青年已经在一家银行工作了若干年，刚从柜台转为大堂经理。

他总会在午休时间来到写字楼之间的小花坛。花坛没花，一圈儿水泥台子，对面的垃圾箱前放了两个半满水的可乐罐，权当吸烟处。写字楼里不让抽烟，因而此处人们络绎不绝。前面说过，他不抽烟，但他愿意过来透透气。

他相当累，但越累越得拿出振奋的模样。不仅人前如此，独处更不能松懈。他会脱了西装，小心地叠好装进塑料袋，然后蹦蹦跳跳，在没有花的花坛上压腿。午饭有时也在这里解决，吃的是从自助餐厅里拿出来的三明治。中午不要摄取过多的糖分和脂肪，那会造成下午犯困。饭后他还会打开手机播放广播体操的音乐，像个中学生一样做操。

这一天，身后恍然多了个人。当他停下来，扭头看见身后站着一位双眼皮女青年。不是半张脸而是一张脸，像即将上场比赛的女田径队员一样清瘦、镇定。对方从容地收拢胳膊，并起双腿。她刚跟他一起完成了一套"调整运动"。

做个操也有人凑热闹。单眼皮男人似乎这才从疲惫中醒过神来，话也滑了出来："我仿佛在哪儿见过你……"

在那时，他还没培养起和异性搭讪的勇气，更没有随时随地找点儿乐子的闲情逸致，因而这话仅仅是它字面的意思。他单纯地感到双眼皮女青年有些眼熟。

而对方朝一旁甩了甩头："没错，就那儿。"

顺着尖下巴的指向，他越过对方的肩头，往垃圾桶和可乐罐望去。那个角落簇拥着另外几个男女青年，岁数都比他小不少，虽然套着各式制服但一律衣冠不整，此外染着黄头发、打着耳钉，还有两个男孩胳膊上盘旋着大片文身。那些孩子抽着烟，嘻嘻哈哈地观望着他们。很显然，他们把双眼皮女青年的行为视为一场即兴的游戏。

也很显然，那些孩子虽然和他同在一片写字楼里，但却属于另一个族群。他们不是金融机构的雇员，连公司前台都不是，而是些楼下底商的售货员、服务员和外卖员。通常情况下，单眼皮男人也只有在叫快餐、和客户喝咖啡或者结束加班后去便利店买夜宵的时候才会与他们发生简短的对话。在他的印象里，他们也是这片楼里活得最悠闲的一个族群了，所以有大把的时间溜到外面来厮混，也不知怎么就那么大的烟瘾。他不仅会在每天中午的休息时间瞥见他们，有时呆立在银行大堂里，以肃穆的站姿两手捂裆茫然望向窗外，也会看见他们正凑在花坛旁边打闹——夸张的造型夸张的表情夸张的动作。

在那时，他又会做出经典的政治经济学判断：这些孩子活得如此悠闲，并不是因为有着悠闲的资本，而是因为注定无法获得"不悠闲"的资格。而为了不沦为这一族群中的一员，他又曾经付出过多么持久、勤奋的努力啊。

所以他再看回双眼皮女青年时，分明带有隔阂的冷漠，目光是俯视性的。

对于他的言外之意，双眼皮女青年当然有所察觉。对方本已露出了半个笑脸，突然眼里一凛，两颊也绷了起来。在对方看来，他这人起码"不太识逗"。

双眼皮女青年搪塞了一句："我看您天天做操，也想跟着动弹动弹……"

说完转身，走向她的同伴。她一定吐了吐舌头或撇了撇嘴，男孩女孩们哄笑了起来，还有人噗地喷出一口烟。这无疑让单眼皮男人不快，如果是在对方工作的店里——通过她罩在运动帽衫里的围裙，他已经知道她是一楼茶餐厅的服务员了——那么他很可能会发起一场投诉，就像那些银行里不耐烦的客户会不分青红皂白地投诉他一样。

也就在这时，啪啦一记声响打断了他的迁怒。

地上落着一枚打火机，它掉出来的地方，居然是运动衫的连体帽。单眼皮男人这才看清，双眼皮女青年正在做出一个灵巧而滑稽的动作，试图反手从帽子里往外掏香烟，好像一只猴子正在抓痒痒。不巧围裙绷得太紧，碍手碍脚，于是没拿稳。基于条件反射，单眼皮男人捡起了打火机，递回给对方。他在银行大堂里总这么做。

双眼皮女青年接过打火机，点了颗"中南海"："谢谢啊。"

单眼皮男人顺势问："东西干吗放这儿？"

"店里有规定，上班不让带包，身上兜儿又少。"

单眼皮男人又接口道："这是哪门子规定？"

"老板宣布的，怕我们往外'顺'吃的。"

双眼皮女青年好像在说一件天经地义的事儿，单眼皮男人却忍不住替她委屈了起来，同时顾影自怜。他联想到了自己工作中的种种规定。有些当然是白纸黑字，还有些就是领导的潜规则了，旨在拢住优质客户，防止被他这样的小年轻"挖墙脚"。因为犯过此类忌讳，他还遭受了排挤，否则也不会在此时孤零零地晃悠到写字楼外。而在那一瞬间，他甚而感到和这个打搅了他的女青年同病相怜了。他们都像防贼似的被人防着。

所以他面无表情，牙缝里龇出一个"操"；气流很轻，听起来像"擦"。

一"擦"之下，双眼皮女青年眼里似有火苗晃动，两人之间的温度也提高了似的。在某些情况下，人们对于某些事情的态度会让他们拉近距离，好像突然认出了"自己人"。双眼皮女青年也"擦"了一声，然后把话头拽回去：

"你做的是第八套广播体操吧？"

"您"变成了"你"。单眼皮男人问："你也学过？"

"那当然。"她说，"不过我上学的时候，已经改成第九套了。"

回忆着上述场景，单眼皮男人和双眼皮女青年正在古镇里踽踽而行。他们漫无方向，不时躲避着身穿纳西服或汉服或破洞乞丐服的游人。也不知是谁先走起来的，反正他们下了台阶，开始游荡，每人手上夹着一支无法点燃的香烟。除去吃喝以外，迎面飘来的满街男女也尽是半张脸，这是一座昼夜不分、今古不分、中外不分的半面之城。

对话是由单眼皮男人发起的，但换了个地方，就变成了双眼皮女青年喋喋不休，而他顶多在对方喘口气的时候"嗯""哦""啊"一声，像个滥竽充数的捧哏演员。但也怪了，双眼皮女青年所说的话却跟往事无关，她的注意力似乎尽被眼前的景象吸引了。当然也可以从眼下的特殊时期来理解：整个儿世界都在经历萧条，国内也刚复苏不久，因此仅仅是摩肩接踵的人群就足够令人兴奋的了。

她的话音缠绕在他耳边：

"这种'云腿'煲汤反而浪费，按伊比利亚的做法切片配乳扇就挺好。"

"国际友人寥寥无几了哈？民俗贩子们的生意不好做了。"

"都什么时候了怎么还尽是敲鼓唱民谣的？哼，千篇一律的时髦。还有那些门脸的装潢，用昆德拉的话说，这就叫脱俗也即媚俗吧？"

她似乎对这地方很熟，透着来过不止一次。而她又是什么时候开始对昆德拉感兴趣的？这就有点儿不像印象中的双眼皮女青年了。即使是他这个受过高等教育的人，也是近年来才开始恶补那些拗口的文化符号——主要目的是混进另一个圈子，同时也有提高搭讪品位的功效。但话说回来，毕竟时隔已久，或许在这些年里，双眼皮女青年也经历了一些变化。此外还可以猜测她过得不错：昆德拉、服装牌子以及来到古镇这个行为本身，都说明她八成不再是一个职高毕业、薪水日结的服务员了。

单眼皮男人一边走神，一边揣测，一边继续回忆。如果她果真过得不错，也就说明那件事情并没对她构成什么影响。这令他心安，甚而可以说是今晚的另一个惊喜。而那件事情又是怎么发生的呢？临时起意还是酝酿已久？他仿佛第一次有了反思的愿望。

在此之前，还得说说他们在那段日子的日常交往。还和广播体操有关。有了第一次，在日复一日的午休时刻，双眼皮女青年每每会不打招呼来到他身后，和他一起做操。可见她不仅以模仿他来取乐，她的确是一个广播体操的拥趸。这当然也没什么好奇怪的，现在的孩子总有些不合时宜的复古爱好，还有人在网上收集不同版本的《毛主席语录》呢。

不光是她，就连她的那些同伴也加入了进来。孩子们在他身后列成阵势，随着手机洪亮的公放，扩胸、踢腿、下腰。初时还是凑热闹，到后来居然一个比一个认真，打完收工，每人额上一层薄汗。这就构成了两栋写字楼之间引人注目的一景。人多势众，连他都觉得此时的做操又和往日不同，不再是宣泄，倒像示威了。

同事都问他："你怎么跳上广场舞了？"

还有人评价："没想到这哥们儿是个搞行为艺术的。"

说时用力挤眼，好像意在证明他是一个多么古怪的、不合群的人。

单眼皮男人无言以对。的确，他也知道自己在原来的群落里不受待见，同时意识到自己无意间开拓出了另一个群落。在新的群落里，他拥有发言权，可以决定是做第八套广播体操还是第九套广播体操；他展示了慷慨的气度，可以把留着招待客户用的"软中华"拆开两盒分给大伙儿；他还建立了不怒自威的仪态，现在那些孩子称呼他时，都是在姓氏后面加个"哥"了，透着亲热与敬重。这令他稍感可悲，孩子头儿不都是那种甘愿自降身份的成年人吗？但这个角色又给他带来了一丝欣慰。他想起自己小时候，也爱跟在工厂宿舍区里的几个青工屁股后面转悠，人家多看他一眼就能让他激动不已。只可惜当他也到了可以培养一群狐假虎威的小跟班的年纪，宿舍就拆迁了，连他父母都一并搬到远郊去了。

　　他甚而还获得了行侠仗义的机会。做了约莫一个月的操，包括双眼皮女青年在内的几个孩子试用期满，拿到了劳务公司发下来的合同，围在花坛旁互相比对。而他扫了一眼就发现了纰漏：基本工资低于法定标准，没有节假日的加班费，更关键的是连保险都没上全。他把问题指出，引得众人一片"擦擦擦"，但也表示没辙，还怕一有怨言就把他们换掉，连班儿都没得上。都是本地孩子，看着挺"野"，骨子里还是老实，既好管又好骗。单眼皮男人笑了笑，给他们讲清形势：依照劳动法，这种情况一告一个准儿；再说打工的需要店，开店的需要人，说到底都是博弈，你以为现在低端劳动力就不紧缺吗？

　　又是"博弈"又是"紧缺"，说得孩子们直犯愣，连那个戳人的"低端"都给忽略了。后来就决定，去找劳务公司闹一闹，有枣没枣打三杆子。他还给他们介绍了一家跟银行有业务关系的律所，那种地方为了扩大影响，会做点儿法律援助之类的公益事业。一竿子下去，果然打下来仁瓜俩枣，各人的合同条款纷纷得到了改善。一切反动派都是纸老虎，大家表示，他这个"哥"可真不是白当的。

　　有了战果就要庆祝，众人同去撸串，不过后来还是"哥"请的。那天他也没少喝，晕头转向地走进西二环里狭窄的胡同，身边只剩下双眼皮女青年。

　　前面还没说吧，这时他跟她已经很熟了。俩人除了中午做操，还养成了晚上遛胡同的习惯。他们每天结束加班的时间刚好相近。遛的时候往往也没话，各怀心事。胡同其实不黑，头顶就是通体放光的写字楼，还有那些网红店的半街霓虹。他们踽踽而行，不时侧身避开迎面飘来的魑魅魍魉，就和多年以后单眼皮男人在古镇所经历的情形相仿。

　　往复几个来回，一个奔了地铁站，一个去赶末班公共汽车。

　　只是那天他没想到，双眼皮女青年会突然一拍他肩膀，接着就把脑袋拱到他胸前，在他的制服上发出了类似于擤鼻涕的声音。然后他才发现这姑娘哭了起来。不过这同样没什么好奇怪的，谁喝多了情绪都不稳定，哪个酒吧门口没坐着俩一把鼻涕一把泪的"果儿"？

接着，双眼皮女青年就说："你有对象吗？没有我去你家。"

就连这也不奇怪。混得久了，他知道她那个族群在男女方面相当随意，身边没合适的还能网上约。这就和他所处的环境不一样，起码占了个磊落，不像他的前女朋友，在一家赫赫有名的公司做销售，自打好上就没让他碰过，有一天正逛着街突然血崩了，送到医院急救，才知道子宫都快被刮漏了。

单眼皮男人反问："我要有对象呢？"

双眼皮女青年就说："那咱们去宾馆。"

说得单眼皮男人咯咯一乐，随即摊开一只手掌，按在双眼皮女青年的天灵盖上。她的脑袋在他手里像个小皮球，而按她那个岁数人的流行用语，这个动作被称为"摸头杀"。杀了一会儿，他把那只小皮球轻轻挪开：

"我看咱们还是聊点儿别的吧。"

也和多年以后的情况相仿，当他们走到古镇的另一端站定，单眼皮男人突然提议："我看咱们还是聊点儿别的吧。"只不过事先省略了那记"摸头杀"，这是因为对方不再是个可以让人随便胡噜脑袋的孩子了。唉，她也大了，而他都快老了。

对面的半张脸问："咱们不是一直都在聊吗？"

单眼皮男人说："但聊得太务虚了。我是说，可以聊点儿具体的，跟我们有关系的……"

"我们有什么关系吗？"双眼皮女青年突然呛了他一句，又带着十足的挑衅意味问道，"那你说吧，你想听点儿什么？"

单眼皮男人既搪塞又试探："可以聊聊你这些年……"

"我这些年？你还有工夫关心这个？"双眼皮女青年咄咄逼人地再次插嘴，俄而一笑，古怪而讽刺，头颅也随之微微转动，向他露出了侧脸弧线。刚才的一路上，单眼皮男人注意到，她总是乐于将侧脸朝向他，或许她对自己这个角度的视觉效果更有信心。根据他所了解的知识，这叫作"侧颜杀"。只不过印象里的双眼皮女青年是没有这个习惯的，此外如果从侧面看去，眼前的双眼皮女青年似乎也和过去不太一样了……怎么说呢，她的耳朵变尖了，腮部轮廓呈现出近乎西方人的棱角……不过他好像也记不住她以前侧面的长相，再说人都在变……单眼皮男人这么说服着自己，打消了蠢蠢欲动的疑虑。

"瞧你说的。我是挺忙的，但还是会时不时地想起你来，毕竟我们……"他继续搪塞并试探着，"对了，你后来去哪儿工作了？"

这时他听见双眼皮女青年说："去了深圳那家公司，做媒体运营。你给介绍的门路还挺地道，没忽悠人——所以我得谢谢你呀，师兄。"

单眼皮男人也正是在这时意识到事情不对的。他按住了口罩，也按住了口罩下面尚未合拢的嘴，近乎惊悚地瞪着双眼皮女青年。

跑偏了，两岔儿了。单眼皮男人仿佛看到两条缠绕在一处的曲线，原本越来越近几乎重叠，突然间却往相反的方向滑去。

比方说，他记得他们是在距今更为久远的年代认识的，那时银行还可以称为一个热门行业，苹果手机也刚出到第五代。但按照双眼皮女青年的说法，当他们开始"交往"之时，大批纸媒已经开始纷纷倒闭转型了，而他送了她一台 iPhone 8 Plus。再比方说，他们从没去过那座城市北部的上地和西二旗一带，可在双眼皮女青年的叙述中，两人的见面地点却总在"联想"总部斜对面的"孵化器"附近。所谓"孵化器"其实也是一栋写字楼，楼下恰巧也有一个吸烟处。还比方说，他明明记得是她先来招惹他的，如果不是她跟他有样学样，他们才不会结成一个做广播体操的小分队。然而双眼皮女青年却把他描述成了一个相当孟浪的形象——径直把手伸到她的帽子里，掏出烟来点上，然后眉飞色舞地等她相认。

更何况他们压根儿就不是什么"师兄"和"师妹"。

一言以蔽之，认错人了。刚开始是她认错了他，后来他也认错了她。现在就像肥皂泡被戳破，留下一片真相大白的空洞。

至于认错的原因，当然是口罩喽。他们所露出的半张脸一定与对方以为的"那个人"高度相似，无论是眉眼、年龄还是神色。其实自打习惯于戴着口罩出门，单眼皮男人就总在怀疑，如果只看半张脸的话，人与人之间的相似程度会陡然增高。你完全有可能把丑陋的认成俊俏的，把猥琐的认成端庄的，把晦暗的认成明艳的。除此之外，口罩也过滤了他们的声音，一律失真地发闷，都变成了老款收音机里的质地。他还有一个经验，在口罩的掩护下，完全可以碰上不想打招呼的人却坦然地视若无睹。

可既然如此，他们又为何非要如此积极地"相认"呢？这就不能不涉及俩人的另一个心态了——在某种意义上，他们也许同时渴望着他乡遇故知的戏剧性效果。

回看方才走过的那段路，也堪称一个小小的奇迹：他们不仅不明就里，而且还像真正的熟人一样相互鼓劲，已经远离了人烟稠密之处，顺着崎岖的台阶，直爬到一座半山腰上来了。朝远方望去，白天银装素裹的雪山成了一团暗影，飘浮在墨蓝色的云里。身边是一家新开的客栈，门可罗雀且散发着新木头和漆的味道。到底氧气稀薄，双眼皮女青年两手撑膝喘了会儿气，而后走进那道门里。

临进门她说："师兄，我们坐会儿吧。"

客栈自带回廊露台，提供茶水饮料，他们相向坐在靠边的桌旁。

也奇怪了，在单眼皮男人的视线中，刚才怎么看怎么熟稔的半张脸，现在就怎么看怎么陌生了。可见在某种意义上，"认识"只是一个心理概念，要先"认"后"识"。不识庐山真面目，只认他乡作故乡。

更奇怪的是，他居然迟迟没向对方指出那个错误。现在的情形是他心知肚明，对方却还一派懵懂。这就有点儿成心了。难道他还指望着以"师兄"的身份和"师妹"发生点儿什么吗？当然，事情虽然略显诡异，但还不至于发展成一出拙劣的喜剧，"谁家师妹上错床"之类的。当双眼皮女青年喘息甫定，又开始继续她的讲述时，单眼皮男人便屡屡涌起冲动，想要结束眼下的尴尬场面了。看着对面的半张脸，他还隐隐担忧会不会陷入什么意想不到的麻烦。别人的事儿最好不要知道得太多，尤其是陌生人。只不过他又发现，局面已经变得骑虎难下——如果此刻贸然戳穿，对方又会怎么看他？会不会认为他实际上已经将错就错地窥探了自己的隐私，进而认定他是个居心叵测的变态呢？

尤其是在这样一个前提下：双眼皮女青年刚一落座就声称，当初她和"师兄"交往也并不是因为"喜欢上了对方"，而其实是"另有所图"。

"所以你大可不必自我感觉良好，至于我呢，说得损点儿跟'卖'也差不多。"说这话时，她的口吻变成了近乎恶毒的坦率。

这让单眼皮男人越发心悸。他又寄希望于外界因素能帮自己脱困，于是向吧台招了招手。什么都可以，看着上就行。上来的又是啤酒，对待仅有的一桌客人，服务员反而心不在焉。但这就够了，喝什么倒是其次，关键是"喝"这个动作所伴随的必要条件——单眼皮男人再次将手伸向口罩，并尽力装得像个下意识的动作。

他又听见双眼皮女青年断然厉喝："打住——停。"

双眼皮女青年冷峻地盯着他，眸子像猫眼一样扩张放大。对于单眼皮男人的小把戏，她洞若观火。对于只能"戴着口罩聊会儿"的原则，她保持着毫不通融的坚守。单眼皮男人忍不住叫起屈来："这又何必呢？一定要蒙着脸吗？你要是不放心，我可以向你出示我的健康码，比绿帽子还绿……社区还要求我做过好几遍核酸，都没问题……"

双眼皮女青年说："你别装傻了，我不摘口罩可不是因为这个。"

"那为了什么呢？这不是自己折腾自己吗？"单眼皮男人试图说服她，"你觉不觉得闷得慌？我都快喘不过气来啦——"

双眼皮女青年又说："为了什么你还不知道？当初不是你答应，我们再不见面的吗？"

单眼皮男人恍惚道："你是说——只要戴着口罩，那我们就不算见面？"

"是这个意思。"

"这就有点儿自欺欺人了——"

"自欺欺人就自欺欺人吧，反正我就是这么觉得的：说了不见就不见。"

"那你又干吗非说认出我来了呢？你明明可以掉头就走，像碰上一个臭流氓一样让我哪儿凉快哪儿待着去。如果你那么做，朗朗乾坤我也不敢造次吧？"

"你当然不敢。但我一直好奇，如今你对那件事是怎么看的？"

"哪件事？"

"你又装傻，该不会连那件事都想否认吧？"

俩人语速越来越快，又在一瞬间定格，迷茫地看着对方。

那是半张脸与半张脸的面面相觑，单眼皮男人越发猜不透对面的口罩下藏着什么了——可能并不是一个鼻子一张嘴，而是空洞，是云团，是他从未到过也难以想象的未知之境。他还心惊胆战地意识到，原来他们的心里都藏着一个"那件事"。在这个异乡之夜，令他们互相吸引的与其说是误会、是寂寞，倒不如说是"那件事"。

与双眼皮女青年那半张脸上的锋芒毕露相反，单眼皮男人的半张脸上写满了无奈。不仅无奈，还有疲倦。事实上，他已经装不下去了。他缓缓站了起来，扫了双眼皮女青年一眼，然后迟疑地转身，朝客栈门外走了两步。既然他掉进了一场错乱而对方又不给他纠正错乱的权力，那么还是适时地抽身而出吧。再多说一句，他已经察觉到这个双眼皮女青年有点儿不正常了，他很后悔自己选错了搭讪对象。

临走前，他拿起啤酒，在另一瓶啤酒上碰了一记，权当是个告别。

但他又对自己失算了。当他听见背后传来一声"回来"，立刻就回来了。对面的口罩里传来一声"坐下"，他立刻就乖乖地坐下了。他怎么变得这么听话？像被慑住了一般。慑住他的是双眼皮女青年那偏执的、不容争辩的态度，还是古城之夜亦幻亦真的氛围？抑或仅仅是"那件事"——藏在他们心里但又呼之欲出的"那件事"？

正当单眼皮男人既战战兢兢又魂不守舍之时，双眼皮女青年便开始了新一轮的讲述。她的嗓音不再尖锐，语调也变得和缓。她眼里的光芒熄灭了，口罩上方的半张脸也好像暗了一层。与之相应，连她所说的话都不再没头没尾，而是逻辑清晰地串联在了一起，前后照应且环环相扣。就像一个醉酒的人忽然醒了，或者一个癫狂的、胡言乱语的家伙忽然意识到自己正在作报告。但也恰因如此，单眼皮男人心里又升起了一个疑虑：如果她是在对"师兄"讲述，而师兄又是"那件事"的当事人，她又何必事无巨细地从头讲起呢？是时隔久远因此她怕"师兄"忘了，还是说，她其实早已知道他并不是她的"师兄"？

念头划过，像触电一样，令单眼皮男人脑中嗡然一响。

但还没等再深想下去，他已经被裹挟进一个与己无关的陌生故事。他半推半就，随波逐流。故事的内容，乍听起来不过是一场常见的男欢女爱，简直常见到了男不欢女不爱的地步。双眼皮女青年也是在写字楼下的吸烟处遇到了"师兄"，她那时刚毕业，正在熬过如履薄冰的试用期，并不知道自己能否留下，此外还刚结束了一场旷日持久的异地恋。乘虚而入，当"师兄"认出了她，俩人就此好上了。也按照她此前的说法，双眼皮女青年之所以会开始这场逢场作戏的办公室恋爱，图的无非是在公司里有个靠山罢了。他们那个新媒体公司是做"内容服务"的，写手们采访热点事件，写成报道出售给网上的公号，再按照点击数量从广告费里分成。谁的报道上头条，谁的报道动用更多资源去推，已经混成策划总监的"师兄"还是有发言权的。毕竟不是在学校里的时候了，游戏规则大家都明白。

这样的关系，俩人谁也没真当回事儿。事实上，没过多久，双眼皮女青年就不再到"师兄"那儿去过夜了。相看两厌，连自己都讨厌。又然后，"师兄"替她介绍了一个薪水不错的新职位，地方在深圳。这说起来是"替她打算"，当然更主要的还是免得为个"萌新"在公司里落人口舌。游戏规则大家都明白。

　　听到这里，单眼皮男人几乎在口罩后面打起哈欠来了。晚上第一场没少喝，又鬼使神差地出来遛了一圈儿，酒劲儿返上来了。对于那位"师兄"的做法，他不仅理解，而且还认为处理得相当得当呢。有那么两次，他也是如此这般摆脱麻烦的。

　　但他又听见双眼皮女青年说："你也别觉得我是想缠着你，我现在不用靠……男人过日子了。我想说的还是那件事。"

　　单眼皮男人机械地重复："那件事？"

　　"是啊。"双眼皮女青年再度无法压抑情绪，蓦地拖出哭腔，"咱们玩儿就玩儿，你让我走我就走，干吗逼我去害别人呢？"

　　话题终于绕回到了"那件事"上。而单眼皮男人意识到，他等的其实是这个。他叹了口气，任由双眼皮女青年疾风骤雨般地倾吐着言语。这时她就没有能力故作镇定了，话含在嗓子眼儿里像一口滚水，必须在最短的时间内排空，否则会把她烫伤。单眼皮男人也终于听明白了："师兄"还希望她做一件事，就是把她所在的微信"写手群"里的某些聊天记录截屏发给自己。群里有个老写手，姓岑，在报社做深度调查出身，爱发些不合时宜的牢骚。而那位老岑死盯着不放的两个案子，正好与深圳那家公司有些利益冲突，人家记恨他很久了。如果能找个由头敲打敲打老岑，让他收手，也算是双眼皮女青年带过去的投名状。

　　就连"师兄"也有好处：趁机整顿一下写手团队，将来做事更顺畅些。对于这一点，"师兄"未曾讳言。毕竟有此前的关系在，谁也不必遮掩什么了。

　　"所以你后来还不是……"听到这里，单眼皮男人插嘴道。这话几乎是替那位"师兄"说的了，他还想开导双眼皮女青年：做都做了，就别事后瞎琢磨了。

　　但双眼皮女青年说："对，我答应了你……我太需要一份工作了，毕业以后漂了两年，房租还得管家里要，我爸我妈唠叨得我脑袋都快炸了。那时我也没想到那么做会有多大后果，觉得顶多是内部警告老岑两句罢了。可谁想到你们把他的话断章取义放到网上去了呢？又谁想到正好赶上了一个网络风潮，那帖子会产生那么大的影响，还有那么多不相干的人旷日持久地声讨他人肉他，导致公司不得不开除了他——你知道他现在怎么样了吗？"

　　"怎么样了……"单眼皮男人只好再替"师兄"问道。

　　"你们没问过吧？我打听过。他没再找着工作，别处都不敢要他。他老婆本来就有抑郁症，后来崩溃了，从楼上跳了下去，脸都摔没了一半。去年他来到古城隐居，租了间房子住着，文章也不写了，靠在工艺品商店给人看摊儿糊口。也不瞒你说，我刚去看过他，都戴着口罩，半张脸也没被认出来……不过就算认出来也没意义，他到现在还不知道当初是谁把那些截屏传了出去，再说我也不敢承认……"

双眼皮女青年的语速慢了下来，音量渐小，但她的两眼又开始灼灼放光，死盯着单眼皮男人。她还做出了一个举动，滑开手机找出一张照片，展示在单眼皮男人面前。照片上是一家古城常见的商店，做旧的木门脸，柜台旁坐着个黑瘦男人。单眼皮男人下意识地一闪。他与此事无关，尽管被迫听了但他与此事无关，他这么提醒着自己。而再回过头去，却看见双眼皮女青年面色潮红，太阳穴上凸出了淡蓝色的青筋。

她霍地起身，连手机也没拿，快步冲向一侧的卫生间。

木板门后传来断断续续的呕吐和冲水声，单眼皮男人这才意识到对方其实也早喝多了。俩人身上的酒味儿混在一处，此前竟未留意。风一吹，她终于也上头了。而他刚刚经历了什么？酒后吐真言吗？她又希望"师兄"作何反应？忏悔？道歉？无地自容？此外还有，此刻在她眼里，他又是谁？到底是不是"师兄"？如果是的话，方才的问题又回来了，她何必把"那件事"画蛇添足地再讲一遍呢？

在酒与重重疑虑的共同发酵下，单眼皮男人几乎不知自己身在何处。然而他的手却做出了一个明确的动作：拿起双眼皮女青年落在桌上的手机，点亮屏幕。刚才他就看见了对方的解锁密码，只要在沿着九个小圆点画出一个"Z"就行，也幸亏双眼皮女青年没给手机设置面部识别。这动作充满了冒险，也很不符合他现在的身份，此外他还觉得吧台后面那个半张脸的服务员正在鄙夷地审视着他。然而单眼皮男人不由自主。

微信里没什么好看的，她看起来没有男朋友，交际面也很窄，和他这种人恰好相反。关掉微信后，单眼皮男人又扫了一眼双眼皮女青年的常用软件，这才发现了那款他从没用过也没听说过的App。一个蓝色的小方格子，中间有片不规则的红色印记，看了一会儿他才辨别出那图案是一张嘴。软件的名称叫作"说出秘密的一百万种方法"，从商业推广的角度考虑，这恐怕不是一个好名字，太长了。

单眼皮男人的手指在屏幕上悬了几秒，正犹豫着是否点开那款软件，卫生间的木门吱扭响了一声。他迅速按灭了手机屏幕，重新放回桌上。而完成了一场倾诉和呕吐，双眼皮女青年又复归了平静。她闭上眼睛，似乎养了会儿神才开口：

"事儿就是这么个事儿，我说完了。"

她也不管他叫"师兄"了。她吊起了他的胃口，但这时单眼皮男人才明白，她其实并不在意自己作何感想。她是一个毫无责任感的悬念制造者，说完了就完了。

果不其然，双眼皮女青年站起身来，其姿态不仅如释重负，简直身轻如燕。她拿起一瓶啤酒，和另一瓶啤酒碰了碰。他们消耗了两支没抽的烟和两瓶没喝的酒，终于迎来了毫无仪式感的告别。但此时，他绝不能将双眼皮女青年视为一个没有仪式感的人了，相反，他认为她的仪式感有些太强了。他想劝告她，这其实不一定是个好习惯。

他还想问她：我是一百万分之一吧？

但连这也没说，他只是答道："是有点儿晚了，还有人等我。"

"……你不会怪我吧？"双眼皮女青年指了指半张脸下方的口罩。

单眼皮男人摇头："说好不见就不见，这不是大家都同意的吗？"

"谢谢你。"

"不客气。"

"对了，还有件事……"

"您说。"

"当初你那位'师兄'……哦不，就是我……我跟你打招呼的时候，说了点儿什么呢？"

"就一句：我仿佛在哪儿见过你。"

俩人点了点头，双眼皮女青年拿起手机，转身出门。她的身影缓缓飘向山下，逐渐融入黑暗之中，但在即将完全隐去之前又停下，亮起了一小团光。点烟的时候，她的口罩总算可以摘下去了吧，但单眼皮男人已经看不见她执意深藏的另外半张脸了。

坐了很久，单眼皮男人才结了账，从客栈里出去。

这才发现回去的路其实不远，十来分钟就走到了。这也与夜彻底深了下来有关，街上车辆稀稀落落，道路变得畅通，半面之城正逐渐接近一座空城。

酒吧的包间里塞满了人，那场流动的盛宴仍在继续。朋友，朋友的朋友，天知道在这个千里之外的异乡还能遇到多少拐弯抹角的熟人。他那个圈子的人们每逢这种季节大都是要出国的，但今年特殊，假如你不想滞留在哪个海滩或者哪艘邮轮上有家不能回，那么最好把相对安全的国内景区当成备选方案。

也和他所来的那座城市一样，类似聚会上总少不了几个来路不明的"果儿"，而在人困马乏的下半场，老男人们的兴趣就只剩下了跟她们穷"撩"：

"别看我现在就一俗人，当年也算知识分子，还有教授职称呢。"

"您这身板儿，搁教授里绝对是比较壮硕的类型吧？"

"别听丫瞎扯，他是体育系的教授。"

"妹妹也读诗吗？"

"我特喜欢徐志摩。"

"你不必欢喜，更无须讶异——"

当单眼皮男人出现，酒桌上立时飞升起一串儿杯子：扎啤杯，红酒杯，威士忌方杯……单眼皮男人也捏起一只色彩斑斓的珐琅杯，与众人相碰后把白酒送到嘴边，这才发现隔着一层口罩。他惶然着半张脸，看着四周那片或通红或惨白、或浮肿或干枯、涂粉或冒油但一律完整的脸，尴尬地把杯子放下，找了个溜边的沙发座，将自己缩了进去。

立时又有人大呼着"没劲"要把他揪起来，还有人咬定他不肯摘口罩是因为"在哪儿刷糨糊让人挠了"。单眼皮男人既客气又虚弱地应付着，叫来服务员添了轮酒，这才得以脱身。他点开自己的手机，下载了一个程序。说出秘密的一百万种方法。

再次印证了单眼皮男人的判断，这绝对是个毫无市场前景的软件：注册人数极少，其内容也类似于过时的论坛，无非是几个或真或假的心理咨询师在对会员进行义务疏导。按照那些人的说法，秘密在心里存久了会影响身心健康，就像过期食物会在地窖里腐败发酵，最终把整栋房子搞得臭气熏天。因此他们建议，要尽可能地把秘密倾倒出去，但他们又提醒大家，尽可能地不要在网上尝试这种行为，那毕竟不安全——而这也就是那个软件存在的真正意义了，会员们集思广益，互相交流着"绝对不会造成麻烦"的向陌生人说出秘密的方法。这些方法又被统称为"找树洞"，这大概来源于一个童话，而在那些人看来，世界上行走着无数个活的、可靠的、可以随时发挥作用的"树洞"，只看你能不能在恰当的时间以恰当的方式将他们激活了……

单眼皮男人瘫在沙发里，诡异地笑了一声。他刚刚经历了一场故弄玄虚的网上游戏。多幼稚啊，几乎不是他这个年龄的人所能理解的。但他确实被激活了。像个开关咔吧响了一声，他的酒也醒了，脑子里一派澄明。

趁着酒桌上掀起了新的混战，他抽了个空又溜了出去。夜凉如水，让他袒露的半张脸感到寒冷，但他隐藏的那半张脸却还闷得发热。营业场所纷纷关门，剩下的门脸就像嘴里寥寥无几的牙。在一条仿佛来过的街上，他看见了那家仿佛来过的商店。门脸不大，内里也不幽深，摆设的尽是一些"民族风"的手工艺品，东巴纸、刺绣或木雕之类的。

门口的方凳上坐一黑瘦男人，面目不清的半张脸，仿佛也是在哪里见过的。单眼皮男人走过去，累垮了似的坐在店门口的青石板台阶上。

黑瘦男人用普通话问："要点儿什么？"

单眼皮男人说："喘不上气，我歇会儿。"

黑瘦男人打量他一眼说："你口罩该换了，戴一晚上又没少说话吧？都潮了，不透气。"

说完欠身，从柜台里拿出几副口罩递给他。当地作坊做的，缎面刺绣，并不符合防疫标准，但聊胜于无。口罩上绣着各色图案，有鸳鸯戏水，有东巴文的字句，单眼皮男人挑了一副格外显眼的换上。那图案是张血红的嘴，微微开启，似在言语。空气果然透亮了许多，单眼皮男人问了价，用手机付了款。

然后他问："你不是本地人？"

黑瘦男人一笑："这儿就没什么本地人。"

一群外地人在外地接待外地人，构成了这座半面之城。这的确是一个适合吐露秘密的地方。黑瘦男人掏出一盒烟来，放在两人身边——对于半张脸，烟只是个摆设，但同时意味着一场对话的开始。

大家都有过往，此时恰巧又都没事可做，聊聊就聊聊。

然而单眼皮男人心里虽然涌起了一些话，却还是打消了把它们说出来的念头。和那位双眼皮女青年不一样，他已经过了吐露秘密的年龄。他的生活需要仪式感，但就像墓前的供品罢了，宣告着墓里的内容虽然永远存在但又被永远埋藏。

就像另一位双眼皮女青年，其实单眼皮男人已经记不清她的长相了。别说半张脸，就算看见了整张脸他也认不出她。然而他知道，和她相关的故事不是感伤，而是欺诈。当他还是个银行职员时，就清楚地判断出那份职业没有再做下去的价值了——网点正被大量清撤，未来的风口属于那些野蛮生长的新行当。他也早和写字楼里的一些机构的人接洽过，如果带着足够数量的客户投奔过去，可以在人家那里占据一席之地。包括双眼皮女青年在内的那些孩子都成了他的投名状。他们既缺钱又乐于相信他，是新风口新行当里难得的优质资源。至于此后那些孩子又会经历什么，却与他无关了。追债，威胁，"社死"，都是下游产业的勾当。在"金融科创公司"的账面上，他们都是报表上的漂亮数字。

单眼皮男人还记得当年，在那个同样明亮而又突然空旷下来的夜里，他们松松散散地说了几句话。被一记"摸头杀"推开，双眼皮女青年点了根烟，随口问他想聊点儿什么。单眼皮男人说聊聊你吧，这份工作你还想一直做下去？双眼皮女青年说当然不想，她只是想攒点儿钱。单眼皮男人说，攒钱做什么？双眼皮女青年说了古城的名字。她想来，因为人家来过。单眼皮男人告诉她，何必攒钱呢，参加一个金融计划就可以，也不用抵押也不用证明。他还说如果能介绍更多的参与者，她的利率可以打折。但他从没告诉过她，在那份令人眼花缭乱的电子合同里，利率算法和人们通常以为的不一样。

在那以后，他就再没见过那个双眼皮女青年。他也从来不指望能见到她，直到今晚。而今晚实际已经结束，手表显示，早就是第二天凌晨了。他度过了旧的一天又换上了新的半张脸，和一个似曾相识的男人坐在一起，像古城的所有过客一样内心沉默。那两个双眼皮的女青年却早已离他们远去。

街边突然又嘈杂起来，一群夜归的游人经过，被单眼皮男人吸引了视线，旋即侧目而视着匆忙离开。那男人的半张脸上敞着一张血红的嘴，好像露出了秘密的一角。

万象有痕

艾　玛[①]

1

何洛平走出小区，果然看见了一辆挂着绿色牌照的白色小汽车。新能源汽车都挂绿牌。他在网上下单时，注明不要燃气汽车。网约车公司来电咨询他，电动汽车可不可以？何洛平要去看李霁，李霁不喜欢燃气汽车。有一次，她乘坐的出租车被后车追尾，竟烧了起来，这可把她吓坏了。后来她才知道那是辆烧燃气的车。自那以后她再也不肯坐燃气汽车了，其他的车倒没什么。何洛平于是对客服说，电动汽车没问题。

司机是一位身材瘦小的中年女子，穿着一件黑色运动衣，头戴一顶棒球帽，脑后扎着根细细的马尾。她斜倚着车门站着，指间夹着根香烟，不知低头在想什么。何洛平走到她跟前，她都没有察觉，香烟就要烧着她的指头了。

"你好！是莫师傅吧？"何洛平跟她打了声招呼。定好车后，网约车公司发来短信，告诉何洛平司机姓什么，电话和车牌号是多少。

"您好！"司机回过神来，连忙把香烟扔到地上碾灭。她把口罩戴好后，为何洛平打开了车门。

何洛平上车后，这个姓莫的司机赶紧把收音机音量调低。收音机里正播放新闻，某地新竣工一座大桥，某国新增死亡病例多少，又某地区重燃战

---

① **艾　玛**　湖南澧县人，现居青岛，著有中短篇小说集《白耳夜鹭》《白日梦》《浮生记》《路过是何人》，长篇小说《四季录》。

火、人民流离失所。司机看了看后视镜里的何洛平，说："您好……想喝水的话，您自己拿。"语气里的迟疑透露出审慎和讨好的意味。何洛平道了声谢。他从未给过网约车司机差评，一般都会给个好评的，如果觉得服务实在太差，他就什么也不评。

两侧车门上都插着瓶装矿泉水，何洛平把口罩拉到下巴底下，拿起一瓶打开来喝。以往出门，多和李霁一起，何洛平什么都不用带，钱啊水杯啊，通通都是李霁准备。有时他的手机也放在李霁的随身小包里。想到这里，何洛平喝了一口水就不想喝了，拿着矿泉水瓶的手垂下来，落在大腿上。

李霁死于去年初秋，天气刚刚凉快下来。她没有经历后来的一切，也算是"死得其时"。

收音机里响起了音乐声，新闻结束了。何洛平听到司机叹了一口气。他以为她会跟他聊聊刚从收音机里听到的那些东西，一般司机都会愿意跟乘客聊聊这个的。然而这位女司机并没有。她默默开着车，仿佛开口说话就会有驾驶不专心的嫌疑似的。汽车驶上出城的那条滨海大道后，司机的电话响了起来，她把手机按到耳边。过了一会儿，她低声道："管得着吗？"声音冷得像是结了冰。又过了一会儿，司机又道："你敢！"听着每个字都像是从牙缝里挤出来。

何洛平看向窗外。

"随你们好了……"司机说。冰冷的语气里多了点无奈、悲凉。

司机把电话放回原处。很快，电话又响了起来，这回司机没有接，而是飞快地摁掉了。

汽车默默往前行驶了一阵后，司机开口说道："今年去那的人，比往年少多了。"

"那"是这个城市最大的一处陵园，坐落在郊外的一片山坡上，远眺能看到一个小渔港。

马路上车辆稀少，以往清明前后，这条路上常常是会堵车的。

"是啊。"何洛平简短地应道，"今年这情形……"

要不是昨夜梦里的哭声，何洛平此番也不会出门。过了半年几乎全隔离状态的生活，现在他已经习惯足不出户了。他发现许多事情其实都可以在家完成，当然也包括祭奠过世的亲人。可是，昨晚他又在睡梦中被婴儿的哭声惊醒了。李霁离世之后，何洛平时常在梦中听到隐隐的婴儿哭声。头一次是在李霁头七那晚，细若游丝的哭声，有随时断掉的危险，仿佛这婴儿正被重物压迫而处于极度危险中。他想循着这哭声去看看，可这哭声就像一条漆黑的隧道，他抬起脚来，却不知该迈向何处。他伸手摸索床的另一边，另一边是空的、凉的。他在黑暗中睁开眼，再也无法睡着了。他怀疑自己是不是把李霁墓上的盖板坐坏了，于是她在他梦中哭泣，让他误以为是婴儿的哭声。何洛平买的是个双人墓穴，李霁占了半边，另一边虚位以待。李霁头七那天，他去看她，就在属于他自己的那一边坐了半天。他坐在那喝水、晒太阳，直到落日的余晖洒满整个渔港才回家。墓上的盖板是花岗岩的，被坐坏的可能性很小，可是，他的体重已逼近九十公斤，"也不是没可能的事……"这么想着，第二天一早，他又打车出城去"那"。他跑了一趟，才知道自己多虑了。第二次是在入冬后，一个初雪之夜。同样的纤细哭声，若有若无，让人揪心。何洛平醒来后，静静地盯着黑漆漆的天花板躺了几分钟。他起床走到窗边，将窗帘往两边拉了拉，意外地发现外面正在下雪，昏黄的路灯下，雪花像是从空中倾泻而下，草地上、人行道上，还有楼前的栏杆上都已堆积起了两指厚的雪。何洛平默默注视着窗外的一切，雪落无声，四周一片寂静，他在这寂静里，看到的每一片雪花、每一棵树甚至是每一杆路灯，仿佛都历经沧桑，就好像它们趁这夜深人静，卸下了白日伪装。

后来，何洛平就常在梦中被婴儿的哭声惊醒，他的睡眠越来越差，血压也上去不少，这严重影响到了他的生活，他只好把手头文稿整理的工作停了下来。他的学生毛利民知道后很着急，拉着他去医院看专家，开了些利培酮口服液之类的药回来。

何洛平正在整理书稿，是他平生勘察过的案例的汇编，以及专业论文、随笔、讲稿的汇编。先是由毛利民带的几个博士生搜集编纂，再按时间先后装订成厚厚的三大本。这项工作已经进行了整整两年，还差一点就可以签字付印了。毛利民原本希望能在年底出版的，这个计划看来暂时是实施不了了。毛利民是东山大学法学院院长，二十多年前跟随何洛平研究过犯罪心理学、痕迹学。明年就是法学院建院五十周年，毛利民有很多院庆计划，《何洛平文集》的出版即是其中一项。

2

司机的电话再次响了起来。她看了一眼，又飞快地摁掉了。如此几番后，她把电话调到静音，将手机从粘在驾驶台上的手机架上摘下来，扔到了副驾驶座上。

"没关系的。"何洛平说。有的乘客会介意司机开车讲电话。

"骚扰电话。"司机开着车，说。过了一会儿，她问道："您一个人，去那？"

"是啊。"何洛平说。

"……今天天气不错。"

"可不。"

一个白发苍苍、腿脚不便的老头独自去上坟……这幅情景可能在别人看来够凄凉的。何洛平把头扭向窗外。大同不是得不得空的事，大同是根本回不来，国际航班都停了。现在人类互相躲避，各自画地为牢，多么荒谬啊！

汽车经过一个村庄，农民的红屋顶像是飘浮在果园里。坡地上的樱桃花还没有落尽，但颜色已显黯败，它们在短短的花期里就蒙上了岁月的风尘。"美好的东西从来就不长久。"这么想着，何洛平的心情就有些感伤起来。他不知自己为何还要跑这一趟，他和李霁都是无神论者，不信什么"地下有知"。但每次待在她的墓前，就像在拜访过往，他便不那么孤独了……李霁是他和这鲜活世界的一根脐带，她的离去差点使他的生活坍塌。尤其是阳历新年过后，整个城市就像停摆了一样，小区外面的菜店、小吃店都关门歇业了，钟点工不能前来给他做饭、打扫卫生。他不得不外出采购生活用品。没有了李霁，他对这座生活了大半辈子的城市是如此陌生，以至于他都有了一种羞于启齿的被抛弃的感觉。后来他到底振作起来，学着照李霁活着时那样去生活，通过电商采购食物，戴着口罩去小区外面的药店买降压药，叫外卖，早晚散步，也按时服用利培酮……像是从泥沼里挣出来。那专家，是对的。他梦里的婴儿哭声，可能是儿子大同的哭声，大同刚出生的那阵，是个家喻户晓的夜哭郎，那时年轻的他面对襁褓中哭泣不止的儿子心疼不已，却又手足无措。现在大同也是年近半百的人了。那么多年过去了，何洛平以为自己都忘了的。但记忆真是个奇怪的东西，它悄无声息地潜伏在这身体里，不知不觉就是半个世纪。

何洛平知道大同一直在自己家里备着一间空房间，在李霁活着的时候就是这样。大同曾经对李霁说，"你们过来看看吧。"他说的是"你们"。是何洛平自己不想去面对。现在想去也去不成了。何洛平想到这里，突然有些嫉妒起李霁来，无论如何，死去的人无须再面对这一切了。何洛平欠身看了看驾驶台上的时钟，蒙特利尔时间应该是下午，是儿子快要下班的点了，近来大同也在家上班。如果李霁还活着，他只消说句"不知大同在干什么"，李霁马上就会上网找儿子，跟儿子闲聊几句。何洛平常常装着看书，什么也不说，可等李霁一放下电话，儿子在干什么，他也就能知道个大概了。现在，这个会为他找儿子的人，没了。

李霁临终前有过片刻清醒，她对何洛平说，"别、别去看我啊，我不会在那的。"最初，他以为她是怕他路上辛苦，毕竟他的腿脚不太好了。后来他才慢慢领会过来，她是不想再见到他了。自从那年他将林次郎赶回日本后，李霁就开始用另外一种眼光看他了。偶尔，她不明缘由地嘲讽他，"教授的躯体里，还不是住着一个封建、顽固的旧灵魂！"或者，"你这可怜的老家伙！"语气里有种令人倍感羞惭的怜悯。这么些年来，在那件事情上，她从未说过他半个"不"字，但显然她也从未原谅过他。她的死，也终于结束了她对他的，怜悯。

3

汽车路过一座养老公寓，何洛平吩咐司机把车开了进去。

这是一座高达二十多层的大楼，楼前有一块漂亮的草坪，由一圈铁艺栅栏围起来，开着粉色和深红色花朵的蔷薇爬满栅栏，微风吹过，香气袭人。车道西侧有一个门球场，被修剪整齐的忍冬树丛环绕，绰绰疏影里，隐约可见一群老人在打门球。

何洛平告诉司机，他上楼去拿个东西就下来。李霁病中，何洛平计划等她出院，就带她住到这家叫"松鹤轩"的养老公寓里来。"松鹤轩"的院长是毛利民的高中同学，何洛平曾委托毛利民来交订金，办入住手续。他和李霁的退休金，倒是能负担得起这样一家养老公寓的费用。公寓提供基本的护理，膳食也还过得去。可李霁不想。她最终如愿以偿地死在了家里。现在何洛平也不想了，他觉得自己还行。"还不到时候。"他对自己说。

退住手续办得很顺利。何洛平下楼来，远远地看见司机在讲电话，她挥舞着一只手，看上去有些激动。何洛平停下脚步，想等她打完电话再过去。门球场那边传来"嘟嘟嘟"的喇叭声，夹杂着几声带着痰音的喝彩，大约刚有一个精彩的进球。天空很蓝，飘浮着几丝云彩。

司机讲完了电话，趴到了方向盘上。

何洛平走过去打开车门。司机直起身来。

何洛平上车后，司机开动汽车，说："养老院不是我们能住得起的。"语气自然平常，不像哭过。

何洛平看着后视镜，司机的帽檐压得很低，现在他连她的眼睛也看不到了。

汽车驶出养老院，回到了滨海大道上，司机看着前方，又道："我们也去不了那。"语气里多了一丝不易被人察觉的怨愤，车速也比先前快了许多。何洛平连忙提醒司机，这条公路是限速的。司机没有说什么，好在车速慢了下来。

何洛平看着司机。先前那个"我们"还不怎么明显，后面这个"我们"把他和她做了区分，何洛平听出来一点"我们不是一类人"的意思。"谁都会有点不顺心的事……"这么想着，他便打量起司机来……她戴的帽子是一顶款式老旧的棒球帽，后面有一个可伸缩的金属扣，一根细细的马尾从金属扣上方穿过来，耳朵和露在口罩外的腮帮都显得单薄。他从她头发的颜色、质感和露在口罩外的皮肤，判断她可能长期睡眠不足，也可能患有胃病。她插在杯架里的水杯，是一个很大号的玻璃杯，中药店里常用它来做三七粉的包装。"也许还有高血压……"何洛平想。玻璃杯上套了个棉布杯套，看不见里面泡着什么，何洛平猜应该是红枣、枸杞之类。他遇到过的许多司机都喝这个，充饥。也有喝浓茶的，为的是提神。

墓地是大同的意思。

李霁想把骨灰撒在中山公园的草地上，每年春天她都会去中山公园看樱花的。但他没法满足她这个愿望，没人能光明正大地把骨灰撒到中山公园的草地上去。他自己，倒是愿意葬于海里。这些年海葬很流行，省钱，省地，也给后人省了许多麻烦。至少每年清明，没必要舟车劳顿地跑去"那"，随便找处海滩静默三分钟，就算是一场祭奠了。海葬的话，大同将来也可以省些事，世界上的水是相通的，每年清明，他只要走到圣劳伦斯河边就可以了。但大同愿意他们有个看得见摸得着的墓，也许是他想给自己一个时不时回来看看的理由。何洛平不知道大同现在过着怎样的生活，有没有伴侣？他从未让人知道他有多害怕，害怕这些年，大同，他唯一的儿子，一直都是孤单一人……他害怕知道这个。以往，偶尔李霁会告诉他，大同在看电视，或者，大同在吃晚饭。他很想她多说一点，他盼望她能告诉他，大同不是一个人在吃晚饭，也不是一个人看电视。但李霁就像为了惩罚他，从来不提及这些。偶尔他会因此生气，生闷气，好几天都不想跟她说话。随着年岁的增长，他越来越明白当初他是何等粗鲁，像个暴君。如今他对大同唯一希望就是，他的生活，没有被他这个残忍的父亲摧毁，他的生活里，仍然有爱……想到这里，何洛平只觉得心里一阵阵紧上来。他对司机说："死后去哪都不要紧，只要好好活过，就好。"

"可要是活着时就没怎么称心过，就会想着死后好歹得称心一回的吧？"司机把帽子往上推了推，露出一双微微有些发红的眼睛。她看了看后视镜里的何洛平，又道："就拿我父母来说吧，我妈说过要海葬，我爸是海员，可他坚持入土为安，他早早就在老家铁骑庄看好了个地方。"说着她笑起来，"先前我让他们商量好，要么都回老家，要么都去海里。我跟他们说，要是他们商量不出个结果，到时我就抓阄，抓到哪，就都去哪，谁也别怨我。现在可好，我妈痴呆了，也不知我爸怎么糊弄我妈的，现在你问她死了埋哪？她会大喊三声铁骑庄！"

何洛平也笑了。他看着后视镜里的司机，她应该和大同差不多的年纪，笑时额头现抬头纹，不笑时双眉间现川字纹，都颇深。去年，大同回来奔母丧，临走前他买了个钟，给他挂到书房里。"别睡得太晚。"大同说。说这句话时他端详着刚挂好的钟，手上还拎着把锤子，只把花白的后脑勺和略微有些佝偻的背对着他。何洛平再也无法忘记儿子的背影……深重的负罪感，使他不敢对视儿子的眼睛。他甚至都不敢问他过得好不好，有没有遇到合适的人。只是，他开始听儿子的话，再也不熬夜了，每到晚上十一点，墙上的钟"叮叮叮"一响，何洛平就起身洗漱、上床睡觉。可是大同哪里知道，对现在的何洛平来说，睡眠就像一杯愈喝愈少的水，早喝早没，晚喝晚没，早点睡和晚点睡，又有什么太大的区别呢？

4

收音机里开始播放药品广告。

听众一个接一个打进电台，多是老人，他们不厌其烦地描述自己的疼痛，或是不适，吃过什么药，服药后的反应，看医生的经历，这个药可不可以吃，那个药该如何吃才好。这给了何洛平一种错觉，仿佛这些老人其实是同一个人，只是每次他都换了不同的声音、语调来说同一件事，他不屈不挠地向收音机里一个并不存在的世界求助，经验丰富的主持人像打太极，回回以"让我们来接听下一个电话"代替"再见"，很轻松地把他打发了回去。

何洛平还记得，李霁确诊胰腺癌的那天，她挥了挥CT片，说："瞧，阎王爷给我写信了！"

现在，阎王爷还没有给他写信。

大毛病没有，但小毛病一个巴掌也数不过来的，最麻烦的就是这个幻听了。何洛平想起了那个给他看病的专家，一个快到退休年龄的男子，他是何洛平见过的最爱说话的专家了。那天，何洛平和毛利民走进他的诊室时，刚好有位老人坐在轮椅上被家人推出来。专家给何洛平做完检查后，说："还好、还好。刚刚出去的那位，"专家屈起一根手指叩了叩自己的太阳穴，"这里不好用了，听觉中枢系统功能衰退严重，白天他在家里和去世的老伴斗嘴，有来有往，像煞有其事，把孩子们都吓坏了。晚上他会听到有人唱苏联歌曲，《三套车》啊《喀秋莎》啊《莫斯科郊外的晚上》，他常常整晚不眠，与唱歌的人互动应和。现在他只能靠大剂量的安定才能获得片刻安静，精神很成问题的了，他撑不了多久了。您这种情况嘛，还好，还好。"专家的意思，何洛平只是大脑听觉系统信息处理错误的问题，大脑从生活、从记忆中提取了些声音信息，潜意识里按主观意图加以改造，导致听觉幻化，就像一句成语，听风是雨。听觉系统捕捉到风声，大脑图人所好，把它改造成了雨声。"就是这样。这种情况很常见，随着我们渐渐老去，产生幻听是再自然不过的事情了。"专家说着把两手一摊，开了个玩笑，"您这才是社会主义初级阶段，吃点药就能缓解。"何洛平没有笑。专家安静下来写处方。专家把处方递给毛利民时，以一种洞悉患者千疮百孔生活面貌的语气问道，没跟孩子住一起吧？毛利民答，没有。他们就这样当面谈论着他。何洛平觉得精神科医生和他这个搞犯罪心理学、痕迹学的人倒有些相似，他们都是密探，潜伏的领域不同而已。此后他再也不肯去见什么专家了。他知道自己为何会这样，那根本就不是幻听，那些哭声是如此真实，只不过是他过了二十多年才听到而已……

司机换了个台，一个不带一丝感情色彩的女中音在唱"蓝蓝的天上白云飘，白云下面马儿跑……"

司机关了收音机。她在座位上扭动了下自己的身体后，说："我妈五年前就痴呆了。"

何洛平没太听清，他往前挪了挪。

"我本想给她找家养老院来着，"司机说着，摇了摇头，"可都贵得要命，最便宜的养老院，我也负担不起！"她说她除了跑出租，还兼着一份钟点工，给人做家务。逢年过节家政的生意特别好，她就专职做家政。这两年她父亲的身体也不大好了，她出车的时候，就靠父亲照顾母亲，为了让父亲省点力，出门前，她会把母亲绑在一张椅子上。

"我妈会一直骂啊骂，骂累了就睡，睡醒了再骂，什么难听骂什么。"

何洛平默默听着。

"有一天，我跑车回去，看到我妈一张脸肿得像个球，我对我爸说了一句话，就一句，"司机把头往后侧过来，大声说，"后来我妈的脸就再也没肿过！"语气里有一种不易为人察觉的病态的小兴奋。

说完这句话，司机并没有马上把头正回去。她好像在期待何洛平能问点什么，你妈的脸为什么会肿？或者，你妈的脸后来为什么再没肿过？

何洛平一直安静地听着，什么也没问，他对司机道了声"辛苦"。司机的身体微微抖动了一下，就好像被人捅了下胳肢窝。

何洛平问司机有没有孩子。

司机的声音一下变得平和起来。她说有一个女儿，马上高三了。

"平时都住学校里，很少回家，可听话了，长得比我还高。"司机说。

"多好啊。"何洛平赞道。想了想，他又问道，"孩子的爸爸，是做什么的？"

"哈，他呀！"司机沉默了一会儿后，才接着说道，"现在他什么也用不着做咯……"

何洛平不说话，等着司机自己往下说。

去"那"要经过一条长长的隧道。汽车驶入隧道后，司机开口说道："他给汽车充电时，操作不当，被电死了。"就好像她才想起来孩子的爸爸是怎么死的。

何洛平没有说话。

汽车驶出隧道后，司机拍了下方向盘，说："今天天气真好啊！"

"可不。"何洛平说。过了一会儿，他又说道，"充电桩啊。"他猜想，如果等一会儿再问司机，孩子的爸爸怎么死的？她大约会说是被车撞死的。

"可不。"司机又拍了下方向盘，说，"充电桩。"

何洛平闭上眼，他从未听说过充电桩会漏电。

不过，在林次郎之前，他也从未做过那种事……

5

那年，日本友人、北海道大学法学院教授铃木直一郎给他写了封信。那时已经有电邮了，但铃木直一郎还是用毛笔手写了这封信，用的是关西雁皮宣纸，竖排、瘦金书小楷。何洛平小心地把信展开，念给李霁和大同听。铃木直一郎在信中说他的侄子铃木次一郎，中文名林次郎，喜爱中国文化，自幼习书道，多临王羲之、权遗，在北海道大学取得法学学士学位后，打算申请来东山大学跟随何洛平研习研习中国法。他还记得大同当时开玩笑来着，"这个小鬼子听上去不错嘛！"

铃木家自祖上铃木岬太郎以来，几代人都是日本有名的中国法专家。清政府曾花重金聘请日本法学博士松岗义正为修律馆的法律顾问，松岗义正来中国前与铃木岬太郎同为东京上诉法院推事，在为清政府修订《大清民律草案》期间，松岗义正与铃木岬太郎有多封书信往来，探讨与修律有关的学术问题。何洛平曾在铃木直一郎家见过这些书信，字里行间弥漫着学人的热忱追求，也曾深深打动过他。何洛平没有多想就欣然同意了。九月初开学，林次郎提前两个多月到岛城，吃住都是在何家。第一次见面，何洛平和李霁就都被林次郎的长相惊住了，这孩子，真的，初看你并不会觉得有什么，不过是个文静清秀的年轻人，但倘若你端详他超过两秒，就会被他不同寻常的风姿吸引。何洛平至今记得，他和李霁在家门口迎接林次郎，出租车上下来一个明眸皓齿的白衣少年。寒暄几句后，三人落座，林次郎低头饮茶，顿时给人低眉生慈之感，更加额前黑发半垂，衬得肤色如玉，他和李霁都不由呆了一呆。不是说他们以前没见过好看的男孩子，只是，林次郎的那种好看，和他身上沉静阴柔之美，的确是他们以前未曾得见的。李霁收拾出了一间空闲的房间给林次郎，和大同的房间门对门。那阵子大同正忙着硕士一年级的期末考试，鲜少回家。林次郎来何家一周后，大同带着他的小女友回家吃晚饭，他们才正式见了一面。三个年轻人，倒很谈得来的，后来他们就常一起出去玩，看电影，逛街什么的。大同学建筑设计，不善言辞，何洛平常因他的沉闷木讷颇感美中不足，觉得他身上少了些青年人的朝气。也不知是从什么时候起，大同变得爱笑，眼里有光，人也精神起来。他回家的次数明显比以前多了，起初多和小女友一起。渐渐地，就是他自己。大同和小女友好了有大半年，但这场恋爱像是在这个夏天才点燃了他……

何洛平发现异常，是在一个暴风雨的下午。

大雨来临前，他匆忙结束了与院里各学科带头人的碰头会，提前回了家。他家的客厅和书房是连着的，中间只有一个中式博物架相隔。那个下午，他一进门就感受到了一种异样的气氛，仿佛空气里有什么东西要炸裂开来，浓郁的危险的气息。他以为是天气的缘故，天空乌云密布，风越刮越大，闪电和惊雷马上就要来了。转身关门的一瞬，他眼角的余光扫到一个身影从书房的沙发上弹起，直奔窗边。他换了拖鞋，次郎飘然迎出来，身躯微曲，黑发从一侧脸颊垂下来。"您回来了。"他态度优雅、神情自若地跟他打招呼。大同则一动不动，立在窗边。有扇窗户没有关好，大同就像没有看见一样，任由狂风"砰"地将它关上，又"砰"地扯开……何洛平走过去关窗，看见大同双手撑着窗台，看向窗外乌云翻滚的天空，面颊赤红，目光散乱迷离，如在梦中……许多年过去后，何洛平还记得大同当时的样子，以及阴暗沉闷的雨天的印象，铺开在书桌上的宣纸格外白，上面几个墨迹未干的毛笔字却格外黑，"踏花需及时，同惜少年春"。一看就知出自次郎之手，俊秀恣意，有珠玉之辉。

他很快就解决了这件事，飞快地将林次郎遣送回了日本，也从此与铃木直一郎断绝了联系。

有很长一段时间，他只要想起那个下午的林次郎，每想起一次，就平添一分恨意。要是次郎留给他的印象不是如此的自如、优雅，哪怕他只流露出一点点大同那样的意乱情迷，他也不会这样地憎恨他。不只是憎恨，还有愤怒……他完全没有顾及他雷霆般的做法可能会带给大同的伤害与羞辱。事情过了那么多年，现在他不得不承认，孩子们不是现行犯，那个下午也不是罪案现场，他的残忍，才是。

那件事过后，大同几乎是病了一场，羞愧、惶恐击垮了他。他休了一年学，当他宣布要出国继续学业时，何洛平和李霁都以为他缓过来了，心情难以言喻。李霁一度更是泪如雨下。大同出国后，只是和家里还保持着时断时续的联系，几乎再没回来过。为使自己活得心安，他们对儿子的生活抱了最美好的想象与祝愿，像个胆怯的心怀侥幸的撑船人，不去直视那些激流、险滩。

李霁常会问大同，"近来怎样？"

"不错。"有时大同会这样回答她。

更多的时候，李霁放下电话，对何洛平说："说是还行，"她看着他，脸上带点讥讽的笑，"跟我们一样。"

何洛平一直懊悔。但只是在度过了这个有疫情的年份后，他才开始怀疑自己，眼下正在经历的许多事，他都不能说自己看清了，经验并没有特别的魔力，有时它也不能将人直接指引向真理，真理如酒，需要时间发酵。可为何那时他会如此自信地觉得自己都是对的？他还记得，当大同说"怪我"时，他暴跳如雷，狠狠地扇了大同一耳光……如今想起来这些，他就会羞愧不已。他对自己的怀疑，也达到了空前的程度。在整理文稿时，他甚至删掉了自己在一篇旧文中引用的"首例血指纹"案。两百年前，阿根廷一位神探凭借一枚血指纹抓到了杀害两位孩童的真凶，他们年轻的母亲佛兰西斯卡。这桩案件被认为是历史上第一桩依据指纹侦破的刑事案件。"只有一个母亲才会不惧血淋淋的现场，去拥抱、抢救自己的孩子，谁知道这枚血指纹是不是事后留下来的呢？"何洛平心里疑云一起，世界如隐于荒芜，从前那些得意文章，竟变得不堪卒读了，文稿整理的工作完全进行不下去，像被什么东西卡住了。

6

司机把车停在山脚下的停车场上。她扭头看着山上，问何洛平道："上面是老人，还是老伴？"

何洛平答道："老伴。"

何洛平下车后，司机把座椅椅背调低，她摇下车窗，告诉何洛平，她不想跑空车，会在这等一阵子。"如果您确定什么时候能下来，我也可以再等等您。"

何洛平告诉她，他得下午才能回去。

司机挥了挥手，打着哈欠往后躺了下来。

何洛平走到陵园入口处，看到墙上张贴着一张"疫情期间注意事项"的招贴。何洛平看着那张招贴，摸出手机给毛利民打电话。何洛平问文稿的最后交稿日期是哪天。毛利民喜出望外地说了个时间。接下来何洛平不谈文稿，只是问毛利民有没有愿意做援助律师，又擅长离婚诉讼、业务精良的学生。毛利民在电话里笑起来，说，"何老师，这样式的我们有一大把啊，我们缺的是青年法学家！"何洛平没接他这话茬。他从口袋里摸出一支笔，在那张招贴的一角写下了毛利民报给他的电话号码。他把那点纸角撕下来捏在手里，又折了回去。

"姑娘，"何洛平弯下腰，敲着车窗对她说，"离了吧！"

司机坐起来，她把车窗摇下来，问道："您说什么？"

何洛平张了张嘴，他自己都没能听清楚自己在说什么。他把那张小纸片递给她，说："我有一个学生，是个律师，专攻离婚诉讼，你若有需要，就打这个电话吧。"

司机接过那小纸片，满脸惊诧地看着何洛平。

"如果我没猜错的话，今天你不应该跑车的，是吧？你答应和人去民政局的。"

司机张着嘴，看着何洛平。

"他搬出去住了，有了新的生活。"

司机点了点头。

"他也不给家用，不给孩子抚养费，想逼你尽快签字离婚。"

司机看着何洛平，还是点头。

"离吧，姑娘，律师会帮你要到抚养费的，孩子上大学，也要钱的不是？"何洛平拍了拍司机搭在车窗上的胳膊，说，"为了孩子，好好的，姑娘！"说完，何洛平就转身离开。

"好多年没人叫我姑娘了，"司机笑起来，"我说，大爷——"她把脑袋也探出窗外，好奇地问道，"您是怎么知道的？"

何洛平回头，冲司机摆了摆手，"多保重，姑娘！"

停车场上没什么车，也没什么人。司机看着何洛平，大声说道："大爷，您也多保重！庚子年，年头不好啊！"

何洛平再次挥了挥手，转身往山上走去。他知道不仅仅是年头的事。

地　铁　上

付秀莹①

　　一大早，梧桐出门赶地铁上班。他们家离地铁挺近。以梧桐的速度，大概不过走上七八分钟吧。在北京，交通便利顶重要。当初她买房子的时候，就是看中了这一点。

　　这个季节，马路两边的槐树都开花了。槐花的香气很特别，有一种微微的甜腥，丝丝缕缕，直往人的肺腑里钻。那家老魏羊汤门口，早点摊子早已经摆出来了。油条豆浆，烧饼羊汤，包子小米粥。老板娘有三十多岁吧，胖胖的，戴着白帽子，穿着白围裙，人长得干干净净，叫人觉得放心。梧桐买了油条豆浆，装在袋子里拎着，往地铁站赶。今天有点晚了，她可不想看头儿的脸色。

　　地铁口附近，停着一大片共享单车，挤挤挨挨的，几乎把味多美的门口给堵住了。有的单车倒在地下，跟着多米诺骨牌似的倒了一片，朝着一个方向，好像是被一阵风吹倒的。人们来来往往匆匆走过，看都不看它们一眼。

　　地铁里人很多。据说五号线是北京最拥挤的线路，它贯穿城市南北，最北边是号称亚洲最大社区的天通苑，已经属于昌平了。这一站在北五环边上，客流量巨大，尤其是早晚高峰时段。刚才的那趟车没有挤上去，梧桐只

---

① **付秀莹**　当代作家，《中国作家》副主编。著有长篇小说《陌上》《他乡》，小说集《爱情到处流传》《朱颜记》《花好月圆》《锦绣》《无衣令》《夜妆》《有时候岁月徒有虚名》《六月半》《旧院》等多部。曾获多种文学奖项。部分作品译介到海外。

好等下一趟。又等了一趟，还是没有挤上去。

　　这一段地铁在地面以上，从天通苑，一直到惠新西街北口，再往南，就钻入地下，成了真正的地铁。巨大的弧形顶棚覆盖在头顶，太阳透过穹顶照下来，把偌大的站台烤得闷热潮湿，叫人窒息。这种露天站台不像地下的，有空调制冷，凉爽舒适。不断有乘客的脑袋从自动扶梯口升上来，升上来，潮水似的，一个浪头接着一个浪头。车厢口的队伍越排越长，歪歪扭扭，有的还拐了弯，看上去乱哄哄一片。对面的列车轰隆隆开过来，停靠，门开启，一批人上去，一批人下来。站台内回荡着乘务员高亢的声音：请自觉排队，先下后上——一遍又一遍，机械而娴熟。梧桐感觉汗水顺着脊背流下来，雪纺衬衣被濡湿了，贴在身上，痒酥酥的难受。她疑心自己的妆也花了，借着手机屏幕照一照。还好。

　　直到第四趟车过来，梧桐才被强大的人流推动着，稀里糊涂挤上去。车厢里人挨人，她个头小，被两个高个子夹在中间，动弹不得。她把包紧紧抱在胸前，感觉站立不稳，后悔怎么就穿了高跟鞋呢，找罪受。后头是一个健壮的中年女人，印花连衣裙上，开满了蓝色粉色的花朵，浑身上下散发着浓烈的香水味，混合着车厢里的汗味脂粉味大葱味花露水味，叫人头疼。前头是一个男人，牛仔裤白衬衣，背对着人群，看上去像一个大学生。梧桐试图把身子转过来，往旁边挪一挪，却听见那印花裙子哎呀一声尖叫起来。梧桐刚要说对不起，却发现那裙子旁边的一个棒球帽说，不好意思不好意思不好意思。一连好几个不好意思。那印花裙子瞪了棒球帽一眼，没有说话，自顾打开手机，埋头刷起来。经过一阵骚乱，人们慢慢找到属于自己的位置。车厢里很安静，也很凉爽。空调制冷的声音嗡嗡响着，听起来一点都不叫人烦躁，倒有几分悦耳动听。窗外，夏日的绿荫大片大片闪过，夹杂着锦绣一般盛开的鲜花。六月阳光下的北京城，显得明亮耀眼，散发着勃勃生机。

　　梧桐喜欢这段地上地铁。老实说，她喜欢火车，喜欢窗外短暂的一掠而过的世界，世界的片段，像断章，又像是漫不经心的咏叹。坐在火车上，可以看风景，也可以发呆，什么都可以想，什么都可以不想。铁轨向远方不断延展，直到消失在地平线神秘的遥远的阴影中。过往的生活被毫不留情地抛弃，而无限的可能正隐藏在无尽的远方。她喜欢这种在路上的感觉，一种，怎么说，一种不确定的确定，已知中隐藏着未知。梧桐心里笑了一下。她是在笑自己。都三十多岁的人了，居然还有这么多乱七八糟的想法。

　　忽然有人叫她的名字，竟然是白衬衣。白衬衣说，怎么，不认识我了？

梧桐惊叫一声，张强！张强笑得眼睛亮亮的，可能是因为兴奋，脸颊通红。旁边那印花裙子不耐烦地看了他们一眼，嫌他们声音大。梧桐抿着嘴儿笑，压低声音，你也住这边？怎么咱们以前没碰上过啊？张强说，是啊，我还纳闷呢。张强说刚毕业的时候我在方庄那边住，搬过来好几年了。梧桐说，是不是？张强说自从那次吃饭以后，就再没聚过了。梧桐说，都十年了吧？张强说，差不多。

窗外，夏天的北京绿烟弥漫，好像是哪个莽撞的画家，不小心打翻了他的绿油彩，深深浅浅大大小小的色块恣意流淌着渲染着，把这个钢筋水泥的城市弄得蓬勃而柔软，湿润而富有诗的情味。张强看上去变化挺大，人胖了些，脸上上学时代的棱角都不见了，变得圆润，中年人的圆润。下巴刮得青青的，一直蔓延到铁青的两颊，叫人惊讶怎么会那么一大片。眼镜不见了，不知道是不是戴了隐形。看起来，他的状态还算不错。干净的衣着，随意却得体。头发依然乌黑发亮，夹杂着少许的银丝，倒平添了一种成熟的稳重的气质。张强说，老啦。梧桐说，你没怎么变。张强说，你倒是没变化，刚才我一眼就认出来了。梧桐说，真快啊，一晃十年了都。张强说，一眨眼的事儿。梧桐说，我还记得上回吃饭，大家都喝高了。你酒量挺不错。张强说，你也喝多了，哭了好大一场。梧桐说我怎么不记得了。脸上有些发烧。张强说，你忘了？那一回，你一个人喝了一打啤酒，把我们都给震惊了。大勋不让你喝，你非要喝，谁都拦不住。大勋。梧桐心里跳了一下。张强说，后来，大勋说，干脆他陪你一起喝，你一瓶他一瓶，那阵势！大勋。梧桐心想，这名字怎么觉得这么陌生呢。张强说，结果，你们俩都喝高了，互相对着脸儿哭。张强说，哭得那个痛哇。把服务生都招来了，以为出了什么事儿。张强说，你不记得了？梧桐却忽然指着窗外，你看，喜鹊！一只喜鹊好像是受了什么惊吓，扑棱棱飞起来。窗外的林木渐渐变得茂盛幽深，好像是一个什么庄园。园子挺大，一眼看去，只见草木葳蕤，遮天蔽日，叫人心里顿生凉意。

又一个站台到了。车厢里小小地骚乱了一阵子，有人下车，有人上车，更多的人依然留在车上。车门关闭，继续行驶。车厢里又渐渐安静下来。梧桐往边上挪了挪，正好跟张强并肩站着，脸朝着窗外。光线明暗交错，混杂着乱七八糟的阴影和光斑，在张强脸上变幻不定。窗玻璃上映出他们的影子，一时清晰，一时模糊。头顶的通风口呼呼呼吹出一股股气流，把梧桐的头发弄得有点凌乱。张强说，那什么，你还在学校？梧桐说，对，教书。

你呢？张强说，我啊，我这故事就长了。A long story. 梧桐说，是不是？张强说，我都换了好几个地儿了。惊讶吧？梧桐说，有点儿。张强说，当初能留校，多少人羡慕啊。本来都打算好了，边工作，边读研，再读博。这年头儿，在高校，博士是必要条件。梧桐说，要想搞业务，肯定是。张强说，后来，研也考了，可我还是换了工作。梧桐说，不懂。张强说，我考了公务员。当时倒也没抱着多大希望，没想到，居然考上了。梧桐说，厉害啊。张强说，公务员，你知道的，按部就班，在一个庞大的机器里，做一只螺丝钉，转啊转，转一辈子。梧桐说，稳定啊。张强说，我痛恨这种稳定。梧桐说，所以呢？张强说，我辞了职，到一家国企，干宣传。梧桐说，国企？张强说，待遇不错，国企嘛。就是那几年，我买了房子，按揭。梧桐说，不错嘛。张强说，天天写材料，那一套话语体系，刚开始挺新鲜，后来，唉，没劲。梧桐说，不会吧，难道你又？张强说，最近，我忽然对艺术有了兴趣。具体一点，就是画画。张强说，你知道，当年读大学的时候，我参加过他们的艺术社团。梧桐说，一点儿印象都没有了。张强笑笑，好像是原谅了她的健忘。你知道吗，画画是需要天分的。不只是画画，一切艺术，天分是最关键的。有的人就是天分好，悟性高，老天爷赏饭吃，你怎么办？没办法。梧桐说，那么，你现在是，画家？张强说，准确地说，曾经是。

　　惠新西街北口到了。车门打开，一批人下去，另外一批人上来。因为是换乘车站，车厢里秩序有点混乱。车厢门口有志愿者在维持秩序，耐心引导乘客，这边走，那边走。有个盲人，戴着墨镜，拄着一根拐杖，嗒嗒嗒嗒上车。志愿者小声提醒他注意脚下，想要搀扶，却被盲人客气而坚决地拒绝了。车厢里人们霎时间安静下来。有个女孩子站起来让座，那盲人却不肯，点头说谢谢。那女孩子一时间有点尴尬。又有人站起来，引导着他，在供人停靠的地方站住。那盲人立定，戴着墨镜的脸入神地对着窗外。梧桐看他那神秘的墨镜，心想这上班高峰，乘地铁够危险的。张强忽然小声说，说不定这个人根本就不是什么盲人。梧桐啊了一声。张强的声音更低了，他看得见。梧桐说，你怎么知道？张强说，我只是说出了我的猜测，生活的一种可能性。梧桐说，可能性？张强说，比方说，你。梧桐说，我？张强说，对。你。你看起来还不错，其实——梧桐忽然紧张起来。其实什么？张强说，其实你并不是你看起来的样子，我是说，也许，你并没有你看起来那么，那么幸福。梧桐说，你什么意思？张强说，别生气啊，实话就是不中听。梧桐说，你从哪里看出我不幸福？你凭什么妄自揣测别人的生活？车厢里忽然变得特别安静，一点声响都没有。人们惊讶地朝这边看过来。张强小声说，你看你，那么大嗓门。梧桐尴尬得不行，对不起，我刚才，我也不知道自己怎么了。两个人一时无话。

窗玻璃里映出车厢里人们的脸，重重叠叠的，显得有点怪异。有的人脸上长出了树木，有的人眼睛里忽然冒出一座高楼，有的人下巴颏儿上打上了几个大字，中国银行。车里的脸和窗外的城市交错混杂在一起，有一种魔幻般的不真实。张强松松垮垮站着，一条腿稍息，有点吊儿郎当。三十多岁的人了，身材保持得还不错。牛仔裤紧绷绷地勾勒出一双长腿来，衬衣是棉布的，圆角下摆，细细碎碎的褶皱，有一种皱巴巴的高级感。手上没有戒指。梧桐猜测着他的婚姻状态。仿佛是听到了梧桐心里的疑问，张强说，我离婚了。好几年前的事儿了。梧桐哦了一声，不知道该怎么接话。张强说，你肯定是在想，这时候是该安慰呢，还是该祝贺呢。梧桐说，那么我是该安慰你呢还是该——祝贺你呢。窗子上映出后面谁的一副眼镜，却跟一个女人猩红的嘴巴重叠在一起，仿佛是电影里的蒙太奇镜头。张强笑了一下，露出一口不太整齐的牙齿。都过去了。他说。看着窗外的城市不断向后退去退去退去。你认识的。就是小蔡。梧桐想起来了。小蔡是外文系的，瘦瘦高高，有点弱不禁风。有人背后说她挺厉害的，别看那么瘦。身边男孩子一直不断，还老有社会上的人过来，为了她打架滋事。张强那时候一点儿都不起眼。乡下出身，穿衣打扮也土，说话一着急就结巴。成绩嘛，倒挺优秀，出了名的学霸。可大学里，谁还光看你的学习成绩？尤其是姑娘们。张强说，我爱她。张强看着窗外，好像那里就站着他的小蔡。我整整追了她两年。张强摸了摸衣兜，大概是想抽烟。他把一根烟抽出来，凑到鼻子下面闻了闻，又放回去。有时候，我想，这大概就是命运吧。梧桐看着他。她不知道他曾经遭遇过什么样的命运。命运这东西，有时候我们相信它。有时候我们反抗它。命运到底是什么样子的呢。一个小孩子忽然哭起来，肆无忌惮的，是忽然爆发的那种。做妈妈的哄不住他，只好任他哭。张强说，做个孩子真好啊。大人太累了。想哭的时候装着笑，想笑的时候还得忍住，不能任性。梧桐心想，您还不够任性？张强忽然问，对了，你有孩子吗？抱歉，其实我应该先问，你结婚了吧？梧桐被他逗笑了。说，你猜？

过了惠新西街南口，地铁由地上转入地下。车厢里忽然暗下来。几乎是报站的同时，灯被调亮了。灯光仿佛星光，在幽暗的地下灿然绽放。车厢里亮如白昼。窗外，是大片大片的黑暗。不时有巨大的广告招牌闪过，色彩明亮。化妆品，汽车，包包，高端别墅，私人定制服装，光华照人，充满了浓郁的奢华的物质的气息。列车仿佛一头巨大的野兽，在城市的腹部轰然穿过，呼啸着，挟带着凛冽的浩荡的风声。车轮碾轧过铁轨，发出有节奏的撞击声，从地下传到地面，传到城市的各个角落。写字楼，商场，游乐园，各种不同档次的居民区。张强换了一种姿势，靠着车厢门口那根栏杆。栏杆上面写着一行字，危险！禁止倚靠。梧桐想提醒他，张了张口，却说，后来呢。我是说，小蔡。张强说，离了。我们根本就不是同一类人。但我一点都不后悔。你信吗？梧桐不说话。张强说，生活的本质是什么呢？生活的本质就是，千差万错，来不及修改。梧桐说，是吗？张强说，这要是在年轻时候，我根本不服。梧桐看着他的脸，心里说，那么，现在呢？

　　雍和宫站到了。乘务员的播报声在车厢里回荡，好像是一块石头投进水里，一波一波荡漾开去，跟地铁里巨大的空洞的回声碰撞在一起，交织成一种辉煌的华丽的轰鸣。梧桐说，你去雍和宫许过愿吗，据说挺灵的。张强说，你也信这个？站台内的装修都是中国风，雕梁画栋，飞檐下挂着大红灯笼，朱红的柱子，回廊曲折。有一个金发碧眼的外国姑娘，靠着一根柱子打电话，忽然间，她放声大笑起来，毫无顾忌地露出一嘴粉色的牙龈。哭和笑，大约是人类最通用的语言了吧。不用解释，不用翻译，一听就懂。张强说，对了，你哪站下？梧桐说，我灯市口。你呢？张强说，我得终点站了。张强说你怎么不问，我现在干吗呢。梧桐说，那，你现在干吗呢？张强就笑了。梧桐忽然发现，张强眼角的鱼尾纹挺细挺密，笑起来，好像是一把小扇子忽地打开。那些细细密密的纹路里，藏匿着什么呢。现在，我又回炉了。梧桐说，回炉？张强说，重新回到大学课堂，学管理。我准备自己创业，开公司。对面的一趟列车开过来，巨大的影子把窗玻璃整个覆盖，先是车头，然后是长长的车身，最后是车尾。当你感觉漫长的黑暗总也看不到头的时候，唰的一下，眼前一亮，列车已经错身而过了。梧桐说，你真，真行。张强说，你是想说，真能折腾吧。张强换了一条腿稍息着，一只手在窗子上漫无目的地画着。窗玻璃上是一幅北京地铁线路图，花花绿绿，弯弯曲曲，乍一看，好像是一张印象派油画。这么多年，你也变了。张强说，我记得，你是一个心直口快的姑娘。梧桐说，你就是说我直肠子呗。张强说，没什么不好。直来直去。老同学还藏着掖着，忒累。梧桐说，没错，我是觉得，你挺能折腾。张强的手指沿着图上的地铁线路缓慢地经过北京的大街小巷，好像是在辨识，又好像是在确认。有个女人打电话的声音忽然激动起来，你说什么？你再说一遍？你敢不敢再说一遍？梧桐说，其实我还挺羡慕你的。真心话。那个打电话的女人忽然哭起来，这么多年，我坚持了这么多年——哽哽咽咽的，泣不成声。张强叹口气，笑笑。车窗上，映出那个打电话的人的背影，是个短发女人，穿着剪裁得体的裙装，两只肩膀剧烈地耸动着，好像胸膛里埋藏着一个炸弹，随时都可能爆发。梧桐说，小蔡，她后来怎么样了？——我是不是挺八卦的？张强说，有点儿。你怎么不问问大勋。梧桐不说话。窗外，大团大团的黑暗往后方退去，退去，叫人感到没来由的一阵阵窒息，好像是，那黑暗是有重量的，隔着窗子，都能对人造成强大的压迫。半晌，梧桐才说，都过去了，不是吗。梧桐说，好像是一场梦，你在梦里哭啊笑啊，跟真的一样，醒来却发现，什么都没有，不过是一场梦而已。张强说，幸亏还有梦。人这一辈子，要是连个梦都没有，也挺没意思的。那打电话的短发女人还在哭泣，好像是已经挂了电话，不知道是对方挂了，还是她挂了。一侧的直直的短发垂下来，齐刷刷遮住她的半张脸。耳环一闪一闪，随着抽泣的节奏和列车节奏激烈晃动着，仿佛是另外一种诉说。张强说，有人通知你了吗，咱们班拉了个群，毕业十周年，说要搞一次聚会。梧桐说，回学校聚？张强说，还没定。梧桐说，很多人都没联系了。张强说，武建伟，你还记得吧。梧桐说，又高又壮，我们背后都叫他武二郎。张强的声音忽然低下来，他走了。梧桐说，走了？张强说，听说是车祸，好几年前的事了。车窗外，又一辆列车从对面呼啸而来，先是车头，然后是长长的长长的车身。好像是庞大的笨重的野兽，拖着巨大的影子，在地下横冲直撞。车厢里陷入长时间的黑暗，叫人难以忍受。梧桐想起来，她们宿舍那些女生，对高大的武二郎是有些暗暗的喜欢的。私下里，她们喊他二郎。二郎这个，二郎那个。二郎是篮球场上的明星人物，矫健的身影敏捷的奔跑凌厉的动作，汗水飞溅热血奔腾淡淡的荷尔蒙的气味，草地上露珠滚动被女生们的尖叫声震碎了。梧桐忽然觉得胸口发紧。张强说，我也是刚知道的。这不是要聚了吗，大家才开始联系。张强说，有的人死活联系不上，你说怪不怪？大约是发觉自己这话说得不好，又找补说，我是说，现在通信这么发达，世界就这么大。梧桐说，世界太辽阔。张强说，看怎么说。这不，坐个地铁都能偶遇。梧桐说，也是。张强说，李静一，小个子，洋娃娃似的，你还记得吗。梧桐说，她好像是南方人。张强说，她出国了。梧桐说哦。张强说，还有欧阳老师，升官了，刚提了副校长。梧桐说，上学那会儿倒没看出来，一身书生意气。张强说，学术带头人，也是领域内大牛了。梧桐说，确实挺有才的，你记不记得他有个口头禅？张强说，开什么玩笑！两个人一齐笑起来。

这一站是张自忠路。上车的人很多，下车的人也很多。站台里，人群潮水一般，汹涌着朝着四面八方流去。新的人群又汹涌而至。早高峰时段，地铁好像是庞大的钢铁的怪兽，吞吐着呼啸着奔跑着，把人群送往他们各自的目的地。张强说，我是不是有点话痨？梧桐笑起来。我记得你以前话很少。张强说，一着急还有点结巴。梧桐说，现在都好了？张强说，诡异吧？我也觉得纳闷儿。说实话，我跟生人话也不多。我嘴笨。窗外，大幅广告牌一闪而过，跟大片的黑暗不断交替着。窗玻璃上，很多人的脸重叠在一起，消失，出现，消失，出现。梧桐说，我离了，刚又结了，就这个五一。张强说，是吗，其实，也正常。梧桐笑起来。张强说，你灯市口，是吧？梧桐说，还有两站，下站东四。张强说，还挺快。东四站到了。窗玻璃上出现了站台，柱子，人群，扶梯，乘务员穿着制服，笔直站立着。张强说，其实，我还在咱学校，搞行政。梧桐说，哦？张强说，我跟小蔡——我们也没有离婚。她的公司做得不错。我们，怎么说，我们刚换了大房子。张强停顿了一下，说，有空来玩吧。

灯市口马上就到了。乘务员的播报声响起来，是催促，也是提醒。车厢里又是一阵骚动。梧桐说，我下车了，祝你——一切都好。张强说，新婚快乐。

六月的北京城，阳光明亮。行道树巨大的树冠支撑起大片的绿荫，叫人觉得夏日清新可爱。梧桐这才发现，早餐一直还在手里提着，塑料袋子内壁被水蒸气弄得湿漉漉的。她拿出油条豆浆，边走边吃。油条已经有点皮了，豆浆却不凉不热正好。一个学生从背后叫她，老师好！清脆稚嫩的声音，毛茸茸的，叫人心里痒酥酥的舒服。

她拿出手机看时间，忽然想起来，她跟张强还没有加微信。电话也没有。她喝着豆浆，看着阳光下的背着书包上学的学生们，叽叽喳喳，仰着新鲜的明亮的脸。灯市口这一带，种了很多槐树。蝉在树上热烈鸣叫着。梧桐第一次发现，蝉鸣声中有一种金属的质感，清脆亮烈。有槐花簌簌落下来，落在马路牙子上，落在行人的头上肩上。

上课预备铃响了。梧桐加快了脚步。

冲　动

李　浩[①]

我感觉自己是在飞翔——如果不是刹车和方向盘的束缚，我将和我的艾莉一起……

她偶尔夸张地叫上一声，然后用更大的夸张轻微撞一下我的臂膀，仿佛车速的迅捷使她变成了不安的小兽，使她处在和我一样的紧张和晕眩之间，心里的奔突几乎就要冲破——我感觉自己是在飞翔，说实话我特别享受这种感觉，尤其是和我的艾莉。我的血液在跟着快速流动，它们几乎就像水流一次次地冲向我的头发，几乎就像是水流……

范西路竟然如此阔大空旷，它陌生得让人惊讶，我们超越了一辆红色的奥迪，然后是一辆黑色的途观，在超越途观的时候我有意识制造了一点儿轻微的飘移，好让艾莉将她的身体再次夸张地靠向我，她的手臂有种柔软的、

---

① **李　浩** 男，1971年生于河北省海兴县。河北师范大学文学院教授，河北省作协副主席。曾先后发表小说、诗歌、文学评论等文字。有作品被各类选刊选载，或被译成英、法、德、日、俄、意、韩文。著有：小说集《谁生来是刺客》《侧面的镜子》《蓝试纸》《将军的部队》《父亲，镜子和树》《变形魔术师》《消失在镜子后面的妻子》，长篇小说《如归旅店》《镜子里的父亲》，评论集《在我头顶的星辰》《阅读颂，虚构颂》。诗集《果壳里的国王》等，共计20余部。曾获第四届鲁迅文学奖、第十一届庄重文文学奖、第三届蒲松龄文学奖、第九届《人民文学》奖、第九届《十月》文学奖、第一届孙犁文学奖、第一届建安文学奖、第七届《滇池》文学奖、第九、第十一、第十二届河北文艺振兴奖等。

湿漉漉的凉爽。

红灯。我踩住刹车，艾莉一边向前晃动一连再次短促地"啊"了一声，伸出手来抓住我的胳膊。范西路竟然如此阔大空旷，整个红灯期间竟然只有一个行人，她走到路的中间然后折向另一边，这时红灯变成了绿灯。我踩下油门。耳边是让人心动的轰鸣。

这速度真是享受，它让人生出更多的忐忑和偶然的醉意，让我感觉自己简直是在飞翔。副驾驶，艾莉的脸色潮红，一只手紧紧地抓着车门上方的拉手，而身体则在起伏和摇晃，那些轻声的、短促的尖叫就是在摇晃中发出的，这样的速度让她看上去非常享受，而她的享受对我而言更是一种驱动。我们转过范西路、裕华东路、裕华西路、西二环南路，然后转向时光街。时光街路很短，人流一下子多出了不少，我们的速度不得不慢下来，然而，那股令人眩晕的热流还贮存在我的大脑中，不可遏制。

槐安路。我再次在绿灯闪亮的瞬间加大油门，颤动着飞奔出去的车如同是水上的快艇。突然，艾莉的肩膀再次碰了我一下，用一种极为欢悦的语调指向前面：撞他！

路上，前方。一个臂膀上满是刺青的光头男人骑着一辆电动车在路上奔驰，他的速度同样飞快，经过改装的车载音响被他放到最大，即使我坐在车里也能听得清清楚楚，甚至产生一个特别的错觉，似乎这个光头男人其实是坐在轰鸣着的音响上，广场舞的节奏在带着他横冲。撞他！艾莉的这句话尽管短暂但我已经听到，它在我的飞翔感里又突然地注入了……带着一种莫名的快感，我真的朝着光头男人的方向冲了过去。

在即将撞到他的瞬间我踩下了刹车。刹车声拖着长长的尾巴，有些刺耳。

"走吧！"艾莉用她的手指碰碰我，然后缩回去。

我的手是麻的，脚也是。甚至，这份麻的感觉也传递到我的嘴唇上。我将车的车头掉向左侧，压着左侧的白线向前，向右略偏一点儿。我们绕过停住的奥迪和电动车的碎片，但没能完全地避开，我清晰听到车胎轧在掉落的车灯上的脆响。顺着眼睛的余光，我看到那个躺在路中间的光头男人，他在抽搐，不知在什么地方涌出了血。他抽搐得厉害。手臂上的刺青抖作一团，就像是爬满了青灰色的虫子。"走啊！"艾莉突然地尖叫一声，她的声音里似乎包含着沙子。

　　我把车开到石柏南大街，在一个没有行人也没有车辆的寂静路边停下来。"你，要不要下车……歇一歇？"我打开车门，转头看了看艾莉。我的声音里竟然也像含着沙子，而且很多很多，在说出这句话的时候我感到自己的舌头还是麻的。"不。"她摇摇头。她的脸色更为潮红，而脸颊的边缘处则是白色，有点儿失去了血色的样子。

　　我走到车的前面去，然后返回到车里。"没有碰到。"我说。可艾莉完全无动于衷。我只好再说一遍："没碰到。我们的车没有痕迹。""谁让你说这些！"艾莉捂着自己的头，她把头埋在自己的手臂中，埋得那么深。"那我们……"我的手停在方向盘上，它竟然还有些未曾消退的麻，让我的手指不听使唤。我再次将头转向艾莉，将车发动起来。

　　山上。树还是树，水还是水，裸露在外的石块还是石块，然而却似乎没有了期待中的兴致勃勃。一些细小的、淡黄色的花儿开放得热烈，它们那么密集地挤在坡上，风让它们有了流淌的速度。"它们，真……"我指指那些花儿，但我试图说话的时候感觉喉咙里一片干萎，说到半句就生出了不少的尴尬，因为艾莉的表情转向了别处。我们朝着山上，一步步走去，艾莉的速度让我略有些气喘。

　　路上，我悄悄地再次回想刚才发生的事，确认我的车并没有碰到那个男人，尽管狠狠地吓到了他。我追到艾莉的身边，拉了下她的衣袖，她回过头来，以一种我几乎认不出的表情看着我。"我没有撞到他。没有。你相信我。"终于，我将这句一直堵在我喉咙里的话又说了一遍，我知道她也一直在想这件事儿，它将我们原本丰富而浪漫的旅程毁了——虽然，这个旅程还在按原来的计划继续，可是——"我知道。"她咬咬嘴唇，"我不想提起它。"

　　"我也不想提起它。"我说，"和我们没有关系。我们只是看到了而已，目击证人，是那辆黑色奥迪……"

　　"蓝色的。深蓝色的。"

　　"哦，我看错了，是什么颜色并不重要——重要的是，我们并没有。和我们没关系。我们不必为自己……"

　　"求求你，别说了。我知道，我不想提起它。"

　　"好吧。我们……"我喃喃地说着，然而艾莉已经向前面走去。她的背影有种令我惊讶的陌生。想了想，我追了上去。

　　那个可怕的冲动把我预想的美妙旅行毁了。

我觉得，有些积聚在体内的东西正在散去。我不知道艾莉是不是也有这样的感觉。我追着她一路走上山顶——山并不高，但高处的山风使她变得单薄。我感觉风有些凉，而艾莉应当有同样的感觉，她的双手抱紧了自己。我凑到她的身侧，伸出手去。她没有拒绝，而是略有僵硬地倾向我的一侧。她的肩膀有一股细细的草木之香。

山并不高，上山的游人也不算多，三三两两的身影从树丛的后面露出来，转向另外的树丛背后。两个花花绿绿的中年女人在朝后面呼喊，一个气喘吁吁的声音从下边飘上来，然后又是一朵摇晃的花衣服缓缓地升到山顶。"快点儿，给我们照张相。"最后赶来的粉花衣服朝我招手，"小伙子，给我姐几个照张相——用我的手机，我的手机像素高……对了，记得用美颜，美颜！""小环姐，你的丝巾好看，咱们先换一下——小伙子，给我们多拍几张，我们要换着戴丝巾。给我们拍得美美哒！"

等我给这些花花绿绿的人们拍完照片，艾莉已经开始下山，她走到一个小凉亭的旁边在等我。"走吧。"她说，"没有想象的那么好，也就是光秃秃的野山。"

她这话不对。可我试图委婉地提醒艾莉的时候她已经绕下了台阶，进入一片葱郁的树木之间。我从伸展着的树枝上摘下两片叶子，竟然有一股淡淡的苦味从折断处渗出来。丢掉树叶，我再次追上她。

"你不准备再……"

"嗯。"

那个可怕的冲动把我预想的美妙旅行毁了。看上去，她没有了兴致，她的兴致已经被我们刚刚的冲动给吓到了——其实，我的兴致也近乎是全无。走下山来，我们两个在停车场一侧的长椅上坐下，她倚向我，把头枕在我的腿上——我们漫无目的地注视着时间的变化，它的动与不动，迅速的和缓慢的，以及它所蕴含的无聊、空洞、混乱和小小的惊怵。我们注视着前面，虽然前面并不是注视的目的，至于目的……那个可怕的冲动把我预想的美妙旅行毁了，即使我注视的是前面，是车流和树影，然而我的脑海里一遍遍回想的还是她说出"撞他"的那个瞬间和之后的那些瞬间，它们就像碎落在地上的玻璃碎片。

"你在想什么？"艾莉问我。

"没有。"我试图掩饰，"我没想。什么也没有想。"

"我倒是在想。他也许就不是个好人——你看他的胳膊。音响开得那么响。你听到他放的歌了吗？"

"没注意。反正是广场舞的那种。后来就停了。"

"他摔出去了，音乐就停了。音响跟着摔碎了。"

"不是，我觉得不是——那会儿他的音乐早停了，是换到下一首的间歇。我听到节奏和前面的不同，虽然只有……"

"根本没停。白色奥迪撞到他的时候音乐还没有停，直到电动车撞到树干上都没有停，它是在翻转过来之后停的！我记得比你清楚！"

"你之前说是一辆蓝色的奥迪。"

"蓝色奥迪和白色奥迪——颜色很重要吗？监控看不出来吗？我们为什么要为这个争执？你想想，我们为什么要为这个争执？"

"好吧，我不想再讨论这个话题。我不想争执。"

"我也不想。"艾莉突然坐起来，"就到这里吧。我想，应该回去了。"

载着艾莉，紧紧握住方向盘，不知道为什么我的心跳得厉害，竟然有些紧张。行驶到二环，那时天色已经渐暗，远处的高楼已被吞没在黄昏里，只有模糊的轮廓和它直直的边缘。"你为什么非要和我争执？"艾莉突然地抛出一句。

"我没想和你争执。"我说，"我只是说那辆奥迪的颜色……"

"你就是想了，你就是要和我争执！"艾莉冲着车窗嚷道，"发生了这么大的事儿，你就不想哄一哄我？你也不想想，我怎么会和你爬山？我怎么会……"

我说："是啊是啊，我是不对，是我没有做好。车祸虽然与我们关系不大，但它就在我们眼前发生，所以我就一直……""我们不说这个了，求求你，不要再提了！"艾莉再次冲着车窗嚷道。她的叫嚷应当是传到了外面，右侧一辆朗逸的女司机侧过头来朝着我们的方向看了好几眼。"好吧，我们不提。其实我也不想提。"我说，我给你讲个故事吧。故事是这样的：从前有座山，山上有座庙。庙里住着一个老和尚和一个小和尚。老和尚反复教育小和尚，僧人不能近女色，不能这，不能那……小和尚自然信服，记在了心里。一日，老和尚带小和尚去化缘，路过一处水流湍急的地方，一个女人站在河的这边急得团团转，就是不敢过河。老和尚见了，就和那个女人说了几句，将女人抱过了河去。化缘的路上，小和尚一直心事重重，老和尚就问，你怎么啦？小和尚开始吞吞吐吐，后来在老和尚的追问下终于说出：师父，你不是说我们僧人不能近女色吗？这不是我们禁规中的一条吗？可你，为什么就违反了，把那个女人抱在怀里……老和尚伸出手指重重地敲了一下小和尚的脑壳：过了河，我就把女人放下了，没想到你竟然一直都在抱着啊！

说完，我看了看艾莉。

"又不是一码事儿。"她说，"我不想回家。我害怕。"

"那，我们……"

"反正我不想回家。现在我的脑子里……全是那个人。"顿了顿，艾莉突然抓住我的手，"我们应当报警，我们不应该不管不顾地就……"

"奥迪司机已经报警了。我看到，周围许多人都在……"我握了握艾莉的手，她的手背比手心还要凉，"他们都在打电话报警。即便我们报警，怕是电话都打不进去。"

"可是，我们什么也没做。我还让你快走。"

"那时候，我也是慌乱，当时并没听清你说什么。"

"你听清了。我知道你听清了。"

…………

"要不，"艾莉转过眼睛，盯着我的脸，"要不，我们回去看看……"

我抚摸了一下她的脸："艾莉，一下午的时间，现场早就处理干净了，我们现在过去也看不到任何的痕迹。我们不去看了，没必要。一点儿必要都没有。"

"你说，他会不会……"

"应当不会，他是先摔倒了然后奥迪才撞到的，在撞到他之前奥迪已经刹车，只是出于惯性……他有可能摔断了骨头，但不至于有什么大危险。我们不提它了好不好？"

"不是你先提的吗？"艾莉转向路灯亮起的窗外，"你把车灯打开。咱们走吧。"

"去哪儿？"

"随便。我害怕。我不想一个人待在房间里。"

我抱紧了艾莉，吻了她。她湿漉漉的，仿佛全身都在渗透着水汽，而且是一直在向外渗着。"就开着灯吧。"她对我说，然后用她的手臂缠住我的脖子。

她有些不自然。我知道她在抵御什么，我也是。即使在这样的时刻，我的脑子里还是不时地出现那些玻璃一样的碎片。那个可怕的冲动把我预想的美妙旅行毁了——我又想起自己在爬山时候想到的，虽然我用更大的力气将这个念头驱逐了出去。

我抱紧了艾莉。我知道她并没有睡着，尽管她眼睛始终闭着，一副早已游在梦乡里的样子，一副灵魂沉睡而身体也跟着一起沉睡的样子。卫生间里突然有一阵水流的声响，应当是花洒积存的水骤然泻下。艾莉转了下身，她的眼睛还是闭着的，侧灯的光打在她的脸上，我看到竟然有泪水在恍然地涌出。

伸出手，我试图为她擦去，但她已经伸出手来抓住我的手，纠缠着。"我实在是……我脑子里全是那个场景。"她的眼睛依然闭着，可呼吸有了变化。

"你不用想。"我说，我觉得自己的声音是那么的苍白，"已经过去了。事情早已得到了处理，应当，我开车走的时候甚至已经听到了警车的笛声——也许是救护车，反正我听到了。用不了多久，他就又会生龙活虎，又会成为一个流氓无赖。"

"他就是一个流氓。若不然，他怎么会有那种文身，一条胳膊都是青黑的。若不然，他怎么在路上开那么大的音响，把马路都震得发颤。他是一个自私的人，他只顾着自己，说不定已经做过不少的坏事儿，已经有几次被警察抓到局子里去……"艾莉不停说着，她依然闭着眼，将她的身体蜷缩在我的臂弯，"我看见了，我们没有碰到他，你早就刹车了，你就是想吓唬他一下，谁让他平时总是喜欢吓唬别人。他这样的人渣，就应当……可他那么不禁吓。"

艾莉的眼泪又流出来了："就是一个人渣！你说，是不是？别人怎么不那样？他非要骑到路中间，觉得没有人敢撞他……他不是能吗，不是勇敢吗，可为啥就怕了，可为啥就怕得要死——你看他屁滚尿流的样子！想想就让人恶心！"

她的乳房在轻微地鼓胀。我抚摸着她的头发、脖颈："亲爱的，别再想这事儿了。反正，人不是我们撞到的，这一点儿我可以确定，我已经反复地检查了自己的车。就是轻微的碰撞也是会留下痕迹的，可是，我们的车上没有。"

"嗯，你说过，这事儿和我们没有关系，一点儿责任也没有——有责任的是他自己和没有刹住车的白色奥迪。我只是奇怪他怎么会突然地摔倒……地面并不滑啊，也没有石子。你听见他放的是什么音乐没有？那么响，我觉得都超过了噪声的分贝……"

"我当时专心地开车，没注意到他的车播放的是什么。只是觉得太响了，有些吵。看他突然摔出去的样子，可能是轧上了石子——石子可能很小，我们没有注意到——谁会去注意它呢？可因为车辆的速度，它的杀伤力就显出来了。"

"谁让他开那么快！"

"就是，"我说，"艾莉，我们不要再想这件事儿了。生活中一直充满了意外，如果我们要把所有的意外都放在自己心上，会把自己累死的。亲爱的，启动我们的遗忘功能，一二三，把它忘掉吧！"

"好的。我们一起忘掉。你再喊一遍一二三。"她的肌体突然活起来，"你再喊。郑重点儿！"

那一夜，纠缠和逃避黏合在一起，还有一些说不清的东西。我和艾莉一遍遍地回到起点，一遍遍地重复谈起那个倒在地上的人，他的狂噪音响和疾驶而来的蓝色奥迪。后来，我们把奥迪车的颜色固定在深蓝色上，但另外的东西却在一点点地偏离——"睡吧，我们睡吧。现在……天都快亮了。"

"好的。你先睡。我要看着你睡。"

我已经实在困倦。严重的倦意就像是蚕茧，一层层地将我包裹在里面，甚至有些窒息，只要一个小小的瞬间，大脑的短路就让我骤然下沉，沉到了可怕的梦境之中。在梦中，我路过一片花海，那些花只有黑白两色，只有一两朵是彩色的，然而并不炫目。我走着，不知道为什么就变成了开车，风驰电掣，它的速度就像是电脑游戏中的赛车速度，我踩下刹车竟然根本控制不住它。前面有个人影。我试图打方向盘绕过去，可我耳边突然响起一个响亮而尖锐的声音：撞他！

"你做噩梦了吧？"艾莉推醒我，在微弱的灯光下，她的脸显得陌生，我竟然在最初的那个瞬间未能认出她来，"你是不是梦见了……车祸？"

那时候，困倦还狠狠地压在我的身上，我的整个大脑都是木的。

"你说，我们的确没有碰到他，他的摔倒……和我们没有半点关系？"

"我们说了一千遍了，我没有撞上他。我也检查过，我们不再纠缠这个了好不好？"我的声音里多少带出了些怨气。实在太困倦了。

"是我纠缠，是我的责任吗？"艾莉变出一副我更为陌生的脸色，"要是你不那么冲动，不开那么快的车……"

"是你要我撞的。"一个晚上我一直在躲避着这个话，可它还是……

"你！"艾莉突然直起身子，"我就知道，我就知道你会指责我！你心里一直认定是我的责任！这样，你就没有半点儿愧疚了是吧！怪不得你能睡得这么没心没肺！是啊，是我叫你撞的，是我……"她抽泣起来，双手捂着自己的脸，我不知道该怎么安慰她。

"我，我不是那个意思……"我喃喃地说着，困倦似乎已经减少了一半儿。

"我把自己给你，可你，就不想负责任，就想着有事儿的时候推给我……"艾莉的哭泣让我难受，但我实在不知道该怎么安慰她。"我真不是那个意思……"我只得继续喃喃地说。

她抬着一只脚，踩到我的肚皮上。

"现在，我要你去死……"

传　灯

斯继东①

1

　　翁雁，来禀皆收悉。各人之钱亦照付，报未有遗失。家中诸人均平顺。唯生物高涨，维持绝拮据。予收入因高物价大受困难。二哥每月补贴四五十万元，终不够开支。绍地米价每石六十八万元，皂每半块一万五千元，菜一千八百元一斤，鸭子每个一千五百元，麻油每斤一万九千六百元。阿赖胃口已好，要抱不肯停坐，人极乖。汝一切要谨慎。父字。十月卅日。

　　博物馆的展都去看了吧？有留心到那封手札吗——就是徐生翁写给儿子翁雁，抱怨绍地物价飞涨，什么米价每石六十八万元、皂每半块一万五千元那封？

　　札末有一句："阿赖胃口已好，要抱不肯停坐，人极乖。"

　　那个"阿赖"就是我。

　　翁雁是我爹爹。我的叔叔伯伯都叫我爹爹老四，其实严格说我爹爹行五。老四是从我娘娘那儿排的，如果从我爷爷那儿排的话我爹爹就得是老

①　**斯继东**　1973 年生于浙江嵊州，曾获郁达夫小说奖、林斤澜短篇小说奖、十月文学奖、华语青年作家奖，结集出版有《白牙》《你为何心虚》《今夜无人入眠》等，现为《野草》杂志主编，绍兴市作协主席。

五。为什么？因为在我娘娘肩上，我爷爷还有一个大娘娘。大娘娘是在我爷爷三十岁那年病故的，据说是发痧不治——是啊，那年头好像什么病都能索人的命。老店王拢总七子三女，大娘娘留下一儿一女，另外六个儿子两个女儿是我娘娘生的。

我爷爷生于光绪元年，光绪元年就是一八七五年，鉴湖女侠秋瑾生于这一年，那个做过状元夫人的赛金花好像也生于这一年，如果我没记错的话——我早些年看过她的传记。但她们都比我爷爷小，我爷爷的生日是正月初一——比生日哪个大得过伊？老店王死于一九六四年，阳寿八十九岁——绍兴人说"九难过"嘛，那一年我十六岁。

对，我跟我爷爷一道生活了十六年，我是看着伊过背的。我爹爹那时在上海货物税局谋差，但家眷却一塌括子都留在老家。

爷爷晚年一直住在这里。对对，这地方就是老店王润格上署的"东郭孟家桥三十六号"。门牌号码调龙灯样换，地方还是这地方。那时属城郊，极为偏僻。后来城市像摊大饼越摊越大，原先白墙黑瓦的平房大多都被拆了，只保留下东边这么几间。西边本来有一爿早竹园，还有个弄堂，现在都建了楼房。后司门的河倒还是那条河，埠头和踏道也还大体保留着原先的样貌。

因为地势低，加上毗邻竹园，书房时不时有老鼠出没，老店王就养了只大花猫。饭时，我时常看见伊从自己碗里小心翼翼拨出一些饭菜来饲猫。

这屋里已经没什么旧物了。噢对，这眠床是伊困过的。夏天青草蚊子多，床架上会搭个青纱帐。喏，那张照片也是旧物。那时候摄影已勿稀奇，但老店王好像不喜欢拍照，一辈子就留下了这一张半身照，现在在各处在用的全都是这一张母本翻印的。爷爷属猪，可整天虎着一张脸——照我们绍兴话讲，是很"威势"。他极少笑，我基本没见过伊笑，孙辈们聊起来似乎都想象勿出伊笑的样子。你们看看——是不是板着脸，好像谁都亏欠伊似的？

爷爷极少出门做嬉客。他总是把自己关在房间里，不是看书，就是写字。明明整日宅家，却从来不帮娘娘做家务，百事不管，眼鼻头底下扫帚倒了也勿晓得扶一扶。老店王还时常深更半夜勿困。据我娘娘讲，落雪天公早起，道地屋顶都积起尺把厚的雪，爷爷的房顶却总有一个勿积雪的"坑"——那底下是他放灯烛的地方。"灯油那么贵，老死尸就勿晓得日里写？"讲到这里，我娘娘总要骂上一句。

爷爷偶尔会从房间出来踱步，也不走远，就在家门口转转，立到河埠头呆望望，或者冷眼看我们在竹园里拔草、挖笋，玩游戏，嬉笑打闹。小猢狲哪怕闹得沸反盈天，他也从不出声帮腔。

2

行草书，六尺屏四十元，联十元；五尺屏三十二元，联八元；四尺屏二十四元，联六元；屏以四条计，三尺屏同四尺横，直，整幅，视屏减半，六尺以上暨长联，来句另议。纨折扇四元。右行数难限，大小随书，如界丝格作楷者另议，泥金笺另议。冷金笺、绢倍之。堂匾、斋匾另议。篆、古隶真倍之。金石刻辞卷册署另议。竹、木、葩、卉画视行草书倍之。润资先惠，劣纸不书，立促不应。丙寅春三月，寓浙江绍兴东郭孟家桥三十六号。

　　　　　　　　　　　　　　　　　　——李生翁书画润格

那个润格是我娘娘逼着我爷爷立的。

你们见过那润格吗？写得真是夹缠。行草书是一个价，篆隶真翻倍，画又是另一个价，尺幅三至六尺不等，形式屏联横直不同，匾笺扇面另议，金石刻辞卷册署又是各种另议，来句再是一个另议。

有必要定得那么啰里啰唆吗？你看现时的书法家多干脆：六千一平尺。一万一平尺。哪来那么多废话？

我娘娘为什么要逼伊立润格？因为我爷爷他老人家脸皮薄，时常干些"倒贴"的行事。明明非亲非故，一府两县，拐上三个弯，凭谁都能跟你拉扯上关系。斯文人碰上木脸皮，客气当福气。人家求字画，侬勿收铜钿，便等于倒贴纸墨——这不是"倒贴"吗？可一家老小十几号，就等着他鬻书卖画济口度日呢，日长夕久，如何使得？我娘娘于是对爷爷出恶声了："人家和尚讲随缘乐助，那是供的泥菩萨，侬也讲随缘乐助，侬把家里十几号活口都当泥塑木雕啊？"

我娘娘其实也是大户人家出身，祖上点过翰林，后来家道中落，加上父母走得早，勿得已续弦给穷书生，真是活唧唧神仙落了凡尘。

价格拟好了，爷爷提笔加一句——"润资先惠"，娘娘点点头。

爷爷蘸墨再添一句——"劣纸不书，立促不应"。

娘娘摇摇头，叹了口气。

我娘娘叹什么气？"画蛇还要添足，那是读书人自己给自己留颜面。"我爹爹答我。

自此，老店王的书房里就多了这份用四号字印制的润格。

来了人客，我娘娘笑盈盈地进去敬茶。看见这一张热脸的同时，来客也便带眼瞧见了背后那一张冷面孔的润格。

3

> 戊寅小春月朔，贺公培心，暨松泉、秋农、生翁、雪侯、红茶、荔丞、鸿梁、沄簃、印西雅集春水闲鸥馆，内子雪清出肥螯旧醑饷客，酒酣，处德以素笺索画兰蕙，宾主九人合作是帧，良可宝也，为之记。
>
> ——张天汉《九友图》跋

关于戊寅年春头的这次雅集，来我这儿坐的人都会聊到。一般都称之为小云栖寺雅集，但其实张天汉的跋文中只有"雅集春水闲鸥馆"一句，并未提到小云栖寺。照此理解的话，春水闲鸥馆应该就在小云栖寺内。但另有书家却言之凿凿，春水闲鸥馆是张天汉的室号，当然在八字桥张家台门。

提起八字桥张家台门，绍兴人无人勿晓。绍兴是座水城，城内外河道星罗棋布，出门都须以船代步。一般人家出门就是普通的乌篷船，本地叫脚划船，讲究点的便得是三明瓦的画舫。据我娘娘讲，当时整个绍兴城豪华画舫只有三艘——下大路许家、南街姚家和八字桥张家。这其中名头最大的就是张天汉家的那艘"烟波画舫"。民国六年，孙中山来绍兴考察，说绍兴"三多"，什么石牌坊多、坟墓多、粪缸多，坐的就是"烟波画舫"。民国二十五年，浙江省主席黄绍竑受贺扬灵之邀来绍公祭大禹，坐的也是"烟波画舫"。这画舫的名称也有来历。张天汉自称张岱后人，而据他考证，张志和又是张岱先人。先人的先人张志和自号"烟波钓徒"，于是后辈的后辈张天汉就借了名。

"烟波画舫"平时极少闲在八字桥下，因为三日两头张天汉就会邀书家画友荡舟于耶溪鉴水之间，喝酒赋诗，挥毫泼墨。据我爹爹讲，我娘娘找勿到老店王，便会骂："乌大菱壳总是余到一起，老死尸又去烟波画舫鬼混了。"

小云栖寺雅集其实也就是一次家常的小聚，但因为留下了一幅画，张天汉还仿效兰亭雅集题了个跋，日历被定了格，流水宴也便传了下来。

　　但是，雅集也好鬼混也好，说来说去好像跟小云栖寺没有半点关系啊？你们说，会勿会张天汉的春水闲鸥馆就设在烟波画舫里，而凑巧那一次画舫就泊在小云栖寺门口呢？

　　那幅《九友图》倒确实有点意思。惯常书画家合作都是各施其长，你画块石头，我添点花卉，他再题个款，相映成趣，所谓珠联璧合。《九友图》上却一式都是兰，而且是各画各兰，不顾不盼。我估计都是老酒喝得稀里糊涂了。不合常理的还有：参加聚会明明有十三人，除去"出肥螯旧醅饷客"的雪清和"以素笺索画"的处德是小辈外，尚有同好十一人，怎么就被署成了"九友"？《九友图》现藏于我爷爷的弟子沈先生处，他极少示人，我有幸见过，沈松泉和朱秋农只见其名，其余九人捉笔，因贺扬灵只写了叶，由印西和尚补花，共成兰蕙八株。座中诸君皆为越中名流，但其中有一个叫沄簃的，名字陌生，我问了不少书画圈高人，居然都话勿出。

　　小云栖寺雅集的时间是一九三八年春。三年后，日寇侵入绍兴城，我爷爷和朋友们的好日子就此结束了。在是年的一次空袭中，烟波画舫被炸得八码粉碎。应该也是在同一年，我爷爷不明不白失了他的四子翁旦，连尸首也没下落。

　　贺扬灵撤离绍兴时是邀过我爷爷的，让他随同去西天目避祸。可一家老小十数口，是管自己跑，还是携家带口走啊？爷爷选择了留下——"不管谁当朝，平头百姓么总还是过自己的小日子"。但爷爷想错了。日本人占了城，自然需要找个有头有脸的本地乡绅出来维持秩序。稍有点脑子的人都晓得，这活儿接勿得。三十六计，走为上计。名单打头的王子余，早两天就躲到了张墅沈复生家，据说金汤侯在寿材里断吃断喝躺了三天，朱仲华也一声勿响藏了起来。名单再排下来排到了商会会长冯虚舟。冯虚舟也想逃，脚划船出南渡桥时却被鬼子截住，于是就成了维持会会长，再后来又做了绍兴县伪县长。有市面灵的朋友还讲，特务班长长岛最喜欢书画，这下真把爷爷吓着了。城里没法待，去哪呢？爷爷就想到了西郭门外的小云栖寺。住持印西也随贺扬灵去了西天目，看寺的小和尚倒是认得写寺匾的老先生。栖身之处有了，可是总不能十几口人天天随僧食粥吧？乱世惶惶，书画是换勿成盐米了。亏得小和尚机灵，不久就从寺庙老施主那里给接了裱褙锡纸、糊火柴盒的活计，于是老少上阵，每日借此换米，再自种些菜蔬挨日。慢慢地朋友们也知道了音信，王贶甫、金汤侯等殷实户时勿时会着人来求点字索张画，所谓的"求字索画"其实就是接济——命都勿保了,谁还有原先那份闲情逸致啊?

4

> 旧时屡过绍兴开元寺,激赏翁三字题榜,峻健开嚣,想见早年功力。晚年短札随手写记,拙而不娇,望之类敦煌碎纸,难得。
>
> ——沙孟海

我幼小印象最深的事是陪爷爷去东街理发。爷爷平日勿出门,要出门的话便是去东街理发,定煞数每月一次。好像每次都是走着去的——自孟家桥朝西,过东昌坊口到大云桥,再沿大街笔直朝北,至东街口再右折。听我这么一说,即使你们外地客,也知道是绕了远路。去理发为什么要带上两个小猢狲?现在想想,应该是老店王借机给我们做趟嬉客吧。

那一日老店王的兴致总是很高,平时端着的"威势"好像也放下了。一路走走停停、游游荡荡,他会絮絮叨叨给我们讲这个城市的逸事野史,卧薪尝胆的越王勾践,"飞鸟尽,良弓藏"的范蠡文种,王羲之的题扇桥、躲婆弄,徐文长的"山阴勿收,会稽勿管",姚长子化人坛灭倭,刘宗周水心庵绝食,张岱夜航船伸脚,还有"泥马渡康王"的故事,"王城寺里的和尚——去了大半"的典故。大多当时都似懂非懂,唯有徐文长的故事听着发屩,后来祖孙再出门一路就都是徐文长长徐文长短了。在绍兴人嘴里,徐文长的故事是讲勿完的。他们其实更欢喜把徐文长称作徐老三,什么恶作剧——反正只要侬想得出,都可以挂靠到伊头上。

东街西首自大街到大坊口那一截,以前一直是绍兴城最热闹的地段。邮局、医院、真主教堂皆集中于此,其间店铺鳞次栉比,沿街是各式摊贩,我爷爷光顾的人民理发店就夹在中间。

爷爷理光头,推子推一推,剃刀再刮一刮,花不了多少工夫。但人民理发店生意好,常常得等,一等就是半日。

蹲在街沿,爷爷跟我说,解放以前这里一直叫开元寺前。开元寺在哪?爷爷用手指指人民医院。开元寺一度是绍兴城香火最旺的寺庙,寺内塑有罗汉伍佰,一到正月初一,城里老老小小都会到开元寺来数罗汉。左脚先进左边数起,右脚迈进右首数起,按岁数数到的那个罗汉就代表了你的年运。爷爷又告诉我，开元寺的寺额就是他写的，三个榜字，字大盈丈。"盈丈"是多大，有白篮那么大吗？大得多。这就有点难以想象了。开元寺毁于抗战期间，爷爷比白篮还要大得多的匾额，我自然也就见勿着了。

老店王三十岁开始在本地有书名，之后给许多地方题过匾额，但留存下来的很少。香炉峰禹穴后壁尚有半卷心经，你们有兴趣可以去看看。据沈先生讲，当时是香炉峰了了和尚请我爷爷写大字心经，拟刻于禹穴后侧摩崖。刻至半途，我爷爷去观瞻，连连摇头，说是刻工失真，须翻倒重来。了了和尚却面有难色，大约是铜钿银子不济。很快抗战事起，此事便半途而废。石刻自"般若波罗蜜多"起，至"无挂碍无"止，存一百四十四字。我啊，我勿会写字，只会看看，我们子孙辈没有一个是吃书法米饭的。提到学书法，老店王总是反对，说写字太苦。七子三女中，最有天分的是翁旦，爷爷大概是想托以衣钵的，却偏偏走得最早。据说抗战胜利后，爷爷曾专门邀请文茂山房刻师王宝贤、王伯超等人前往禹庙，在《唐往生碑》上补镌"丁丑浴佛日生翁偕四子翁旦同观"字句，念念至此，可见其不舍。

相比爷爷的字，那时更吸引我的却是满街的行贩。内中有个卖甜酒酿的水泉矮子，最是勾魂。别看伊人矮，嗓门却高——"哎——水泉的甜酒酿来大哉——"癞子多花头，其兜揽顾客的方式也稀刁，甜酒酿装在两只特制的木桶里，水泉用白粉笔在木桶盖上写着几排字，谁要认得出就能白吃一碗甜酒酿。第一次我挤进去看西洋镜，那时我已识得勿少字，但桶盖上的粉笔字看半天却一个也念勿出。边上的人东猜西想，也都不对。老店王理完发出来，我弟弟搬救兵，拉了伊来认。爷爷从头至尾扫一遍，一声不响退出人堆。我和弟弟都非常失望，连小贩写的字都勿识得，你还威势什么啊？归到家后，老头子破例把我俩喊到了书房。"那些字我都识得，但我识得勿等于你们识得。""你们来看——"在一本厚沓沓的书里，爷爷把桶盖上的字一个一个找了出来。"天下只有写勿出的字，无有认勿得的字——想吃免费的甜酒酿，那得靠自己的本事。"爷爷拿在手里的那本厚沓沓的书，就是《康熙字典》。爷爷出身贫寒，父亲早卒，只在十岁时上过勿到一年的私塾，此后就是靠这一本《康熙字典》识字断文起家，后来专攻书画，也全靠自己摸索钻研。

免费的甜酒酿我和弟弟一直没吃到，因为水泉矮子桶盖上的字总是在换，但我却因此识得了勿少的生僻字，还无师自通地学会了反切法。

5

> 李徐亦布衣，当代绍兴人，年六十余矣，非贵显，亦不往来贵
> 显者之门，又远离沪上书家之互相标榜，其书名仅绍兴人知之，而
> 绍兴人亦鲜有知书之精湛在沈康吴之上，而其博大雍容且在邓石如
> 之上者。
>
> ——胡兰成

爷爷一辈子偏安一隅，足不出绍兴。唯一的例外可能就是四十六岁时的淳安之行。

关于这次远足，爷爷一直闭口不谈。其间发生了什么没人晓得。娘娘知道的也就是"族人相邀，回原籍看看"一句。爷爷的爷爷辈自淳安迁至绍兴檀渎村，所以淳安算是爷爷的原籍。归来之后，爷爷倒是写了几首诗，极见文采。我读过勿少遍，都能背了。你们且听听——"逆水行舟听楫师，朝朝那有顺风吹。溟濛细雨富春路，贪看桃花不厌迟。"——这首题为《富春江行》。"湿云初散雨犹蒙，隐隐轻雷隔断虹。舴艋不掀风浪静，夕阳如茜染江红。"——这首叫《江上晚霁》。"轻寒抱袖雨余风，独立湖堤夕照中。仿佛宋人团扇画，水天如醉柳花红。"——这一首名《夕照》。后来，他还为朋友章天觉的"翟琴峰山水画卷"题过诗——"野风发发水沄沄，江上人家冷夕曛。如此波光不荡桨，朝朝闲煞白鸥群。"那诗境应该也来自此前的淳安之行。勿是我自道好——你们能想象这些诗是一个只读过勿到一年私塾的人写出来的吗？出去走走多好，开开眼，发发兴。整天克蛇龟一样蛰在屋里干吗啊，真是懂勿着老头子。

大概是在六十五岁那年，爷爷忽然提出了改姓。此前爷爷一直姓李，他早年的落款是李徐，中年为李生翁，晚年伊决定"复姓为徐"。意思是伊本该姓徐。那他又是怎么从徐姓变成李姓的呢？一种说法是他出生后即寄养于别家，这户人家姓李；另一种说法是其父——也就是我的曾祖——幼小时曾寄养于外婆家，就随了外公的姓。孰真孰假反正现在已成了糊涂官司。

姓了大半辈子的姓要改，我娘娘第一个反对，半路杀出个徐生翁，谁认识啊，这不自断财路吗？直骂老头子是"发昏"。书友们也都劝阻，成名成家后改姓，总归是件犯忌的事。爷爷却一意孤行，说改便改。后来在给朋友的

信中，爷爷写道"今已复姓为徐，留不久，死无憾矣"。在旁人看来说改便改的事，也许于爷爷却是深思熟虑的结果。而最早触发他动这个念头的，我猜应该就是二十年前的淳安之行——虽然我并勿知道淳安之行发生了什么。也许，还跟他的父祖辈有关。至于怎么个有关法我就不晓得了。我只知道，他的爷爷是檀渎村种田的赤脚农民，他的父亲后来进了城，在一家商店做文牍，但在爷爷十多岁时便故去了。

爷爷的"复姓为徐"倒是给后来的研究者提供了便利。大家很自然地以落款将其作品划成了早中晚三个阶段，你们都看到了——这次博物馆的展就是这样布的：李徐时代，李生翁时代，徐生翁时代。

6

> 红茶仁兄，数年不晤，辱书。得悉敉定多豫，深慰驰系。生翁百忧薰心，日为饥饿挣扎，精力益颓，唯书画差有进境耳。属作画册二叶，意颇自好，足下能许颉颃汉人否？函达赐复，不宣。弟徐生翁上复。六月廿四日。画册二附。

爷爷的书名被更多人晓得，应该是在二十世纪八十年代中后期，那时他已过背二十多年。当时社会上有一股书法热，大气候又提倡创新，于是一批隐而不显的书画界人士文物样被挖了出来。

爷爷作为"丑书"代表，由隐到显重出江湖，中间起关键作用的人是他的弟子沈先生。沈先生后来成了隶书大家，记者去采访，他总是讲：你们别写我，写写我的老师徐生翁吧。但是徐生翁是谁啊——记者都闻所未闻。七老八十的沈先生就自己捉了笔写，叙师生机缘情谊，论老师书风为人，写完再投稿给书法报刊。此外他还广罗材料，收集整理作品，撰写生翁年谱，自印生翁事略，各种场合不遗余力推介其师。

爷爷一辈子就收了这么一个弟子。以他当时在绍兴的名声，想拜入山门的人自然很多，但他都一一拒绝。据说这中间就有贺扬灵的夫人林太太，贺扬灵当时是绍兴的县长，两人又有私交，这面子换谁都不能不给，我爷爷也真是做得出，偏生就没松口。他后来谢绝贺的西天目之邀，很难说跟此事没有关系。收沈先生时，爷爷已届耄耋之年，首次授徒，一时传为佳话。按沈先生的说法："我六岁即受先生嘉勉，时隔二十多年，才执弟子礼。"

爷爷为什么不收弟子呢？这个问题好像从来没人深究。书画圈历来是讲究师承的，所谓师出有门，否则就会被视为野路子。而我的爷爷似乎就是野路子，他一辈子都没拜过师。以我的理解，可能我爷爷骨子里是不相信书法可以教的。要说师，无碑无帖不是师，谁都可以学，万事万物皆为师，何用得上拜？至于学勿学得到，最后能修炼到哪个份上，那就要看各人的悟性和造化了。舍姆娘靠自健，别人是帮勿上多少忙的。

爷爷曾经在文章中写道："我从小爱好书画，但家无藏弄，乏师友为之指导。今兹略有所获，多靠自己钻研得来。"

爷爷早年习颜。家里买勿起纸，便每日以废纸旧簿本临习。沈先生的年谱中说，爷爷"曾用端正的颜字为家中新置板桌书写年月及名号"，那张四仙桌我确实是看到过的。据说我曾祖当时极为开心，期望儿子长大后写字能像翁同龢一样有名。翁同龢是谁啊，人家可是当朝宰相，皇帝的老师，我曾祖真是异想天开。

要说老师，罗振玉、王国维编的《流沙坠简》可能才是我爷爷这辈子最要紧的老师。这本被称作解读汉简开山之作的书，是我爷爷四十六岁生日时张天汉送他的。书中这些墨迹的敦煌汉简，真是让爷爷开了天眼。你们想啊，之前的汉代书法都是碑，写的人和看的人中间插了个来路勿明的刻工，现在碑刻变为墨迹，你居然可以跟千年前的汉代人面对面了，这种感觉得有多神奇啊？要我看，爷爷的书风真正脱胎换骨就是从接触《流沙坠简》开始的，他后期的书法写得东倒西歪，外行人都看勿懂，被戏称为"孩儿体"。那种生拙、古朴和天真，当是胎息于敦煌汉简。那段时间他给好朋友沈红茶写信，说："生翁百忧薰心，日为饥饿挣扎，精力益颓——"又说，"唯书画差有进境耳。属作画册二叶，意颇自好，足下能许颉颃汉人否？"想跟汉代的人掰掰手腕，论论短长，应该是他在朋友面前心境的自然流露吧？

说了不收徒子徒孙的，可执拗的爷爷怎么又会在暮年破戒呢？

沈先生立雪徐门的想法由来已久。但是想法归想法，沈先生一直不敢明言。出口的话，就是泼出去的水。一旦我爷爷拒绝，活棋便生生下死了。后来代为出面的是王觊甫、朱仲华、陶冶公"三驾马车"。据沈先生自己的说法，这三位老前辈去之前也是瞒着他的，他们心里也没底，独怕碰壁。后来事情办成了，才兴冲冲跑到学校告知他。爷爷在圈子里是出了名的"硬头颈""劝勿进"，这三位老先生到底讲了些什么话，让他突然转了念头？

说是师父徒弟，沈先生的字倒是跟我爷爷一点勿像。这话沙孟海也讲过，他说："上海有个王蘧常，写的字不像他老师沈寐叟。会稽沈定庵师从徐生翁，作品亦难见生翁的痕迹。"

7

我学书画，不欲专从碑帖古画中寻求资粮，笔法材料多数还是从各种事物中若木工之运斤，泥水工之垩壁，石工之锤石，或诗歌、音乐及自然间一切动静物中取得之。有人问我学何种碑帖图画，我无以举拟。其实我习涂抹数十年，皆自造意，未尝师过一人，宗过一家。我的书画以欲自造，故不做临摹工夫，有时也走入歧途，乃至自觉不知已费去多少年月，迄今尚未有艾。我的书画要避免取巧，要笔少而意足，又要出诸自然，所以有时作一帧画，写一幅字，要换上多少纸，若冶金之一铸而就者极罕。因此我的书画不能多作，人讥笨伯，我亦首肯。我学书画，始终在学造我的书画，能否达到：鹄的是一。

——徐生翁

沈先生曾经跟记者讲过一桩事情。抗战胜利第二年，他从湛江孑然一身逃难回到绍兴，特意带了两幅作品去看望我爷爷，这两幅作品是早年我爷爷送给他父亲华山先生的。颠沛流离中，凡百身外之物都散失，一家七口也独余其一人，这两幅字画能留下实在要算大头天话。展开来看，我爷爷却说勿好勿好——我给你换。沈先生内心万般不舍，在他，这两幅字画已不单是字画，而是劫后余生的一点念想。但作为小辈又勿好拂老人的意，最终自然只能放落字画，怏怏而归。等到下次再去，我爷爷果真给了他两幅新作：一张画的梅，另一张写的是陶渊明那首"种豆南山下"。

那收回的旧的两幅呢？烧了。

烧了？烧了。

爷爷大半辈子累于家室，我后来读到他寄至上海的信，仿佛秦桧召岳飞的十二道金牌，每一封都在催逼：三哥吉期临近聘礼待办，弟妹学费要缴，小妹牙痛得看，七弟学校要做大衣要买英文书，各式人情世故皆大于债，而物价总在涨，已接力的二哥六弟预支了薪水，却总还是不够开销。

到得晚年，子女都有了出路，自己被省文史馆聘为馆员，每月可领津贴六十元，节头年尾统战部还会送上几块慰问金。总算再也勿用为生计忧心了，爷爷却像是入了魔怔。

按我娘娘的说法，老东西是前世作孽，越老越"变死"。借口耳聋，闭门杜客，连家人也不理不睬。年岁大了耳聋最正常，我娘娘却说老死尸是装的。想耳根清净时，铜锣震天也听勿到，要紧关头——侬讲伊一句闲话试试——耳朵煞骨洞亮。整日关在房间里，说是写字，却"写了撕，撕了写"，仿佛跟纸墨结上了仇。我娘娘次日一早进去，总是满地狼藉。老东西最是见勿得自己的字画，遇上了挖骨脑髓都想要归来，要归来干吗，毁尸灭迹——不是撕毁就是烧掉。那些年家里人时常能看见他蹲在堂前一只破搪瓷脸盆面前烧，乌面灶司的，没人劝得进。

老店王怎么入的魔？要我看，应该就是从"复姓为徐"起头的。以前与朋友品书论画，老店王总是讲"出处"、究"来历"。舌头没骨头，涂抹数十年，忽然话锋一转，说是"熟易生难，巧易拙难"，要"自造"，要"笔笔脱尽碑帖"。爷爷给朋友写信："吾姓固是徐，岂可久假？"又说："吾书吾自乐耳，讵必人知？"现在回过头再看，这两句话其实是一句话。

剔骨还父、割肉归母——晚年的爷爷总让我想到《封神榜》里那个六亲勿认的混世哪吒。

那段时间，为防老店王闷出毛病，我娘娘时不时会差他出门去办些有要无紧的事体。爷爷出去了，总是整半日勿见归来。娘娘必得再差我或弟弟出去找寻。两蛮汉在当街角力，爷爷围观得津津有味。脚划船从桥洞下过去，爷爷看得痴痴呆呆。府山上两棵半枯的古柏，泥水工用泥夹垩一堵墙，也能让他停驻半天。至于娘娘差他办的事，自然还得我或弟弟再行代劳。

祖父晚年闭门造车，凡俗不识，却也有零星知音。上海的邓散木慕名来绍兴拜访，祖父示以书幅，邓散木看得莫名其妙，隔日拿给他的老师萧蜕庵看，萧蜕庵却拍案叫绝，认为是天人运化之笔。黄宾虹看了祖父书画后，评价道："以书法入画，其晚年所作画，萧疏淡远，虽寥寥几笔，而气韵生动，乃八大山人、徐青藤、倪迂一派风格，为我所拜倒。"其后又专门委托张慕槎上门，转达荐贤出山的意愿，祖父婉谢，答说：我老啰，活不了几年了。那一年祖父八十岁。

到得一九六三年冬天，在为越王台新立的木刻勾践像题写"卧薪尝胆"

后，爷爷患上了重感冒，此后慢性肾病、痔疮等旧症并发，病势日重。挨到次年一月初，爷爷去世。临终前，环顾满堂孝子孝孙，老店王嘴里喃喃，似有交代。我爹爹把耳朵贴到伊嘴边，祖父再喃喃一句，最后那口气塌了下去。

爷爷一死，就有人来将他的书房贴了封条。等出殡之后，又有一帮人上门来搬他的书画、书籍，足足装了有三大箱。箱子出门时，有人还问了句：要不要开个收据？家里不知是谁回答：不用不用。过了些时日，我放学回家，看到家里人在堂前用一些小本子发煤炉。我上前一看，这不是爷爷的小本子吗？我知道爷爷平时读书，都会将喜欢的诗句、对联摘抄下来，用的就是这种他自己装订的黄色小本。看看煤饼炉边还有很高一沓，我就顺手抓了四本。沙孟海说我爷爷"晚年短札随手写记，拙而不矫，望之类敦煌碎纸，难得"，指的应该就是这种本子。

许多年后，我爹爹大限将至，病榻前忽然跟我提起一桩旧事。"你知道你爷爷临终时讲了什么吗？"我自然勿晓得。父亲告诉我说，爷爷弥留之际，最后喃喃的那句话是："呆子孙，呆子孙。"

老婆上树

晓　苏[①]

1

白露过后是霜降。没错，我清楚地记得，就在霜降那天下午，两点多钟的光景，一个戴发套的中年男人突然来到了我家门口这棵柿子树下。

当时，我和我老婆廖香正在树下吵架。中年男人是开着一辆半新不旧的红壳子轿车来的。下车的时候，他的发套不小心被车门刮掉了，直接掉在地上，像一个打翻的鸟窝。在发套掉下来的那一刻，我匆匆看了一眼他的脑袋，光溜溜的，好似一把葫芦瓢。中年男人觉得很不好意思，马上从地上把发套捡了起来，灰都没拍，赶紧又用它罩住了他那个有点难看的脑袋。

戴发套的中年男人一来，我和廖香立刻就停止了吵架。吵架毕竟不是一件光彩的事情，我们不能让一个外人看笑话。再说，这场架从上午十点多就开始吵了，至少吵了三个钟头，实在是不能再吵下去。说老实话，我也没力气吵了。廖香只顾着跟我吵架，连午饭也没空煮，我们早已饿得前胸贴着后背了。我爹我妈单独开伙，虽说煮了饭，但看着我们挨饿，也没胃口吃。儿

---

① 晓　苏　男，湖北保康人。现任华中师范大学文学院教授、博士生导师。中国作家协会会员，一级作家。先后在《人民文学》《作家》《收获》《花城》《钟山》《天涯》等刊发表小说500万字。出版长篇小说5部，中篇小说集2部，短篇小说集13部，散文集1部，学术著作3部。曾获湖北省文艺明星奖、蒲松龄全国短篇小说奖、林斤澜小说奖、百花文学奖、汪曾祺文学奖、北京文学奖、湖北文学奖、屈原文艺奖、作家金短篇小说奖。

子这两天放月假，没去上学，也一直饿着肚子，一个人坐在门槛上不停地吐酸水。

我给中年男人上了一支烟。他接过去，一点燃便仰起头，双眼直直地看着柿子树。树顶上还剩下几百个柿子，估计有七八百个吧，都红透了，像谁在那里挂了一片红灯笼。这一回，中年男人倒是特别警惕，老早就用一只手托着后脑勺，以免发套再次脱落。

廖香尽管对我横眉竖眼，怒气未消，但在客人面前还是没忘礼节。她很快进屋端出了一杯茶水，双手递给了戴发套的中年男人。接茶杯的时候，中年男人嘴上说了一声谢谢，眼睛却没有离开柿子树，两颗黑黢黢的眼珠瞪得又圆又大，如同两枚牛黄上清丸。仰头看了一会儿柿子，中年男人的嘴巴不知不觉咧开了一条口，随即便流出来一股涎水。涎水悬挂在他的嘴唇上，长长的，亮亮的，仿佛一根泡过的粉条。中年男人可能感到不太雅观，便慌忙伸出一条舌头，麻利地把涎水舔进去了。他的舌头红得发紫，让我猛然想起了廖香前天刚给我做好的那双绣花鞋垫。

我想，戴发套的中年男人肯定是被树顶上的那些红柿子迷住了。廖香也看出了他的心思，眼睛顿时睁大了一圈。这个时候，廖香扭头看了我一下。不过，她的目光刚一碰到我的眼睛就躲开了，脸一下子变得通红。因为，我们这次吵架，正是由树顶上剩下的那些柿子引起的。

在油菜坡这个地方，差不多每家每户都有柿子树。要说起来，柿子其实并不稀奇。但是，别人家的那些柿子树，结的都是卵柿子，籽多，瓤少；我家门口这棵柿子树，结的却是奶柿子，籽少，瓤多。老垭镇有一家柿饼厂，每年一过白露，厂里的采购员就会骑着摩托车来村里收柿子。他们虽说什么柿子都收，价格却天差地别，卵柿子两块钱一斤，奶柿子一斤卖到四块，整整翻了一倍。这棵柿子树给我们家挣了不少钱。用廖香的话说，它简直就是一棵摇钱树。

可惜的是，我家这么好一树柿子，却没能都变成钱，少说也浪费了五分之一。要找原因的话，主要是这棵柿子树太大了，又粗又高，没有人能够爬上去。我们卖出去的那些柿子，都是站在板凳上用夹竿夹下来的。夹竿倒是很长，但再长也伸不到树顶。没办法，树顶上的那些柿子就只好留在上面喂鸟了。鸟儿们倒是高兴，总是一边吃柿子一边发出快活的叫声。廖香是个爱钱如命的人，每当看见鸟儿们在树顶上吃柿子，心里就难受得要死。她不止一次地跟我说，它们哪是在吃柿子？简直就是在啄我的心啊！有时候，她还会顺手从地上捡起一块石头，咬牙切齿地朝树顶上打去。

戴发套的中年男人到来的这天，上午九点钟的样子，镇上柿饼厂又来了一个采购员。他从摩托车上跳下来说，今年的奶柿子又涨价了，每斤涨到了六块。那会儿，廖香正坐在柿子树下给我爹我妈洗衣裳。我爹我妈虽然单独开伙，但年纪大了，手脚僵硬，衣裳都是廖香给他们洗。一听说奶柿子涨了价，廖香顿时就坐不住了。她丢下衣裳，猛然从板凳上弹了起来，像一支点了火的冲天炮。廖香一起身就命令我说，你赶紧爬到树顶把那些柿子摘下来吧，一斤六块呢。采购员连忙拍手说，太好了，我正是冲着你们的这些柿子来的。

我却呆呆地站着没动，像一截枯死的树桩。从内心来说，我也想爬上树顶把那些柿子摘下来变成钱，但我不能爬，也不敢爬。我的体形不好，虽说肚子大，但胳膊太短，压根儿抱不住柿子树。再说，我的胆子也小，朝树上看一眼都头晕，更别说爬上树顶了。

廖香见我没有动静，就气不打一处来。她愤愤地问我，你怎么愣着不动？我红着脸说，这树太大了，我不敢爬。廖香用鼻孔冷笑了一声，指着我的鼻子尖说，你一个大男人，连一棵树都不敢爬，真是连个女人都不如！

我听出了廖香在讽刺我。因为我晓得，她是敢上这棵柿子树的。廖香身材瘦高，四肢细长，胆子也大，小时候在娘家曾经爬到枇杷树上吃过枇杷。只是，在我们这一带，女人是不能上树的。哪个女人要是上了树，人们就会说她不懂规矩，还会骂她没教养。听我爹说，廖香当年上枇杷树被她爹看见了，气得她爹火冒三丈，当即从墙角抓起一根竹棍，将她从树上扑通一声打落下来，差点摔断了一条腿。从那以后，她再也不敢上树了。

廖香正对我感到失望，儿子做完作业从屋里出来了。廖香一看见儿子，两只眼睛霍然一亮。她指着柿子树问，儿子，你敢爬上去吗？儿子说，敢。廖香激动地说，儿子真行，像个男子汉！等你摘下柿子卖了钱，我给你买双肩包。儿子一听喜疯了，撒腿就跑到了柿子树下，接着就要往树上爬。

然而，我没让儿子上树。他正要爬的时候，我一个箭步冲上去将他捉住了。你不能上去！我黑着脸说。儿子扭过头来问我，为啥不让我上？我说，这树太粗太高，上去危险。这时，我爹我妈也来到了树下。他们听说儿子要上柿子树，脸都吓白了，赶紧把他拉进了屋里。

柿饼厂的采购员一直等着买柿子，等了一个多钟头，最后还是空手而归。当采购员骑上摩托车离开时，廖香的眼窝都被我气红了。我预感到，她十有八九要跟我大吵一架。果不其然，采购员刚走，廖香就冲我吵了起来。她龇牙咧嘴，手舞足蹈，声如破竹。开始，我和她对着吵。后来，我吵不动了，她便一个人吵，从上午一直吵到下午。如果不是有人来，真不晓得她要吵到什么时候。

戴发套的中年男人一直仰着头，盯着树顶上的柿子，看得眼都不眨。至少看了一刻钟，他才把头放下来，同时掏出一张名片递给我。直到这时，我才知道他从县城来，是县演讲协会的会长，名叫高声。

2

我老婆廖香只读过一年初中，不懂啥是演讲。高声解释说，演讲是一门艺术，又像讲话又像演戏，不光要有动听的声音，还要有优雅的手势。高声是个破嗓门，说话发噏，好像喉咙里有一窝马蜂。他一边说一边摇头晃脑，让人担心他的发套又掉下来。不过还好，他时刻用手护着，没让它掉。

廖香对演讲不感兴趣，听了一会儿便进了屋。高声倒是蛮上心的，一个劲儿地跟我说演讲的事，滔滔不绝。他告诉我，再过十天，市里将举办第四届演讲大赛，每个县都要派选手参加。在头三届大赛中，本县演讲协会都推荐了选手，可惜只得了两个三等奖和一个二等奖，始终与一等奖无缘。作为本县演讲协会的会长，高声最大的梦想就是在这一届大赛上夺得一等奖。他说，一等奖不仅荣誉高，而且奖金多，前几届发的都是一万块，这一届可能还要往上涨。

其实，我对演讲也毫不关心。高声说得眉飞色舞，我却无动于衷。我确实饿了，肚子里的馋虫咕咕直叫，压根儿没劲说话。最主要的是，我心里一直在纳闷儿，不知道一个搞演讲的人突然跑到我家来干啥。

廖香进屋不久，我闻到了鸡蛋煮面条的气味，香喷喷的，好像还放了葱花。我扭头朝屋里看去，发现儿子已坐在门槛上吃面条了。看着儿子吃面条，我不禁吞了一口涎水。好在，我刚把涎水吞进喉咙，廖香也给我端来了一碗面条。

在我埋头吃面条时，廖香没转身进屋。她系上围裙，挽起衣袖，又坐到了柿子树下，接着洗上午没洗完的衣裳。那是我爹的一件褂子和我妈的一条裤子，还有他们各自的一双袜子。我爹我妈老了，不怎么讲卫生，衣裳穿不了几天就脏兮兮的。廖香偏偏又是一个爱清洁的人，看不惯衣裳上面有污垢，隔三岔五都要给我爹我妈洗一次。

摸着良心说，廖香除了把钱看得重，其实心肠并不坏，还特别勤劳，又聪明又能干。油菜坡的人都晓得，她是个刀子嘴豆腐心。每次给我爹我妈洗衣裳的时候，她嘴上免不了埋怨，但还是使劲地搓，使劲地揉，洗得干干净净。前段时间，儿子吵着要一个流行的双肩包，廖香舍不得买，却在他的旧书包上又缝了一条新带子，让他背着去上学。我天生一双汗脚，廖香虽然经常骂我脚臭，但一有空闲就给我做鞋垫，让我每天都有鞋垫换。她做鞋垫还绣花，梅花呀，桃花呀，牡丹花呀，都绣过。

高声没看廖香洗衣裳。他又仰头看那些柿子了，仍然用手扶着发套。发套上的毛又粗又硬，黑亮黑亮的，有点儿像杂交猪的脊毛。

廖香洗好衣裳站起来，正要转身去屋旁晾晒，高声突然激动地叫了一声，啊，多么迷人的奶柿子哟！他一边叫一边张开双手，仿佛要扑上去将柿子树抱进怀里。廖香一听高声说到柿子，两只脚马上停住不动了。她睁大双眼望着高声，满脸疑惑地问，柿子？难道你们演讲协会也收购柿子？高声说，我们协会不收购柿子，但我今天来你们这里，却与柿子有关。

高声没有一口气把话说完，像在故意卖关子。我和廖香都瞪大眼珠，竖直耳朵，等他往下说。停顿了好久，高声才对我们说出实情。原来，他还真是冲着我家这树柿子来的。更准确地说，是奶柿子。

市里有一个退居二线的老干部，被高声称作叶老。叶老现年七十三岁，虽然退下来了，但身上还挂了不少职务，比如市演讲协会名誉会长。会长虽说只是个名誉的，可瘦死的骆驼比马大，一切都是他说了算。叶老的母亲高寿，已经九十四岁了，却耳不聋眼不花，牙齿还能吃锅巴。老太太每天都要吃乡村的野生水果。据说，这是她的长生秘诀。在各种水果当中，老太太最喜欢吃柿子。但她嘴刁，从来不吃卵柿子，只吃红红的、鼓鼓的、软软的奶柿子。可是，今年奶柿子收成不好，市场上打着灯笼也买不到。这让老人家很不开心。叶老是个大孝子，为了让母亲吃到奶柿子，便四处打听，并愿意高价收购。高声说，他今天来这里，目的就是为叶老买奶柿子。

廖香听了兴奋异常，鼻头都红了，像是涂了一层红药水。她问高声，你咋晓得我们这里有奶柿子？高声说，老垭镇柿饼厂的人告诉我的。他们说，这方圆几十里，只有你们家有奶柿子。廖香连忙问，你打算一斤出多少钱？高声大手一挥说，只要能买到奶柿子，价格好说。廖香接着问，八块一斤，你要吗？高声说，别说八块，十块一斤我都要。廖香惊叫一声说，天哪，十块钱买一斤柿子，你不会是开玩笑吧？高声赌咒说，我开玩笑不是人。

高声显然不是开玩笑。我想，他跑这么远来买奶柿子，八成是买去送给叶老。他不是做梦都想夺得演讲一等奖吗？肯定是想让叶老在比赛时关照他。

廖香开始跟高声谈柿子的时候，我一直默默地待在旁边，啥话也没说。后来，廖香越谈越来劲，我就忍不住泼了一瓢冷水。柿子价再高，你们也是白谈。我冷笑着说。高声一怔问，此话怎讲？我说，这棵树太粗太高了，柿子摘不下来。高声一下子蒙了，半天无语。

沉默了好久，高声把目光落到我身上，愣愣地问，难道你不会爬树吗？我红着脸说，爬树倒是会，但这棵柿子树太粗太高了，我不敢爬。停了一下，我又补充说，假如我敢爬的话，这树顶上的柿子早就变成钱了。我话音未消，高声用嘴角笑了一下说，胆小鬼！我马上还嘴说，我是个胆小鬼，你可以爬上去嘛。他却说，我更不敢。我问，你怎么也不敢？他红着腮帮说，我长这么大，连桃树都没爬过。

廖香的情绪也一下子低落下来，仿佛一个鼓鼓的气球突然被针扎了一个洞。这时，高声把目光移到了廖香身上，将她从上到下认真打量了一番。打量之后，他无比惊喜地说，凭你这身材，肯定可以爬上柿子树。廖香说，爬上去倒是没问题，但我不能爬。高声奇怪地问，为什么？廖香迟疑了一下说，我们这地方，不许女人上树。高声大声追问，为什么？这是为什么？廖香不晓得怎么回答，猛然垂下头不说话了。我于是替她说，这是本地风俗。我话刚出口，高声手一甩说，荒唐！他显得很气愤，眉毛都竖起来了。我正打算再解释两句，高声又扩大音量说，现在是什么时代了？居然还歧视女性，真是岂有此理！

听了高声这番话，廖香马上把头抬起来了，目光炯炯地看着高声。高声快速朝廖香走近一步，用鼓动的口吻说，别管什么风俗了，赶快上树摘柿子吧。这树顶上的柿子，我都买了。廖香立刻又来了劲，颤着嗓门问，真的每斤十块吗？高声拍着胸说，君子一言，驷马难追。好！廖香先大叫了一声，随即扯下腰里的围裙往板凳上一扔说，我这就上树摘柿子。

我顿时慌了神，急忙劝阻说，廖香，你千万莫上树啊，当心别人说你伤风败俗。廖香却不理我，把我的话都当成耳边风。她麻利地找来一根棕绳和几个蛇皮口袋，胡乱地往腰间一缠，便撒腿朝柿子树跑了过去。

情急之下，我只好进屋去找我爹我妈，指望他们能阻止廖香上树。在我看来，对廖香来说，我爹我妈说话比我管用。

可是，廖香的动作太快了。我把我爹我妈从屋里找出来的时候，她已经爬上树顶，开始摘柿子了。这棵柿子树实在是高，我第一眼看到廖香时，竟然没认出来，还以为是一只松鼠。瞪大眼睛细瞧，我才发现那是我老婆。廖香的胆子真够大的，简直是胆大包天。她双脚叉开，分别踩在两个树杈上，左手抓住树枝，右手摘着柿子，一边摘一边往蛇皮口袋里放。她看上去没有丝毫的惊慌，压根儿不像身在半空。

我却吓坏了，冒了一身冷汗，生怕廖香一不留神从树上掉下来。我爹我妈吓得更厉害，浑身发抖，晃来晃去，仿佛在使劲地筛糠。儿子这时也跑过来了，一见他妈爬上了树顶，顿时惊叫道，妈，你不要命了吗？廖香听到了儿子的叫声，却没有当一回事。她勾下头看了儿子一眼，不慌不忙地说，儿子别怕，你妈命大着呢。说完，她又忙着摘柿子去了。

高声一直站在柿子树下，仰着头睁大双眼，一眨不眨地看着树顶。当然，有一只手一刻也没离开他的发套。

大概过了二十分钟的样子，廖香摘下的柿子装满了一个蛇皮口袋。望着那袋鼓鼓囊囊的柿子，高声嘴巴都笑歪了。他一边笑一边跟廖香打招呼，让她把装满的口袋先放下来。其实，廖香早有准备。他从腰间扯开那根长长的棕绳，拴住蛇皮口袋，像一个打水的人朝吊井里放水桶一样，把那袋柿子放下来了。柿子刚一落地，高声就迫不及待地抓起一个，直接塞进了嘴里。好吃，又软又甜，真好吃！他边吃边说，还不停地咂嘴。

3

那天，我老婆廖香爬到树上摘柿子的时候，我们一家人始终没敢离开，都静静地守在树下，为她担惊受怕，提心吊胆。同时，我们也在心里默默为她祈祷，希望上天保佑她平安无事。

廖香在树上忙了一个多钟头，终于把树顶上的柿子摘光了，装了满满五个蛇皮口袋。直到这时，我才松了一口气，心想柿子已经摘光，廖香总该从树上下来了。我爹我妈，还有儿子，看上去也轻松了许多。

然而出人意料的是，廖香把五袋柿子全都吊到树下之后，却迟迟没从树上下来。她一动不动地站在树杈里，勾着头，眼睛向下，用痴呆的目光看着我们，好像在打量几个陌生人。我们都感到莫名其妙，以为她脑袋里出了毛病。我不禁有点儿焦急，大声叫道，老婆，你怎么啦？柿子都摘完了，赶快下来吧！廖香听见了我的喊声，眼皮动了动，还和我对视了一会儿。但她没搭我的腔，也没有下来的意思。儿子也紧张起来，带着哭腔喊道，妈，快点下来呀，你不害怕我害怕呀！廖香认出了儿子，眼珠鼓了鼓，呆呆地看着他。但她没听儿子的，仍然站在树权上，一声不响。后来，我爹我妈也心慌意乱了，同时仰起脖子，用乞求的声音说道，廖香，你抓紧下来好吗？我们家不能没有你啊！廖香听了浑身一颤，眼睛随即睁得又圆又大，久久地注视着我爹我妈。可是，她依旧没有说话，好像嘴上贴了封条。

不知不觉，廖香在树上又待了半个小时。高声这时看了看表，发现时间已经不早，也开始着急了。他放开嗓门问道，廖香，你怎么还不下来？这一回，廖香总算搭话了。她慢悠悠地说，我好不容易上一次树，想在树上多待一会儿。说完，廖香右脚向上一抬，左脚往后一蹲，居然又朝着树尖爬了几大步。

廖香离地面更远了，看上去越发像一只松鼠，离天倒是更近了，额头差不多挨到了云彩。天哪！我们拼命地叫了一声。

我的心一下子悬到了半空，两条腿不住地打哆嗦。我上气不接下气地说，老婆，你不要吓我呀，快下来吧！从明天起，我就出门打工去挣钱，免得你再为钱的事操心。以后，鞋垫我也自己赚钱买，再不让你熬夜为我做鞋垫了。我的话音未落，儿子陡然哭了起来，边哭边喊，妈，快下来呀！今后我保证听你的话，不再惹你生气，也不闹着买双肩包了。儿子的喊声还在空中回荡，我妈便仰天长叫道，廖香，快下来啊！你要是有个三长两短，我也不活了。从今往后，我和你爹的衣裳，都由我来洗，再不让你一个人受累了。

可是，不管我们怎么劝，廖香都不肯从树上下来。她看样子一点儿都不害怕，还慢条斯理地对我们说，你们别催我了，好吗？我几十年才上一回树，你们就让我在树上多待一会儿吧。听她这么说，我们都感到哭笑不得。

廖香接下来好半天没再说话。她瞪大双眼，高高地俯视着我们，目光明晃晃的，像两盏灯。

我爹虽然没怎么出声，但一直仰头看着树尖，脸色黑一块白一块，仿佛古装戏里的花脸。约莫又过了一刻钟，他突然把头放了下来，叹了一口长气，然后扭头进了屋里。进屋不久，我爹又出来了，怀里抱着一床棉絮。我好奇地问，爹，你把棉絮抱出来干啥？我爹没理我，大步朝柿子树走来，很快把棉絮打开，像铺床一样铺在了树下。直到这时，我才明白我爹的良苦用心，眼睛忍不住一酸，差点流出泪来。我爹虽说刚满七十，但头顶早就秃了，只好把周围的一圈头发留长，用它们把头顶盖住。他铺好棉絮直起腰来的时候，盖在头顶的长发都垂下来了，看上去像一把晒干的豇豆。

我妈是一个驼背，平时走路和做事都低着头，说话也不怎么抬头看人。但是，廖香上树之后，她却始终把头仰着，干瘦的脖子拉得又细又长，两颗深陷的眼珠从眼眶里凸出来，痴痴地看着树上。我妈那样子，显得非常吃力，不禁让我想起在电视上看见过的鸵鸟。

儿子越来越心神不宁了，两只手不停地晃动，一边抹泪一边抓耳挠腮，像一只发了疯的小狗。后来，他猛地张开双臂，抱住柿子树，接着就使劲往树上爬。可他手臂太短，压根儿抱不住树干，爬上去不到三尺高就滑下来了，一屁股摔在地上，好半天站不起来。

高声这时又看了一次表，仿佛急不可耐。他再次催道，廖香，太阳快落山了，你快点下来收柿子钱吧，我买了柿子还要赶回县城呢。廖香犹豫了一下，不紧不慢地说，请你再等等，我还想在树上多待一会儿。高声愣着眼睛问，柿子都摘光了，树上还有什么好待的？廖香突然放大声音说，你不晓得，我站在树上，看啥都和以前在地上看到的不一样呢。高声听了为之一震，眨了眨眼睛，口齿不灵地问，是吗？有什么不一样？廖香说，等我从树上下来告诉你。

廖香说完，突然把低垂的头抬上去了，同时转动了一下脖子，将目光投向了公牛岭那边的羊村。公牛岭真像一头高大威猛的公牛，雄踞在油菜坡西头，把那边的羊村挡得严严实实。如果不爬上这棵柿子树，廖香无论如何是看不见羊村的。她一看见羊村，就忍不住叫道，哈，我看见羊村了！她是这么叫的。叫声听起来十分欢快，有点儿像天上的流云。

又在树上足足待了十分钟，廖香终于从树上下来了。她的脚刚落到地面，我们一家人就赶紧围了上去，像迎接一个从天外来的客人。

儿子冲在最前头，一上去就抱住了廖香的一条腿，还把脸贴在了她的腿上。廖香急忙伸出一只手，轻轻地在儿子脸上抚摩，仿佛一头老牛用舌头舔着刚出生的牛犊。她接着又撒开五指，插进儿子的头发，像梳子一样梳了起来。梳着梳着，廖香情不自禁地闭了一会儿眼睛，显出很陶醉的样子。

我妈迈着碎步朝廖香走去，艰难地仰起头，用慈祥的目光久久地打量她，眼角闪着泪花。她发现廖香的脖子后面落了一片柿叶，马上伸手去摘，可手膀子太短，伸了好几下也挨不着柿叶。廖香赶忙蹲了下来，随即将脖子一歪，正好歪在我妈手边。我妈摘下柿叶后，廖香没让她扔掉，一把接过来放在眼前，看了好半天才扔。

我爹话少，只跟廖香匆匆打了一个照面，就收起铺在树下的棉絮，转身进了屋。进屋不到两分钟，我爹端着一杯热茶出来了。但他没有直接把茶杯递给廖香，而是先给了我，同时给了我一个眼神。我很快明白了我爹的意思，转手就把茶杯递到了廖香手里。廖香双手接过茶杯，当即喝了一大口。

高声最后走到了廖香身边，张嘴就问，你这柿子大概多少斤？我付了钱好赶路。廖香却说，不慌，高会长不是问我在树上有啥好看的吗？我还没跟你说呢。高声愣了一下说，哦，那你快跟我说吧。廖香没有立刻说，又瞪大眼睛，把我们一家人挨个儿看了一遍，然后才开口说话。廖香对高声说，爬上这棵柿子树之前，她从来没有认真地看过我们家里的人。直到今天爬到树上，她才看清楚这一家人真实的样子。

廖香首先说到了我爹。原来，她压根儿不晓得我爹的头顶秃得那么厉害，更不晓得他为人这么善良，这么细致，这么吃苦耐劳。她说，当我爹抱出一床棉絮铺到树下的时候，泪水一下子就涌出了她的眼眶。接下来，廖香说到了我妈。原来，她只知道我妈是个驼背，但不知道她的一举一动是那样吃力，那样费劲，那样可怜。她说，在我妈仰头劝她下树的那一刻，她的整个心都软了，如同一团棉花。紧接着，廖香又说到了儿子。原来，她一直认为儿子不听话，只会调皮捣蛋，没想到他还是挺懂事的。她说，听见儿子在柿子树下对着树顶放声大哭时，她的心顿时感到好疼好疼，像是被虫子咬了一样。廖香最后还说到了我。原来，她总觉得我这个人缺心少肺，薄情寡义，没把她放到心上，现在才发觉我其实还是很在乎她的。她说，看见我在树下急得像猴子一样团团转，她心头不由猛地一热，还想到了一日夫妻百日恩这句俗话。

听廖香说到这里，高声突发感慨说，看来，你今天上树收获不少啊，不仅摘到了柿子，还增进了亲情。廖香补充说，我还看见了羊村呢。高声问，羊村怎么啦？廖香说，羊村从前比油菜坡还穷，现在却富了，到处都是楼房，车路也通了，我看见有轿车在村里跑来跑去。高声问，你今天才发现吗？廖香说，是的，羊村以前被公牛岭挡住了，在地上根本看不见，我今天爬到树上才看到。高声沉吟了一会儿说，有意思！

太阳快下山的时候，高声按每袋柿子一百斤给廖香付了钱，一共五千块。从高声手中接钱时，廖香颤抖着双手说，天哪，好多钱啊！她本想退一些给高声，但高声没要。

高声付钱后，立即把五袋柿子装进了轿车的后备厢。他说，他有可能会连夜赶到市里去，想早点把五袋红彤彤的奶柿子送给叶老，顺便再打听一下演讲比赛的消息。高声一边说一边用手扶着发套，小心翼翼地进入车门，然后就急匆匆地把车开走了，车后扬起一路土灰。

4

我老婆廖香自从上树以后，完全变了一个人。在我爹我妈面前，她变成了一个好儿媳；在儿子面前，她变成了一个好母亲；在我面前，她变成了一个好老婆。说句心里话，我真要感谢高声，感谢他那天怂恿廖香上树。

上树的第二天早晨，廖香天不亮就起了床。以前，她可不是这样，每天都要睡到日出才肯起来。廖香这天这么早起床，是为了给我爹我妈洗被子。时令进入深秋，气温陡然下降，我爹我妈晚上怕冷，便换上了一床厚被子。换下来的那床薄被子早已睡脏，可换下来后一直没有及时洗，像一堆垃圾被扔在墙角。我没料到，廖香这天会突然想起它。我早晨六点半从床上起来时，廖香已经把被子搓好了，正在水池里清洗。她脱掉夹袄，卷起衣袖，累得满头是汗。我爹我妈这时也起床了，看见廖香在为他们洗被子都很感动，连忙走上去，想给她搭把手。但廖香没让，手一伸拦住了他们，诚恳地说，你们都老了，婆婆身体又不好，快去一边歇着吧。我爹我妈听廖香这么说，心里高兴得像喝了蜂蜜一样。

吃过早饭，廖香换了一身打扮，说要去一趟老垭镇。我问她去镇上做啥，她说先保密，等她回来我就晓得了。油菜坡有开往镇上的面包车，每小时一趟。廖香是坐上午九点钟的面包车去的，不到十一点就回来了。当时，我在房子东头维修烤烟炉，我爹我妈在后门外猪圈里给猪添食，儿子正在堂屋里埋头写作业。刚踏上门口的场子，廖香就扯着嗓门儿喊道，儿子，你快点儿出来！声音洪亮，好像喜鹊在叫。儿子听到喊声，推开作业本，飞快地跑到了门口。原来，廖香是专门到镇上给儿子买双肩包去了。等我随后跑到门口时，儿子已把双肩包背在了身上，脸上堆满了笑，宛若一盘向日葵。

这天午饭过后，我接着维修烤烟炉。长时间没有烤烟了，炉壁上出现了很多裂缝，必须趁早用水泥浆把缝隙糊上。廖香收好碗筷也来到了炉边，问我要不要她帮忙提水泥浆，我说不需要。她说那她就去忙别的事了，边说边转身回了屋。过了片刻，廖香又出来了，手里拿着一双还没做好的鞋垫，正在往上面绣花。她这次绣的是玫瑰花，非常鲜艳。我故意打趣问，这么漂亮的一双鞋垫，是给谁做的呀？廖香怪笑一下说，给我相好做的。

我们正说笑着，大门口突然传来了一串汽车的喇叭声。廖香一听喇叭响，马上就往大门口跑去。出于好奇，我也扔下水泥桶，跟她去了大门口。

在大门口的柿子树下，停了一辆红壳子轿车，看上去十分眼熟，觉得像高声的那一辆。我正这么琢磨着，高声用手扶着发套从车门里出来了。嗬，是高会长啊！廖香大声叫道，显出很激动的样子。我没有和高声打招呼，心里有点儿奇怪，不晓得他为啥又来了。不过，我还是客气地对他点了一下头，并给他搬来了一把椅子，放在他的身边。

高声却没有坐椅子。他背靠车门站着，似乎没打算在这里久留。廖香进屋泡了一杯茶端了出来，一边递给高声一边问，奶柿子送给叶老了吗？高声说，送了，昨天连夜就送到了叶老家里。叶老的母亲一口气吃了六个，不住地说好吃。叶老高兴坏了，还回赠了我一块普洱茶砖。廖香说，叶老高兴就好。我这时插嘴说，只要姓叶的高兴，你的演讲协会夺得一等奖就十拿九稳了。开始，我以为我这句话会说到高声的心坎儿上去，没想到他一听脸色猛然变了，仿佛晴天变成了阴天。

廖香很快看出了高声的变化，低声问道，高会长，遇到什么麻烦了吗？高声张了张嘴，没有出声。沉默了好一会儿，他才皱着眉头对廖香说，演讲比赛这件事，的确遇到了一点麻烦。今天，正是因为这件事，我才再次来到这里，希望得到你的帮助。廖香问，遇到什么麻烦了？高声说，据叶老讲，市里的演讲比赛提前了，时间就定在后天下午。我们原先准备了几个选题，可叶老认为没有竞争力，很难冲一等奖。廖香连忙问，那可怎么办？高声说，叶老建议我们赶紧换一个更有竞争力的选题。廖香眨巴着眼睛问，选题是啥？高声想了想说，选题就是故事。叶老的意思是，让我们换一个更好的故事。

这时，我又忍不住插嘴问，高会长，时间这么紧，你能找到更好的故事吗？高声犹豫了一下，猛地扭过脖子，凝视着廖香说，好故事倒是有一个，就是不知道廖香愿不愿意帮忙。廖香大吃一惊，用手指着自己的鼻尖问，我？我一个农村妇女，能帮啥忙？高声提高嗓门说，我想请你代表我们县演讲协会去市里登台演讲，就讲你昨天上树的故事。廖香听了更加吃惊，几乎目瞪口呆了。我也吃了一惊，顿时成了哑巴，什么话也说不出来了。

高声却越来越起劲，显得信心十足。他眉飞色舞地说，上树的故事实在是太好了！廖香红着脸问，有啥好？高声打着手势说，你看，爬到树上以后，你看到的事物与之前在树下看到的相比，完全不同，比如你公公婆婆，你儿子，还有你丈夫。更有意义的是，一到树上，你的目光就越过了公牛岭，看到了乡村振兴给羊村带来的巨变，多么好的一个故事啊！廖香听到这里，眼睛忽然亮了一下，然后略带羞涩地说，真有这么好吗？高声点点头说，是的。叶老也说这个故事好。老爷子还说，只要你愿意上台去讲，一等奖大有希望。

廖香感到有点儿不好意思，脸一直红到了耳根。她急忙把头勾下去了，眼睛盯着自己的两只手。两只手交叉着端在怀里，左手扯右手上的指头，右手扯左手上的指头。指头也是红的，好像上了一层油彩。

过了一会儿，高声看了看表，神情严肃地问，廖香，你愿意帮我这个忙吗？廖香慢慢地抬起头，没说话，双眼直勾勾地看着我，显然是在征求我的意见。可是，我一时半会儿难以表态，不知道如何才好。高声见我犹豫不决，突然承诺说，如果获了一等奖，奖金至少分给廖香一半；另外，从借用之日算起，到比赛结束回家为止，每天给她补助三百块。高声刚把话说完，廖香就兴奋地叫道，哇！我听得出来，廖香已经动心了。到了这个时候，我也不好再拿主张，只好答应高声的要求，让廖香去市里参加演讲比赛。

廖香这天走得很急，几乎是说走就走了。她本来打算陪我们一家人吃过晚饭再出门的，但高声没同意。高声说时间太紧了，到了县城，还要连夜为廖香写演讲稿，让她先背下来，接着再反复排练，从声音到表情再到动作，每一个环节都必须设计好。廖香苦笑着说，时间再紧，我总得找几件衣裳带着吧？高声甩着手说，衣裳不必带，差什么，都到县城去买，县城买不到就到市里去买。他还说，演讲的服装需要精心挑选，对演讲者，从头到脚都要进行全新包装。高声说完，一把拉开了后排的一扇车门，催廖香快点上车。当时，廖香已经身不由己。她依依不舍地看了我们一眼，然后便上了高声那辆红壳子轿车。

好在，廖香这次出门时间不长，前后加起来只有四天。第四天的下午，高声用他的红壳子轿车把她送回了家。

廖香从车上下来的时候，怀里抱了一束鲜花。一看见这束花，我就晓得她演讲成功了。不过，我的目光没在花上停留，很快被廖香的穿着打扮吸引住了。她穿了一件橘红色的风衣，围了一条火红的围巾，还戴了一顶绒线帽。帽子也是红颜色的，让人想到被霜染红的柿子。看到廖香的第一眼，我差点儿没认出来。直到儿子从屋里跑出来大声喊妈，我才确信站在眼前的这个女人是我的老婆。听到儿子的叫声，我爹我妈也从屋里出来了。他们和我一样，也觉得廖香有点儿陌生，眼珠卡在眼眶里半天不动。

高声停好车也下来了。他换了一个发套，发套上的毛更黑更长，看上去像电视上经常出现的导演。高声一下车就给我们报告喜讯，说廖香的演讲轰动全市，并且夺得了一等奖的第一名。他还说，这次一等奖的奖金果然提高了，每人一万五千块，廖香当场就分到了七千五百块。我们一家人听了都高兴不已，还抑制不住地鼓起了掌。掌声过后，廖香突然从包里掏出了一个大红的本子，笑容满面地对我们说，这是获奖证书，叶老亲自给我颁发的。

我们一家人正在欣赏廖香的证书，高声又给我们透露了一个消息。他说，一个星期之后，廖香还要去省里参加演讲比赛，仍然讲她上树的故事。如果在省里拿了一等奖，奖金至少三万块，而且还发一个金奖杯。说到这里，高声扭头问廖香，你有信心吗？廖香使劲地点了点头说，有！高声对廖香的回答十分满意，一边说好，一边伸了个大拇指。

那天返城之前，临上车的时候，高声叮嘱廖香说，接下来就不要做其他事情了，应该一门心思为省里的演讲做准备。他还说，他过两天就来接廖香。

5

两天之后，高声真的又开着红壳子轿车来到了我家门口，一来就把我老婆廖香接走了。扫兴的是，廖香再回家的时候，高声却没有开车送她。她是自己掏钱坐班车回来的。因为，廖香去省里参加演讲比赛没能获奖。

廖香从省里回来，像患上了什么大病。她吃不下，睡不着，人也瘦了，颧骨一天比一天凸得高，脸上看不到一点血色。她也不怎么说话，成天闷闷不乐，默默无语。我们找她说话，她总是不理不睬，经常装作没听见。不过，在身边没有人的时候，她偶尔会自言自语。有几次，我在隔壁房里听见她说，明年还要去省里参加演讲比赛。她说得断断续续，有点儿像说梦话。看见廖香变成这么一个神神道道的样子，我心里非常难过，却又束手无策。

更让人难以接受的是，廖香从省城回来后就再没有做过家务活。我爹我妈脱下来的脏衣裳，在墙角那里一堆几天，她走过去走过来看都不看一眼。

后来，我妈只好把她的驼背两头躬到一头自己动手，搓好了再让我爹去清洗晾晒。儿子在放学路上疯跑，一不小心被长刺的荆棘拉断了双肩包的一条背带。他央求廖香帮他缝上，但她一直没理。我的脚到了冬天还照样出汗，可鞋垫已经不够换了。床头柜上本来有一双做了一半的鞋垫，廖香却没心思把它继续做完……我渐渐感觉到，廖香虽说每天和我们生活在一起，但她好像把我们都当成了住在同一个屋檐下的陌生人。我感到很不是滋味，常常想哭，却欲哭无泪。

时光一晃到了冬月，天气越来越冷了，廖香的情况也越来越糟糕。冬月上旬的一个晚上，油菜坡刮了一夜大风。风声惊天动地，像一群饿狼在村里吼叫。就在这个刮风的寒夜，廖香突然失踪了。

廖香是半夜不知去向的。她开门出去的时候，我在半睡半醒中听到了响声，但没有在意，以为她去上厕所了。可她出门后差不多一个小时没有进屋，我这才觉得事情不妙，于是赶紧出门去找，一边喊一边找。但是，我喊破了嗓子也没听到她的回音，找遍了屋前屋后也没见到她的影子。后来，我爹我妈，还有儿子，都从睡梦中惊醒了，分头去找廖香。我们找了猪圈，找了烤烟炉，还找了种菜的大棚，却连她的头发都没找到一根。我还打了廖香娘家的电话，结果她娘家的人也说没看见。最后，我走投无路，只好拨了高声的手机，希望从他那儿得到一点线索。还好，手机一拨就通了。听到廖香失踪的消息，高声好半天没有说话。大概过了三分钟，他猛然产生了一个猜想。高声说，廖香不会又上树了吧？

高声的猜想让我脑洞大开。我马上跑到了柿子树下，打开手电筒，高高举起，往树上一照，果然看见了我老婆廖香。

缓　步

班　宇①

　　木木说，今天我在走廊里唱了首歌。我问，什么歌？木木闭上眼睛，没再说话。好像还轻轻吐了口气。在她面前，横着一块模糊的荧光屏，泛暗的塑料薄膜尚未掀去，上面鼓着不少气泡，像是里面那只企鹅、北极熊和独眼猫在水中各自的呼吸。没有声音。它们的嘴向前努着，短蹼状的双手来回比画，不知到底在讲些什么，没过多久，便又坐着一艘墨绿色的灯笼鱼艇匆忙离去，像是要去办一件什么了不得的事情，只留下一长串气泡。大大小小的圆圈，与海水一起，从屏幕里奋力向外涌来。

　　很应景，木木正坐在一艘黄色的潜水艇里，毫无疑问，披头士专辑封面的造型，也是我最初会唱的几首英文歌之一，歌词简单，像童谣。很少有人知道，这首歌是保罗·麦卡特尼写的，鼓手林戈·斯塔尔演唱，跟列侬扯不上太大关系。我也是到了一定年龄才发现，他们乐队那些我喜欢的歌曲，基本上都不是列侬所作。但初听时不会想那么多，那阵子，我刚跟小林谈恋爱，她愿意听，我就循环播放，放着放着，她跟我说，以后要是结婚了，想把这张封面画在卧室的墙上，这样一来，每天就像睡在潜水艇里。我觉得有点俗。夜深人静，还要乘船去寻找神秘之海，十分颠簸，心力交瘁。我既没赞成，也不反对。当然，这个愿望最后也没能实现，装修把我们搞得心力交瘁，到了后期，基本是任人摆布，工程队的监理说什么样的吊顶好看，什么牌子的涂料合适，我们就起立鼓掌，完全服从。刚住进去时，家具很少，连

---

① **班　宇**　1986年生，沈阳人，小说作者。有小说集《冬泳》《逍遥游》出版。

窗帘都没有，室内空荡，说话都有回音，像在山洞里。夜间躺在床上，映着外面的光线，小林安慰自己说，还是白墙好，像一张画布，怎么想象都行，潜水艇里也应该有一面白墙。

理发器电机振动的声音时大时小，好像在闹情绪，李可皱着眉，向后使劲甩了几下，这下可好，完全没了动静，她反复推动几次开关，跟我说，哥，没电了，得充一会儿。我说，不急。她抱怨道，不扛用呢，下午刚充的。又转过头去，跟木木说，你继续看动画片，等会儿小姑再给你剪，行不。木木睁开眼睛，跟她说，今天我在走廊里唱了首歌呢。

商场里禁烟，我跟李可不敢远走，躲进休息间里偷着抽。休息间也是仓库，被杂物堆满，相当凌乱，地面上还有一摊没来得及收拾的碎发，我将一块巨大的红色凸形积木拖至门口，斜坐在上面，把烟点着，扭过身体盯紧外面的木木，她打了个哈欠，流出一小颗泪珠，似乎想去揉一揉眼睛，又伸不出手来，围布太长，只鼓出来两个拳头，上下蹿动，找不到出口，她看着乐，我也跟着乐。李可骑在一匹斑马身上，两腿蜷着，身体前后晃荡，问我说，哥，乐啥呢。我抖了抖烟灰，说，没事。李可说，哥，你的腰怎么样了。我说，不太好。李可说，医院怎么说的。我说，三四，四五，骶骨，三节突出，要么忍着，要么手术，别的都白扯。李可说，尽量别吧，听见手术俩字儿都害怕，现在什么症状啊。我说，走路或者站着时间一长，腰疼腿麻，必须得休息一会儿，间歇性跛行，有意思不，三十来岁，武功全废。李可说，那不至于，我有个朋友，家里祖传治疗腰脱，他爸是辽足的队医，我带你过去。我说，辽足都解散了，还队啥医，以后再说。李可说，小林最近怎么样啊？我说，我上哪知道去，应该挺好的。李可说，心真狠啊她。我说，不说这些，赶紧剪，剪完后我得带她回家做手工，后天万圣节，幼儿园有活动，一天天的，变着法折腾。

八点半，理发结束，李可垂着手臂，与木木同时扭过身子，一齐望向我，眼神期盼，像在征求意见。一颗蘑菇头，也像锅盖，倒扣在脑袋顶上，跃跃欲试地准备接收一些地表之外的信号。不错，这也是披头士的同款。两人的脸上都是头发楂子，眼眶盈着一圈泪水，太困了，我也不由自主地打了个哈欠，然后竖起大拇指，跟木木说，完美。木木说，南瓜。我说，什么？木木说，崔老师告诉我，明天我要演一个南瓜。我说，南瓜很可爱啊。木木说，不可爱。我说，那你想演什么？木木说，不可爱。我说，好的，不可爱。木木说，我什么都不想演。

李可送我们到电梯口，转身回到店里，把自己塞进转椅，盯着动画片愣神儿，跟个没家的小孩儿似的。理发店开了半年多，生意一般，会员卡没办出去几张，前几天又跟我借了一万五，没说做什么，我也不问。知道得越少越省心。我妈一直不同意李可做买卖，不让我拿钱，我都是偷着给。为此，小林当初还很不高兴，每次吵架都提，没完没了。不过现在无所谓了，家里只有我和木木。我们住在自己的小房子里。像歌里唱的，我们的生活如此美满，我们有着自己想要的一切，蓝色的天空，绿色的海洋，还有那艘黄色的潜水艇。听着浪漫，像一个童话。实际情况则难以描述，不过我正在一点点恢复秩序，让一切看起来尽量如常。在这一点上，木木比我做得更好些。

房子是十年前的回迁楼，现在已是弃管小区，大门四敞，任意进出。一二层是门市，开了两间小超市，一家面馆，一个按摩院，棋牌室倒是有四五家，彻夜不休，这会儿基本上是满员状态，正在酣战。有人站在玻璃窗外围观。我们绕到楼后，走上台阶，经过一条隧道似的缓步台，约有百米，平坦而狭长，我跟木木打过几次赌，比谁先跑到单元门口：总是她赢。后来我发现她对此并无兴趣，对胜负也没，只是为了陪我而已，我也就没什么心情。缓步台的左侧如悬崖，下面是无声的幽暗，另一侧是住户们的北窗，拉着厚厚的帘布，或用无数的废纸箱堆积遮挡，我时常幻想，里面住着一只等待解救的松鼠，而那些箱子是它的武器，举过头顶便能进攻，也可以作为防御，躲在里面过冬。我把这个想法跟木木讲过。木木说，不对，有一次见到了那个人，踩在箱子上，穿着厚厚的爪子拖鞋，是个女的，不过长得确实挺像松鼠，也许是花栗鼠吧，我感觉。她说，但是，我也想要一双那样的拖鞋。

太平洋上有一座不知名的岛屿，又长又窄，植物稀少，没有居民。这里不是任何一片陆地的支脉，而是直接从海底升起来的，像大海的一截脊骨。它的北面是温水，南面是冷水，走不多久，就能体会到两个不同的季节，一边是不歇的骤雨，一边是充沛的日光。山岩排成纵列，陡峭而锋利。1932年，一艘澳大利亚的科考船发现了这座小岛，刚一登陆，便被眼前的景象所震慑，到处都是船只的残骸，龙骨折成数截，柚木甲板被侵蚀风化，偶见细小的白骨，被风一吹，如在抽搐。总而言之，误入了一座孤零零的墓场。更恐怖的是，这座岛屿自己还会说话，船员在岸边能听见有声音从内部传出来，一阵急促而空洞的声响，之后是另一阵，音阶无法分辨，但又极富韵律，有几个水手认为，这座岛是宇宙的窃听器，能听到天体之间的对话。这并不是一个好兆头，类似的说法总会在他们之间流传。夜晚安宁，待到次日，这种声响演变成为巨大的噪声，铺天盖地，他们被迫醒了过来，放眼一看，舱外是数万只企鹅，密密麻麻，形成一道黑白相间的旷野，朝着海岸线不断涌来，将他们的船只团团围住，来回掀动。没人知道它们竟是这样危险，并且如此有力。企鹅的面色阴沉，振着前肢，伸开脖子，长喙一开一合，喉咙里发出叹气似的哀叫，要将不速之客驱逐出境。有位科学家准备仔细观察记录，刚一下船，便被叼住裤脚，几只企鹅甚至跳到了半空，好像会飞一样，不断啄咬着他的衣衫，直至撕烂。科学家大喊大叫，带着满身的伤口，狼狈地逃了回去。

听到这里，木木笑出声来，问我，他是怎么逃的。我龇起牙，一边仰着脑袋，一边夸张地挥动胳膊，高抬双腿，向前奔跑几步，然后蹲在地上，捂紧心脏，张大了嘴使劲呼吸。木木也学着我的样子，仿佛身后有企鹅追赶，小声尖叫着，来到我的身边。风将一部分变黄的树叶吹落在地，如遗失的海星。我拾起一片，抬头递给木木，她举着叶梗，挡住自己的脸，说了几句听不懂的怪话，便又扑在我的身上，大口地喘着气。我回望过去，数盏吸顶灯的倒影映在窗里，悬于上方，模糊的反光积聚着，照出大面积的灰白色的雾，在夜晚里蔓延。空气很差。秋天总是这样，好在就要结束了，然后是冬天，木木出生的季节，像一个世纪一样漫长，无尽无休，骤然消逝。小林离开之后，我才意识到，原来我有了一个女儿，一个女儿，每一个时刻里，她都在为我反复出生。

睡觉之前，木木跟我妈通了个视频电话。我妈问她，你想奶奶不？木木说，我想爷爷。我妈赶紧喊我爸过来，说，气人不，说她想你呢。等我爸走到摄像头跟前，她又说，我想看一看奶奶。折腾了几回，她开始用手背揉着脸，我挂掉视频，热了牛奶，又带她去洗漱。收拾卫生间时，木木自己悄悄坐上便盆，半天没有动静，等我晾好衣物，她低声跟我说，爸爸，我尿不出来。我说，不要紧，我们去睡觉。木木说，我怕又要尿床。我说，没关系的，放松心情，尿了再洗，不怕。木木摇了摇头，看看我，又点了一下头。

我把她抱到小床上，装进睡袋，她试着跳了几下，噔，噔，噔，还给自己配了音，神态兴奋，看起来也像一只小企鹅。每天晚上我都会这么想，却没对她说起来过。穿上睡袋模仿企鹅是小林与她之间的睡前仪式。小林无论学什么都惟妙惟肖，还对我们进行过严格培训，比如，如何扮演一只企鹅：两只手放在腰部，掌心向下，指尖朝前平伸，左右手交替下降，身体随之左右摇摆。按此做法，一扭一晃，没个不像。事实上，小林的肢体语言极为丰富，不仅能模仿动物，还会表达情绪。她以前教过我，如果要表示愤怒，就将五指在胸前撮拢，瞬间向上抬动，同时伸开手掌，在心脏里放了一团烟花；如果你爱上了一个人，那就伸出一只手，用另一只手轻轻摩挲这只手的拇指指背。我照她说的做，动作不难，节奏不好把握，小林说我看着像一只正在数钱的狗熊。她的头发遮住半张脸，笑得很开心。很少有人知道，小林的一只耳朵听不到声音，先天性小耳畸形，自学过很长一段时间的手语。

木木说，爸爸。我说，闭眼睛，睡觉。木木说，我有点睡不着。我假装打了几声呼噜。木木说，爸爸，爸爸。我说，嗯？她说，大喊大叫的一天。我说，什么？她顿了一会儿，说，你看过没，那本书。我说，没。她说，我好像看过。我说，家里有吗？她说，我记得有。我说，明天我找找，咱俩看一遍。她说，爸爸，明天，明天我不想迟到。我说，你现在睡觉，我们就不会迟到。她安静下来，但没睡着，在床上蹭了半天，才老实了。呼吸声柔和而均匀，像钟表一样，将余下的时间一一剥落。我暗暗祈祷，希望她今晚不要尿床，之前洗过的床褥还没晒干。再去买一件的话，怕是也来不及。

我问过李可，如果你是小林的话，要怎么办，会做出跟她相同的选择吗。当然，我很清楚，这种事情因人而异，不可能存在统一的标准答案，他人的结论只能作为一种参照，甚至起不到任何安慰效果。问题过于复杂，没人真正清楚你生活里的全部变量。选项却总是那么几种，每一个都简单得近乎残忍，不可理喻。中间的推导过程却是极为艰难的。如果要用手语表示，也许是以食指抵住太阳穴，来回钻动几下。

李可想了半天，不难看出来，她很想站在我的立场说话，最终不过是叹了口气，跟我说道，哥，你别问我了，我真不知道。我说，行。李可说，这事儿，有时候想想，觉得自己也有责任，我对嫂子的态度，实在谈不上多好。我说，但也没那么差，过得去，你别多想。李可说，咱家这些人你还不了解，都向着你，无论你说了啥，做了啥，都站在你这边儿，到了今天这地步，我也犯糊涂，不知道是不是害你。我说，这跟你们谁都没关系的。

我有一万种的解释方式，来印证我和小林的行为均无原则性的问题。比方说：既然我们公认的生活是那么正确并且一贯正确，那么，不甘心自己被此俘虏之人，只好通过伪装与冒犯来展示自己的存在。再比方说：这并不是我们个人情爱之事，无所谓奉献与亏欠，忠贞与背弃，而是生命本身存有的无可弥合的裂隙，凡途经此者，必然陷落于一种更大的痛苦、神秘与真实。但这些说法都没什么用。尤其在我跟木木单独面对生活的时候，一切仿佛进入一个科学的、可被计量的体系之中：早上六点五十分起床，七点半出门；周一、三有英语课，四点半带着水壶和饼干去接她，再送到培训学校；周二、五是跆拳道和表演课，五点半放学；周六上午学半天的舞蹈，前一天晚上，要根据上次的视频将那些动作复习一遍。黄色潜水艇永远消失在深海。客厅里萦绕的，只有《小铃铛》和《蚂蚁掉进河里边》。有只小蚂蚁呀，掉进河里边。它在哭，它在喊，谁也听不见。波里滚，浪里翻，眼看把命丧。哎呀，哎呀，多么渴望登上岸。

木木睡得很熟，喉咙里不时发出呼噜的声音，鼻腔也有点堵，我担心是不是今天洗澡时着凉，毕竟还没到供暖的日子，她又很讨厌浴霸，觉得太过刺眼，不够友好。真没办法。我贴在她的床头上，仔细听了一会儿，直至声音逐渐平息，然后打开笔记本开始干活，一帧一帧地过，相当无奈，很多想法不写清楚，底下的工作人员就会把视频剪得一塌糊涂，毫无逻辑可言。我以前在台里干新闻，根据百姓提供的线索，每天到处跑一跑，也不觉得辛苦，还比较适应；年初时，家里有些变动，我就申请调去节目组，结果可好，时间虽相对可控，操的心却多出几倍，天天就是个改，上面也没有具体建议，反正就是不断调整，材料就那么多，东删西减，到后来自己都麻木了，看好几遍也不知道到底想表达啥。很长时间以来，台里的效益一直不行，工资方面就更别提，已经压了半年多，人家也不说不给，你管他要，答复就俩字儿：缓发。能挺住就挺着，挺不住就自谋出路。好像从小林走后，我就没往家里拿过什么钱。

有时候我想，小林辞职也有这方面的原因，不单是我。她在电视台上了九年的班，连个编制都没混上，确实没多大意思。小林在二〇一〇年入的职，我比她早一年多，刚开始根本没注意过她，当时我在跟一个电台那边的主持人谈朋友，关系也不稳定，今天好明天分，打得不可开交，不打就更过不下去。那阵子我自己租房子住，隔三岔五，总有别的女孩过来，她刚发现时，完全不能接受，我一顿挽留，办法用尽，后来又有过几次，她发现了也不提，装没看见，态度冷漠。我妈比较得意她，毕竟嘴上能说，也很会来事儿。我妈有个关系不错的同学在台里当领导，那时还没退，费了挺大劲，好说歹说，给她弄了个台聘，然后我俩就彻底分手了。实话说，我一点儿都不怪她，主要是闹腾几个来回，也没什么热情了，办完这个编制，反而轻松一些，算有个交代。但那时的情绪确实比较差，全台都知道我俩的事情，她倒不太在意，工作照常，谈笑风生，我就不太行，不敢往大道儿上走，觉得特有压力，天天低着个脑袋抄近路，谁也不瞅，戴着耳机，放的都是死亡金属，在草坪上踩出一条荒芜的小径。不是怕谁笑话，也不是因为岁数不小了，连对象都处不明白，而是觉得年龄也不算大，精神却消耗殆尽，一切像是走到了尽头。

　　在此之后，有几天晚上，我在楼上加班，才开始留意到小林。每天六点半左右，我在二楼的吸烟室里抽烟，看着其他部门的同事下班往外走，三五成群，有说有笑，小林每次都是自己一个人，背着双肩包，底下挂着一只戴墨镜的熊猫，摇来晃去，不断敲着她的屁股，像一条骄傲的小尾巴。她从不走大路，总是沿着我踩出来的那条小道儿，一步一步往前走，且很细心，谨慎躲避两侧的草丛，有时候还要跳一下，如遇岩石。从上面看去，很像是缓慢经过一片凶险的暗绿色深海。我觉得这人很无聊，侵占我的成果不说，内心戏还不少，下个班而已，当自己在打冒险岛。观察了四五回，有点改观，正好我有个新节目，需要跟她对接筹备事宜，就有了一些联络。只要我看到她下班，踏上那条小路，就拨一下她的电话，响一声就挂掉，然后发个信息，说点有的没的。这时，她往往会举着手机停在草坪中央，噼里啪啦地打字，措辞精确，颇有礼节，她回复过后，没等走几步，我迅速再发一条，她停下来，又开始打字，那条小路她经常要走上半个小时。我总是很恍惚，觉得自己正在控制一个游戏角色，个子小小的，脑袋瓜儿上飘着一顶白帽，胃口很好，爱吃草莓和香蕉，走路带风，前面是火焰、滚石、下沉的云彩与横着走路的饿鬼，我按一次键，她就可以顺利逃开一回，双臂摆动，继续前进，去解救被封印的恋人，而我却总想让她慢一点通关。

　　杰克拍着肚皮，打了个饱嗝，说道，今年的收成真不赖，我又可以快活地过冬啦。魔鬼说，好心人，你种了些什么？杰克说，土豆，白菜，西红柿，和土豆。魔鬼说，能不能分我一些，我三天没吃过饭了，饿得走不动路。杰克说，那当然，当然啦。魔鬼说，我会保佑你的，亲爱的朋友。杰克说，但是，既然我们是朋友，能不能也帮我一个忙。魔鬼说，阁下，您说说看。杰克说，夏天时，我的皮球不小心卡在树杈上了，一直取不下来，而我又不会爬树。魔鬼说，乐意效劳。两人蹦跳着兜了一圈，来到一棵大树旁边，杰克指向上方，魔鬼望过去，大树忽然伸出双手，将魔鬼死死抱住。魔鬼来回扭动身体。

大树说，哈哈。杰克说，哈哈，中计了吧。魔鬼说，这是怎么一回事。杰克说，别以为我不知道你是谁。大树说，哈哈。魔鬼说，求求你，放开我吧，有什么条件，我都答应你。杰克说，我要吃不完的土豆，蛋糕，还有美味的烤肉，我要永远都过这样的好日子。魔鬼垂头丧气，点头允诺。大树说，哈哈。然后松开了手臂。魔鬼叉着腰，跺脚说道，杰克，咱们走着瞧。

大树仰面躺着，一动不动，如被伐倒。魔鬼立在后面，面目庄严，吸了两下鼻子。杰克蹲在地上，双手捂脸，眼睛在指缝间来回乱转。两个女巫走了过来，齐声问道，你怎么了？杰克抬起头，说道，为什么一直是夜晚，我什么都看不见。其中一个女巫伸出手指，对着空气画了个圈，二人若有所思。一个女巫说道，可怜的杰克。另一个说道，他真可怜。第一个说，原来这一切都是魔鬼的过错。第二个说，他真可恶。第一个说，我们来救救他吧。于是两个女巫原地转了一圈，挥了挥魔法棒，指向左右两侧。一段急促的音乐响了起来，几秒钟后，舞台后面冒出来两只胖墩墩的南瓜，夯起胳膊，横挪着步伐，来到中央。南瓜的扮相古怪，肚子上套了个橘色的救生圈，脑门儿还贴了几颗星星，闪闪发亮。女巫说，杰克，这是我们为你召唤的南瓜灯，请你把它带在身边。南瓜们主动移向杰克，将他搀扶起来，三人围着女巫们转了一圈。杰克行了个礼，说道，谢谢，我又能看见啦，世界真美好，感谢你们。两个女巫手拉着手，跳着舞离去。倒在地上的大树忽然叫了一声，哈哈。然后滚了一圈。全剧终。

木木出了一脑袋汗，我用手帕沾了些温水，一点一点给她卸装。木木问我，你看见我了吗？我说，看见了啊。木木说，我都化装了，你怎么还能认出来？我说，脱了马甲我照样认识你，今天表现不错，特别可爱。木木说，但是我什么也不想演。

出门之后，她看见了我妈，挣开我的手，直接奔了过去，贴在身上不放，非要抱着。我妈的腰也不好，就让我爸扛着她回家，走两步跑两步，一路乐得不行。我和我妈跟在后面。我妈说，今天吃饺子。我说，行，都爱吃。我妈说，没用。我说，什么？我妈说，学这些玩意儿，白花钱，我感觉没用。我说，现在都学，不能落后。我妈说，以后在社会上谁能当个南瓜啊？像你似的。我说，你也不懂，别管这些了。我妈说，小林咋没来？我说，没告诉她。我妈说，最近没联系？我说，很少。我妈说，可真够一说，这妈当的。我没说话。我妈又叹了口气，说，你这爸当的啊。

　　吃完饭后，外面下起雨来。木木开始流鼻涕，脸颊泛红，有点发蔫。我妈说，今天别折腾了，在这里住，我给她洗个热水澡，晚上跟我睡，得注意观察，这季节可别感冒了，不爱好。我躺在沙发上玩手机，我爸在看电视，里面放的是陈佩斯的小品。我想起许多年前，春节联欢晚会过后，总会放一部他演的电影，有时是《父子老爷车》，有时是《二子开店》，都很滑稽，每次我都下定熬夜的决心，却总是看个开头就睡着了，直到现在也没看全过。我们家已经很久没聚在一起过年了。前年我妈生病，在医院里抢救，忙得人仰马翻，白天黑夜连轴儿转。去年是李可，被传销的骗到广东，好不容易逃出来，也没买上机票，大年三十，打电话就是个哭。今年轮到我跟小林，在家里待到正月初五，哪也没去，谁也没见，相互一句话也不说，只是盯着那面白色的墙壁。

　　木木身上裹着浴巾，脑袋上包着一条粉色的枕巾，被我妈从卫生间里拖出来，两只脚还没完全干，在地板上踩出一溜儿水印。孩子长得就是快，不知不觉，几个月前，一条浴巾也还勉强够长，现在就完全不行了。外面的雨声很大，伴随着隐隐的雷鸣，木木跑来我这边，撅着屁股，上半身趴在沙发上，很急促地喘着气，也不讲话，我伸过手背，摸了摸她的额头，又摸一下自己的，好像我的更烫。这时，手机振了一下，小林发来消息，问我：今天演节目了？我回道，是。小林说，录下来了吗？我说，没来得及。小林说，我跟她视频一下？我说，在我妈家。她就不再回复了。没记错的话，本月之内，这是她第二次跟我联系，上一次是提醒我拍生日照需要提前预约，以及记得去补一针流感疫苗，而还有三个小时，这个月就要过去了。

　　我本来以为，向木木解释小林的离开是一件很困难的事情，确实不知怎么说为好。李可说，你可以跟她讲，爸爸妈妈虽然不住在一起了，但对你的爱是永远都不会变的。我心里说，你真是没有孩子，这种话讲不出口的。一个问题接下来就是许多个问题。为什么不在一起了，为什么别人的爸爸妈妈还在一起，为什么离开的人是妈妈，为什么对我的爱就永远不会变，你们之间的爱不是变了吗？自己答不上来，就别指望能说服得了任何人。小林刚走时，木木住在我妈家里，天天闹，使劲喊，嗓子都破了，哭得筋疲力尽才能睡着，到了后半夜，经常忽然自己在床上站起来，闭着眼睛说，妈妈呢，我要去找妈妈。我妈也心疼，一边哭，一边抱着她来回走圈，念经似的说着话，唱遍所有能想起来的歌谣，连灯也不敢开。到后来，我妈的身体实在吃不消了，住了次院，我就接回到自己这边，也是奇怪，木木跟我在一起，从没主动问过小林的事情，好像我们之间达成了某种默契。有时我觉得，我跟木木更像是一对恋人，对彼此的前任避而不谈，即便她的存在无法被抹去，像是一块坚冰，或者一座岛屿，从大海里升起来，横亘在我们中间，始终无法融化与跨越。

关灯许久，木木也不睡，一直在说着话，笑个不停，随后又下了床，跑来我的房间，跟奶奶说，我去看一眼爸爸。她在地上晃了一圈，发现我还没睡，便爬到床上来，躺在我的身边。我妈跟了过来，对木木说，快回屋，几点了都。木木说，但是我还是想跟爸爸一起睡。我跟我妈说，跟我吧，习惯了，让她在这儿睡，我看着她，没问题的。

窗外的雨声渐弱，风却刮起来了，凉飕飕的，从窗户缝儿里往屋里钻，发出一阵阵虚弱的颤声。我给木木又加了层毯子，她蹬掉，我再盖上，她又给踹开了。就是这样，在几乎所有事情上，我都犟不过她，不知道脾气随谁。木木说，爸爸，给我讲个故事。我说，没有故事，睡觉。她说，我睡不着。我想了一下，问她说，你想演女巫，是吗？她说，我不想演女巫。我又问她，那你害怕魔鬼吗？她说，不害怕。我说，其实我觉得，今天的那棵大树更像是魔鬼啊。木木说，不是。我说，为什么？她说，不像魔鬼，不是。我问，为什么呢？她说，大树是辰辰啊。

有一天下班时，刚好看见小林走去那条小路，我跟在身后，走到中间，喊了她一声，她左看看，右看看，又在原地转了一圈，终于发现了我。后来我才知道，单耳听不见的人，很难辨别声音的来源方向，所以在某些时刻，小林的动作显得有些迟缓。她的右耳健全，我们走在路上，她就总贴着我的左边，看起来像在保护我。无数车辆从她身边飞驰而去。我比较不适，总想拉过来一把。听我讲话时，她习惯性地将头侧过来，仿佛集中了全部的精神，极为虔诚，这样一来，我反而不知怎么说为好。

项目的进展并不顺畅，筹备尚未结束，就被上面喊停，我的心情却比从前好了一些。那段时间里，我跟小林相处得比较愉快，她很聪明，经常是我的话只讲一半，她就完全明白了，但会坚持着听完，确认全部细节，再去执行。到了后来，我对她的信任度逐日增加，无论遇到什么事情，都想听听她的看法。她很有耐心，一点一点为我拆解，却极少谈论自己，每次问起来时，她也只是摆摆手，对我说，实在是没什么可说的，人生履历就是这么简单——离家上学，顺利毕业，在台里实习，签合同转正，上班下班，被拖欠工资。我问她，有什么爱好。她说，也没什么，都不怎么逛街，只喜欢在家里听听歌。

我们就在她租的房子里面听歌。我带去了无数张唱片，各种风格都有，一听就是一个晚上，我喝着啤酒，她偶尔处理一些工作，或者准备公务员考试，反正总有些事情要做。她不爱听金属和朋克，觉得吵闹，喜欢古典，但听不太懂，版本复杂，没心思钻研，最喜欢的还是二十世纪六七十年代的那些民谣，鲍勃·迪伦或者琼·贝兹的歌。小林问过我，如何看待他们二者之间的关系。我说，贝兹当时的名气更大一些，热衷社会活动，投身其中，迪伦很害羞的，对这些也不太感兴趣，在自传里写过，第一次看贝兹演出时，目光便久久不能移开，觉得她荣耀又圣洁，如花环一般，几乎无所不能，嗓音美妙无比，像是在为上帝献唱，能驱逐世上全部的厄运。小林又问，那你怎么看待我们之间呢？我说，我以前总在楼上抽烟，看着你自己走上那条小路，总会想起一位美国作家的诗句，他说，一片树林里分出两条路，而我选择人迹罕至的一条，从此决定了我一生的道路。小林说，你喝多了？我说，绝对没有。小林撇了撇嘴，没再讲话。我说，那你怎么看呢？小林想了想，说道，答案在风中飘，我的朋友，答案在风中飘。

木木捏了一下我的手，我以为在逗我，便回捏过去，她又用力拽紧了手指，我才反应过来，她是想让我注意到走在前面的那个人，穿着一件棕色的羽绒服，长及脚踝，在这个季节里，稍显夸张，半长的头发披在颈后，踩着一双高跟鞋，跶在地面，发出嗒嗒嗒的响声，仿佛抬不起腿来，随时都会晕倒。我想了一下，说，松鼠？她先说，是。又说，不是，是花栗鼠。我问，有啥区别？她说，更小一点，但头很大，还演过动画片。我说，那你要不要过去打个招呼啊。她说，啊，我可不要。

木木对于命名特别严谨，我在手机里收藏了一篇很长的文章，是《小马宝莉》的角色介绍，数目近百，她总会要求翻看讲解，一遍又一遍，从不厌烦。我时常读得眼花缭乱，木木却几乎都能叫上名字来，也熟悉每一匹小马的秉性，甚至对会不会飞、在哪一集出场等细节都了如指掌。最开始她喜欢的是云宝，性格外向，热爱冒险，绝招儿是彩虹音爆。最近比较倾心于月亮公主，有点孤独，略带神秘，被放逐到月亮上一千年，曾对此很不满，企图让世界陷入永久的黑暗，后被感化，经常去解救那些噩梦里的小马。

我们走到单元门口时，长得像花栗鼠的那个女人还没进去，她的双手插在挎包里，像是在找些什么。我和木木停止对话，一起望向她，总觉得她要跟我们说点什么，她看着我们，眼睛瞪得很大，睫毛一闪一闪。我有点不好意思，微笑着对她点点头。她没回应我，而是蹲了下来，将衣服前襟拢在膝盖上，说道，木木？木木往我身后躲了躲。我很好奇，转头问木木，你认识这位阿姨吗？跟她问个好啊。木木摇了摇头。她继续问，记得我吗，我是辰辰妈妈，我们见过的呀。我说，辰辰？大树辰辰？她说，什么？我说，啊，木木有个同学，前几天演了一棵树，也叫辰辰。她勉强笑了一下，说道，应该不是。我说，不好意思，那是我弄错了。她说，木木，你还记得辰辰吗？辰辰很喜欢你呀，总提到你。木木继续往后面躲，背对过去。我问她，你记得吗？她也不说话。我解释道，她就这样，比较内向，遇见生人很害羞，话也少，有空带孩子来家里玩，真巧啊，住在一个楼里。她偏过头去，扮了个鬼脸，想逗一下，可木木压根儿不看她，一个劲儿地拉着我的衣角。她站起身来，朝着我点了点头，说道，好，好。

我们上楼之后，木木好像有点不高兴，脸也不洗，动画片也不看，拎着一只毛绒蜗牛在客厅里走来走去。我说，你今天的表现可不太好，见人也不打招呼，有点没礼貌。木木不吭声，只是看着我。我又说，不过我也不打算勉强你，这没什么的，对吧，不是跟谁都需要讲话，我能理解你。我企图讨好一点，可她还是不理我。

木木睡得很快，我也很困，但还得两个小时才能休息。快洗模式半个小时，混合模式一个小时，婴儿服模式则是先加热到一定的温度，洗净甩干，再进行消毒，共计两小时，这是洗衣机的标准法则，不可侵犯。我在一本书里读到过，洗衣机的语法粗暴至极，无视差异性，所有的衣服在此都是平等的，没有尊卑贵贱之分，一旦被抛入其中，便被迅速地搅拌在一起，不可豁免地混作一团，其符号价值被无情吞噬，在滚筒里，没有幸存者可言。我打开阳台上的窗户，点了根烟，向外望去，觉得世界无非也是一个滚筒，重力作用，正向与反向的轮转，粗糙而强悍的旋律，不断在内部之间摔跌捶打，无可逃脱，也意味着无人生还。我将纱窗拉开，想将烟头灭在窗台外面，忽然发现有人还在单元门口，双手扒着缓步台的栏杆，探着脑袋，也刚抽完烟，与我的步调一致，正在跺着烟头，好像我们同时位于滚筒的某个位置。接下来，也许将一起接受上升或者下降。

　　我披了件衣服，轻带上门，又摸了摸钥匙，往楼下走，她见到我时，并不惊奇，笑着点点头，问我，木木睡着了？我说，是。她说，她好乖的。我说，今天玩累了。她说，小孩子嘛，还是比较好哄。我说，辰辰也是吧。她没讲话。我又说，不回家吗，晚上凉了，钥匙没带？她说，没，想待会儿，还有烟吗？我帮她点了一根，给自己也点上。她说，你不会扎辫子吧？我说，什么？她说，所以木木总梳着个锅盖头。我笑着说，是这道理，学也不会，没这项技能。她朝着黑夜里吐了口烟，停下几秒，继续说道，你的故事都好听啊。我说，故事？她说，我就住这一层嘛，总能听到你给女儿讲故事，扭来扭去在散步的小蛇，小裁缝智斗巨人，岛屿上的科学家和企鹅，点头或者摇头的锡兵，只是个片段，没头没尾，你们边走边讲，等到了门口这边，我就什么都听不见了。我说，惭愧，乱编的，打扰到你。她说，刚才我知道你们走在后面，想着在这里等一等，兴许能听到个结局，但是也没。我说，不值一提。她说，没，我很喜欢，每天晚上，我都把窗户拉开一道缝儿，搬把椅子，守在阳台上等着，我就躲在箱子后面，有时等了很久，很担心是不是错过了，或者木木发生什么事情，但如果能听得到，就很开心，睡得也好一些，我知道她叫木木，很早就知道，但她不认识我，不要怪她。

　　我说，她认识你，但不认识辰辰，我们睡前聊了一会儿，她知道你一直在听我们讲话，我一点儿感觉都没有，有些话她故意要说给你听的，不管你信不信，反正就是这样。她说，木木最聪明了，你今天讲故事了吗？我一句都没听见。我说，没有，她给我讲了一个关于魔鬼的故事，很可怜的魔鬼，所有人都想尽办法要对付他，可他根本不知道自己犯了什么错，只是不停地被要弄，不停地许诺，不停地满足他人的愿望，被钉在树上，被困在鼻烟壶里，被放逐到很远的地方，你知道，人们总是那么贪婪，魔鬼却那么软弱，无论躲在何处，最终都会被揭开面目，无可逃脱，真是没办法啊，明明是人们先找到的他，非要来交易灵魂的，也许他唯一的错误就是扮演了一个魔鬼。她说，唯一的错误。我说，对，这也是木木说的。她说，我明天要搬走了，收拾了好几个月，终于把东西都装进箱子里，真沉啊，推都推不动。我说，祝你顺利，希望以后还有故事听，肯定比我讲得好。

我回到楼上时，洗衣机已经停止运转，我拉开舱门，将衣服一件一件抻开、铺平，晾在阳台上，窗户没关，夜风温柔，缓缓吹进来，像在为我披上一层薄薄的衣裳。木木睡得不太老实，嘟着嘴，皱紧眉头，一条小腿搭在床沿上，几乎要挣脱出来，从后面看去，睡袋像是一件很威风的斗篷，我想，她是正准备去解救那些困在噩梦中的小马。手机上有两个未接来电，都是小林打的，时间太晚，我犹豫着是否要拨过去时，收到了一条她发的消息：不用回，没什么要紧的，刚才只是想确认一件事情，现在我知道了。我的另一只耳朵也听不见了。我好像再也想不起来木木的声音了。

春天的末尾，我跟我妈带着木木去了一趟海边。原本这里是一片野海，在我很小的时候，也来过一次，但没什么印象了，只记得在沙滩上铺着一张张巨大的渔网，踩在上面，仿佛随时会被捕获，高高吊起来，放在集市上售卖。如今此处被开发成一个新的小镇，充斥着现代气息，生活便利，建筑设施一应俱全，甚至还有美术馆、剧院和礼堂，无论走在哪里，都能听见一阵轻快的音乐，沁人心脾。木木很喜欢这里，她很忙，每天上午要去海边捡贝壳，中午回来休息，下午去农场里看小花，或者在草坪上打滚，玩到筋疲力尽。我妈说，她自己很久没看过海了，上次来这里时，正怀着李可，行动不便，我也不太听话，我爸更是指望不上，成天跟她对着干，她每天都很累，没有盼头，万念俱灰，夜里偷偷哭上一会儿，也不敢出声，怕吵到我们，当时觉得快要活不下去了，可一晃就是这么多年，也都过来了。

我知道她是在劝我。我假装听不出来，每天尽量鼓足气势，拧紧发条，像一匹童话里的飞马，带着木木上天入地，奔跑不息，我想，只要她开心，我就快乐，只要她愿意，做什么我都值得。我像一株寄生的植物，无法自给养分，只是日夜低语，将命运与她紧紧相依。我再也不需要成为什么，没有愿望，也不想去拥有自我，一点儿也不想，人一旦有了这种意识，就很可怕，像岛屿上丛生的密林，沙沙生长，不止不歇，直至遮蔽全部的光芒与道路，长久困在噩梦之中。我不要这些。

旅程结束的前一夜，木木睡着之后，我自己一个人来到海边，走了很久，没有月光，星星也被隐去，只是一片深色的绿。我脱掉鞋子，踩着砂砾，一步一步迈入大海，温暖轻柔的水浸过我的脚踝，我站立于此，舒了口气，抖抖肩膀，伸出两只胳膊，想要画出一道从未有过的手势，却始终不得要领。波涛涌来，身后寂静，世界如在一侧呼喊。那是一首鸥鸟、海水、岛屿与天空的奏鸣曲，为我竖起一道光亮的墙，时远时近，无法逾越。赤色的暗云落在海面上，发出火焰熄灭的微弱声响，它一刻不停地沉入水底，给予短暂如幻的照亮。接着是引擎声与浪声，贮存许久的音阶，相互抵抗，向前或者退后，保护着的同时也在毁灭。最后是清澈的鸣叫声，如垂冰一般锋利，来自鸥鸟、松鼠或者小马，上古的山林，幽暗的房间，万无一失的梦境。而那些被忘却的声音不在其中，遥不可及，我无从追寻。它曾栖于我的体内，如同昔日的私语，远在此处，如今径自飞行，去往我需要行进的方向，接续不断，消逝于失落的耳畔。总要逝去，也必将逝去，尽管此时，它正如凌晨里悄然而至的白色帆船，掠过云雾，行于水上，将无声的黑暗遗落在后面。

南　极

梁　豪[①]

欧彬想，一辈子从没踏出永安的人，会不会觉得所谓外边，是个比东头的石崖峰还大的谎言？

地当然不平，更不能是圆的，放眼望去，凹凸起伏。冒尖的是山，山稳稳当当占去大块，全都劳苦功高的样子。陷下的是江和潭，眼见为实，水往低流，扭扭捏捏，躲入山群之怀。水库放洪，浪从二十米高的山顶冲泻而落，水汽飞来，激得立在坳处的人一哆嗦，耳郭被巨大的流声震到发红。显然水更要紧，人畜都得饮水，还有擦身子、漱口、抹脸，街上人见不得皮相邋遢，谁也不愿穷在面上、指甲缝上和脚踝上。相较之下，山显得可有可无，至多能提供些山货，但撤了也不妨害大伙春夏秋冬地过下去。好比近年，餐桌上就没怎么见着山猪、狗母蛇和黄鼬，灵芝倒是标注野生，大家都很体谅此类宣传的策略。非尝不可的人自有非常的门道。山另有一则罪状，易失火。从没见过雪的孩子串街喊，天落黑雪啦！大人就晓得山里又遭了火殃。火光冲天，有时在街上就能看到乌滚滚的烟，四处打着绺儿捣到天上，望之惊心。管不得肇事者蓄谋无意，一经查实，逮去坐牢，而所有的永安人，免不了吃那空气里草木的黑灰。所以，纵然永安有那么多高低错落的

---

① **梁　豪**　1992 年生，现居北京。《人民文学》杂志编辑。北师大文学硕士。小说见《人民文学》《当代》《十月》《上海文学》等刊，有小说被《小说选刊》《小说月报》《中华文学选刊》等选载。另有诗歌、评论文章若干。著有小说集《人间》。

山，山里安歇着永安人清明节举家前往问安的祖先，可大伙就是没感觉，甚至颇费周章地想把它们弄掉，一座一座地炸开，蒜瓣一样掰走。清空后，天圆地方了，敞亮起来，不再雾蒙蒙和曲曲折折，可以拿来建起一些最初大伙不知有何用的建筑，还有最初不知通往何处的道路。路藏身山水之间，在视线里由粗而细，成点，终而化为乌有。没离过永安的人，对路终究去向何处势必漠然，甘蔗遇旱、桑叶受潮、种猪寡欲、儿孙好赌、风湿再犯，太多更为迫切的事务需要操劳。

永安人常讲，回南转北，冷到口蓝面黑。欧彬早年见过街上冻僵的流浪汉，跟菜市场鸡贩摊上摆开的冻中翅很像。听围观的讲，不是本地人，外县迎接城乡文明治理工作验收，救助站装车运来的。人在后半夜走的，最后是公安局来人给处理了。那么鬼冷的天都不下雪，可见冬天不会下雪。黑雪不是雪。最多落雹子，冰糖似的，淅淅沥沥砸在人的面皮上，痒酥酥，舔之无味，人中的一捺鼻涕跟着清淡不少，最后舌尖麻掉。

至于洋老外，正如传言中山林的野人，是基于自身的发挥，毛茸茸，比一般人壮，发音没人听得明，却可以跟人苟合。永安老人的讲古素来生猛，故事里地主财主家的长工，经常遭到母野人的此般待遇。夜半睡梦昏沉时，给掳进深山，最后生出一打小杂种，听得床上的小孩又怕又恨，困却不敢睡。打倒野人！

疑惑让欧彬从一个少年变回一个小孩。不懂就问，他先跑去问从小带他的阿嬷，阿嬷只顾声称自己去过南宁。她的语气不无得意，也含有一定量的埋怨，似乎欧彬的发问多少有些冒失。小姨在南宁做物业的出纳，五一陪阿嬷登过青秀山，还逛了南湖公园和夜晚的中山路。

欧彬决定问下班回家的母亲。谁这辈子没出过永安？他先这样问。母亲深褐色的眼珠拐了大半圈，打住。这确实不是一个容易答上的问题。过于年迈的那茬人，显而易见，况且，连欧彬去年过世的婆太，也到过市里的红会医院，托关系让最具威望的医生，最后诊了一趟那片上帝也无能为力的老肝。老人家往生后，是在市里的基督礼拜堂做的弥撒。她是一名基督徒。主内弟兄纷至沓来，他们都说，蔚英姊妹去往了极乐天国，安息了。欧彬挤过这些突然多出来的陌生人，还有那些写着蒙主宠召、主怀安息的花圈，他在教堂的门口看到空中安详着一朵乌云和两朵白云。他没有从中找到任何关于婆太的线索。人间不快乐吗？一定得上天？当时身为思想品德课课代表的欧彬，并不信大人的话，当然他也不敢表露这份怀疑。他甚至怀疑这些自来熟的陌生人，哪怕他们分摊了某种似乎理所应当的悲伤。后来，欧彬学着大人的样子，欣慰地笑。享年九十又一，不管在南方还是北方、西方或者东方，都是实打实的喜丧。

母亲赶在做饭前，丢给欧彬一个答案——五姨。

哦，五姨。他们以前是邻居。好多年前了。在欧彬忙碌而空虚的这些年，五姨也过着自己的生活。五姨搬走是因为她结婚了。婚礼和乔迁，她都没有宴请任何邻居。母亲和其他阿姨那会儿都说奇怪，她们只说奇怪，既然自己省下了一笔礼钱，就不能怨人家不懂礼数。可能就是那时起，欧彬把五姨逐渐压缩，然后归置到大脑并不重要的角落，因为人不需要那么多活跃的记忆去证明什么。

要说五姨没出过永安，欧彬是吃惊的，因为五姨身上的很多东西似乎就不出自永安。她一直戴着眼镜，金丝边，除了老花，那光景戴眼镜的人是少数，另一位戴近视眼镜的是欧彬曾经所报兴趣班的国画老师——五姨在小学教数学。国画老师也教书法，硬笔毛笔都来，学生散落在自家的客厅和书房。他平时写些散文，五姨家的茶几上摞着县里的《晨曦日报》，欧彬常能在上面拜读到老师的大作，从中偷学了不少成语和写景状物的招式。国画老师戴的是一副无框眼镜，嘴唇发白，话音柔细，哪怕数落欧彬的潦草马虎，也多用气声，像是怕惊扰到唱片机里悠悠吟唱的蔡琴。是眼镜，还有眼镜背后的什么东西，让他们在人群里悄无声息地出挑，并保有一丛不知何来的神秘，总之是以有损晶状体为代价。

五姨很早就明白，交谈里最要紧的不是说，而是停顿，是沉默的片刻。这是欧彬后来想到的，这能给对方一种听到心里的感觉，然后你的话才可能是从心里流出来的。这对相对早熟的小孩而言，简直是致命的俘虏。以前欧彬总爱跑去五姨家，无非挪挪坐坐，看看电视，等着五姨问些问题。钟表会看了吗？你更喜欢宁宁还是莹莹？她们是他的小伙伴，女孩，一个住在五姨隔壁，一个住在五姨楼上。她的问题欧彬不讨厌，会很顺从地回答，也很坦诚。五姨不像阿嬷家的那些邻居，总事先挂好一抹笑近前。欧彬，刚掉了一块排骨，还吃不吃？那是之前，欧彬将前屋家大他三岁的小姐姐掉到地上的中字排骨捡起吃掉。欧彬其实不馋排骨，但他愿意博小姐姐一笑。不想先笑起来的是旁边眼尖的大人。如此发问，欧彬厌烦，或冷漠以对，或大声回呛，他们竟然更为乐不可支，互相对望以交换、激发那份莫名的欢乐，并把欧彬的愤怒储为下回取闹的由头。他们以为欧彬不记仇、不当真，因为他是个彻底的小屁孩。欧彬跟他们没感情，从小到大，无非怒气化作客气。

当年要是赶上饭点，欧彬会在五姨家里吃一点莲藕排骨汤、香菇蒸肉饼之类，哪怕家就在隔壁的隔壁。他们分别住在这个单位划拨的筒子楼第四层连廊的两端。欧彬并不觉得五姨的手艺特别出众，饭菜也家常，只能说有些陌生，就像每一户的结构都一样，放置着差不多的组合柜、电视，稍晚还有冰箱、影碟机，但却拥有完全不同的气味，这在刚进门时尤其明显。因为新奇，欧彬酷爱串门。对此，父母并不真的责备欧彬，就因为两家在一条连廊的两端，低头不见抬头见。这就是邻居，是孩子和大人。欧彬到底是个小屁孩。

五姨爱笑，也爱抢在笑前，支起一只青白的手掌捂严自己的嘴。五姨并无龅牙，笑起来，似乎也未见牙龈特别的多，比五姨更丰饶的暗红而湿漉的牙龈，欧彬是见过的。母亲不爱跟五姨搓麻将，说放肆惯了，五姨在，倒都跟着拘谨起来，磁场、手气都蔫掉了。有段时间欧彬笑的时候也捂嘴，别的朋友见了笑他娘气，他们笑的时候跟其他永安人一样，嘎嘎地乐，眼睛全不见了，鼻毛都拐出来了，很深的龋齿也暴露无遗。欧彬觉得，五姨那种笑，不是所有人都能拿捏得起的。

五姨唯独那次撂狠了，所以欧彬记得极深。事由嘛，不是欧彬和其他玩伴偷割了别家晒在阳台的腊肠，就是把被风挑落的奶罩拿来传阅，嘻嘻地笑。五姨将所有参与者拎到一处，喝令跪下。她从未这样暴躁，所以大家都不敢违抗，换作门卫，我们早跑散了。于是一字排开，悻悻地跪在公安局职工宿舍楼前的篮球场边。五姨不说话，坠着没有血色的脸，定定地站着，小腿肚微弯，像给自己的罚站。家长下班回家，多半是从前一栋楼移步到这后一栋。来一位，五姨对应放走一位。整个交接，过于肃穆，也很有些尴尬，人家还套着制服呢。他们笑也不对，怒也不对，感谢也不对，反对也不对。都不对，越琢磨越窘得紧。这五姨，怪！母亲念了一句，在兜头骂完欧彬以后。

下跪的小孩里，欧彬是唯一没被领走的。母亲那时在镇里上班，距县城十公里车程，乡道窄，水泥薄，烂了些年头，车一过便卷起漫天沙尘，所以来往的车辆都赔着小心，到家天已闷蓝发黑。父亲经常有事，不是出警，就是应酬。欧彬努力去辨，却怎么也看不清五姨的五官，她隐没在发闷的墨蓝里。他的两臂冒起星星点点的疙瘩。五姨后来让欧彬起身，她帮他掸去两只膝盖上的泥灰，问，想吃什么？欧彬抿嘴说，娃哈哈。他指的是娃哈哈 AD

钙奶。五姨沉默着，伸出那只青白的手，是让欧彬牵住。欧彬老老实实把手交过去，他只抓住五姨的三根手指，这样的幅度握起来比较舒服。五姨的手背非常滑，手心则非常黏，显然渗了一点汗，而手心和手背都非常香，不知是什么牌子的香膏。欧彬其实很喜欢牵着五姨的手，这样他的手也会变得滑、黏、香。当年的他，喜欢模仿一切他倾慕的对象。

五姨不声不响地领着欧彬，到民主街的阿发杂货铺，买下一排 AD 钙奶。阿发是杂货铺的老板，躺在收银台内的那把懒人椅上，看一台七寸的黑白电视，又或只是有一搭没一搭地盹着听。电视的接收信号不稳，因为琼瑶剧里情绪高昂的人物对白常常停顿得莫名所以。街上人对阿发都熟，但不会展开过多交谈。对有些人，熟悉只限于眼睛，另一些则可能是耳朵或嘴巴。阿发的脸昏红，一路延及脖颈，个头应当不高，欧彬只能看到收银台之上他那白背心的两段吊带。母亲说他是好人，有次她去给欧彬买奶粉，结账时阿发将那包放回原位，转头从库房里拿出一袋全新的，包装硬实不少，字体颜色也深了一号。他并不特意去看母亲，一样的价。

回去的路上，欧彬笑着说，谢谢五姨。只要是一伙人，他其实并不很介意罚跪。五姨静静地回，以后听话，学好，至少别那么早就学坏。欧彬似懂非懂，猛点头准没错。他非常感激五姨的慷慨，换作母亲，通常只被允许要一瓶，那就只能憋着劲，舒缓地、一点点地拿管子吸，让奶水在舌面上一遍遍地跑圈，好叫整个口腔都变得酸酸甜甜，最后将吸管连带奶瓶掮在嘴角，吸得滋溜溜响半天，像瘪掉的冲锋号。

那一晚五姨家早早关门，但欧彬稍晚还是听到了东西摔落的响声，非常清脆，堪比用力吮吸已经见底的奶瓶，毫无章法就是章法。一片木板门显然对听力很难构成显著的阻断。当年的家属楼，各户的家门常年敞开，夜里远远看去，整个筒子楼如同一个斑斓而镂空的盒子，每一格的颜色、色温和亮度不尽相同，光与光的边界很细。如今，欧彬无法忍受这种巨大的镂空感，他需要坚固的边界，某种真空的效果。

五姨家里行五，小辈人都叫她五姨，后来大人也跟着叫，顺口了，五姨就成了大家的五姨。到最后，一般人不会记得五姨本来的名姓，倒也无妨。永安其实有很多这样逐渐失去了名姓的人，都无妨。甚至是一种褒奖。

在大伙还数得着的日子里，永安出过不少闹剧，无非伦理失范、人心不古，大伙为之哗然。县城的小，轻易地加剧了闹剧之闹。但闹剧最开始都是关门闭户的，实在把不住，才会溜走，散作一场满城的风雨。而在永安，这又几乎是无可避免的事，就因为城的小、日子的无聊，况且，人的嘴是捂不住的。嘴是一道缝，进进出出，窸窸窣窣。

但五姨那一趟热闹，本人非常积极而坦荡。讲究一点的说法，充分体现了自己的主观能动性。

五姨之前跟消防队的小郭好，好到她住进了公安大院的职工家属楼。当年消防队尚未另辟门户，相当于公安局的一个科室。欧彬自私地认为，他唯一要感谢小郭的一点，就是他把五姨带到大院，带给他和他的小伙伴。小郭和五姨最后谈婚论嫁，大摆筵席，在县城顶气派的供销酒店举行婚宴。在酒保的牵引下，两人一桌一桌地敬酒，一桌一桌地听客人讲好话和酒后的胡话。这时的五姨笑起来，还会用手去捂嘴，手掌套着蕾丝花纹的手套，新鲜而多余。她显得比平常开朗，可能是因为喝了一点白酒，而且她的头上戴着一顶珠光宝气的凤冠。这顶凤冠长年锁在民主街春霞照相馆的玻璃柜里，每逢吉日良辰才亮相，轮流传递不同家庭不同新人之间的喜悦。但只有这一次，欧彬觉得像处子秀，凤冠和新人共同的处子秀。

欧彬当时缩在其中一张酒桌里，每上一道菜，母亲都凛然地先行替他夹菜。怕他饿着，也怕亏了。欧彬吃得很撑，他情愿让自己的肚子变得圆鼓鼓的，因为这是五姨大喜的日子。五姨是他的朋友，她爱跟欧彬和其他小伙伴一起玩捉迷藏和丢手绢。她既不会看轻他们的智力和情绪，也不会过度沉迷其中，因为她笑得比所有孩子都要收敛。她同样善讲故事，每人放出一个关键词，她便串成一个完整的剧情，细腻的嗓音为她的故事锦上添花。大家都被那些寓庄于谐的故事带跑了，或者说被那种讲述的氛围带跑，去往她想带领大家抵达的任何一个地方。这是一场精神的春游。五姨跟其他大人很不一样。欧彬着迷于这种格格不入，正如其他小伙伴一样，他们在那天势必也吃得非常撑，没有理由不把肚皮吃得圆鼓鼓的，装下很多本不属于自己的东西。只是欧彬分明感觉到，自己并没有想象中那样开心，在五姨前来敬酒时，他须装出微笑的神色，那是他第一次这么干，这又令他感到某种委屈和幽怨。他甚至不敢直视五姨那张浓妆艳抹的脸，这张脸变得很不像五姨，像另一个人，比如小郭的妻子之类。他确凿地挤在人群里，却像搞丢了自己。

小郭讲不来永安的方言，他打北边来，皮肤偏白，脸偏方，个头比欧彬父亲高出小半颗脑袋，普通话的发音，既不像本地人的发音，也不像《新闻联播》主持人的腔调。这让他同样显得有点特殊。小郭到底来自何方，欧彬不得而知。母亲也不得而知，她是忘了。面对无关紧要的事情，她就是一个极其健忘的人。

风声很快就被大家抛过来垫过去，像一只惹眼的花绣球——小郭居然在老家还有一个媳妇。五姨当然不知道。原来她跟小郭没领证。没领证就摆酒，乡下常见是因为生米总不小心弄成熟饭，肚里空落落却不去民政局还招摇婚宴，在城里属于好大的新闻。所幸当时大家也都毫不知情。

后来就都晓得了，结婚是五姨的诉求，不领证是小郭的意见。他的措辞无非是，爱是氧气和阳光，是柴米和共眠，唯独不是那薄薄的纸页。爱是手段，也是目的，爱就是爱而非其他。如此，那么，还想什么呢？

欧彬很早就意识到，在小郭面前，五姨存在极大的劣势。五姨更爱小郭，换言之，小郭更爱自己。所以，她也势必甘愿吃亏。欧彬不知道为何会有这种强烈的感受，或许是一道眼神，或者某种短暂而致命的语气。欧彬对五姨，从不会动用喷和啐这样的语气词，或是在单一个"你"字后突然顿住，旋即默然走开。小伙伴们也不会这么对五姨，没有别人会这样对五姨。私下里，父亲对母亲，偶尔会这样。在欧彬的印象中，小郭有过好几回，当着外人的面，向五姨露出那种情态。这时五姨就不敢笑了，也不再发话。她显得很空，不迷茫但很空乏，在欧彬的视野里，她开始变得有些透明，任何颜色都在淡化。

五姨真正爆发，是在得知小郭在县城有个外甥女之后。

很多人都撞见过小郭跟那个喊他舅舅的女人一起。女人是本地人，他们偶尔会一道买菜，然后回女人家里，应该是做菜来吃。有耐心的邻居发现，女人这个满口普通话的舅舅，有时晚上也没离开。次日清晨，他们是一前一后出门的。永安人普遍醒不晚，不排除是因为总有人家楼顶养的公鸡早啼。舅舅和外甥女，喊得那样名正言顺，又让人觉得有些蹊跷。永安的闲话非常精彩。女人们说，这门亲，族谱得扒到五胡乱华那会儿吧？那时候，县城还没打地基吧？男人们说，这样乖巧的外甥女，我怎么就没撞上一只两只呢？说完，两头都笑，更为激荡。

五姨怎么可能没听见？她是怎么消化同在一个小小的县城却夜不归宿的男人给出的借口的？永安县的火警数得着。她是如何度过那些独自一人的夜晚的？晚上九点钟前，小伙伴们会陆续被家长喝令回家，洗漱，再赶上床睡觉。大人们通常不会睡那么早，电视剧里的爱恨情仇才刚刚来到紧要关头。就是那时，五姨实施了她的逮捕令，让别家犯事的小孩罚跪，让他们意识到风险并承担后果。之后，就是自家里的吵闹。

五姨到底跟小郭两清了。她对外声称是离婚，正如最开始说的是结婚。为此，她举办了永安开天辟地头一桩离婚宴，在南极酒店。南极酒店的前身就是供销酒店，半年前改的。供销酒店隶属供销社，社里要不赢各单位的赊账，最后只得把酒店转包给外头的老板。酒店装潢一新，取名南极，包厢名字是各大科考站的站名。名字和包厢弄得新颖、亮丽，大家都觉得有点意思，更爱去了。美中不足，还爱赊账。

婚宴替代了证书的公信力，成为五姨对自己的交代。除去父母，五姨的很多亲戚都到场了，还有不少同学和朋友。母亲和家属楼里其他的阿姨竟也受邀参加。父亲们没去，孩子们也没去。这是母亲们的意思。五姨在请帖上写的其实是阖府光临。

平常举办婚礼的舞台两侧各挂了一块红布，像对联，一侧写苦尽甘来，一侧写离婚快乐。五姨一人站在舞台中央，又唱又跳，又哭又笑。她的曲目很杂，有什么《快乐老家》《流浪歌》《潇洒走一回》，音响很震，入人也深，化人也速。母亲说，一点都不输录音带里的毛阿敏。这样的五姨，让所有人大开眼界，也多少跟着哭过笑过。

五姨后来握紧麦克风，对台下一众神色纠结的来宾说，这天来得太迟，好在终究来了。她的失败在于，爱人的时候，忘了爱自己。爱自己，先从直面失败开始。镜片增加了她整个人的诚恳度。母亲说，所有人都站起来鼓掌，掌声持续了很长很长的时间，比平常单位领导发言完毕时的掌声，还要长而洪亮。这也是他们之前都没有料到的。

五姨后来跟母亲闲聊，说还是永安好，人大都老实，而且知根知底。这辈子，我都不想出去遭罪。母亲记下了，这是她认定五姨从未离开永安的证据。

五姨离婚一事，永安人少有地没有大做文章，起码少了很多嬉皮笑脸。倒是小郭，不久便离开了永安。去了哪里、有何惩戒，大伙并未上心，离开就是剧终，永安人不恋戏。欧彬后来碰到过那个所谓外甥女，他努力设想她的种种好，终究认定只是再普通不过的永安女人。小郭走后，五姨倒是留在大院的筒子楼里。她暂时没有搬走的意思，也没有谁要把她请走的意思。这又让不少人感到惊讶，却没有出乎欧彬的意料。

欧彬天真地以为，五姨的留下跟自己有关，至少也有几分之几上下的关联。

欧彬安然度过了二十九年的生日，他忘记了绝大多数的生日场景，却没有忘记十一岁那年的那一天。母亲一反常态，默许他跟一个堂哥两个堂姐还有三个大院的伙伴闹得很晚，他们一波未平一波又起，无聊而不知疲倦。接近零点时，母亲嘱咐欧彬给五姨也送去一块蛋糕。零点过后，就是五姨的生日。五姨迎来了自己的三十七周岁。欧彬欣然领命，挑了当中最大的一块，跟跟跄跄跑过去，厚实的奶油在他的胸前摇摇欲坠。他站在闭紧的门下，对着那扇深绿的木板门，一组三下，敲了三组，里头终于敲出响动，房间重新被点亮。光渗过绒布窗帘厚密的针脚，浮出薄薄的暖黄。

欧彬递上蛋糕，喜滋滋地冒一声，生日快乐。他不知道是要祝自己生日快乐，还是要祝五姨生日快乐，母亲没说，他现在有些犯难。五姨接过纸托，说了声谢谢。她碰到欧彬手掌的指尖冰凉，让欧彬一下子静了下来。她没笑，缓过一阵，两颊浮起星星点点的反光。那是初冬，五姨的肩上披了一件军绿色的棉大衣，欧彬觉得不像是五姨的尺码，他该死地想到了那个大家都说该死的男人。五姨没再讲话，身子隐隐在筛动，她的面前是一块被切得歪歪扭扭的蛋糕。一颗附在蛋糕奶油上的罐头樱桃，冷不防掉到地面，一动不动地粘在水泥门槛上。欧彬第一次目睹这样的五姨，他有一点怯，他还担心五姨带着起床气。刚满十一周岁的欧彬非常肯定自己无法独自面对这种局面，于是扭头跑掉了。他拼命默念，罐头樱桃不好吃，掉了不可惜。那是欧彬第一次体会到五姨的复杂，原来他不懂的事情还很多。

或许正是由于复杂，五姨拒绝像大多数人那样，离开永安。都恨不得离开。她上课、备课、看电视、发呆、闲聊、逛街，就范在永安的日光流年里。

那以后，欧彬满心以为自己会记得五姨的生日，这是最简单不过的一道数学题。直到母亲突然谈及五姨，他才恍惚记起那份遥远的自信。欧彬对此感到愧疚。他以为的算术题，其实是主观题。

欧彬早就堂而皇之过起了新历生日，农历生日也被他扔进记忆的仓库，剩下母亲去惦念。公元纪年的确更易记，也更契合外面世界的运行规则，方便外面世界的朋友为他这个永安仔庆生。他们在 KTV 里痛饮洋酒，为一只欧陆风情蛋糕点上数字蜡烛和一根香烟，合唱《祝你生日快乐》，等欧彬像煞有介事地许愿、吹熄蜡烛，到最后，每人都尝上一块沾满他口水的蛋糕。他们想睡多晚就睡多晚，城市的楼顶没有公鸡。

五姨后来又有了新相好，没有理由没有。

信息抄送过来也快。男人姓丁，粗粗投去一眼，脑袋像刚拔出泥地的芋头，面目有些模糊，毛发确是荒凉的。他很高，又高又不爱吱声，甚至当面都不打招呼，这在永安是一项不小的罪状。丁生不抽烟不喝酒，丝毫不像其他永安的男人，他最大的乐趣是独自驾驶那辆由巩俐代言的大阳摩托，在县城兜上一圈，最后停到光明街那家租碟店，提走一打选好的影碟回家。他也不串门。当年洗衣机甩干技术未臻成熟，被他晾出去的里里外外的衣裤却不怎么滴水，而且一件件平平整整，像给熨过。五姨那么活的人，怎么拣了一块木头呢？

是谁最先不再在谁的跟前频繁出现，欧彬没有印象。那时欧彬的身体，他的喉结、胡楂、瘪下的两腮、夜夜疼痛的膝盖，都将他隔离在丢手绢和捉迷藏之外，隔离在任何人的训诫之外。他和五姨无可避免地被拉远，只剩一声简短的问候、一个点头、一个根本来不及捂嘴的虚笑。欧彬的腔调、衣着和口头禅都在快速地推陈出新，他越说话，越觉得不像自己在说话，同时又越发沉迷、精于这种不像。他想到了那个著名的悖论，忒修斯之船。他正是这样一艘焕然一新的旧船。

当时，五姨偶尔会去丁生家里过夜。她是三两天在这头，三两天在那头。所以每到夜深，五姨那间房，三两天亮着，三两天漆黑。她成了一只不断迁徙的鸟，足足一年有余。到最后，鸟儿弃巢而去，是重新为人，决心变作别人的新娘。我的思念是不可触摸的网，我的思念不再是决堤的海。这一次绝对名副其实了吧。他们没再举办婚礼，可能是不再需要。欧彬不再想它。

那时的欧彬经历过各类别离，痛苦的、没心没肺的、矫情的、尴尬的、匆促的、藕断丝连的、黑白的。何况，这只是再正常不过的喜结良缘和吉日迁居。小小的永安，就是他们的最大公约数。

这趟是欧彬头一回向单位申请探亲假，十天，待在永安。回来一趟不容易，飞机地铁客运来回倒，有点像铁人三项。

就是在最后一程的班车上，在一众热闹的乡音里，欧彬想到当年关于从未出去过的人的好奇。好奇尚未彻底消退。车窗外，远山如黛，绿水深流，时间仿佛就此凝固。欧彬如今对故乡的记忆，都在了这些尚且安稳的山山水水里。只有这里了。

欧彬要到了五姨的电话。当年全县通用的电话簿早已作废，但真想得到一个人的联络方式，过个三张嘴的事。电话里，五姨的笑一如既往地柔和，知限度。她应该习惯性去捂嘴了。欧彬说，我是瞎问，无非聊天，好久没见您了。好，那就见面详谈。他为自己不得不如此说话感到有些难过。五姨还在做她的民办教师，她说再过三年就退，干不动了，又不涨工资。

欧彬原先跟五姨约在一家外地人新开的咖啡馆，碰头后，五姨临时提议说，不然去汤五粉店，来碗凉拌粉解解馋。她说你很久没尝到家乡味道了吧？欧彬想说每年过年他都回来的，到底没讲。汤五粉店是永安的老招牌，老板汤五，也是一个失去了名姓的人。

他们有十年没见了，不怨一个地方或大或小。其间，欧彬和各位伙伴陆续搬离家属楼，他从高中开始在外求学。其实更早，他和大院的小伙伴们就已不再热络，他们各自有了新的爱好和伙计。那栋五层楼高的筒子楼前两年被拆毁，公安局也迁走了，城中地带的原址让给了精明强干的开发商。

时间过得真快，越来越快，像还在昨天。欧彬说话，用在外面习得的礼节，应对面前的五姨。

老阿姨了，有什么好见的。五姨笑答，门齿洁白如初，腮上的斑纹微微一皱。

五姨的特色都在，眼镜、花苞头、自然极了的笑，身架似乎窄了些，因为原先就瘦，所以并不觉得格外弱小。倒是头上那道豁然的发路稀得刺目，并不成功地维持一条偏右的直线，直线的两侧胀出明亮的银白。欧彬能看到她的头顶，从前根本无法想象。五姨的不怎么变，让欧彬感到心安，动荡的只是他自己，他就放心很多。她的脚上套一双缀着深灰亮片的纯黑舞蹈鞋，走路闻不见响，像一种刻意的体贴，不管是对身边的人，还是脚下的土地。

吃客一路排出店门。汤五本尊，白背心外挂一条蓝围裙，裙肚黑到发亮。他站在砧板前，切配料的手几乎不停，老板娘负责喊人交钱、取食，两个不知远近的亲戚在身后码碗、烫粉、装粉、舀汤，一笼笼湿热的白汽在身畔飘舞，撞向天花板。大伙吵着买卖，吵着吃喝，满地滚着餐巾纸的白疙瘩。除去脑袋上的白炽光比早年要亮堂，汤五粉店没变，永安人好像也没怎么变，这让欧彬放心，也很自在。

他们相对而坐，四五筷后满脑门是汗。凉拌粉酸甜可口，拍下两颗灭菌的生蒜，嘴里于是又带一点微麻。五姨说起当年她经常带欧彬来这里吃粉，欧彬总嚷着加料，只加叉烧和芙蓉肉，荤命来的。五姨还说有一天夜里，大院的孩子们玩捉迷藏，欧彬躲到一辆报废的警车的后备厢里，就差他没找着，开始还很得意，后来发现，其他人已经把他给忘了，重新开始新一轮的游戏。欧彬对此没有印象了，他强迫自己笑，汗水从下巴滴走几粒。他想，假定是真的，当时他是如何收场的呢？换作现在，他会在后备厢里睡上一觉，直到所有人都意识到他的消失并为此感到恐慌。

五姨吸走一口汤汁，说，其实很早以前，我就出过永安。

当年邻县文工团到永安招人，少女五姨获悉，就去试了一下。考官问，你有什么特长？五姨眨眨眼，说没什么特长。长相明摆着，算不算特长，她觉得考官应该一眼就能识出来。主考的团长说，那你想去哪个位置？五姨说，讲话倒是不怎么磕巴，不然试试主持？随后有人递来一张打印纸，她便就着上头的字逐个逐个念。是一首诗，贺敬之的《桂林山水歌》。不出一礼拜，五姨就坐上班车，到文工团报到了。主持。

半年刚过，五姨又回来了，多了一手的行李。五姨只说被那团长负了心，于是就回来了，到底年轻过。稍许，五姨又冒一句，但我确实不大相信外面的世界。欧彬觉得五姨所谓不信，跟他所想表达的信或不信，似乎不在一个面上。但他没再说什么，不过是来唠一唠。倒是五姨最后说，其实我还没揣摩出一个答案，想全了再告诉你。这次回来不急着走吧？她吃得比欧彬慢很多，也吃不完，剩了一半在碗里，却不让欧彬想到浪费。

在欧彬回去前一晚，五姨跟他再度碰面。欧彬当时说的是回去，回到他很可能就此定居的他乡。这次他们选在那家咖啡馆。咖啡馆里分散着很多年轻人，比欧彬要青涩。他们的普通话里，偶尔夹带一两句永安方言。他们在打扑克，也有的在玩狼人杀，不时哈哈大笑。欧彬特别留意了一下，没有龅牙的人是不会捂嘴的。

五姨说，其实后来她还出过一次县城。是小郭开着消防队的吉普车，把她接到邻县的医院。那时她怀上了他们的孩子。也是那时候，五姨知道了小郭在老家还有一个妻子。小郭说，是童养媳，山里的老人不懂事，他自己也很无奈，得想办法，慢慢做工作，各方面的工作。他说什么就是什么吧。五姨那时非常灰心，因为她觉得自己别无选择。好在她错了。在光线迷糊但人声喧闹的咖啡馆里，五姨对欧彬说，不是流掉，而是蹁掉的。他手脚不干净，人脏。孩子如果长到现在，也是个大小伙，比你小个两岁，还是三岁？脑袋真的钝掉了啊。

欧彬没料到五姨会说这些。她的颧骨硬生生拱起，让自己看起来像笑，像释怀。他觉得可以但没必要。欧彬告诉自己，必须目不转睛地直视过去，就好像他认了她的释怀。

欧彬不知道自己也笑了，腼腆又仓皇。

现在，都挺好的。欧彬说完，匆匆捧起那杯已经冷掉的拿铁。

死过一回的人，能不好吗？五姨的面色正在一点点丧失足以称为笑的依据。欧彬陡然想到自己的十一岁生日。那一颗掉落的红樱桃，瘪在水泥门槛上。好在不好吃。

好在不等欧彬回应，五姨接着说下去。她似乎有一肚的话等着亮相。

没到过的地方，姓真或姓假，还不是由人说、由人信？甄士隐去，贾雨村言嘛。你说企鹅存不存在？有没有极地、冰川？更别提恐龙了，光靠几节骨头棒子，怎么判定皮囊是麻的还是光的？我们不是老提野人，到底有没有那么一回事？我看野人就是深山沟里不识字的穷苦人。还有，阿姆斯特朗登月，信的和不信的，估计还是一半一半，就因为我们没到过嘛，可不就自己吓唬自己，或者自己糊弄自己。人一辈子，说白了都是连蒙带猜地过。你没问我之前，我是全信的，你问了我，倒怀疑起来了。

五姨居然看过《红楼梦》，至少一九八七年版电视剧是没跑了。而且她还知道有那么一个阿姆斯特朗。五姨的知识储备让欧彬稍感吃惊。出于某种原因，她同样在努力尝试去了解很多她本不必涉猎的事，然后或许，便可置换一些她已然经历却不愿想起的事。

那日周六，中午时分，天已亮得麻木，欧彬如常醒来。他头件想到的事是抓起床头柜上的手机。回复了两条微信，点进三个群组查看未读消息，再打开朋友圈。小指托住手机下缘，大拇指不停地滑动。

有人在健身房大秀臀线和背肌，他们把健身称为撸铁。有人站在张家口滑雪场高级道的顶端，来了张美颜自拍，近处的山腰给修歪了，成为一处峭壁。有人跑到凉山州，穿戴崭新的彝族服饰，积极贩卖野生土蜂蜜。有人抱怨周末还得加班，奉上一张端庄肃穆的政府大楼全景。有人现身说法，宣传自家网店今冬最新款印花毛衣，打算从点赞和转发者中抽取一位幸运儿包邮寄送。有人不着一字，默默转来一条将在捷克举行的纪念布拉格之春的活动资讯。布拉格，听起来就很遥远、缥缈，而且陈旧。若要让它跟日新月异的永安发生关联，似乎只能凭借一个人生硬地突发奇想。欧彬放下手机，想，这是多么的美妙，又是多么的不切实际。肯定有人怀疑过自己身处之地以外的世界是否存在，甚至，在自我意识之外，是否存在着一个客观的世界。在那一刻，欧彬莫名想到远在故乡的五姨。五姨应该也有微信，也在不断接受来自四面八方的各种各样的信息。欧彬那时没加五姨，不敢。他怕现在的他，会让五姨感到唐突，像被修歪的山腰。原先那个欧彬已经融化、蒸发。

一艘远航的忒修斯之船。

那个五姨呢?

之前母亲在电话里讲,五姨现在不得了,退休后,跟那老公到处飞来飞去,压根儿不把国界线当回事,更不会把永安放眼里。那个黑芋头还挺能挣,比你爹强百倍,就晓得破案,让返聘就返聘,你说混账不混账?母亲还说,五姨没要着孩子,再也不能要了。她贸然地补了一句,补给自己听。

年关将至,欧彬又呼哧带喘地回到永安。这次,他打算去一趟五姨家,既是拜年,也顺带把请帖拿去,写着阖府光临的请帖。欧彬快要办喜酒了,在永安排了一场。女方是一个外地的姑娘,听不懂永安话,自然也讲不来。

在应该是五姨家的不锈钢门前,欧彬又是敲门又是喊。他只能喊,五姨开门,五姨!唯独这栋楼的门外没有纷乱殷红的鞭炮屑,站在空地中间的欧彬,同时感到宁静和空虚。好像房子和它的主人一起被遗在了过去,又或率先奔赴未来,而欧彬无意中闯入了这种时空的错乱。隔壁屋的二层纱窗猛地钻出一只宽额的脑袋,说,吴锦群就算有顺风耳,也听不到你的喊。人跑南极去了,不是我们那个南极啊,是地球的尽处,真品,说去看什么冰川跟企鹅。没看微信吗?刚发了一组跟长城站的合影,瞧瞧人家!

欧彬的人影,被高天的日头拉得又斜又长。

身前五层楼的檐顶到底还不够高拔,能望见远处的山尖,绵绵密密。分明绿木成荫,远观却是蒙蒙的灰蓝,如同一座座连绵的冰山,自得凛凛寒意,让勇敢的人想要征服,胆小的人则想退缩。欧彬只是静默地站在那一段突兀的空旷里,四周是鞭炮沉重密实的红屑。

现在,五姨叫吴锦群。她又有了名字。也有了坐标。

肖家河诗稿

宋　尾①

　　我是个诗人，或者说，曾经是。关于我这一隐秘身份，只有身边极少朋友知道，也常被他们拿在酒桌上作为一剂作料。近些年，嘲笑诗人成了一种时尚。当然，这里边并无什么恶意。人过中年后你才会真正理解这样一些道理：你被人谴笑的那些，其实往往正是他们匮乏或嫉妒的地方。那也是你之所以是你从而与他们区别开来的某种东西。那些东西很难被忽略，因此被过于放大。不管怎么说，确实，我曾是一个诗人，这几乎不可撤销也无法消除——包括我写下的那些分行。眼下我要讲的这个故事，就与诗相关。

　　我写过一组诗，共九首，标题是《肖家河诗稿》，它曾在一个比较边缘的文学刊物上发表，与我大多数诗作的命运一样，知者寥寥，其反响诚如诗中句子，"静如深井黝黑"。事实上，连我自个儿也忘了它。今天，我找回废弃七年之久的天涯博客，逐页翻阅，竟有梦回之感——犹如是另一个我写下了它们，既陌生，又熟悉。我重新发现了这组诗，几乎在读完的同时，我意识到了——之前不可能想到也想象不到——一个事实：

　　对我现有的人生而言，那可能是一个特别的转折之处。而这个关乎命运的故事，事实上就藏在这组诗里。

　　在博文下面，我看到一位游客（好奇地）留言：你写的是哪里的肖家河？

────────────────

①　**宋　尾**　男，1973年12月生于湖北天门，现居重庆。著有长篇小说《相遇》《完美的七天》，小说集《奇妙故事集》等多部，曾获第七届重庆文学奖、第三届巴蜀青年文学奖。

　　这是个有趣的问题。很多城市大概都有一个叫作"肖家河"的地方。我现在的居住地附近就有一个，离小区四站路，那公交站就以此命名；前年跟一行朋友在厦门闲逛时，我发现了另一个"肖家河"，记得在思明区，应该是。我相信这个地名存在于更多广阔又陌生的方向。至于我诗里提到的"肖家河"，在成都，是一个相当悠久的老街区，也是我短暂寄居过的地方。我在那儿寄住了一个月。这么说吧，成都给我的全部印象，几乎没超出过肖家河——对我来说，在很长一段时间和很大程度上，成都就像肖家河那么大。

　　去成都，是去找我的爱人小安。她离开我们在重庆的家——如果那间二十平方米的租屋也能称为家的话——搬到肖家河，已经快两个月了。

　　小安执意要去成都，那里有一份新创的城市周刊准备接纳她。这个横空出世的时尚生活周刊，整个核心团队（包括采编和经营两大块）是从重庆集体跳槽过去的，在业内一度引起些许震动。这个刊物项目定位很精准，但对她个人来说，前景并不明朗，甚至十分地不明朗，不单单有三个月见习期，连薪资和具体工作也没有明确，她还是一头撞了过去。从上个杂志社离职后，她已在失业的焦虑中悬置了四十多天。这是她离开的有力理由。事实上，我们两个都很清楚的另外一点是，她在尝试一种预谋已久的想法：分开吧，就在这里画上句号吧。

　　在一起两年后，那些甜蜜素似乎渐渐变得淡而无味了。我们再也看不见"爱"，它不再激越，不再充盈，它不知不觉躲藏起来，成为一种惯性。惯性是一种消磨。消磨会产生另外的东西。就像手指甲，你明明记得没多久前铰过，但不知什么时候它就重新长了出来，以你无法忽视的形象。然后你不得不再次四处寻找那个失踪的指甲剪。某种意义上，我们是彼此的指甲剪。我们互相修理。那是另一种战争，寂静又盲目的战争。在消磨中她很轻易地对我的一些经历产生联想，那些她不曾参与的"过去"就像一个迷宫，把她吸附住了。我一直夹杂在"过去"和"现在"之间，充满困惑，但没有任何经验来处理这一切。她想多知道一点，我就藏得更深一点；她要锢得更紧一些，我就会尽量推开一些。情感就像夹杂在我们中间的粉尘，没有聚心力。挺可笑的，有时候我们争吵仅仅为这个——我们躺在床上反复讨论我们的感情，我们喜欢说而且说得有点儿多。

　　譬如我看着窗外说："下雨了……"

　　她就会凝目而视："是不是想起哪个女人叫你伤感了啊？"

　　我不得不警告她，我们不能一点距离也没有。

　　她却认为，爱是一种体制。

　　偶尔，她感到伤心。"爱情到了最后都会变成我们这样吗？"

　　我试图开导她。"你知道炉子上的水壶，那些温度不会是恒定的。当水温达到沸点，就需要拿开它。不然，水也会烧干。"

　　"我知道，"她说，"但我不愿意。"

　　我们一边粘连，一边破裂。但我们从未讨论过这个——未来。比如我们还会在一起待多久？

　　毫无疑问，在心底我们都是有那个预算的。然而，当她真的告诉我这个决定时，我还是怔住了。随后，那种挫败感、那种陡然而至的危机忽然攥住了我。几乎是下意识地，我做了自己所能做的一切——这么说吧，更像是一种本能——劝阻，挽留，暴跳如雷……通通没用，她义无反顾地走了。她的性格里有一种自我漂泊的惯性。在她拿不定主意的时刻，最擅长的就是逃离。只不过这次，她逃得太远了。那超乎我的视野范畴。

　　老实说，当她随着火车消失在我视野尽头，我忽然有一阵轻松。可回到孤单的房间，那种沉重的伤感又一丝丝一缕缕爬回到心头。我完全可以想象到两地分居后的结局。所以，我必须要诚实而审慎地回答自己一个问题：就这样结束吗，就这样结束了吗？

　　有必要提到的是，其间，我处在一种难忍的夹缝中。我的两位朋友——也几乎是我最为要好和依赖的两位朋友——闹翻了，我没有审时度势做出应有的选择。第一位朋友，姑且称为A哥，是他将我从一堆应聘者中择选出来，就像从垃圾堆里被挑拣了出来，那是一种幸运，也是荣幸。他是我进入媒体的领路人，我成为他的追随者。至于另一位，叫他老D吧，他跟A哥是兄弟和事业伙伴，同事期间，老D待我不错，事实上他们两人都没可说的——于对我的帮助而言。一年多后，我们共同参与的那份周报突发重大人事变动，A哥不再担任主编。于是我们这帮人作猢狲散——A哥四处奔走，另找平台；我观望一段后，去了其他报社；不久后，听说老D回了周刊。关于这事儿我没想得太多，那时我们各自分散，但在情感上我们还没拆伙，仍然紧紧抱在一块儿——我是这样认为的。可事情并非如此，他们两个闹翻了，比这更糟的是，我懵然不知所为何事，不清楚其中利害，没人明确告诉我。我是很久后才知道，他们原该共进退，但老D却选择了去接替A哥的位置。这背后当然还有别的什么。总之，当他们势如水火，我却不知发生了什么，更意识不到在此时必须要有所选择。刚从平原小县城辞职出来不久的我，不管对职场还是这座山城，以及这座城市的码头文化，都缺乏必要的理解。我甚至还以为可以弥合他们的关系，但这种努力的结果是，A 哥与我断绝了联系，我也没再主动联系老 D。我不仅没有站到任何一方，反而不得不站到了两方的对立面，这种分崩离析从而也有了我的那部分股份。但若站在长远的位置回头来看，这种被动导致的分裂对我也非全然没有好处。我想说的是，当你依赖的事物一旦从你那抽开，你所得到的孤立，事实上也就是某种独立的开始。就如我在那些晚上写下的一行诗句："我离开了阴影，流着，像水那样。"

这不是唯一的问题。此时，将我引进到青年报的周刊主编离职了——在我上岗三个月的时候。不能说这位前辈不负责任。离职前，她特意与接任者交洽，专门提到我的情况：当初招我来时，是把我作为人才引来的，意思是，希望对我有所关照，可以适当给予点位置，比如副主任或主任助理。本意当然是好的，可这个举动事实上加快了对我的驱逐。

前主编自己也未必清楚的是，她的离职很大程度与这位接任者暗中穿针引线的谋划有关。新领导上任后，将我叫到办公室单独谈话，他的中心意思是：你以前是谁的人，我不管，但今后，我是这里的头儿，你要听我的。我懂，没问题，这几乎不是什么问题。虽然我十分反感，但这不是多大事，听谁的又不是听呢？反正总得听某个人的，是吧？问题是，周刊内部其他人都希望我也像前领导一样，自动离开。这也不难理解，我是那条"鲇鱼"，当初引进我，目的就是取代他们，或是一种警告。老实说，我的执行力还算不错，一个人承包了周刊的大部分核心版面。他们疏远我、憎恶我都是正常的。现在，靠山走了，他们就联合起来用各种方式提醒我：撤稿，驳回选题申报，拒绝沟通……总之就是把你孤立起来，无事可干。那天，我写了篇两千字人物稿件，新上岗的副主任用红笔很细心地为我勾出了七十八处差错。对，七十八处。据说差错远不止这么点，因为他甚至没耐心挑完，"整篇稿件几乎没有一句是没有问题的"。这件事彻底打消了我的侥幸，我清楚认知到只剩离开这个选项。几天后，新领导再次找我谈话，这次态度更为直接："你肯定是待不下去了，但我希望你走得彻底。"大意是，只要我答应签署一份承诺永不再入该报社的协议，他会赔偿我一份月平均工资，四千八百块钱。也就说，必须予以"开除""永不录用"，这样才能让他放心，这意味着我永久地丧失了卷土重来的机会。我完全同意，心底居然有一种生怕他反悔的窃喜。这种心情，想必你们多少也曾有过，就像是售货员按你要的斤两称完瓜子，但又多抓了一把糖放进了盘子里。就是这种感觉。

　　然而，最后那个夜班后，我坐报社交通车离开，途经嘉陵江大桥时，看着星星点点的两岸灯火，那一刻，我忽然涌起一种迷惘和恍惚——不是留恋什么，不是。就是一种单纯的感伤。我不知道这美丽的夜景，这蜿蜒的城市，到底跟我有着什么样的必然联系。我似乎也理解了她。对于漂泊者来说，在哪儿都是一样的。很多时候，不是我们在选择什么，而是什么东西择选着我们。

　　总之，这就是我当时面临的全部现状：失去了庇护我的那个圈子，失去了朋友，也失去了同居两年的恋人，我刚刚还失去了那份一度觉得有点希望的职业。而它留给我的这笔看似屈辱的抵偿，居然是我唯一能依赖并拥有的东西了。

　　我把自己关在歌乐山脚的租屋，在新工作砸到我头上之前，铆着劲儿写些无病呻吟的副刊文章，拿它们换点生活费。但我每天写得更多的是诗——应当说，不是我写下了它们，它们是自己流出来的。我每天出门去一趟网吧，传送资料和接收邮件，逛一逛论坛——我是界限网站的版主，一个知名的诗歌论坛，可想，这份义务劳动也不轻松。同时，我需要将新写的烂稿子发送给认识或不认识的编辑，收取退稿或留用信息。之后，我会到超市买一些啤酒和打折熟菜。看上去一切照旧，没有什么变化。然而我清楚，不是房子里少了一个人这么简单，而是我的生活被切成了两半。这种被撕裂和被破坏的感觉非常不妙。

　　虽然长久争吵使我们失去了共同生活的耐性，但一旦真的分开，思念（或者说惯性）却开始发作。脑子里就像多了一台播放机，很多美好的片段轻易就跳出来，反复播映。这无疑是一种煎熬。我们在生命中都必须服从于某些惯性，包括持续的情感。突然分离显然加剧了那种惯性的断裂感。我还在，但我失去了完整性。

　　有天，我照旧去网吧收发邮件，点开雅虎邮箱，看见了一则简短的邮件，莫名其妙，只有一句：

　　你还不知道吧？你女人跟一个男的搞在一起了！

　　这个发件人是完全陌生的，我愣了一瞬，汗毛随即耸立起来。

　　我回复邮件：你是谁？

　　对方没有回应。

　　我是说，接连几天我都去了网吧，这个发件人始终没有回信。

　　我在房间里思考了一整天，我决定去找她。

　　那是二○○四年七月，即使回头来看，那也是一个极其闷热的夏天。

　　小安有点措手不及。我到成都后才告诉她："我来了，在人民公园门口。"听起来，她的惊喜多于惊异，也没说"你怎么不提前打招呼呀"之类。她正在报社，让我稍等。"我在弄一个稿子，我尽快写，交稿后我就过去接你。""你先忙你的。"我说。这是实话，对工作我是理解的。

　　随后，在等待期间——其实包括在成渝大巴上的多数时刻——我都在回想那封邮件。谁发给我的？我在成都没有朋友。可能我有那么几个熟人，但没朋友。老实说，这封邮件比邮件里提到的事情更让我烦闷。

　　她来得比我预想的更快。不到半小时，我再次见到了她（我们是不是都这么想过，那天送行就是我们的最后一面了）。那是下午三点，气温还算客气，不似重庆那么暴躁，在我正要点上第五支烟时，她远远闯进我的视野——穿着那件熟悉的宽松横条纹 T 恤——略带扭捏地朝我扬手。不知为什么，我的心剧烈地弹跳起来，我居然有一丝紧张。当她走近时，我发现她脸上同样充满了红晕，跟我一样羞赧。这真奇怪，"距离"让我们仿佛退回到了某个起点——就像电脑盘的某个功能，一键还原，某些不被我们需要的内容就瞬间撤除了，没有龃龉，没有争执，有的只是情感的纯净本身。

　　其实，我曾好多次想象过我们重新见面的场景：我要紧紧抱住她，就像我们之间毫无隔阂，是现实让我们分开而非感情使我们远离。但当她真的重新站在我面前，我却讷讷地耻于暴露，在我伸手要牵她的时候她却勾手抱住我，她的热烈让我羞愧，让我为心底那个不洁的动机感到内疚。我的行李包沉默地横在路边，它深深地注视着我们——那一刻，我几乎确认了一个事实，不要怀疑我们的爱，它只是被某些东西比如现实遮蔽得很深，以至于要我们隔离这么久，要走这么远，才可能重新掏到它。

　　她带着我步行十几分钟，拐进一个繁闹的街区，从某个巷子穿过，右拐，又走了一段，杵着腰站在一个丁字路口，指着一个小区入口。背后是高耸的牌坊，上面写着：肖家河菜市场。"就是这儿啦。"她说。

　　小区很大，是一座庞大的迷宫一样的老社区，没有电梯。她住在其中一栋的四楼。之前在电话里她提到过，她跟房主一块儿住，那是一对很和气的老夫妇。

　　这个二居室确是那种老年人特有的环境，每一样家具，每一样陈设，每个细节，都是上了年纪的，客厅里甚至还有一个黑红色挂钟。她的房间在客厅右手边。空间局促，比我们重庆那个租屋还小，大概十二平方米，一张床就占据了大部分面积，除此还有一个书桌，我们曾共用的那个熟悉的台式电脑搁在上面，靠墙是一个衣柜，就没有别的东西了。她走向洞开的窗子，将碎花的薄窗帘扯上，背对我，用一种刻意漫不经心的语调说，老两口还得有一会儿才回家。我当然听得懂。我走过去，从背后将她紧紧抱住。她呻吟了一下，然后就像一块冰激凌忽然软化掉了。

从卫生间洗浴完毕，我有种焕然的轻松感。我是说，如果刚刚之前我们还是礼仪性的，稍带陌生感的，但身体的交合让我们重新找到了彼此，那种往昔的熟悉感又彻底回来了。我无法准确表述。但在我眼里，皮肤的触感、手指，甚至脑子里储存已久的东西统统都回来了。不过这很奇特，因为这种熟悉竟然藏在另外的地方——陌生的城市，陌生的房间，陌生的浴室，甚至我从未见过这样的场景——在架子上分别插放着六七把牙刷但看起来却不那么草率，毛巾也各有各的位置。出浴室时我想到一个句子，"他的身体在闪闪发光"。

回到房间，她已经套上T恤，光着大腿坐在床沿——这种感觉也是熟悉的，就像坐在重庆那个租屋里一样——眼里亮晶晶的，咬着嘴唇。我没问她任何事情。她也没有问我"你怎么突然就来了"或者"你准备待多久啊"……似乎这是顺其自然的事情。我来了，就像我早就应该来。

当晚我们哪儿都没去，我们一直黏在床上。除了抽烟时，窗帘始终合拢。怎么说呢，似乎那种肉体的揳入能够最大限度地弥补分别留下的那些空白。我们都很满足，只是很难尽兴——因为你清楚房东就在你们墙壁后面。晚饭时间我见到了这对老夫妻。看起来他们还算和善，我们彼此打了个简单的招呼。她告诉房东，这是我男朋友。老妇人笑蔼蔼地"嗯"了一声。意思是知道了。

我只提了一点小疑问，在她临睡前。"为什么租在这儿？"因为这儿离她报社并不算近。还有一个由此衍生的小事项。"电脑是谁帮你搬的？"毕竟是那么沉的东西。

"一个朋友。"她说。她的声音带着一种满足后的萎靡，她累了。而且一早还要出门。

"你在这儿还有朋友？"我尽量装作漫不经心，"我认识吗？"

"是啊，人挺好的。"她已经合上眼皮了，"你不认识，是同行。"

她很快就睡着了，鼾声轻微而愉悦。我轻手轻脚起来，拉开窗帘，抽烟，让那些烟尽可能地飘到外面，往那漆黑里去。

醒来后，房间只有我一个人。等她回来，一天行将结束，我的生活才刚刚开始。每天都是这样。

看样子我们暂时安定下来了。我们比最初还要来得炽烈。但生活却是种煎熬——至少对我而言，既不知明天要做什么，也很难梳理自己长远的规划。我只能将身体暂时寄存在此地，等候着某种契机。我十分不习惯那种与房东同住的生活。我很难适应。我不能自如地抽烟。我要压着嗓门说话。早晚是最麻烦的，因为卫生间只有一个。我总是等到老两口出门了才起来洗漱，等他们在客厅看完电视剧回房后再去洗澡。当然最恼火的是，我习惯睡得很晚，喝茶又多，小便频繁，脚步也如窃贼那般心虚。我不得不在房里放了几个空矿泉水瓶子以备不时之需。每当这时我便开始怀念我们在歌乐山下的那个家，虽然简陋但自由的家。那间租屋我根本没退。我也没想独自回去，我来这儿就是想要带她"回家"——一种隐秘但非常确定的念头，我自己也无法解释的那种念头。只是如我说的那样，我还需要等，等一个契机。

总之，清早她上班后，房东也出门了，房间里剩下我一个人，我突然变成一个无所事事的闲人。而且我一点儿也不知道自己接下来要做什么。我觉得自己变得十分迟钝。正如我在这房里写的那些句子：

> 动不动就睡着了
>
> 在陌生的城市耽于安睡
>
> 在陌生的图书馆逐个地
>
> 遗漏记忆
>
> 那些无数次激动过的心跳
>
> 缓慢、衰老、无所事事
>
> 徜徉、迟钝、不明所以
>
> 这多可怕
>
> 更寂寞的诗将要出来

孤独也许是种享受，但寂寞不是。寂寞是一种类似手术刀一样冰凉生硬的东西。房子里只有我，还有那些空洞的毫无内容的家具。所以我总看着窗外，看对面的楼层——每一层的人都在忙自己的事，我却无聊地注视着他们。

很多个清晨，我被鸟叫声唤醒。

我们住的那个老式小区是全封闭的，除了房子，就是青葱的园林和延绵的长廊。就像一个公园。每天大清早，大概六点不到，楼下就开始喧动——耍太极的、慢跑的、下象棋的、打纸牌的，占据了楼下所有空地。还有很多赶集一样，从外面骑自行车进来玩耍的老年人，自行车上从来就是那两样东西：一个是装满沱茶的大茶杯，另一个就是鸟笼子。我见过自行车上挂得最多的足有七个鸟笼子，里面圆眼珠的八哥，像体操运动员那样蹲着，稳稳地。仰着脖子就开始叫唤，整个小区都回荡着它们激烈的噪音。

我的一天，也在它们尖厉的嘶叫中开始。

我无事可干。也从未想过要去什么别的地方，比如一些被过分夸饰的景点。我的心境让我对那些——或者别的一切——毫无兴致。有时我会在小区中庭，看那些老人们下棋，打牌，或者在街上漫无目的地游弋，从这头一直走到那头。更多时候，我就坐在菜市场对面——那儿有块绿化空地，从街边的小卖店拐进去就是，种植着几株洋槐，摆放着乘凉的石头条凳。我在那里抽烟，观察脚底拖运食物的蚁群、变成黑色胶体的口香糖遗骸，辨认烟蒂的牌子，或者观望眼前来来往往的行人——深深浅浅穿过我那沉默的阴影，仿佛他们穿过的是我虚无的身体。

在这儿，是为守候马永林。

情况大致是这样的：来成都之前，她在媒体交流群发了一个求助帖（我自个儿也常常这么干），大意是要从重庆来成都工作，然后希望得到一些信息，比如合适的租住地、房租标准，等等这些。群里有好几个成都的，但只有马永林热情地回复了她。他建议住在肖家河，首先，这儿租金合算；另外离编辑部比较方便，事实上，从肖家河到哪都便利，生活也是。因为一到成都需要有落脚地，于是，她拜托马永林帮忙。他花了一点时间收集了几个招租信息，再确定了其中一间——价格是她满意的，另一点，跟老人一块住也有好处，毕竟一个女娃，初来乍到，安全是首位。当然，那台笨重的电脑和其他行李也是他帮着提溜上楼的。

当她落实租屋后，就立刻把我们那台台式电脑抱去了货运站，从重庆托运到成都，随后直接拖着行李——几乎是她的全部——到了这里。这说明了一件事，在离开重庆前，她已决定，或说以为跟我再也不会有什么纠葛了。

当意识到这点，我有点伤心，有些难堪，但我完全接受，这本就是事实的一部分。某种意义上，不管她跟谁在一起，或者跟谁接近到一起，都是应该可以理解的。只是，如果真是这样，她又何必如此热烈犹如迎接我"回家"一般。

搬完家当晚，她请马永林吃个便饭表示谢意。但结账的人是他。在这里她的熟人很少，他算一个。相较而言，是比较符合的那个。对了，她还说"他很帅"。

关于最后这一点，我觉得她略微夸张了。或者说，男人跟女人的审美观永远存在某种神秘的差异。我的意思是，在我看来，他算不上"很帅"。当然有可能是我自己那种因嫉妒而产生的排斥感在隐隐作祟。

他比我稍小几岁，二十六，约一米七，背部有点不易察觉的佝偻。很少笑，木然中有一丝冷峻。这使他看起来总是一副心事重重的样子。但他很干净。我是说，他这个人有一种整齐的唯美性。他的眼镜、发型、夹克、衬衫、七分裤和白色球鞋甚至是那个颓废的腰包，都恰如其分，没什么多余的东西，有些或许多余但是你能接受的。我得承认，他整个人呈现的那种忧郁气质是女性所喜欢的。

对记者来说，要摸清一个人并没那么难。更不用说他也是同行。那是一家主做人物报道的周报，他的信息挂在官网上，包括部分稿件。这份报纸我在报摊买过一份，看起来情势不妙，每期四十个版当中不到五条广告，而且其中两则广告明显是赠送性质的。

他不是每天都需要坐班，但他仍然每天都去报社。我想，可能是他除了办公室也没别的地方可去。换成我也一样吧，至少那里更实际，能提供电脑，冷气，同事，氛围，还有一点点说不清的安全感。那种"在工作"的感受对很多人来说是必需的。如果是采访，他喜欢约在酒吧，就在离小区不远的玉林路。要是他晚上没去酒吧，多半是在租屋内。那样的话，黄昏时你会在楼下菜市看到他。

他有个女朋友。那个女孩看起来过于稚嫩了一点，我猜还不到二十岁。小小的脸庞，小小的鼻子，挺漂亮，喜欢穿宽松的连体裙，手里托着筒状冰激凌拖在他身后，像个淡淡的、若有若无的影子。不知为何他们没有恋人的那种融洽，他总是板着脸独自走在前头。她一般下午过来，等着他，然后两人一块儿出去吃个饭什么的。最后他会将她送到公交站。至少我见到的三次是这样的。

但这天她是跟马永林一块儿来的。看着他们消失在楼栋里，我忽然有些心烦。这个女孩也太小了，看起来还像个高中生，当然未必。但她看起来还未成年的样子。我在楼下吸了几支烟，想着自己可以做点什么。

确实可以。我拿起一块不规则的石子使劲投向二楼那个窗子。玻璃发出碎裂的一声。我不确信我干了什么，但我知道我必定破坏了某些东西，所以离开时心里有一种隐隐的快乐和满足。

半小时后，我在菜市场接到小安电话。

来这儿不是要买什么，就是转悠。说起来，逛菜市成了我此后的一种习惯，也许，它正是在肖家河形成的。之前我没意识到，原来菜市场才是城市最为生动的区域。世俗的气息，一点点从那些正在腐烂的蔬菜和肉腥味里，散发出来。我喜欢那样的味道和嘈杂。在这你能遇到各种各样的鲜活的东西，不单单是货架上的那些。你可以听到很多俚语，看老年人坐在酒馆喝豆豆酒，运气好的话你能瞧见吵架，看成都人吵架大概也算一种非常有趣的娱乐。事实上菜市场不单单是卖菜的地方。那是一种完整的世界，什么都有。

她打电话来是告诉我晚上有个饭局——马永林说请我们吃个便饭。我吓了一跳，是不是我刚刚干的那件事被他发现了？但我马上意识到这不可能。他不认识我。他对我一无所知。到成都不久，我让她请马永林出来吃个饭，她也约过，被推了，但今天她再次提到时他答应了，只不过，他说他来请。他告诉小安自己一个朋友来了，正好一块儿。

黄昏后，在一个叫作"蜀留香"的川菜馆，我们碰上头。马永林换了一件黑衬衣，脸上的忧悒不见了，清清爽爽的——似乎下午的那个事情对他没有一点影响，这么说也不对，现在的他比下午乃至前几天都要舒朗多了。

握手后，他给我介绍身边那个微胖的小伙儿，脸膛方正。"这是张进步，他刚刚才到。"

张进步一直在擦拭头上的汗渍。这个山东小伙儿还在尽力适应西南的炎热天气。他今天才从西安飞来，明天要去一家科普杂志报到，做编辑。他是马永林的室友——跟小安情况类似，他们也是网友，今天才见面。只不过他刚好赶上了，马永林室友前几天退租，于是他就直接搬进来了。

因为彼此都不熟悉，气氛就不那么热烈，好在都是做媒体，也有一些共同话题。只是比较克制。我是说，没有什么让人反感和不适的东西，相反，马永林给我的感觉挺真实的，不刻意，也不造作。

唯一让我惊讶的，是中途他告诉我的一件事。

"我们见过的。"他敬了一杯酒，放下杯子后突然说。

"嗯？"一秒后，我才意识到他指的是我，"不可能吧？"

"青城山，还记得不？"

我摇头。

他提醒道："前年，《潮汐》诗刊组织了一届青年诗会。"

有这回事，那次活动在全国邀请了二十位青年诗人参会，其中也包括我，我们在那里待了三天。但我对他并无印象。

"你也写诗？"小安好奇地问道。

"我写得少，瞎写。但不是因为这个。"他解释说，当时他在成都商报见习，那次活动本来应该由他老师去采写，老师临时有事走不开，就喊他去了，反正就只是一个常规活动消息。

我确实没印象。或许是因为他当天就打返了，也许是我关注的点不在这上面，毕竟那是我第一次参加这么大型的活动，第一次见到那么多诗人。人太多了。

但这很有意思，这个世界，很多事总是以你想象不出来的方式或轨迹运行着。这个花絮让气氛陡然热烈起来，包括张进步——他也是"写诗的"，这让我们彼此打开了。聊着聊着，我们发现有许多共同的朋友。甚至我跟张进步也可能见过。他提到过武汉的一场诗会，我也在场。但我们毫无交际与印象。情有可原，他是写口语诗的，而我不是。杂乱的人群里我们总是首先站在跟自己相应的人身边。在这个意义上，诗是一种神秘的联系。

马永林在网上的笔名是"马嘶"，他在乐趣园上拥有一个论坛，我没去过。这种论坛太多了。但他去过"界限"——不知道这个论坛的诗人很少。

中途，小安偷偷去结账，但已经晚了，马永林早早就预付了餐费。我一直暗中观察，我没发现她跟他有什么秘密的眼神交流。我隐隐觉得，这个家伙也许不是我要找的那个人。

晚饭后大家意犹未尽，马永林建议去他的租房继续坐坐。

实话说，那是我几天以来最想进入的一个地方，那里藏着我的疑虑和嫉妒。我从没想到有天会真的跨进去，如此轻易。一个简单的二居室，长方形的客厅比较宽敞，一台电视机搁在矮柜上，中间是一条人造革长沙发，餐桌就在沙发前。左侧的卧室是他的，另一间是张进步的。

我伺机走进他的卧室，房间很小，窗玻璃碎了一个洞。玻璃碎屑已经被清扫而走。这里面就像溪流一样一览无遗——我是说，在里面我没发现任何我觉得可疑的物件。倒不是说完全没有女性的痕迹，但必定不是小安的。比如一块叠好的粉色手帕；比如一个银色发箍；比如一条腰带。都跟她无关，这我是确信的。我慢慢打量，除了一张小床，一堆书，几乎就再也没有什么东西了。收拾得井井有条，被单叠得整整齐齐，那些书也是，墙上挂着几幅装框的水彩画，静物以及风景。"你画的？""对，我学的是美术。"他说，"听不听歌？"我说，"行啊。"于是他打开一对小音响，接上MP3，游鸿明沙哑的嗓音流泻出来。他回到客厅泡茶，我翻拣着那堆书，一部分摄影画册，还有一些文化类书籍，一旁还有他的报纸，叠得老高。桌上最多的是诗，各种各样的民间诗刊，我翻开一本《存在》，目录里看到他的名字，随之翻到内页，我有些吃惊，他的诗写得不错，不像一名新手，他的诗有感伤的气质，多少有点形表大于实质，稍许刻意，应跟他的美术履历有关。不过已远远超出我的预期，是一个隐隐有了自身形状的作者。总之绝不是他自己说的"不会"，也不是"瞎写着玩"。

发现一位藏在水面下的诗人多少让我有些兴奋。趁酒意，原本还想多聊几句，小安从门外探头，提示我。"该走了，大家都还要上班。"

送别时他握着我的手，握得很用力。"明天又来。"

翌日下午，马永林真的来了电话，叫我们去吃饭。我下意识想推。这种心情想必你们也能理解。原本我接触他的目的并不那么单纯，虽然通过昨晚的观察以及在他卧室的查找，基本上我可以确信邮件里提到的那个人不会是他。晚餐时，他对小安表现得仍很照顾——当着我的面。但我知道，他就是这种人，一种风度。既如此，我也没必要不好意思再见面。何况，还有那个碎掉的窗户，我知道它破坏了一点什么东西。我不知道的什么东西。

最终我们还是去了。因为这很难拒绝，他说菜都买好了，你们不来我只有扔了。只是我没想到，"明天又来"会成一种常态。

世事就是这么诡奇。我跟一个假想敌成了朋友，甚至可以说，是我在成都最亲密的朋友。要没什么特别的事，晚上我们多半会在他的租屋碰头，一起做饭、聚餐，饭后在房间听歌、谈诗、聊媒体这个行业的变化和感受，临走再从他那借一点书或杂志。

说到做饭，主要是他，饭后小安负责清洗碗碟。要是他来了什么朋友，他会提前告诉我，"晚上搞个酒"。

在这不多的时间里，我（几乎）认识了所有他的朋友，那些形象影影绰绰。但全部都是写诗的。一个特殊的情感纽带。诗把我们收拢在一块儿。正如玉林路上并不只有白夜酒吧，成都也并不只有少数那几个显著的诗歌圈子。认识他们后，我知道了，更多年轻诗人走在暗夜里，默默从事这世上最为虚荣的一项事业，但那种真挚，是没法被遮蔽的。

那时来饮酒作乐的，有唯子、小凯、田地……还有些名字，恕我不能一一说出来。回想起来，肖家河就像是生长在成都的一爿隐秘的左岸，我们只有一个话题：诗。这种纯粹在如今几乎已荡然无存了。唯子写抒情诗，是最早一批地产专刊记者。那时我们毫不意识到，地产在之后很长时间才是媒体的主要支撑。因"只是做专刊的记者"，唯子多少还有些痛苦的内心纠结。张进步是口语诗人。小凯还在读大四，是学院派诗歌的忠实拥趸。田地刚进电视台做编导，偏好神性诗谣。马永林擅长唯美意象……可见，这不是一个捆绑审美路线的圈子，只是一群热爱诗的朋友——首先是写诗，然后是朋友，而非为什么利益聚在一起。说来好笑，那时我们常常讨论的是"诗歌向何处去？""网络诗歌的民间立场究竟如何体现？""民刊的精神内核到底是什么？"……诸如此类，尽是些宏大遥远的命题，却唯独不曾讨论我们自己身处的困境。

最显然的困境就是穷。一样的穷。聚餐一次，四五人，三四十块的菜钱，两瓶老白干。所以，逢有酒局马永林不忘带上我，"改善改善生活"。他带我走得最远的一次，是一处郊区。那是他采访的一个什么企业人士，宴请安排在一个气派的园林餐厅，餐桌大得远超想象，围满了陌生人，一排五粮液端放餐桌中央犹如赴死的战士。对这次蹭饭我印象深刻——虽然我早忘记了那天的每一道菜，甚至每个同桌者，但我还记得两个细节。

出发时，他心情不错。我们一起走在马路上，他忽然指着脚边："你觉得我能不能跳过这个绿化带？"我看了看，那么宽，觉得不大可能。我还没来得及说话，他嗖地一下就跳过去了。

第二件事，是我们在公交站等车——几乎就要绝望了。在烈日下我们站了近四十分钟，脸上汗没干过。我提议干脆叫个出租，但他非常确定地拒绝了。他说我们都等了这么久，万一一打上车，公交就来了呢？

我唯独记住了这两件事。首先，我想他跟我一样，遇到了一些事儿。一些难以跨越的东西。其次，他特别执拗，执拗里有一种天真。当然，也不难判断，经济是最为严重的一个问题。就在这天我知道了，他过得并不像他的形象所呈现的那么轻松写意。报社欠薪快两月，风言风语很多，说资方想撤退了；他还说起了他的前女友，他的言语和神情告诉我，他深爱着她，而他们的结局亦是清晰的，那个女孩前不久远赴法国。某种程度上这与永别无甚差别，他脸上的痛楚并不是伪装。

那天下午，我们揣着醉意返回。他带我从商业区下车，我们在闹市里穿梭。有那么一瞬，我在他脸颊上重新见到了那种神情——一种忧悒茫然的色彩。

我们并没有迷路，但我们都不确信自己的未来在哪儿。

日子就像一条凝滞的河。我发现我困在其中，但我似乎也找到了得救的方式。朋友就是那个救生圈。如果说之前我每天的等待就是小安。现在，我也同时期待着马永林回来。在挨过这么苍白的一天之后，真的，你会想找人说说话。尽管他的话不多。

回顾起来，我在成都几乎没独自溢出过这块街区。这种体验极其复杂但不难解释。就像我说过的，成都只有肖家河那么大。一种奇异的孤立。就像我在卫生间洗完脸，望着窗子外那样——那些云朵总是一动不动。

只有当小安或马永林回来了，生气才会在我这儿渐渐恢复。我知道这毫无意义——就长远来看。但至少，跟他们在一起，我暂时可以假装自己并没有那些烦恼。我可以获得一点乐趣，一点依托。

可我还是搞砸了。

关于那晚，我记得不是特别清晰了。尤其后半段，连一丝模糊的印象都没有。我只要喝多了就是这样，那些时刻就像被删除了，就像我完成了一场演出但自己完全蒙在鼓里一样，尽管那里面每分每秒都是我自己蹚过去的。

那是李东文从重庆过来了。他是"80后"诗人概念的主要推动者和串联人，也是我的朋友，来成都办点事，顺便待一晚，见见朋友。我不知道他与这边的青年诗人如此之熟——包括马永林。我见到他便是在马永林那间小卧室。

一顿大酒似乎在所难免。

那晚来了许多人。这样说是我不确知具体人数。正如我说的那样，后半部分我全不记得了。

第一场是在楼下的冷啖杯。最先到的是田地，没坐多久，有个紧急采访，他起身走了，所以后面发生的事与他无关。第二个是唯子，随后是张进步。印象中，小凯是最后一个过来的，那时我们已酒过三巡。小凯来之后酒桌就沸腾了。年轻就是这样，他总是比我们加起来还更有活力。由于迟到，他向所有人依次敬酒——仰喉就是一杯，干净利落。后面又加入了新的朋友。因为我们接着就转场去了玉林路，到酒吧继续喝啤酒。我的记忆便中断于转场之际。

后面这些事都是我从他们那儿慢慢拼凑出来的。

那晚，张进步最先醉倒，东文是第二个，接着是小凯，然后是我和唯子。

喝尽兴后东文开始朗诵他的诗，他还朗诵了马永林的——作为对东道主的一种回报。小凯也朗诵了，他是站在凳子上朗诵。像一群精神病患者的联欢。之后，争执就开始了。先是东文跟小凯，也许是为"80后"诗歌这个概念。而张进步推崇的几个口语诗人又招致了唯子的强烈反感，马永林跟小凯随后加入后者的阵营。谁也不服谁。各说各的。互相吵来吵去。在酒吧，可能又加入了新的人员，争执剧烈。甚至连始终保持一丝清醒的马永林也回忆不起来到底是怎么发生的。他唯一记得的是，东文先上手了。接下来场面就脱离了控制。但也没太大问题。翌日我醒来发现自己躺在租屋，手臂和手背上有一些擦伤，手指骨有些疼痛。东文新配的那副眼镜不见了，半边脸颊肿胀。马永林的脸和手臂上都留着擦痕。唯子的头发被扯掉了一绺，小腿被板凳夯了一下，瘸瘸拐拐的。张进步倒是没啥，他醉得太厉害了。打架的时候他呼呼睡在街边。除了小凯，他稍稍严重一点，在医院输了一整天水。他的脑壳被酒瓶敲破了，血浸透了那件白衬衣。

但肇事者是我，几天后我才知道这个事实。

我喝醉了，开始胡言乱语，综合起来大约是这样的：

抒情诗依旧有市场，但没有土壤了，就像国画那样。

我不是口语诗人，但我欣赏"下半身"，他们脱掉了传统的裤衩，这种勇气很重要，脱得很妙。

××和×××并不是什么天才，他们只是比我们早出生了十多年，他们只是在风起的时候开始奔跑，是风势而不是他们成就了自己。

我的某些观点显然符合小凯的诉求，当他跟东文争执时，我却进行了还击。这么说吧，当他与东文争执时我站了另一边。而小凯的过于尖锐让我有点不爽。

我告诉他，他推崇的那个学院派诗人也不过是一个复刻版，一个品相良好的复刻版而已。

"那你呢？"小凯被我的话语激怒，质问我，"你又是什么东西？"

我说（很可能也被激怒了）："我什么也不是！但要谈到写诗，你肯定不如我！"

"那你倒是说说，你写的是什么东西？"他带着一种愤懑将酒杯重重地磕在桌台上。

我没有回答。东文上手了。

接下来一周我没再去过马永林那儿。

我对自己失望透了。我不知道我待在这儿到底是为了什么，我又可以做点什么。那段时间我心绪非常灰暗——酒后忧郁症延续了好几天。我没主动跟马永林联系。他倒是来过两个电话。接着他忽然变得忙碌起来。我们这种职业往往就是这样。就像一个木偶，你不知道什么时候就被那根线提溜出来，然后什么时候放回到原位。

我又重新回到那种孤立的状态，在肖家河到处走，毫无目的地走来走去。那就是我的全部内容。那种日子，怎么说呢，就像反复浏览一本书，试图从中发现被自己遗漏了的内容。但我完全清楚了一件事：现在我所度过的每一天就像是一种飘浮的无根的虚拟，我完全意识到，这根本不是脚踏实地的生活。

就是在这时我接到了来自重庆的电话。老游，我曾经的搭档，一个很不称职的摄影记者，一根媒体老油条。接通后他就一阵乱吼，怪我跑到成都也不给他说一声，走这么久，消息还是从其他朋友口中得知的。我把情况说了，他"哦"了一声，像是松了口气。"老子还以为你们打算不回来了吧。"随后告诉我，"给你电话就是想告诉你，《新女性》杂志走了一个编辑，我已经给主编说妥了——你赶紧让小安回来。"之前我曾拜托他为小安留心一下，他放在心里。说着说着他来气了："龟儿你们跑啥跑，早迟还不是要回来的！"

这算是一个积极的信息吗？应该是，但我不确定。因为我还没有更好的说服她的理由。这不是什么选择题，她已经做了选择，她不可能舍弃现有的工作，再有几天就是她见习期满的日子。她已经开始期待转正之后的职业和生活。至于我？我在这儿完全没有机会。这个城市于我全然陌生。我也从未想过在这儿获得机会。那么，我该怎样才能把她带回去呢？带回那条熟悉的大河里去呢?

　　我想了又想，还是没有一个合理的理由。后来我索性不去思考了，坐在石廊里看"唱死人板板"——这种四川独有的殡葬仪式吸引了我。人老了，走了，但送行没有悲伤的气息，而是极尽欢闹和喧哗。今天，小区有位老人去世了，空地上搭建了临时的演出台，草台班子早早就来了，像真正的歌星那样在台上卖力地演出，下面簇拥着众多听众。旁边，是哗哗响的麻将，还有吆五喝六的划拳破耳传来，没有眼泪和哀号——尽管那也是一种必需的程式和形式。但欢乐的气氛无论对于生者还是死者更为可贵。我在那滞留了很久。还远远不够，我需要消耗更多时间，直到她下班归来。

　　生活就像海一样博大，但我缺少将它舀出来的瓢子。我带来的钱每天都在减少，无论你怎么攥紧口袋。

　　从小区出来，我在报摊上买了一份《成都晚报》，夹着它四处乱走。在影碟店翻找一些碟片时，半年没联系的弟弟忽然来了个电话。他用那种悲哀的声音告诉我，他跟他老婆，被传销骗到了上海。现在他们逃出来了，没有路费可以回家。我皱着眉头，到银行给他卡上存进了八百块钱。然后，我就只剩下五百多了，不到六百。这几乎就是我们两人的全部储蓄。来到成都后，她一直没领过工资。见习期没有底薪，只是按稿件计酬。她的见稿率不高。也因此她对转正抱有太多期待。这里面不单单是薪酬，还有一种不可计价的东西。

　　从储蓄所出来后，我回到菜市场对面那块空地上，坐在石凳上抽烟，慢慢翻完了报纸——其实主要阅读的是副刊，它的版面之阔绰让我感到艳羡——将它们随手扔在一边。这也是一种互利的方式。兴许下一次，免费读报的就是我自己。

　　不到一分钟，我背后石凳后排有人探手将报纸拿过去。我没管，掏出袖珍笔记本和圆珠笔，记下一些可能转瞬而逝的句子。我原本打定主意要以肖家河为题写一组诗的，但我迟迟没有找到开头，它们坍陷在一种臆想的空白里。而今天发生的事和随之而来的情绪让我重新找回了欲望和叙述的方式，也让我回想到了种种。至少那瞬是这样。

　　我很快就写完了第一首:

　　　　我将你擦拭得无以复加
　　　　我等你归去前告知

对干净的赞赏

你如此明亮

藏在暗夜

如此怀疑不肯信任

你对干净的感觉或许

就于人世的虚伪

对弟兄那般亲热

对爱人那么冷漠

生来我们就爱这样

就爱这无以复加的蠢事

　　我满意地默读着句子，拿这几行作为开头是再好不过了。正当我出神时，一只手在我背脊上轻触了一下。就是我背后那个人，脸颊清瘦，容貌有点近似于李伯清，当然他比李伯清至少年轻二十岁，手里还抓着那叠厚厚的晚报。想必他已经读完了，也许，甚至还偷窥到了我笔记里的那些文字。

　　"嗯？"我望向他。

　　他绕到我这边，问道："兄弟，你是记者？"

　　我想了想。"算是吧。"

　　"有个事，"他吸了吸鼻子，手掌在空中兀自做了个抓取的动作，似乎想要攥到点什么但又扑空那样，"我不晓得怎么说。"

　　我给了他一支烟。"慢慢说。"

　　他点上烟，深深地吸了一口，那些烟雾过了许久才从唇间吐露出来。他摇着指间的烟杆："这玩意儿，我戒了。好几年了。"又叹道，"真香啊。"

　　我好奇地注视着他，对于一切都感兴趣不是诗人的职责，却是记者的天性与本分。虽然我已经不再是了。

　　"这上面有篇文章写到了府南河。"他坐下来，坐在我身旁，"但是你看看，从没有人写过肖家河，你说为何？"

　　我摇摇头，将本子收进背包。

　　他看着我，忽然脸色变得有些悲哀起来。"你觉得这不是个事，是不是？"

　　我说不是。

　　他神秘地笑了笑。"我看你经常在这里打转，我想请问你，你见过肖家河没有？"

　　这么一说我还真愣了一秒。对呀，为什么我一直没有看到那条河呢？

　　我的表情应该让他满意了。"你觉得这有意思不——比这篇写府南河的有意思多了嘛。并且还没人写过。你在肖家河，但你看不到肖家河。"他又吸了一口烟，"你想不想晓得肖家河在哪儿？"

　　我问他在哪儿。他说："我可以带你去看看，很漂亮的一条河啊，就是瘦了，比原先小太多。"

　　他在前面领路，我跟着出来，经过拐角小卖部，老板对我做了个莫名其妙的鬼脸。我跟着他走了一条街，穿进一条巷子，从巷子又穿回到街面上。我问他还有多远，他说就在前面。于是我们继续往前走，又拐进另一条巷子。走了三四分钟，我看着有点不大对劲，眼看就要走出肖家河了，哪儿有河啊。一点河流的踪迹都没有。我有点不耐烦了，问他到底河在哪儿。他说了一句，我藏起来了。我一愣，隐约发现了问题。我站在原地，他回头说，你来呀。我说我不来，我不找了。他有些着急，说马上就到了啊。你来啊。说着回身想要拽我——这时他的面容有些狰狞。我撒腿就往回跑，他追过来。我们一前一后奔跑时，对面忽然冲过来两个戴袖章的人，把他拦腰截住。"叫你莫乱跑，你又不听话了。"其中一人还朝我笑着点了点头，很抱歉的样子。然后就把他押走了。

　　经过小卖部时，老板在柜台背后又冲我一笑。这次我明白了。这狗日的其实是在笑我，笑我被一个傻子带去转悠。一个傻子带我去找一条河，而那条河是看不见的。

　　就在那一刻我做了决定。可能是这样，很可能是。

　　后来——其实在很长一段时间——每每小安发现了什么蛛丝马迹时，总喜欢用那种意味深长的眼神长久地审视我："你呀，果然藏得深啊。"她的意思是，我有太多不可告知的前史，而我拒不招认。

　　生活其实就是秘密本身，活得够久了你就知道了这个事实。有时你隐瞒一些东西并不是一种欺骗而是相反，这是一种生活的策略。因为它们往往并不值得你过分注意。不过她说对了，我确实有一些小秘密，确实也藏得很深，只不过并不是她想象的那些。

　　这件事，藏在我心里很多年了，我从未告诉过她：她被成都那间报社解聘，源于我的一通举报电话。至于举报内容就不必说了，总之，为了将她带回重庆，这是我唯一可以做的事情，我做了而且比我想象的顺利。两天后，她从报社回来，满脸晦暗，抱回一个小纸箱，里面是她的茶杯、采访本之类。她哭了很久，她很委屈。就在见习期满时她被清退了，总编办仅仅是毫无起伏地通知了这个结果，甚至没有任何具体的理由。只有一句："经过三个月观察，我们觉得你可能并不适合这个团队，很抱歉。"

据我所知很多民营公司很擅长这种招数，招募一些应届生，然后给你很低廉的费用让你实习，在三个月即将到来前，随便找个什么借口就把你一脚蹬开。她的情况不一样。她很努力，她确实想要做好这份工作，而且她并不缺乏工作的能力。但我没法告诉她真相——是我干的，我故意的。那晚她沮丧了很久，我故作大方，按捺着心中的窃喜，努力安慰她。在这里的三个月也不是完全没有收获，我告诉她，至少你得到了更多经验。我说，我们本来就不属于这里。接着，我大致梳理了一下我们现在面临的处境，以及我们剩下的储蓄，得出一个结论，我们不可能继续滞留在这。但在重庆，我们有一个交了全年租金的房间、各种可以联系得上的资源，还有不少朋友，甚至连公车线路都更加熟悉。"也许到了我们要回去的时候了。"随后，我把老游的消息转述给她。这次，她没有吭声。我视之为一种默许。

离开肖家河前，马永林在家里忙活一下午，弄了一桌子酒菜，给我们饯行。

这酒喝得一点也不悲愁。可能他也知道，我迟早会离开的，我回到自己的河里就会重新变成一条鱼。饭前，趁着朋友们还没到，我们单独聊了聊。

我踌躇着，一直想要告诉他那件事，但我没法托出。后来我故意提到说，之前见过有个小女孩跟他一块儿，怎么后来没见着人了？他有些惊奇，问我咋知道的。我撒谎说无意瞧见过。他没在意，也没追问下去。他说你还记得我给你说过前女朋友的事吗？我说记得。他告诉我，那是前女友的表妹。表妹其实是多少有点暗恋他的，当表姐远赴法国后，她开始疯狂追他。虽然他高接低挡，仍然"差点点就犯了错"，他是这么表述的。当时他极度低潮，在事业和感情上都是如此，这小女孩一直黏着他，他其实已经有些松动了，但他意识到这不能允许，在情感上，在道德上，在很多层面上他不能这么做。那天下午她是有预谋的，要不是一颗石子砸进房间，还真说不定会发生啥子。"也是稀奇，不晓得哪个狗日的扔了一块石头进来，我马上就清醒了。"他说，不光这件事，就像脑子被什么敲了一下，很多悬而未决的事情都忽然变得清晰起来。他送走了哭哭啼啼的女孩儿，随后，给一个前辈回了电话。那段时间，他面临一个艰难抉择。一位赏识他的前领导，如今在一家著名地产企业做品牌总监，向他发出召唤。他纠结于去或留（我完全理解，首先，媒体人这一身份是一种虚荣感的存在，也是一种惯性依托；其次，留在媒体似乎还能保全一丁点儿文字理想的光）。他难免犹豫不决，做这样的决定确实需要一些勇气。那颗陡然破窗而入的石子似乎给他提供了一种启示。在一种莫名的情绪当中，他决然地拨了电话，告诉这位前辈他愿意接受这个职位。这段时间他事实上已入职了，正努力适应新的环境和工作。

他的述说让我有点失重，我不知道事情竟会是这样的。但我由衷为他感到高兴。转折总是让人感到怀疑，但转折始终也是值得期待的。

意外的是，小凯也来了。他是听闻消息自己赶来的，为此他旷了课，转了四趟车，就为了来告诉我："你这狗日的要走了啊！"他干掉一整杯白酒，随后重重地抱住我，在我脸上亲了一口，湿漉漉的，"老子喜欢你！"这就是写诗的人啊。

想起这一幕，我心里也湿漉漉的。

说起来，这是十六年前的事了。现在，小安是一个十一岁女孩的母亲，我的妻子。离开肖家河后，我们一直居住在重庆，看样子也很难再移居其他地方。我们过得不算好，但一点也不坏。房子我有，车子我有，干着不算事业的工作，与庸者比邻而居，琐碎又宁静。有时，想着想着我自己也会吓一大跳。我和她，在一块儿已经这么久了吗？以前那些十分不看好的旁人，包括我们自己，恐怕都是完全未料到的吧？"既有美好也有凄楚污秽"，但爱就是这样啊。人生就是这样啊。

偶尔，我难免也想：那封邮件到底是谁发来的呢？

我问过小安，我怀疑会不会是她干了这件事。但她矢口否认。她甚至觉得我是无中生有，根本没有邮件这回事。

那么就只剩一个可能了。要么是一个无聊的恶作剧，要么就是误发到我邮箱的一则邮件。

命运总会有些误差。

要是我没有收到那样一封邮件，我还会去成都吗？如果我去了，待上几天后独自离开会是怎样？进一步说，要是我没有接到老游电话，偷偷拨打了那个投诉电话……

正如我知道的那样，我们是由那些看不见的误差所构筑的。

几天前，我的媒体导师，也是我报社的总编辑正式退休了，单位操办了一台告别式，来了很多他的学生和旧部，与我同桌的一位来自成都，正好是小安曾供职的那家周报负责经营的老总。也许过了这么些年，又喝了不少酒，席间我给他讲到了这件事，我说我为了把老婆拽回重庆，冒充受访者投诉了她。有意思的是，他居然知道这个事，这么多年过去后他居然还记得。但他的说法完全不同，原因并不是我的什么投诉电话。"报社每天都有各种投诉，哪里可能接到投诉就开掉一个职工的？"这么一说我忽然也意识到了，是，事情好像不会这么简单。

真相是，当年，我追随而后来又与之陌路的 A 哥，不知在哪儿听说我和小安去了成都，而他与那周报的总编是故交，曾一起开创过事业的老伙伴。有次他到成都出差，约这位总编出来吃饭，兴许是一时兴起，或者是一种友善的怜悯，中间他提到了小安，说这是自己的兄弟媳妇儿，烦请给予照顾为盼。然而就是这个刻意的善举导致了她被直接清除。问题出在哪儿呢？很简单，两人表面上虽是故交哥们儿，但暗地里波澜起伏，他们曾为某事闹得极不愉快，暗结恶果——至少，对这位总编来说应该是这样的。酒局上，总编啥都没说，但第二天他就告诉总编办，有个员工，请她即刻离开——这位讲述者说，当晚他就在那张酒桌上，而他时任总编办主任。

怎么说呢，这个真相反而让我释然了。这事儿就像一个神奇的曲线：一开始，当得知我境况不佳后，A 哥是打算帮扶我一把，也没想过让我知道；但他的善意产生了后坐力，起了相反的作用而自己并不知情；不过就结果而言，倒是我最为希望也最为需要的。你能说什么呢？感谢命运！

因为这段插曲，我开始思考这么件事：肖家河对我究竟意味着什么呢？这只是我生命里非常短暂的一个段落。但是，因为对它的怀念，使我对成都充满好感。我怀念那里的日子，那里的人，那里的街道和各色小店。起码，成都在我的回忆里有了自己的形状——那就是复杂而生动的肖家河。

马永林一直留在地产业，但已有倦意，不久前他投建了一所书店，叫作三径书院。值得一说的是，前女友远走法国后又主动与他联系，但两人之间丧失了那种情感的黏性，再度分手自然而平静。他妻子或许也知道这事儿，我见过她一次，美好应该就是指她的样子吧。

至于其他人：唯子仍从事地产媒体，也是知名酒局达人；田地一直在电视台，现在该是副台长吧？张进步在成都找到了爱情又失去爱情，灰心丧气去了北京，目前他拥有一家出版公司，做了不少畅销书；李东文是持续创业者，出版，影视，教育，啥都做过，还在创业过程中；小凯毕业后去了北京，后携妻远走加拿大，创办了一个教育品牌，前段时间还给我晒了一张加国总理到他公司观摩的照片。我呢，从成都回来后，与诗歌圈子几乎隔绝了，一直待在媒体，陪着这辆泰坦尼克号直到大半个身子浸入海底。总而言之，大家各有各的活法，活在自己的局限里。我们都远离了诗，但诗仍长在我们心里，支配着我们——用她独有的那种方式。

这么多年，再也没人问我："诗到底是什么？"

老实说，当小凯怒目质问的时候，我是没有答案的。这个问题让我茫然。总是这样，我们很热衷地做了一些事情但并不十分清楚它是什么，我们为什么需要它，而它凭什么值得我们如此投入？

我还记得我曾写过一组诗——那似乎是唯一我与肖家河发生联系的证据。今晚，我花了一点时间，在废弃的博客里找到了它。此刻，重读这些诗行，我忽然意识到，这组诗其实一直没能真正完成，尽管它看上去是完整的，但缺一个收尾。事实上，计划中它应当是十首，但我只写了九首。为什么缺一首？为什么我没补上它？

这个疑问我自己也回答不了，总是如此，有些念头如果不及时叙述你就会永久地与它分别。不过，在远离诗的狂热之后，我似乎也获得了一些以前不曾有过的结论。

诗是什么呢？可能我永远回答不了。我唯一能说的是，我们写诗，是因为世上本没有诗这种东西。

钻　戒

张惠雯[①]

那年，临近元旦假期前的一天，方杰说要带我去康州见见他哥哥。这让我有点儿吃惊，因为以往他哥哥来看他，我都会回避。

方杰是家里最小的孩子，除了这个大哥，他还有个姐姐在国内。他说他的大哥比他大十六岁，因此有点儿像家长。大哥二十世纪九十年代就来到美国，也因为这个缘故，方杰被拒签过两次，他们怀疑他有移民倾向。方杰2008年来美国读博，比我早一年多。2012年的时候，我们同居了。2014年，方杰博士毕业，留在读博时老板的实验室里继续做博士后。我当时已经读完了硕士学位，在另一个实验室当技术员。他开始提到结婚的事。为了表示诚意，他送我一枚钻戒，算是求婚。那是一枚价值八千多美元的卡地亚钻戒。这让我挺震惊，当然也感动，因为他做博士后收入并不高，这枚戒指花了他五分之一的年薪。我接受了他的戒指，我们算是订婚了。

之后，方杰开始谈他的时间规划：他说等我们回国见了双方家长以后就在国内举办婚礼；婚后就赶快造小人儿（因为我们也三十出头了）；他做完博士后、谋到正式教职后，我就不用工作，可以像他老板的太太一样，在家里照顾孩子……我没有认真地和他讨论过这些计划，因为我觉得这些事似乎还很遥远。在这里生活了几年以后，我感到自己变得消极了些，也可能是年龄大了，开始懂得很多东西并非自己所能计划或主导。我有时感到自己像是

---

① **张惠雯**　女，1978年生，祖籍河南。曾长期旅居新加坡，毕业于新加坡国立大学商学院。现居美国波士顿。小说家，《联合早报》专栏作家。

被一股不可捉摸的外力推到了一个个点：完成学业、工作、订婚。幸好方杰喜欢计划，他认为这是生活有序的体现。譬如，我们一起旅行，他会制定一个时间表，几点起床、几点吃完早饭、哪个时段去看哪些景点。我刚开始不太习惯这种踩着点儿旅游的方式。但慢慢地，我同意这是一种更科学有效的方法。

　　方杰的哥哥在耶鲁一个研究机构做研究员，住在康州的纽黑文。虽然麻省和康州相距不远，但他们俩走动并不频繁。这些年里，他哥哥来看过他几次，有时假期，他会去哥哥家住两三天。我有时怀疑他和哥哥的感情是否不那么深，因为他们几乎不打电话。他说这是因为他们年龄相差太大，有"代沟"，而且哥哥是个不太爱说话的人，所以确实没什么好聊的。

　　那天早晨有一点儿薄雾，我们开车上路时雾也已经散了。冬日的晴天，总是晴得更透彻奇异、光芒四射。外面仍然很冷，也许零下两三度的样子，但阳光把封闭的车里晒得暖烘烘的。我们俩都只穿着一件毛衣，仍然感到热。我们并不经常出门，尤其是冬天，因为冬天出远门很容易遭遇因风雪导致航班延期的情况，而附近这一带又太冷。有时方杰会和同事去新罕布什尔的白山滑雪，而我通常不会同去，我对户外运动不那么热衷。那天也许是因为天气异常好，我发现在冬日开车出门也很舒服，我坐在车里、放着爱听的唱片，甚至有一点儿远行的兴奋。

　　谷歌地图显示开到他哥哥住的那个小镇需要两小时二十分钟，但因为我们聊天时下错了一个高速路口，最后用了差不多两小时四十分钟才到达那里。

　　小镇就是新英格兰小镇的模样：素净小巧的木板房，刷成白色、蓝色、咖啡色或黑褐色；冬季荒芜的草坪、敞开的空寂院落、安静古朴的木框窗；那么多的树——枫树、橡树、松树，光秃的落叶木和挺拔的常青树掺杂；路边黑色的木头电线杆上扯着凌乱的电线……车开到一条小路的环形尽头，方杰指着左边一栋房子说了。我看到那是一栋深褐色的房子，一层房外加半层阁楼。在这个地区，这种房子叫科德角式房子。房子前面除了一块草坪，草坪上一棵叶子落光的橡树外，没有其他植物。

　　我们把车停在通向车库的车道上，从车里下来，走去正门按门铃。就在我们等开门的时候，方杰又匆匆提醒我说他哥哥是一个不大爱说话的人。

　　开门的是一对看上去五十来岁的夫妻。一眼看到那男的让我有种荒诞的、仿佛穿越时光的感觉，因为他和方杰长得太像了，尤其方方的脸型几乎一模一样，看起来就是一个憔悴的、老了的方杰。他笑着对方杰说："我算着时间，觉得应该到了。"女的个子不高，短发，穿着一件红蓝条纹相间的圆领绒衫，腰上还系着一条短围裙，站在男人稍后面的地方，满面笑容。她对我说："你就是小菁吧？哎呀，总是听说，终于见面了！快进来，快进来。"我们往客厅里走去的时候，她又说："饺子包好了，还没有敢下锅，要等你们来了才下锅。"

方杰的嫂子要煮饺子，让我们先在客厅的沙发那儿坐一下。我们坐下来，她很快端来一盘水果，放在沙发前面的茶几上，然后又回去厨房里了。他哥哥陪我们坐着。他的头发看起来有点儿乱，也看不出什么发型，我有点儿怀疑是他在家里理的头发。他问了一下开车过来时路上的情况，方杰说我们下错了一个路口。他很详细地问是哪个路口下错的。而后他提到方杰的老板最近在《细胞》上发表的一篇论文，看来他一直注意着和弟弟相关的东西。他又问起方杰最近的研究项目的进展，方杰说实验不是很顺利，出来的数据不理想。他哥哥问是具体哪一步出问题了，方杰开始解释……总之，他们俩谈得很细。后来，我听到他哥哥叹了口气，说做研究就是这样，经常做着做着发现此路不通、要重新来。

方杰以前对我说过他哥哥一直没有谋到正式教职，在别人的实验室做了多年的研究员。我当时表示这没什么，不是每个有博士学位的人都能当上教授，大多数人就是会一辈子做研究员。但方杰觉得这只是说明我是个在事业上没有进取心的人，他说对搞科研的人来说，这种"千年博士后"的状态就是失败。他说他一定要谋到终身教职，到中西部偏僻地方的大学也在所不惜。我偶尔也会想象那种生活前景：和他生活在某个偏僻的中西部小城镇，在那里生儿育女，他会一直攀爬在通往终身教职的路上，我则围着孩子们转，直到我们都老去……这听起来好像没什么精彩的。但在任何人眼里，这就是安定可靠的生活。

他们兄弟俩交谈的时候，我起初还坐在一边专注地听。听着听着，我意识到他哥哥可能觉得这是男人的交谈，根本没有想让我参与进来的意图。方杰也许反而觉得有些不好意思，不时看我一眼、冲我笑笑。我注意到在他哥哥面前，他的亲昵也变得谨慎起来。后来，我不那么专注地听了，去看屋子里的摆设：款式笨重的大沙发、上下都打着荷叶边的窗帘、中式花瓶里的假花、墙上的装框风景画……这看起来就是一个中规中矩的中国移民的家，绝不会有任何出格的装饰或是你在家具店里看到的那种设计摩登的家具。只有一个镶嵌在墙里的白木陈列架显得特殊些，因为上面摆放的全是各式各样的玩具车。我一开始以为主人有个收集车辆模型的嗜好，最后想到方杰说过哥哥有两个男孩儿，所以我想这些车应该是两个男孩儿小时候收集的。

后来，我觉得我总得说句什么话，于是想了一个问题问他哥哥："这里离耶鲁校园大概多远？"

他哥哥愣了下，然后说："开车三十多分钟吧。"他的表情像是没料到我会贸然插嘴。

方杰问我："你想去耶鲁校园看看？"

"不想，我只是随便问问。"我说。

他哥哥说："如果想去，吃过饭要是不太晚……"

"真的不用去，就是问问，以后有机会。"我说。

"你们开了一上午车，可能也累了。"他说。

他开始和方杰谈家事，提到的都是我不认识的亲戚。过了一会儿，我起身走到架子那儿去看那些玩具车——屋里唯一有点儿趣味的东西。在厨房里忙碌的大嫂注意到了我，她说："那都是佳佳和哲哲小时候收集的小车，男孩子都爱玩儿这些。"

"这些小车做得真好。"我说，确实如此。

看了一会儿，我走到厨房里去了。当我问她是否需要帮忙时，她坚持说什么都不用我做，饺子马上就出锅。我看到餐桌上已经摆了几个菜，我想，她肯定是一个人忙了一上午，包饺子、做菜……因为她老公看起来不像一个会下厨的男人。她站在锅边，笑着看我，仿佛同时在仔细打量我。她身上的某种东西让我想到我母亲那一辈人，尽管她比我母亲应该年轻得多。

"真丰盛啊，还做了这么多菜。"我想表示感激。

"你们好不容易来一趟。小杰经常提到你，总算见到了，真漂亮，真好！"她说，同时用那种偷偷打量般的目光看着我。

我注意到她提到我们的名字，都会加一个"小"字表示亲昵，譬如叫我"小菁"，叫方杰"小杰"。

"一定忙了一上午吧？包饺子还要和面、拌馅儿，很花时间的。"我说，看着塑料切菜板上摆着的一排排的、弯月般的水饺。

"麻烦什么？"她一边用木勺子推着锅里浮上来的漂亮饱满的饺子，一边说，"我经常包饺子，方超和孩子们都爱吃。"

我问她："小孩儿呢？他们都不在家吗？"

她说："佳佳已经上大学了，他在宾大呢，还没放假。"

我听得出她语气里的自豪，于是说："宾大是很好的学校啊！佳佳肯定是学霸。"

"都是他爸爸的成绩。我辅导不了他，都是他爸爸辅导的。"她说。

我想，她是个很崇拜老公的女人。

她又说起另一个男孩儿哲哲，说他读的是寄宿私校，反正快要放新年假了，周末就没回来。

"寄宿学校？那很贵的吧？"我问。

她立即察觉出我的疑惑，笑笑说："私校是很贵，一年要五六万。要交全额的学费我们肯定交不起。不过，年收入在十万以内，学费就可以减半，再申请点儿别的奖学金什么的，一年付两万刀差不多了，我们还负担得起。"

我说："你们康州的公校教育应该也很好啊。"

她说："公校也不错，但还是私校更容易进藤校，而且结交的同学也不一样，私校的校友一般家庭更好，孩子有更好的networking，对将来都有帮助。"

这倒是我从来没有想到过的，尤其"networking"这种词从她嘴里冒出来，让我惊讶这个矮矮胖胖的家庭主妇对孩子的前程规划竟有这样的深思熟虑。

她打开头顶上面的橱柜，从里面拿出几个大盘子，开始动作利索地盛饺子。

她盛好一盘，我就端到餐桌那儿去。我随口提起我和方杰有时也煮饺子吃，但都是买来的速冻饺子。我们会煮很多饺子，就着啤酒喝。我开玩笑地说还有这么一句俗话："饺子就啤酒，越喝越有。"但她听完有点儿奇怪地看了我一眼，说："你还会喝酒啊？"然后她说他们家没有准备酒，因为没有人喝酒。我赶忙说："不需要酒啊，这么多菜了，还有饺子。我只是随便提到这个。"她宽容地笑了，好像原谅了我犯的什么错误。

吃饭的时候，她一直劝我吃菜，特别是她昨晚就卤好的牛肉和那盘韭菜炒虾。她的热情让我觉得我不该太在意她刚才那种反应，我只要注意别再随便说话就行了。也许喝酒这种事对于有些人来说确实是不容易接受的，就像有的女人不能接受别的女人抽烟一样。

我称赞饺子和菜都好吃。

方杰说："我早给你说过，大嫂的手艺特别好，也特别贤惠。"

大嫂似乎害羞了，说："说不上好，就是还能吃。多吃，多吃啊。"

他哥哥对饭菜没什么评价。他在饭桌上坐得很直，比刚才看起来更严肃些，也更寡言少语。他有点儿像我叔伯辈里的那些男人，他们或许把饭桌上不苟言笑当成一家之主的姿态，但我总感觉那是因为他们并不懂得如何和人交谈。从小没有人告诉他们，这是一种欠缺。

大嫂又对我说："你们爱吃饺子的话你也可以自己包啊，其实一点儿也不难，就是费点儿时间。"

我注意到她说的是"你"，而不是"你们"。

"我不会和面。"我如实奉告。

"这好学。"她说。

"你要不要学？"我笑着问方杰，"好像和面很花力气，男人比较有劲儿。"

方杰笑笑，没说什么。

但过一会儿，我听到他哥哥说："小杰在家里什么活儿都没干过吧。其实我也没干过，我们家的男的都不会干家务。"

我怔了一下。待我反应过来时，我觉得还是最好什么都不要说。

方杰想把话岔开，他说："好吃不过饺子。我们还是北方人的习惯，爱吃面食。"

"可不是？"他大嫂说，温情地瞅了他哥哥一眼，"你哥最喜欢吃手擀面，我经常早上起来给他擀面条。做面食哪有那么难？反正他爱吃什么我就做什么。"

我觉得她最后这句话是对我说的。她似乎在向我展示一个妻子、一个家庭主妇应有的"样子"。

我讽刺地说："大嫂真贤惠。现在像你这样可以早上起来为老公擀面条的女人真的很少了，感觉我妈她们那一辈的人里面可能会多些。"

"那倒是，时代变了。现在的女孩子连自己吃的饭都不会做。尤其是美国女人，都被宠坏了，看看那些搞女权的，还抽烟呢！"她说，神情里透着一点儿鄙夷、一点儿忧虑。

"我不觉得女人被宠坏了，就算在美国，女性和男性同工不同酬这种问题还挺严重的，理应得到的平等权利都还没得到，怎么能说被宠坏了呢？"

她大概没有想到我会反驳她，不好意思地笑了，说："也是，其实我也不懂社会上的事情，就是随便说说。"

她显然是那种为避免争论会顺着别人说话的女人。

我这时注意到方杰的哥哥在看我。他问我："你是支持民主党的吧？"

我说:"我没有投票权,谈不上支持哪个政党。不过,我支持少数族裔和女性平权。"

"你说的少数族裔是指黑人?"

"我们也是少数族裔啊。"

"那我问你,"大哥似乎突然来了热情,严肃地问,"你觉得黑人都当总统了,他们还没有平等权利吗?"

"如果在国内,一个山区的农家子弟也上了清华、当了官员,你会因此就觉得底层的穷人和上层的富人在教育、就业方面就完全有平等的机会吗?"我问他。

他没回答。

大嫂这时问我:"你不会喜欢黑头儿吧?"

"黑头儿?"我疑惑地问。

"就是奥巴马。"方杰的哥哥说。

"他不错啊。"我说。

"哦,那就是支持民主党嘛!"大哥说,如释重负般地向后靠在椅背上,微微一笑。

我明白了大哥是那种生活极度安分守己(也可以说死气沉沉)、对政治却抱有特殊热情的男人,这种人在上了年纪的华人男性里并不少。他们通常有个共同特点:看不起女人、厌恶黑人。我不喜欢和人争论政治,但他态度里的武断,尤其是他们夫妇俩那种看似宽容实则倨傲的笑容让我很不舒服,所以我反对说:"当然不能这么说。我并不是站在哪个党一边,共和党的麦凯恩和罗姆尼我也觉得挺好的。我会看具体的人和具体的政策。"

"确实要看具体政策,而且各州情况都不一样。美国又不是只选一个总统,地方官员其实更重要。麻省选民挺聪明,选总统和国会议员选民主党,选地方官员很多选共和党。"方杰说,大概算是替我说话。

"在大学里都容易变得比较左一些,尤其是好大学。"他哥对他说,仿佛在给予我们一个告诫。

"我们其实不怎么关心政治。"方杰说。

又过了一会儿,大嫂突然停下了筷子,盯着我左手无名指上戴的那枚戒指,惊讶地说:"哎呀,这么漂亮的钻戒啊!"

我笑了笑,说:"是方杰送的。"

我看了方杰一眼,发现他的样子竟然有点儿尴尬。我突然意识到,也许方杰并不想让哥嫂知道他买了这么一个贵东西。

"样式真漂亮啊，钻石也这么大。肯定是名牌吧？"他大嫂问。

"是卡地亚的。"我说。

我听到她惊呼了一声。然后转向她丈夫说："卡地亚我也听说过，那可是贵得很。小杰可真舍得！"

但方杰的哥哥没对她说什么，他只是抬头看了方杰一眼，继续低头吃着饺子，脸上挂着一抹模糊的笑意。

餐桌上笼罩着一股怪异的寂静。

在这之后，大嫂讲起了她和大哥结婚时买过的一枚钻戒。

"那时候你哥也刚刚博士毕业，在做博士后，当时博士后的工资比现在低。我们要结婚，美国这边结婚都流行买钻戒，我跟他说不用花钱买这些。你哥还觉得不好意思，后来，他瞒着我去买了一个。当然，钻石很小，也不是名牌，和你戴的这个没法比。"

大哥这时候放下筷子，看着他妻子。

大嫂继续讲："我看他竟然去买了一个钻戒，很感激，但更心疼钱啊！买这么个小东西花了差不多一千刀！我叫他去把它退了，我说这种东西虽然好看，但不实用，不应该花这么多钱。"

"钻戒这个东西本来就不是用的，只是种仪式。婚姻嘛，大多数人一生就一次。"我微笑着说，感觉到她试图导向一个什么结论，而这个结论无论如何对我不利。

她特别温和地看看我，点点头，说下去："他一开始不愿意退。我们请朋友们聚在一起，在一个中餐馆里办了婚礼仪式后，我对你哥说，这个东西结婚时候也戴过了，算是已经起了作用。现在真是没有用了，你去把它退了吧。"

我平心静气地听着。

方杰的哥哥像是不好意思地"嘿嘿"笑了一声，插话说："你嫂子是特别会过日子那种人，从来不乱买东西，也不让我乱买。"

她表情挺郑重地看了他一眼，接着讲钻戒的故事："他还是不愿去，男人嘛都要面子。我非要他去，因为差两天就到退货期限了。最后，我硬拉着他一起去了那家珠宝店！到了店里，人家什么都没说就把钱全退了。"

她停住了，轻轻叹了一口气。

我有点儿听呆了。我想她是不是真的在戴过那枚戒指、办完结婚仪式后又把它退给珠宝店了，他们后来有没有再把它买回来，或者有没有买了另一枚戒指……我还在等她说点儿什么，但发现她没有再说这件事。过一会儿，她开始讲别的，讲她怎样把从华人超市买来的豆腐做成豆腐干，讲她在后院里种了很多菜，可惜现在是冬天，否则可以让我们带回去一些自家种的新鲜蔬菜……

我看了一眼方杰。不知怎么的，他的脸有点儿红。他对我说："你不是喜欢吃虾吗？多吃点儿虾吧。"

饭后我们又坐了一会儿就出发回波士顿了，本来就是这么打算的。上路后不久，光线迅速暗下来，直到公路和两边的树林、原野完全笼罩在寒凉的夜色中。冬天的这个时候，四五点钟天就黑透了。

我不时想到那枚戒指的故事，说不清楚它给我一种什么感觉：委屈？狭隘？卑微？令人窒闷的生活？……

终于，我忍不住对方杰说："我不喜欢那件事，把钻戒退回去的事。"

"我也不喜欢，"他说，"我早就说了，和他们会有代沟的。"

"我觉得不是代沟那么简单，他们那一代也有很多人不会这么做吧？我不明白他们为什么那样，生活并没有困难到那个地步啊，把仪式上用过的钻戒退回去……"

"反正我觉得挺奇怪，我还是第一次听说这事儿。"

"哦，你没听过也不奇怪，可能她是看到我的钻戒才想起这件事。"我说。

"嗯，估计是受了点儿刺激。"

"很奇怪你大哥竟然也愿意去退。"我又说。

"他们那个年龄的人肯定比我们省一些。"方杰淡然地说。

"不是省的问题，你的侄儿读的可都是私校。"我说，"你不觉得那是一种生活态度吗？如果完全不在乎，应该不买。买了、戴过了、又退回去……这又不是一个杯子，是一枚婚戒啊。"

"解释不了……但也不要随意评论别人。"方杰说。

"我只是和你说而已，我没有对他们说什么啊。"我有点儿生气了。有时我想推心置腹地和他谈谈我某些深藏的感受或者怪想法，得到的往往是这种反应——告诫我有这种想法不应该或不正确。

"他们只是节省点儿，不是大毛病。"方杰坚持那是一个关于节省的问题。

可我觉得里面包含的东西要多得多。但我没有再争论下去，我说："你是个大方的人。"

"那当然，我和他们不一样。该花的钱，我肯定会花。"方杰说。

我想到他送我的那枚戒指，我想，那大概属于他所说的"该花的钱"。

"不过，我嫂子是个特别好的人，勤快、贤惠。"过一会儿，方杰说。

"你这样觉得？"我问。

"你不这样觉得？"他似乎很诧异。

"对于男人来说，她肯定是，"我笑着说，"她不是说每天早上起来给你哥哥做手擀面，就因为他爱吃手擀面。"

"对她老公好有什么毛病呢？"方杰问我。

"她讲给我听，是希望我向她学习，也这样伺候你。你难道不明白吗？她在给我暗示做别人老婆的本分。"

方杰没答话。

"我对她提到我们喝酒，你没看到她当时那种表情，好像喝酒的女人都是坏女人。这是什么年代的人呢？"

方杰竟然笑了一声，然后说："是不是你想多了？"

"我绝对没有。"我说。

沉默了一会儿，我对方杰说："可以说她好、贤惠、亲切……但我就是没法喜欢她。"

"你也不需要和他们生活在一起。"方杰讪讪地说。

"就是和你说说我的感觉。"

"我哥觉得你挺好。"

"他这么说的？怎么会？他什么时候对你这么说的？"我忍不住笑了。

"在你和他谈政治之前，你去厨房的时候。"方杰也笑了。

我想我不能告诉他我对于他哥哥的印象，那会让他难堪。

之后我们很久都没说话。夜路不好开，方杰在很专注地开车，我不知道他是否也在想着什么。我们的车在黑暗的高速公路上行驶，路上没有灯，只有路当中把两个方向的道路隔开的路障上的某种特殊涂料发出一条条一晃而过的黄光。在这样的路上开车，人多少有点儿凭着直觉和惯性往前走。车里热烘烘的，很干燥，让人昏昏欲睡。有一会儿，我确实闭上了眼。我睁开眼的一刹那，心里突然生出一点儿可怖的感觉：这一片封闭、狭小的空间，这种让人有点儿透不过气的燥热，前头被夜色遮没的、昏昏沉沉的路，似乎就是我们未来的生活之路……

我手指上的钻戒在昏暗中发着银质的光，像一个虚幻的小光环。

我用开玩笑的语气问方杰："不知道这枚钻戒能不能退。"

虽然看不清楚，但我感觉方杰的脸沉下来。他转过头瞅了我一眼，说："干吗说这种话？真是个怪人。"

过一会儿，他又说："当然退不了，早已经过了退货期限。"

半年多后，我还是和方杰分手了。它和我们那次拜访当然没什么关系。其实，我们有很多不一样的地方，有些事是我在让步以便附和他，有时是他用妥协来维持和睦……总有一天你会认识到两个一点儿也不像的人不应该再彼此容忍下去。但我想，我是在那次回程中、在那个暖热得让人窒息的车里感觉到了什么。至少，我知道我还没有准备好进入他为我们俩规划好的那个未来，而他是不会等的。

我买下了那枚退货期限已过的钻戒，我并不想让他承受这么大的经济损失。后来，我离开了波士顿，但我和方杰并没有完全断了联系。从他的朋友圈里，我知道他也如愿以偿，在得州大学埃尔帕索分校当了教授，从国内娶了个漂亮贤惠的妻子。他那个校区很偏僻，生活远不如在波士顿时有趣，但他住在很大的房子里，第二个孩子也快要出生了。我想，方杰一定惋惜那些被我浪费的时间，努力把失去的时间弥补过来。从他的朋友圈里看，他对生活非常满意，也没有像他哥哥担心的那样变左，而是成了特朗普的信徒。我想，他一定知道我没有结婚，因此把我看成生活的失败者。他不知道，让我害怕、退缩的恰恰是他追求的那种生活。

现在，我把那枚钻戒戴在左手的小拇指上。我喜欢那种感觉：它和婚姻没有任何关系，只是一个美丽而无意义的装饰。

石头里的老虎

胡性能[①]

1

一块巨大的岩石上布满了星光。灰黑色的花岗岩，坚硬、冰冷、粗糙，可当它像蛋壳那样突然裂开，从中蹦出一只布满黄黑条纹的老虎时，我只能庆幸自己是在梦中。醒过来的时候天还没亮，城市安静得好像被阵阵松涛覆盖的村庄。我按亮床头台灯，又从枕头下摸出手机，点开百度查阅花岗岩为什么会闪光。继而我又查询梦见老虎是什么预兆。没想到周公解梦竟然有官方版，上面说男人梦见老虎，表示在成功的路上会碰到许多困难。

或许梦见老虎意味着我的祖父最终将安然无恙。昨晚我刚睡下，父亲的电话就打了过来，说我爷爷快不行了，希望我能够请假回朱镇一趟。我抬腕看了看时间，应该还可以再睡上一觉，但是梦中出现的那只老虎将我残存的睡意撕咬得支离破碎。起床之前我抽了两支烟，回忆年幼时我与爷爷一起生活的经历，远方的黑暗中，有一张我熟悉的脸若隐若现。

几个小时后，我驾车离开丹城朝老家朱镇方向驶去。后来发生的事情说

[①] **胡性能**　男，1965年6月生于云南昭通，现为云南省作家协会驻会副主席。中国作协第八、第九届全委委员。云南省文化宣传系统"四个一批"人才，云南省有突出贡献的中青年专家，"云岭文化名家"。中短篇小说集《在温暖中入眠》入选中国作协21世纪之星文学丛书2004年卷，另有中、短篇小说集《有人回故乡》《下野石手记》《生死课》《孤证》出版。获第十届、第十四届《十月》文学奖，《长江文艺》双年奖，云南文学奖等。

明，百度上的解释也不是完全没有道理。中午时分，杭瑞高速公路上的车流量不是很大，我一路祈祷祖父能够转危为安。突然，公路边出现了一块临时路牌，蓝底白字的路牌，斜四十五度的箭头上方，写着款庄和朱镇。后来，在高速路下款庄的岔口，我再次看到更为明确的路牌指示："去朱镇走款庄"。这意味着回朱镇只能走老路了。我松开油门，右脚轻搭在刹车板上，任凭桑塔纳滑行到收费窗口。

午后的大地昏昏欲睡，四周安静得有些诡异。收费站里，一位扎着两根马尾辫的姑娘告诉我，朱镇与杭瑞高速的连接线上，有桥梁垮塌了。这让我想起朱镇外的那座石拱桥，庆幸我每次经过时，它都结实、稳妥。我想象驾车经过那座石桥时，桥面突然坍塌，轿车与石块一同掉进下面的深谷。这样的想象让我觉得好像有几只蚂蚁爬进了我的骨头，让我身体里有一些地方发痒却又无法触及。

离开款庄之后不久，我驾驶的桑塔纳轻微地震颤起来。从前风挡玻璃望出去，车头的前方，一条灰黑色的弹石路在阳光下泛着暗光，像时断时续的音符，通向远方静寂的山野。

一路上几乎没碰上什么车辆。有时，公路四周空寂得像是梦境。直到行驶了一个钟头后，在一个长坡，我才发现前面有一辆油漆斑驳的农用车。也许拉的东西太重了，车尾冒出浓烈的黑烟。突突突突突，农用车刺耳的声音每隔几秒就传来，让人心烦意乱。要是知道后来我会被堵在坡顶，当时我就应该加大油门从农用车旁强行超过去。

坏就坏在我以为时间尚早，不着急，挂了一挡，缓慢地跟在笨拙的农用车后面。突然，我从农用车喷出的烟雾中，看到锈迹斑斑的车斗里载着一块巨石，继而想起了刚过去的夜晚，我在梦中见到的那块石头以及石头里蹦出的老虎。联想起弥留之际的祖父，有一种不祥像水底的鱼群那样，从我的心底悄然游过。

果然，那辆农用车在行驶到坡顶时，车头竟然抬了起来。长坡爬行让车斗里的石头慢慢滑向了尾部，我看见那块巨石从倾斜的车斗里滚落下来，砸在弹石路上。那一瞬间，我有种大祸临头的惊恐，肾上腺素突然飙高，皮肤上像是长满毛发。我担心那块巨石顺着坡道滚落下来，须臾间预判岩石可能滚动的线路，然后打了一把方向，把车刹停在路边的一个死角里。

幸好，那块岩石没有滚动，而是稳稳地扎在了路面上。片刻之后，一个满身油污的中年男人从农用车上跳下，骂骂咧咧来到巨石边。我看见他往岩石上踢了一脚，绕着石头走了两圈，站在巨石旁眺望远方。突然，他反身离开，爬上农用车，打着火，突突突扬长而去。

阳光清洌地从蔚蓝色的天空照射下来。我有些发蒙，想起了昨晚做的那个梦，想起了那只老虎，试图寻找梦境与眼前这块巨石的关联。我从车上下来，沿着坡道走了几十米来到巨石边。我估计，掉落在路中的石头不会少于五吨，难怪一辆破旧的农用车会拉得如此吃力。很快我就沮丧地发现，这块难以撼动的巨石不偏不倚，正好搁在路中，像是有意为之。我目测了石头两旁的距离，发现只要石头朝公路的任何一边移动二十厘米，我的桑塔纳就能勉强通过。

让我吃惊的是，挡在我回家路上的这块石头竟然是花岗岩。我环顾了一下附近的山林，莫非有只老虎藏身其中？山风刮过，空气清凉，一月的云南高原正值漫长的旱季，当我凑近那块石头才发现，灰黑色的石头上有许多芝麻样的细小颗粒，当我的手摩挲上去，立即感到石头的坚硬和冰冷。

如果不是急着赶回朱镇，我愿意在此坐上一个下午。一路过来没有看见工厂，空气干净，正可好好洗一洗肺。我知道如今只有在偏僻的乡野，才能呼吸到这种有甜味的空气了。站在石头旁眺望远方的山峦，我估计这一带的海拔已经超过两千米，植被稀少，我身上裸露的肌肤能感觉到空气明显的凉意。

这是云南的东北部。红土下面覆盖的几乎都是石灰石。喀斯特地貌、溶洞、大山深腹流淌出来的溪流，我想起童年时，曾经在一个光线暗淡的黄昏，看见数以万计的蝙蝠从朱镇后面的溶洞箭一般射出，它们有如被狂风卷起的枯叶，在镇子上空盘旋着飞升，最终消失在阳光撤离后留下的巨大黑幕里。

在那个穿迷彩服的人过来之前，我一直坐在路边的田埂上，漫无目的地望着近处的田畴和阳光下模糊的远方。冬天的大地萧条得有如梦境，有两只鸟从对面飞了过来，它们横穿过公路的上空，飞翔的姿势让人心焦。它们扇动翅膀蹿高，停止扇动身体就往下坠落，这使得它们飞行的轨迹有如心电图上颤动的波纹。

2

落石的前方一两百米远有个村庄。五六十户人家，青瓦白墙的建筑零乱地散落在公路两侧，奇怪的是看不到一个人，让人感觉那似乎是一个空村。离我不远的路边，一棵巨大的杨树，粗壮的树干上钉着一块半米见方的蓝色铁皮，上面用白色油漆写着村庄的名字：陈贝屯。

　　杭瑞高速开通之前，我从丹城回朱镇，走的就是这条路，我也因此无数次经过这个叫陈贝屯的村庄。我乘坐过的交通工具五花八门，马车、拖拉机、农用车、微型车、大巴以及自己购买的桑塔纳轿车。当然，我还有骑摩托车从这条道上跑过的经历。尽管只是短暂地途经这儿，我还是在每次经过这个村庄时，捕捉到一些微妙的变化。路边有一段长达二三十米的青砖围墙，结实、紧凑，不知是谁修砌的，更不知有何用。多年来，那截围墙一直风雨无阻地站立在路边，每次我途经这儿，都会发现围墙上有新写的标语。"山村要致富，少生娃娃多种树！""稳定压倒一切！"我上大学的那几年，三株口服液广告铺天盖地，围墙上斗大的仿宋字变为："三株口服液，喝了有动力。"记得上一次从这儿经过时，围墙上写的是："生活要想好，赶紧上淘宝！"而现在，它已经被扫黑除恶的标语取代。

　　曾经，那些白色的广告字像花朵一样在砖墙上开放，绚丽而短促。这天下午，当我进退失据，坐在公路边的地埂上无聊地打量眼前的村庄时，我想起许多年前父亲赶着马车送我去县城读书的情景。途经这座村庄的时候，他告诉我说，明朝洪武十四年，改土归流，朝廷的大军从黔地过来平叛，曾在这儿屯兵驻扎，所以才叫"陈贝屯"。我于是想象过远古的某一天，这个地方军旗猎猎，一群远方来的士卒在此挖土垒灶，支架搭棚，静寂的山梁一度人声鼎沸。

　　这天我一大早起床，然后请假、到超市买年货、给桑塔纳加油，一直忙到中午才出发。我以为天黑之前一定能赶到家，我甚至幻想晚餐时不用动车了，可以坐在院子里的那棵柿子树下，陪父亲喝上一杯。那是棵老柿子树了。父亲翻修院子时，我特地让他把柿子树保留下来。记得大四那年冬天，天气奇寒，我第一次把女友吴湘带回家。回家的当夜下起大雪，第二天一早，早起的女友推开房门，惊叫了一声。屋外的院子里铺着半尺厚的白雪，平整的雪地让人内心有淡淡的喜悦。院角的柿子树，红红的柿子悬垂着，丰润、喜庆、安静。

　　一转眼，二十年过去了。当年我带回家的女友吴湘，两年前成了前妻。

3

　　乡村弹石公路，路面用巴掌大的石头镶嵌而成。从这条公路驶过的汽车，橡胶轮胎有如毫无规律的砂轮，不时打磨着曾经轮廓分明的石头。现在，隐约能够看见路面上有两条颜色稍深的车辙，像包过浆一样。在高速路开通之前，每次从丹城开车回朱镇，或者从朱镇返回丹城，我都祈祷能碰上风和日丽的天气。一旦下雨，这条顺着地形蜿蜒的弹石路会变得像冰道一样湿滑。乡村司机能够在多次事故中掌握在这种路上驾驶的技巧。我不行，一旦弹石路面被雨水打湿，我常不知道踩刹车的时候，脚掌究竟要用多大的力。

多年前的一个暑假，我带吴湘和女儿回朱镇。一早起来还阳光灿烂，但就在我离开丹城不久，天空陡然变脸，过了款庄以后更是下起了小雨。漫长的旅途，雨刷单调而机械地在风挡玻璃上左右晃动，传来令人不安的吱嘎声。一路上我小心驾驶刚买不久的桑塔纳，僵硬的目光死死盯住前方，仿佛在前方某个即将抵达的虚空里，有一桩不幸的事正等待着我。

弹石路面湿滑且凹凸不平，我能够感觉汽车轮胎在石头上难以控制地滑动。一百多公里的乡镇公路，我开得满头大汗，就像是顺着一根独木爬向对岸，而独木下是深不见底的山涧，不容有丝毫的失误。快到朱镇时，我才放松下来，车速也不知不觉加快了。鬼知道对面来的那辆微型车是怎么回事，也许是车上的司机之前一直走神，等突然发现对面驶来的轿车，他在慌乱之中狠命踩下刹车，微型车立即像一只轻巧的蝴蝶，在湿滑的弹石路上旋转起来。

事后，我一次次回想那惊心动魄的一幕，心想一定是上帝的手在左右两辆失控的汽车。微型车旋转的角度，与我驾驶的桑塔纳旋转的角度，竟然奇迹般的吻合，就像两个配合得天衣无缝的舞伴，一个后退，另外一个就心领神会跟进，在舞场的中心贴合着做了一个三百六十度的旋转，然后各自的车头神奇地掉向各自的方向。来不及停留，我驾驶着桑塔纳继续前行，满身的热汗变成了冷汗，心脏咚咚咚地跳动，直到我的车平稳驶进朱镇，惊恐的心情才慢慢得以平复。

4

微风吹拂地表，红色的山地上一道道的地埂像圆润的弧线往两头延伸，让这一带的田野看上去像一个硕大的调色板。太阳西斜，一个男人从静寂的村里出来，站在路边朝这边眺望。我猜想他一定是注意到弹石路中央的那块巨石了，片刻之后，他朝我这边走了过来。

来人是个罗圈腿，走路的姿态让我想起在朱镇开汽配铺子的王建强。我的中学同学，一年前因酒醉跌落在镇外的龙潭里，膨胀的尸体三日后才从水底漂起来。活着的时候，他每个月都会前往丹城购买汽车耗材。记得我刚工作的时候，有一次我们结伴从朱镇返回丹城，当长途汽车停在离陈贝屯不远的路边加水时，王建强指着窗外的坡地告诉我说，那儿发现了一座古墓，听说是诸葛亮的墓地。

发现者不是盗墓贼，也非考古所工作人员，而是头老迈的耕牛。收工回家的路上，它贪吃身旁地里的青草，突然身子一矮，一只前蹄深陷进地里拔不出来，像是下面有双手死死地拽着牛蹄。扛犁头的农民恼羞成怒，用鞭子一次次死命抽打着牛臀，青黑色的臀皮上，留下一道道灰白色的鞭痕。

空墓。用青砖修砌的墓室，顶部是拱形的穹顶，被牛蹄一脚踩穿。好奇的村民在墓室里一无所获。没有骨骸，也没有预想中的陪葬品，只有三个色泽暗淡的粗糙土碗。就像是墓里的主人在某个月黑风高的夜晚，从墓室里披衣而起，用床单卷起陪葬品，悄无声息离开，就再也没有回来。

有一些逆光。等那人走近时，我才发现他穿着一身迷彩服，草绿色的衣裤上有着褐色和浅黄色的斑纹，让我想起昨晚梦见的那只老虎斑斓的皮色。梦里的U形谷地，文身的大猫穿过树林，令人震撼，仿佛有一支军队秘密走过。我猜想过来的这个人当过兵，他围着石头绕了一圈，用手在石头上拍打了几下，一脸困惑。

当那个人抬起头来，我们目光交汇的瞬间，我才发现迷彩服年纪应该不大，只是长年阳光下的劳作让他黝黑的面孔有些显老。我掏出红壳云烟，抽了支递过去，他迟疑了一下，伸手接过，又低头从我捧在手里的打火机上将香烟点燃。

"你就是陈贝屯的？"我问。

"嗯，"迷彩服吐了一口烟，用手指着我身后说，"喏，这块菜地就是我家的。"

我这才留意到身后的白菜地，在四周红土的衬托下，绿色的白菜格外醒目。正是收割的时节，干燥的风吹拂，到了开春，白菜心就会起苔，到时就卖不起价了。男人抽烟有个特点，用中指与无名指夹着香烟，我注意到他的食指少了一截，手上是长期干农活皲裂的皮肤。

"你的白菜种得不错哈！"我表扬他，与他一起在菜地边的地埂上坐了下来。

男人腼腆地笑了笑，问我路上怎么会落下来这么大的一块石头，然后他自言自语道："中午的时候都还没有哪！"

我告诉他石头是从一辆农用车上掉下来的，估计有好几吨重，怕要有机械才能挪开。

这天下午非常奇怪，这块石头掉落以后，公路上竟然再也没有汽车驶过来。我抬头望了望滑向西天的太阳，又看看表，知道天黑前是赶不回朱镇了。

5

交谈中，迷彩服告诉我，他是因为母亲卧病在床无人照顾，才留在村庄的。每当我发烟给他，他就腼腆地搓搓手，脸上有着红土一样质朴的神情。他对我说，村子里的壮劳力要等快过年时才会返回，否则，找几个人用抬杆撬，没准能够将石头撬在路边。

"这块石头掉得怪异！"我无奈地说，"不偏不倚，正好卡在路中央！"

"是！"迷彩服歪着头目测了一下路中的石头说，"只要往边上挪上一二十厘米，你的车就能够通过！"

"如果有辆挖掘机就好了！"我感叹。

"村子里有人买过挖机，但被石场租借去了，"男人对我说，"这块花岗石应该就是从石场运过来的，石场老板发了财！"

隔着一片错落的台地，迷彩服指着对面黛青色的山峦说，石场就在那座山的脚下。我好奇一个石灰岩地区为何会有花岗岩石场，但此事只能去问资深的地质学家。闲极无聊，我与男人一边咂烟一边聊天，他告诉我说，不久前有人在石场开挖石头，发现了一条大蟒。据说挖掘机的巨斗铲下，花岗岩里的一个密室被打开，冬眠的大蟒被惊醒，睡梦中它的身子像弹簧一样弹开，张开的大嘴有如突然撑开的花朵，开挖掘机的师傅听见大蟒的牙齿叩击在钢铁上的声音。

我觉得这个迷彩服的话并不可信。在云南的东北部发现巨蟒，如果真有此事，不安分的报媒一定会将此事炒得热火朝天。

随着太阳西斜，弹石路上的树影越来越长，我的耐性开始丧失。看来，唯一的办法就是去采石场租挖机来把石头挪开。但我不知道需要多少钱。

"怕是要千儿八百的吧！"男人望了望那块石头说。

即便是急着赶回朱镇，我也不想一个人出这笔钱。我寄望公路两侧来更多的车辆，租挖机的钱大家分摊。但奇怪的是，我在这儿坐了一个多小时，除了我的桑塔纳和那辆掉落石头的农用车，就再也没有见到其他的车。

6

按理说，这个季节应该冷下来了。进入十二月，远处的高山之巅已经能够看到积雪，白色的山峰看上去超凡脱俗，有如大神抵达的临时驿站。我突然想起一个叫兰芳的姑娘，她一度被朱镇的人认为是方圆几十里长得最好看的姑娘，都猜测最终是谁有福气将她娶回家。她比我小几岁，初中毕业后进城做了保姆。有几年，人们疯传兰芳在城里做了小姐，但她的家人一直蒙在鼓里。那时，朱镇还没人家安装电话，手机也不像今天这样普及，因此每年腊月底，兰芳的母亲，一位患上严重眼疾的老妇人就会守在镇上的车站，等待她的女儿回来。每当有长途班车驶进车站，她就会跑去问车上下来的人看没看到兰芳。

当年，兰芳一定也是搭车从眼前这条弹石路进城的。一去就没有了音信，直到我做父亲那年，她才回到朱镇。不是在春节，而是在炎热的夏天。她与当年离开朱镇时不一样了，穿着高跟鞋和时髦的衣裙，风姿绰约地走在村子里，让所有在后面嚼舌根的人刮目相看。她在村里待了小半年，做了两件事，一是雇了辆轿车来朱镇，把她患眼疾的母亲接到城里治疗，回来时还为母亲置了一套全新的衣裤；二是出钱替娘家把破败的房子修葺一新，那可是朱镇有史以来最为洋气的楼房。尽管她修房和替母亲看病的钱来路可疑，但那幢耸立在朱镇的洋房还是让不少人心生感慨。

朱镇地处河谷，夏天气候炎热，只要勤劳，吃喝不成问题。村民每年种植烤烟，收入也够他们日常的花销，因此外出打工的人不是很多。但兰芳家的楼房修起来之后，像一根刺一样戳在村子里，年轻人坐不住了，尤其是那些去过兰芳家的人回来夸张地说，她家的厕所修在家里，可是不臭，拉屎是坐着而不是蹲着。人们发挥各自的想象，羡慕兰芳家的楼房，也忽略了她曾经做过小姐的传闻。他们开始谈论外出打工的事，而每一个外出打工的人，一段时间以后，似乎总是能够传回他们飞黄腾达的消息。

7

知道我要赶回家看弥留之际的祖父，迷彩服的眉头皱在一起，像是在做一个艰难而重大的决定。他站起来，端详着自己的菜地。这时我也发现了，只要找两块厚实的木板，或者干脆将脚下的排水沟垫上几块石头，我的轿车就能够借道眼前的菜地，绕过公路上的那块巨大的花岗石。我犹豫着把自己的想法告诉了迷彩服，表示愿意出一百块钱作为补偿。

仍旧没有汽车过来，这条弹石路像是被人废弃了一样。一刻钟之后，迷彩服从村里扛来一根木头，用几块石头垫了，支在排水沟上。然后，他估计轿车的行驶轨迹，在白菜地里拨出了两条车辙，指挥着我小心翼翼驾驶轿车，穿过白菜地，来到花岗岩另外那边的公路上。我心怀感激，从车上下来，将准备好的一百元钱递给迷彩服，可他死活不接，态度坚决，几近翻脸。尽管他外出打过工，见过世面，但身上还有着山区农民与生俱来的质朴。我只好把钱重新塞回钱夹，从车上摸出两包烟来硬塞给他，又与他各人点燃了一支。迷彩服低头点烟的时候，我看见夕阳照着他微微发红的脸庞。

由于借道白菜地，我终究是赶上了看祖父一眼。老人提着的那口气，在看见我时缓缓吐了出来。面颊消瘦的祖父，满足而安详地闭上了眼睛，神情有如黎明时分暗淡的灯火。装殓他的那天晚上，我看见请来的端公从灰黑色的布袋里，捧出松香，均匀地撒在棺底，神情庄重。黑漆漆的棺木，头大尾小。灵堂的气氛肃穆，我跪在棺木旁，每当有人烧香磕头，我就得还礼，弄得手脚酸软。

办完祖父的丧事，接下去就是春节。这年寒假，我一直留在朱镇。安葬完祖父，我也没有急着返回丹城，而是跟父亲商量翻修老屋的事。那几天，想起在丹城车水马龙的生活，我突然感到一种来自骨髓的疲乏。节后的一天，我独自爬上朱镇后面那座日渐光秃的山冈，想象许多年以后，自己归西，有人用一块白布将我裹了，直立着埋在山冈上提前挖好的深坑里，培土，夯实，在头顶种上一棵香樟或者楠木。这个念头是祖父出殡的那天清晨，我怀抱祖父灵位走在送葬队伍前头产生的。那时，我回过头去，看着身后一串送葬的人，心想如果他们都选择树葬的话，那山道上行走着的，就是一排移动着的树木。

8

院子里的柿子尚未采摘。枝头上的果实丰腴，热烈。每一天，阳光都给树上的柿子镀上一层金粉，让那些柿子看上去像红色的小灯笼一样悬垂在树梢。我希望这年冬天有一场大雪降临，像我第一次带吴湘回家那样，一觉醒过来，大雪覆盖了院坝，红色的柿子会在雪地上格外醒目。但祖父去世的这年是暖冬，我一直没有等到天降大雪。偶尔，我会坐在屋檐下眺望院子里的那棵柿子树，内心有些哀伤。两年前与吴湘协议离婚的那天晚上，神情落寞的牙医惨然一笑，把与我离婚称为奇迹的终结。我明白吴湘的意思。毕业于华西医科大学的前妻告诉我，她们班上除了因读博士没有结婚的两位女生，其他46个同窗都离异了，硕果仅存的她被大家称为班上的奇迹。

事后，我曾经想过与吴湘的婚姻是什么时候出的问题，从我成为她患者的时候开始？记得有一次，在谈及职业的时候，她说过永远不会与她的患者有情感瓜葛！想想也是，躺在治疗椅上面对照明灯，张大嘴，露出红肿的牙龈和晃动的牙齿，烟垢、牙结石、浓重的胃气，一个男人不堪的身体隐私彻底暴露，不会有牙医会去亲吻那样一张嘴。不再接吻，意味我们曾经的爱情只剩下婚姻的河床，在时间的侵袭下，原本水草丰美的土地日渐干涸。

返程那天，我摘了两纸箱柿子，并在箱子的空隙塞满了细碎的谷糠。我想带一箱柿子给吴湘。那年冬天，我带她回朱镇过年时正值柿子成熟，此后她不时会念叨着院子里的柿子。她还曾用小刀将柿子皮削了，用细绳拴了，挂在阳台的晾衣架上，借助冬天的阳光晾晒柿饼。想想第一次带吴湘回朱镇，竟然是二十年前的事了，这让人有些伤感。

出发前，我还将一条云烟放在副驾的座椅上。到陈贝屯时，如果能找到那位迷彩服，我想把香烟送给他，并告诉他年前我赶回朱镇，见了祖父最后一眼。

9

每一次回朱镇，离开前，母亲总会在我的后备厢里塞满东西，腊肉、糍粑、柿子、土豆、干酸菜……她会站在村口目送我的车远去之后才回家。返程的那天上午，当我刚上弹石路时，刺耳的喇叭声突然从身后响起，后视镜里有片乌云飞来，一辆绿颜色的皮卡像是遭人追杀，从我左侧加速驶过，飞旋的车轮卷起路边黄红色的尘土。我摇上车窗，把车刹停在路边，静待着车外的尘埃落定。

继续前行时，我突然又想起了那块巨大的花岗岩，担心它还搁在路中央无人挪走。不过，距离上次被堵在陈贝屯将近一个月了，那块石头应该早被人挪开。返程的这天上午，我突发奇想，如果能够碰上一位杰出的石匠，也许可以将那块巨石雕刻成一只威风凛凛的狮子。为什么人们在大宅前摆放的是石狮而不是石虎呢？路上，我还回忆起某年夏天，在滇西的双柏县，一位彝族毕摩伸出舌头舔烧得通红的犁铧，缓慢地，毕摩像是饶有兴趣地品尝着巨大的红色冰块。

节令上已是春天，空气依旧寒凉。道路两侧的山野看上去更为荒芜，去年种植的粮食收割后，大片的田地裸露，干燥而又萧瑟。来朱镇的前夜，我梦到的那只老虎，与记忆中的巨石重叠，巨大的花岗岩有如胎衣，一只斑驳的老虎破石而出，从我的眼前走向静寂的旷野。黄昏、纵横的阡陌、逶迤的远山、残阳、枯草，我似乎听见有嗥叫声从遥远的天边传来。

离陈贝屯还有几百米就开始塞车。公路上蜿蜒着的钢铁巨龙仿佛就要死了，好一会儿，它庞大的身躯才会蠕动一下。不用急着赶路，我摇下车窗，望着视野里绵延到尽头的车流，不知道为何又堵在这里。

看样子，公路上被堵的汽车一时不会被疏通，我关上车门，想去前方看个究竟。当我爬过一个缓坡，眼前的景象令我吃惊不已。节前掉落在弹石路上的那块花岗岩竟然还在，一夫当关万夫莫开的石头，仿佛生长在路上，往来的汽车，都得借道迷彩服的那块菜地。白菜没有收割，临时道路两侧的菜花在微风中摇曳。我看见菜地两侧各开了一个入口，有人在入口处用帆布搭起了简易的窝棚，还设置了简易的栏杆，几个身穿迷彩服的人站在入口处收费。每辆借道菜地的车得交一百块钱。

10

就在我返回丹城没有几天，陈贝屯那儿发生了一起车祸。一辆皮卡车冲向路上的围观人群，造成两死三伤。不知道为什么，我总是觉得发生车祸的，就是那天返程时，从我后面超过的那辆绿色皮卡车。曾经的梦境、新闻报道、想象、途经陈贝屯的经历，所有的这些东西调制成一杯难以下咽的鸡尾酒。此后的几天，只要闲下来，我就会看见有一辆皮卡车从我的大脑里飞速驶过。

记得那天，当我的车跟随蜗牛一样的车队来到陈贝屯时，我看见一个年轻人站在菜地入口那儿，与身着迷彩服的那几个人争吵，而其中一个迷彩服长着张我熟悉的面孔。争吵的空隙，他曾短促地朝桑塔纳停靠的方向望过来，一脸的冷漠。我偏了偏头，看到了放在副驾座位上的那条烟，突然有些难过。

那块巨大的花岗岩还拦在路中间，看来一直没有人把它挪走。我走过去，发现它没有我意料中的粗糙和冰冷。怎么回事？我低下头，取下眼镜仔细查看，发现路中的花岗岩，其实是用泡沫塑料伪装的，那一瞬间，我突然想放声大笑。

关于发生在陈贝屯的车祸，晚报上只有短短的一则新闻。我没有见到车祸的现场，一切只能够靠想象。我仿佛又听见汽车的轰鸣，亲眼看见一辆绿色的皮卡车暴怒着飞奔过来，几个身穿迷彩服的人站在花岗石前躲闪不及，他们与路中用泡沫塑料伪造的花岗石一起飞了起来。我看见皮卡车的车头，像老虎变形的脸孔，我的大脑像一个旋转着的万花筒，不停地变换着彼此毫无逻辑和关联的画面：吴湘的面孔、两棵柏树、大蟒、灯笼一样红红的柿子、开着金黄菜花的菜地、刺目的阳光、飞翔的身体……对了，还有那块被撞飞的泡沫塑料，它在我的大脑里膨胀起来，越来越大，遮天蔽日，有如星球一样从天宇里碾压了过来。

父亲之约

安　庆①

　　施小淑远远地看到了那家饺子馆。父亲已经在楼上等，看到她时站起来朝她挥手，父亲的手里夹着烟，烟冒着气，朝她挥罢手又吸了一口，一股新气冒出来，父亲的脸有些模糊。卡座临窗，她朝窗口望过去，窗外是密集的树和街上的人流。

　　来之前，她预想着父亲会和自己说什么，想象着和父亲可能有交集的话题。父亲为什么会忽然约她？这些年和父亲见面说话越来越少了，父亲打电话时她有些意外，父亲说，我们一起吃顿饭吧。接着以一种商量的语气问她是否有时间，等待着她的答复。她犹豫了一下，答应了。父亲的谦卑让她感到愧疚，这些年自己和父亲疏远了。菜上来后，父亲从身旁的小包里掏出一瓶半斤装的白酒，朝她晃晃，说，这种酒我喝很多年了，你该记得吧？父亲把自己的杯倒满，给她也倒了一杯，那种透明的杯，杯体上釉着一朵兰草。她闻到一股酒香，她对酒的记忆已经朦胧了。父亲举起杯说，陪爸喝点吧，声音很低。她举起杯，放到唇边，让那种酒香顺着薄薄的嘴唇渗入味觉。她听见对面哧溜一声，父亲喝酒好像很过瘾，酒杯慢慢放下，捏杯的手充满了沧桑。

---

① **安　庆**　本名司玉亮。中国作协会员，河南文学院签约作家，鲁迅文学院第22届高研班学员。曾获第三届"河南省文学奖"、第二届"杜甫文学奖"、第八届"万松浦文学奖"、河南省第12届"五个一"工程奖等。多篇小说被选刊转载，收入年度选本。出版小说集《遍地青麻》《父亲的迷藏》《扎民出门》，长篇小说《镇》等。

饺子馆里的座位挺多，一般不会客满到要撵客人腾地方，他们从容地坐着，慢慢地吃菜、喝酒，慢慢地吃着饺子。父亲怕店老板不耐烦，主动对老板说，不行我们可以加延时费啊。店老板说，没有，没有，哪里的话。反而吩咐服务员给我们再端上两碗新鲜的饺子汤。其实，直到离开，施小淑回忆不起来父亲究竟和她说了什么，说过什么事儿。两个小时就那样过去了，整个过程就是父女俩安安静静地吃了一顿饭。临走时，父亲说，小淑，爸有时间还约你啊。施小淑点点头，嗯，我有机会也请爸。父亲说，其实就是在一起吃顿饭说说话。施小淑站着，看着父亲打了车，那辆车很快就看不见了。

施小淑的家在文化路中间偏南一点的一个小区。大凡每一个城市都有一条文化路，而且都在老城区，和一个城市的文化底蕴有关。旗城的文化路上曾经有旗城最早的师范学校，艺术学校，商校，体校，体育馆，小剧院等。那些老牌的学校为旗城带来过很多的声誉。改革开放，老牌的学校合并搬到了新校区，没能合并的慢慢地就被淘汰了。但留下的东西搬不走，文化路已经被熏得很深，那些酒吧、茶社、旧书店、小吃店、咖啡馆、音像店、戏剧茶座还在，一到夜晚文化路五彩缤纷，有些仿古，有些妩媚。施小淑他们家所在小区，离音像店近，一到夜晚听到最多的依然是音乐声，只是声音压低了些，不小心那些音乐就会灌到耳朵里。施小淑听得最多的是萨克斯曲《回家》，每天闭店前悠扬夹着抑郁的音乐声就会响起来，好像是夜店的关门号，文化路的喧嚣慢慢安静。施小淑曾经在一个夜晚抓着门框，久久地朝门外望，身后是母亲幽怨的身影。乐声渐渐地沉下去，那个晚上父亲到底没有回家。从那一年，父亲越来越远离了文化路，很少再回那儿的家了，后来父亲和母亲办了手续。一个雪天，施小淑好像有一种预感，她跑出教室，直奔车棚，冒雪骑着车回家，路上花的时间大约是十几分钟，她摔倒了三次，雪没有积厚，却把路弄滑了。她走到家时雪大起来，雪片凌乱地舞，地面盖上了白色。她推着自行车，远远地看见雪雾中的卡车，车上站着两个人，卡车下的人在往卡车上抬东西。她看见父亲抱着一把旧吉他，他年轻时喜欢过的乐器，她看不清车上装着什么，父亲有什么可以从这个家带走，这样的雪天竟然也不肯推迟。施小淑把自行车靠在楼下的一棵树旁，循着楼上，想看到母亲，楼上的窗口被雪花弥住了。楼道上有小狗的叫声，卡车旁站着几个人，咔嗒——车门打上的声音有些闷。父亲钻进了车头，车子嗡嗡启动，在雪中冒出一股蓝气。她跑出来，朝卡车追，隐约听见父亲叫了一声，小淑——

那时候父亲找她，是提前在学校门口等她，带到文化路上的一个肯德基店。施小淑看着父亲，你找我有事吗？父亲说，没有，你先吃。吃完了，施小淑说，爸，你要没事，那我回家了。父亲拉住她，然后说他的一件小东西忘在了家里，在哪儿放着，让施小淑帮他找到带出来，父亲还会在学校门口等她。有一次，父亲说到他们原来在郊区的一处宅子，那是一座两层的小楼，外带一个小院子，父亲曾经在院子里开办过幼儿园，他们一家在那里住过。父亲让她给母亲捎话，把那儿腾出来，那里离他的厂近，要做厂里的仓库，安排几个人住……施小淑想起一条狗，他们住在院里的时候，那条狗一直和他们在一起，一天夜里父亲又跟母亲争吵，她悄悄地出来，坐在通往地下室的楼道上，狗悄悄地守在她的身边，她睡着了，醒来时狗还在她旁边卧着。可那条狗后来饿死了，她和母亲回文化路时，没有带上那条狗，离开时只是给狗留下几天的食儿。父亲要把它带到厂里，狗不肯离开，狗最终死在了那个院子里。她不说话，想起狗禁不住哭。离开父亲，她走了几步，又扭回头，说，我记住了。一个绿灯，她跨上车，冲过马路。

后来的几年，父亲很少见她，即使见也很匆忙，那些年父亲和那个叫孟秋的女人有了一个女儿。父亲真正再开始约她，和她好好地在一起吃饭可能就是这一次，在这家饺子馆。

父亲从此开始约她，隔一段就会给她打电话，父亲像一个美食家，总会找到小吃的新地方。施小淑理解父亲的意思，就是想和她见见面，吐吐心里的块垒。

近些时候父亲开始吸一种细烟，父亲说这种烟尼古丁的含量小些。施小淑说，小也是有啊，还是少吸，最好戒了。父亲说，别劝我，我成了习惯，一个人的时候就想点一根烟。父亲说起了敬老院，这是他的主业，当年的小厂早已经瘫痪，现在的这家敬老院在旗城的西边，是父亲几年前办起来的。父亲说，敬老院的人越来越多了。父亲说这话时眼里闪着一种光，神态有些得意。父亲说，我还是有眼光的，养老问题越来越是一个社会问题，国家主张民间办养老院，还有一些补贴，但补贴到账没那么容易。父亲说，那笔补贴他望眼欲穿，跑了好多趟，管理单位说到敬老院里看，他每天都在大门口等，不敢离开敬老院，也不敢催问得太勤。但最后总算下来了，补贴到位后，他在敬老院增添了设施。父亲说起他和孟秋的女儿，学习不好，对他生疏……父亲狠狠地吸了口烟，说，她对孩子的教育有问题，太放任……菜上来了，还是先上了两个凉菜，第一个是苦瓜，她发现父亲特别喜欢苦瓜。父亲把酒打开，还是那种小瓶的粮食酒，半斤装的，也算有克制，加上施小淑每次分他的一杯，父亲也就喝四两多酒，对父亲的酒量算在可控范围。父亲原来喝半斤八两没问题，不知道随着年龄的增长，一个人的酒量会不会萎缩？但不想让父亲做试验。父亲说，这个孩子不太懂事，对他抵触。施小淑见过这孩子几回，有几次是和父亲他们在一起吃饭。那孩子吃饭的速度快，始终贴在她妈的身边，不多说话，也没有喊过她姐，好像她身体上流淌的不是父亲的血液。施小淑说，可能是青春期。父亲摇摇头，不是，这孩子不省心，心思就不在上学上。那她的心思在哪儿？玩，跳舞，唱歌，玩手机，玩游戏，房子也不收拾……施小淑说，慢慢就好了。好不了！父亲说。父亲端起酒杯，面前的杯子一下子见了底。施小淑说，哎哎，你悠着喝，菜还没上齐呢，你生什么气，谁的成长没个过程。哎，老施同志，你怎么就没考虑和孟秋要个二胎？孟秋本人不在场的时候，她往往直呼其名，尽管父亲不止一次地纠正过她，让她喊姑，可她还是感觉这样喊解气。她最早和弟弟都喊孟秋姑姑，不知道会有后来的事，孟秋最早在父亲的厂里做会计，明眸皓齿，干净利索，马尾辫晃动得很好看。父亲让她和弟弟喊姑姑，他们就喊。当孟秋和父亲过在一起后，他们才知道那是一个潜伏，是这个女人导致了父亲和母亲婚姻的结束。她干脆直呼其名了，心里一直过不了这个坎。

这一次他们找了一家旗城比较有名的面馆，说是面馆，有很多的雅间，各种菜和汤都有。父亲说，我都怀疑这孩子是不是我的，想去做一次 DNA。

这句话让施小淑有些震惊，她捏住了酒杯，说，爸，话可不能乱说。父亲也捏住酒杯，说，她和你们一点都不像。四个菜上齐了，服务员问主食要不要跟着上？父亲说，慢下来，我们先把菜品尝一下。服务员微笑地离开了。父亲说，那个女人有点不安分。施小淑没有想到父亲会和她说这话，他说孟秋不安分，一个女人不安分那就说明有问题，当年父亲和母亲是父亲先有了不安分。她看着父亲，父亲停了停，说，我有感觉，她整天就是往外跑，不愿意待在敬老院，也不在家。父亲点燃了一支烟，狠狠地抿了一口酒。我理解，那里不太适合她，她还年轻，不愿意整天在老人堆里，我也不这样要求她。可她开车出去一走就是一天，大半天，有几次是很晚才回来。她都出去干什么？父亲说，她说和谁合伙经销什么东西。你都没问清？孟秋也没给你说清吗？不想问，心里烦！父亲说，我也没阻拦她，她还年轻，可以折腾。施小淑说，那你也太宽容了。父亲呷口酒，那能怎么样？施小淑说，你们还是要有交流，彼此信任。

施小淑有一刻突然想到母亲，母亲安静地生活在文化路的小楼上，每天走出小区买菜，和小区的女人聊天，吃过晚饭在小区里或小区外散步，也跳广场舞。母亲这些年一直保持着不胖不瘦的身材，对一切都习以为常了。施小淑想起一家人团聚是在弟弟的婚礼上，母亲大大咧咧地和父亲上台，为儿子的婚礼祝福，大大方方给儿媳改口费。父亲和母亲坐在一个方位上，只是稍微拉开了距离，父亲给儿子和儿媳的是一个比母亲要厚的红包。孟秋没有参加，她的女儿参加了，那孩子已经长成，和施小淑的个头差不多。她一直挨施小淑坐着，虽然接触不多，但在这个家她和施小淑最熟，敬酒的过程中，在小淑的撺掇下，那孩子看着新媳妇叫了一声，嫂子。

　　前年的冬天，父亲急匆匆地约她，那一次是因为弟弟的事，弟弟在结婚后突然发现了肾病，经过很多地方治疗没有什么效果，最好的办法就是换肾。弟弟躺进省城的一家医院，在那里等待肾源，关于弟弟换肾的钱，他和母亲协商好了，父亲出大头，可肾源遥遥无期。父亲那天约她在一个茶坊里，说出了他的意思，让施小淑去做一次体检，看是否和弟弟匹配。父亲很严肃，让施小淑考虑。施小淑看看自己瘦小的身材，她和丈夫结婚快3年了还没有要孩子。施小淑沉默着，即使她答应，也要征求丈夫的意见。她正要说出自己的想法，母亲闯了进来，施小淑喊了一声妈，眼泪流下来。她抓着妈的手，妈，不然我去做一次体检吧。不行！母亲很干脆，对着父亲说，你怎么可以让女儿去，你看她清清瘦瘦的，还没要孩子，小淑要去，要过女婿那一关。母亲说，施伍谷，你为什么不去？父亲低下头，说，我喝酒，身体也不算好，怕过不了。几天后，母亲做了检查，和弟弟匹配。母亲最终把自己的一颗肾给了儿子。

　　这是一天的夜晚，他们吃过饭后，城市的霓虹灯亮了，旗城陷入夜晚的灿烂之中。那半斤酒喝得一点都没有剩，最后父亲又要了两瓶啤酒，两个人把啤酒喝了，小淑脸上有了一股热气。她没有想到会和父亲有这种频繁的相约，下楼时她不自觉地挽住了父亲。走出饭店，施小淑鼓起勇气，对父亲说，去文化路走走吧，温习一下那里的夜色。父亲这次约她吃饭的地方，就在文化路附近的一个桥头。没等父亲回应，施小淑已经在挽着父亲朝文化路的夜色里走。

　　施小淑毕业后干过很多的工种，处于人生的彷徨期，她的恋爱也处在漂泊的阶段，无法预期一艘带着感情的船，是否会在颠簸中最后靠岸。他们相处的时间里，互相地折磨、赌气、分离、和解，一再重演。但她要不断地为自己找到一份喜欢的工作，挣到养活自己的基本保障。父亲靠他的人脉，给她安排过几个地方，先让她在一个文化单位上班，就是在一个科室里值班、打杂、分发报刊。同样的事情每天重复，重复到她都不愿意再看到那些报纸，浏览的欲望都在下沉。她没有在文化单位坚持多久，不喜欢那样的环境，呆板，死气沉沉，看领导的脸色行事。从文化单位出来后，父亲把她安排到另一家单位，当她开始工作的时候，才知道在这个地方和在上一个单位的角色几乎一样，大同小异，随时听从领导的吩咐去敲打一份材料，分发一份文件。两个月后，她不辞而别。这个时代已经不是凭着老交际、老交情可以安排一个人，成为单位员工的时代，也就是说根本不可能有转正的机会，而且每个月的临时津贴也少得可怜。她不愿意自己的青春在这样的地方熬，她去了省城，找了一家公司上班，租住在一个都市村庄，那种一张床、一张桌子，很廉价的租房。几个月后她从那个公司出来，在一个招租的商场里开了一家格子铺，格子铺她连续干了三年，也是那固定的三年，与她经历了一波三折的男朋友和她住在了一起，相互取暖，赶在弟弟结婚前办了手续，男朋友成了丈夫。因为格子铺的变故，她又回到了旗城，丈夫继续守在省城。那几年父亲风调雨顺，而她处在一种折腾的状态，也想不起来父亲和她有过多少单独的交往。

父亲也许是老了，这样约她也许是一种老了的心态，带着一种老的节奏。她有意无意地和朋友说起父亲，他们都没有遇到过这种情况，对施小淑的叙述有些吃惊，带着疑问，说，你们怎么像陌生人？施小淑问，我们怎么像陌生人？朋友说，你们怎么那么客气！

她和父亲曾经有几年是陌生的，也许度过了那样的陌生期才会有这样的父女关系。她回想着那些年的陌生，父亲除了给她打生活费，时光里似乎是没有这样一个人，父亲的存在好像没有那么重要。她的闺密和朋友没有遇到过这种情况，当然她们也没有前情。一切的衍生都是有前因的，那些前因就是生活中的种子，种下什么就会长出什么样的果子。

有一段，将近一个月，父亲没有再向她发出邀请。她开始觉得不正常，开始想念父亲，想念父亲吸烟的动作，那种夹烟的潇洒和老练，烟灰落在桌面蚂蚁样地蠕动，坐在她的对面看着她的神情，每次带来的那种半斤装的白酒，偶尔喝多时的样子，像一个老顽童嘿嘿地傻笑，在微醺中放开，让施小淑扶住他，他还一边趔趄着身子……她想起之前的那个晚上，她挽着父亲去了文化路，在文化路上一点一点地走，霓虹泼洒着，把夜色中的文化路泼出更多的妩媚。在花卉门市前，父亲的脚步站住，父亲说，当年我也有开一间花店的理想。父亲说，小淑，我，我告诉你，我和孟秋认识就是在那边一家花店里，当时她在店里为一个亲戚帮忙，那时候厂里不断有领导过来视察，来谈业务的也多，我就从这些鲜花店里买花，一来二去，厂里需要人，我就把她挖了过去……施小淑慢慢地松开了父亲的臂弯，但又挽住了父亲。这么多年，都过去了。她把父亲往文化路的深处挽，一边走一边回忆着。他们走到了音像区，看到了几家音像店，音乐杂乱地响着，她知道再有半个小时大半个小时，音像店里就会放那首萨克斯曲《回家》。她想起那个记忆里的夜晚，记忆里的那个雪天，这么多年转眼过去了，现在她挽着的这个和她一起走在文化街上的人已经是一个将老之人。

她送走父亲，在街道的拐弯处，看见母亲静静地站着。大街上，那首萨克斯曲《回家》又在夜色里流淌。

那一次，施小淑和父亲去了老步行街的一个茶坊。她看见父亲的脸上透着疲惫，像一个连续失眠的人。施小淑赶忙问父亲，有什么事吗？父亲喝了一口茶，说，对，我去了一次外地。外地？很远吗？父亲说，的确很远！你怎么去的？父亲说，本来要到省城坐飞机，到了省城又改变主意坐了高铁。你有伴吗？父亲摇摇头。施小淑说，你怎么可以一个人出去？出去最好有一个同伴，随团也好，万一有点问题怎么办？父亲说，不是旅行，也来不及找伴儿。你到底去了哪儿啊？父亲说，我正要告诉你。父亲说他得到了消息，孟秋和一个男人出去了，就连夜跟了过去。他看到了那个男人，他证实了，在一个宾馆里给孟秋打电话，问她的行程。孟秋先是不说实话，直到父亲告诉孟秋他住在那一家宾馆，才去见了父亲。父亲提出的要求是，你现在跟我回去。

回了吗？施小淑问。

父亲说，她倒是跟我回来了。她给父亲的理由是那个男人要她一起出来谈一笔生意，要一笔账，答应生意谈成了，或老账要回来给她一笔钱。那一天他们的事也差不多办完了。

她现在呢？

这几天倒很安生。父亲说。

那以后呢，以后怎么办？

父亲说，走着瞧吧，我不想再有一次那样的经历。那一刻她看着父亲有些可怜，有些凄楚，更加的沧桑。说了一会儿话，父亲说，不行，还是找个地方喝一点。他们就在附近找了个小酒店，父亲这次没来得及带酒，施小淑出门，在一家小超市买了父亲喜欢的那种酒。菜没上来，父亲已经喝了两杯。她看着父亲，不知道该说什么，生活永远无法预测，换了自己又该怎样应付。小酒店里没有几个客人，夜色在渐渐地加深，酒店的对过是一家夜店，晃动着影影绰绰的身影，世界依然在热闹着，她坐着，默默地看着父亲。

她开始约父亲，她不再等待父亲约她，她觉得父亲需要有一个倾听他的人，需要有人和他说话。弟弟不可能，弟弟的病好后开了家饭馆，和媳妇整天在饭店忙碌。他们已经有了一个孩子，母亲担起了照顾孙子的任务。

她带父亲去热闹的地方吃饭，去了"鱼醉"，去了一家音乐餐吧，去了水上乐园……那些地方热闹而有活力。一天晚上她带父亲去了旗城的"十里洋场"，让父亲体验另一种时尚的餐饮风格。"十里洋场"里灯光氤氲，每一个卡间都用彩色的绸布做隔离，空调风不断地吹皱墙壁似的长绸。每个卡间上谈话的人都轻声细语，卡间比较安静，分明有人却又像没人，音乐淹没了从各个卡间里隐隐约约传出来的声音，那声音分明又是存在的。其实来这里的人大都是放开的，恋人或者情人，也有闺密，那些挂绸里边的人或许在相互地拥抱，甚至热吻，青春的荷尔蒙正在爆发，却只能适可而止。当然，这里主要是说话的地方，是安静的地方，也可以是商人谈判的地方……

音乐一直在浸漫着。

父亲坐下来，对施小淑说，这，这不是我来的地方！施小淑嗔怪地看着父亲，爸，你真老了？你怎么不该来这地方？父亲说，这儿好像更适合年轻人。可我年轻啊，你坐好就对了。施小淑把菜谱递到父亲的面前。父亲摆手，不，不，小淑，你随便点一些东西吧，这里是不是很贵？施小淑没说话，看着菜谱，在菜谱上打钩。她知道这里的菜食是相对贵的，她来过这个地方，那已经是一年前了，和丈夫来过一次。丈夫在省城的一家银行工作，每个周末回到旗城，有时候她也到省城去，每个周末他们都是在美食和床笫上度过。偶尔也去看看周边的风景，在民宿里住上一两个晚上，周末前施小淑就会提前计划着他们的行程，搜索着城区和周边有没有可去的地方。在施小淑专心点菜时，父亲朝绸布外望，客人还在络绎不绝地到来，服务员慢声细气地和客人打招呼，殷勤地帮他们找卡间，掀开绸帘。她没有让父亲从他的小提包里摸出他带的白酒，她拿出的是提前准备的一瓶红酒，打开，往父亲的杯子里倒。父亲顺从着，像一个孩子，问，在这里必须要喝红酒吗？施小淑一边倒着酒一边回答，也不是，是红酒和这里的气氛搭。离开时，父亲又回头看看，"十里洋场"的灯光有些暧昧，他独自地唠叨着，真不明白，这里的生意会这么好。

施小淑带父亲去了一次酒吧，银基大厦附近的棉棉酒吧，酒吧的老板她认识，是她一个闺密的前男友。他们进去时，一个长头发的男孩子正抱着吉他在唱一首情歌，灯光闪烁，客人大都是年轻人，端着酒杯跟着节奏摇晃着。一曲刚了，又有人点了一首新歌，这一次又增加了两个伴奏。施小淑对父亲说，咋样，老爸，开眼界吧？你可以考虑开一个中老年快乐酒吧。她看见父亲的目光一亮，听见父亲说，这倒是个主意，也许会有商机，也可以成为中老年寻找配偶的场所。施小淑咯咯地笑，拍了拍老爸的肩膀，说，嗯，还真是有商业脑子，智力还算年轻。那一晚她点了几首父亲喜欢的老歌……那之后，施小淑带父亲去了几家旗城的音乐餐吧，看了旗城正在举办的旗袍秀大赛，在新剧场看了一场来旗城演出的话剧，话剧的原型是一个老模范，父亲看得涕泪交加。

施小淑开始去父亲的敬老院。

敬老院在旗城和嘉县县城的交界处，离旗城大约有20公里，离嘉县县城比离旗城还要近几分钟路程。具体所在的地方叫胡祥镇，镇的名字猛一听像一个人名。这个地方有旗城的开发商早些年开发的两个项目，一个是小型的别墅住宅区，两到三层前后带小院的房子，小区绿植好，吸引了周围的鸟儿在树上栖息，这给清洁工增加了负担，每天早上树蓬下都会有零零落落的鸟粪。但小区的居民欣然自得，以能和鸟同居为乐。还有一个项目是对镇中心的开发，建设所谓的文化小镇。小镇里多了几条有文化标志的小街，小街上落下了长长的摊位，当年文化小街向全国招标，那些摊位上有各种地方文化的针织品、艺术品、麦秆画、特色食品等，旗城的民间艺人在这里占了更大的比例。开发商成立了文化街管理委员会，每年举办有关传统文化的各项活动。施小淑父亲的敬老院就在镇子的外围，离镇上有二三里地，敬老院一侧是流经胡祥镇的一条河流，叫蒲苇河，河的两岸长满了蒲苇，夏天的蒲苇河上飞满了各色水鸟和蜻蜓，水鸟歇息时就落在西岸的蒲苇上。岸边还有一个小树林，树林外围是比较老的柳树，林子里以杨树为主，有一片槐树，每年五月开满白色的槐花。从河岸到树林，修成了一条水泥路，路两旁则种上海棠树，海棠花已经在每年的季节里开放。

施小淑第一次去敬老院是在几年前，那一次去找父亲要商量什么事，很匆忙。这一次来，施小淑显得很从容，她看着井井有条的敬老院，每座房子前的出厦，靠出厦排好的凳子，老人可以坐在出厦下休憩，有可以手扶的栏杆。院子的一角是健身区，健身区旁边有一个平台，施小淑看出来，那是一个小戏台，敬老院每年会请几个人来，大都是剧团退休的人，在小戏台上献艺，对老人慰问。施小淑想起她在文化单位时写过一个老艺人，这些年了，不知道他现在的情况咋样。

施小淑走出敬老院去了文化街，她一个人在文化街上转，她觉得这地方并不枯燥，有这么多的艺术品陪着，那些泥塑、剪纸、风筝、泥人，都有自己的生命。然后施小淑去了蒲苇河，已近傍晚，她看见蒲苇河镀上了橘光，看见浅水处有蝌蚪和小鱼在浮游，水面涟漪波动着。她朝小树林走，路旁的树上落满了灰色的麻雀，那些麻雀在叽叽喳喳地叫着。在胡祥镇的黄昏，她站立着，看着敬老院，听见了乐器声。父亲对她说过，敬老院里的老人里很多能人，会各种乐器，父亲的二胡就是跟一位老人学的，老人年轻时待过剧团。有时候他也会摸出吉他，唱他过去喜欢的歌，院里有共鸣的人，比他的年龄大不了几岁，在他的吉他声中，老人们鼓掌附和着。

她在朦胧的暮色里看见了父亲，手机响了，是父亲打来的。施小淑说，看见你了，听见了乐器声。父亲说，你过来听听。施小淑应，我马上回。

父亲到底还是和孟秋离了，她不知道往下的生活还会发生什么，父亲和母亲是否还有可能，生活远没有想象的那么简单，她也没有看出过什么迹象。她远远地站着，她没有告诉父亲，也没有对母亲说，她的婚姻也正在面临考验，丈夫厌倦了两地分居的生活，他们要解决的问题是谁到谁那儿去。在这点上丈夫比较固执，他不想离开省城。分居问题解决后，接下来他们计划要有自己的孩子了，前几天两人有过一场开诚布公的谈判。她需要好好想想，需要慎重，两个人走下去没有那么复杂，也没有那么简单。她远远地看见父亲在向她招手，不管怎样，她感谢父亲一段时间的相约，感谢和父亲每次相约的快乐，人和人"约"，其实是很重要的。

照　亮

陈集益①

很多人说我有一双明亮的眼睛。

但我知道这双眼睛并不全部属于我。

我七岁那年——还是从头说起吧，家住金华城郊白沙路，学校放学，我和小伙伴背着书包走路回家，一辆大货车突然在路上侧翻，小伙伴受重伤经抢救无效死亡，而我的眼睛被氨水严重烧伤了。事故过后，运氨水的农资站赔了我家五百元钱。那时候，还没有人为车祸赔偿打官司，赔偿都由单位去交涉。我父母虽是齿轮机床厂的职工，但并不是车工钳工，父亲是食堂里的厨师，母亲是劳保处的清洗工，在工厂里没什么地位。放下手术费用不说，仅当时医疗条件限制，能治好我眼伤的希望非常渺茫。父亲带我去城里几个大医院看眼科，诊断结果都写着"须尽早接受角膜移植"，却又都说没有角膜供体，"再等一等"。

这一耽误，治疗遥遥无期，时间久了我会看不见东西。一个医生对我父亲说，随着时间拖延，病变已经侵犯角膜基质，伴有角膜白斑，要尽早做手术。父亲发火了，说，谁不想早点做手术呢？是你们一次次把角膜让给别人了！医生说，每年角膜盲患者众多，但角膜捐献者很少。父亲就去找医院领

①　**陈集益**　1973 年生，浙江金华人。小说散见于《人民文学》《十月》《钟山》《花城》等刊物。著有长篇小说《金塘河》、中短篇小说集《野猪场》《长翅膀的人》《制造好人》《吴村野人》等。曾获东吴文学奖、方志敏文学奖、浙江省青年文学之星奖等。现居北京。

导，希望一次次落空后，他很长时间不说话。有一天他醉醺醺地回家，见到母亲就哭了，他说他要将自己的一片角膜移植给我，但遭多家医院拒绝。"我说了，我瞎掉一只眼没什么，剩下一只还能看见东西呢。他们说这方法是绝对不行的，给活人摘取角膜是不被允许的。我说，那你们到底想要干什么？你们压根儿就没想过要给我的孩子做角膜移植手术是不是？！医生说，作为眼科大夫谁也不愿看着任何一个病人变成瞎子，但是他们不能犯法啊。操他妈的，这分明是逼着我去死啊！我死了明亮就有角膜供体了！"父亲吼起来。

其后的日子，父亲总是喝酒，他怪自己没能耐，眼睁睁看着我视力下降，辍学在家。他不甘心。午休时间一到，他就去市里打探消息，但多数时候被医院看大门的拦住。有人提示他，你应该送礼才行嘛。他就买了酒，四处打听医院领导住处，竟没有一个敢收，因为角膜太稀缺了。最后父亲不知从哪里打听到，说角膜移植要求取自死后数小时内摘取的眼球，主要源自本地处决的死刑犯。他就四处去看法院布告。那个年代，法院还经常会在人民广场公开审判犯人，对重刑犯当场宣判"判处死刑、立即执行"。每逢那个日子，父亲就向食堂请假，倒不是他要候在城西断头岭刑场去抢犯人的眼睛，而是犯人家属这时候也会候在那里。他们有的拉着板车，有的雇了拖拉机。父亲就央求这些人，但没有一个搭理他。更何况，临到押送犯人的军用卡车一进刑场，所有人都被拦在警戒线外，家属同样不能靠前……

被迫无奈，父亲托人带我去监狱。因为他打听到，角膜"捐与不捐"均须征求犯人生前意愿。如果有重刑犯出于灵魂救赎的愿望，将角膜指定捐给谁，那么在捐献者与接受角膜患者之间，就不会有看不见的手伸进去抢走。可惜他在监狱、医院重症监护室，还有其他说不出名堂的地方奔波数年，一无所获。这期间，我完全看不见了，他的心慢慢死了。可是等我逐渐长大，父母又开始担心了。"一个瞎子，以后怎么谈女朋友，怎么找工作？一转眼，就长得比我们高了，不能再当小病孩养着。"我听到父母背着我商量。

一次父亲从外面回来，兴奋地说："明亮，我去医院打听了，你的号还一直挂在总名单上呢，应该快了，快了。""是吗？太好了！"我跟着高兴起来。一家人兴奋过后，父亲却没有再提这事。我通过父母的只言片语推测，这一回他们遇到的困难更多是源于钱。因为医院的手术费用水涨船高了。可不是嘛！我的眼睛出事那年是二十世纪七十年代末，一转眼，改革开放都快十年了。我猜测改革后的医院变了，也要挣钱了。但不管怎么说，筹钱总要比等不来角膜供体更容易接受一些。父亲安慰我："明亮，不要气馁，只要轮到你去，不管多少钱爸都给你去筹。就是靠卖血卖房子我也要筹到。"

手术是在 1990 年做的。

那年春天，有一个之前预约做角膜移植的老太太不知因何放弃了手术，医院把机会让给了我。得到消息，我们连夜住进医院。第二天上午，我的身体经过检查，一切正常，医生把我的眉毛刮了，睫毛剪了。父亲为了筹集手术费，那个晚上都在外面跑，也不知他跑了多少路求了多少亲戚，关键一刻他背着一个胀鼓鼓的帆布包冲进了医院。

交过钱，签过字，我被推到了手术室门口。

"明亮，手术时你一定要挺住啊！"我感到父亲的手握着我的手在颤抖。我说："阿爸，我会的。"父亲喃喃："那年我给你去派出所改了个好名字，可改对了，等你醒来，你就真的明亮了……"我的手背上滑过几滴滚烫的水珠，同时，手术室的门开了。

"下一位，李明亮！李明亮到了吗？"

"到了！到了到了！！"

不一会儿，手术室里除了医生，就剩我一个人了。局部麻醉时，我的面部打了针。手术时，我的面部覆盖上了一层冰凉的东西。我听到额头上方，有铁器发出轻微的碰撞声，突然，眼皮就被扩眼器撑开了，那恐怖的感觉让我有些窒息。好在过了一会儿，当医生用手术刀在我眼睛上轻轻地割开什么的时候，我已经感觉不到疼了……

一个星期后，父母牵着我的手去医院拆线，缝住我上下眼皮的线松开后，来自浩瀚宇宙的光亮重新将我照拂，我看到一道白色缓缓地拉开了，有光涌进身体，一束一束，柔和的，洁白的……它们逐渐变得绚烂。那时候，我很想哭。一个在黑暗中苦苦挣扎了很久很久的人，世界只剩下了一种颜色：黑色。现在，移植进我眼睛里的角膜，让我再次见到了光和色彩：我看到整个世界在为我改变，太阳在为我升起，植物在为我变绿，许多物体在运动着，有的是球状的，有的是立方体的，我多么想哭。可是，并没有眼泪流出来。

"明亮，明亮——我们在这里呢！"

我转动头，也转动着眼珠，我在寻找他们。我朝声音传来的方向张望，那呼唤声是我熟悉的。可我愣怔了。真实世界于我，因为两片小小的角膜，变得如此具体、近在咫尺，我却不敢去认亲爱的父母了。他们不是记忆中的模样。我遭遇横祸那年，他们三十来岁，还算是青年，他们老得太快了。我有些迟疑，他们就将满是泪水的脸凑得更近些，唯恐我看不清：现在，父亲的头发灰白了，脸大了一倍，像个肉球，而母亲又瘦又黑，脸上有很多皱纹。

父亲像个孩子那样说："这一回可盼来光明了。这一回可盼来光明了。"

紧接着，我们回到家中（家，仿佛一夜间变得陈旧、杂乱了），开始新的生活。我这才发现，世界并没有因为我重新看见发生本质改变。此时家里因为我这个重见光明的手术，已欠下两万多块钱的债。对于我们家，这是一笔巨债……偏偏这时父亲所在的工厂面临倒闭，连着几个月连工资都发不出来了。为了还债，我必须走出家门，跟着父亲去学技术、打零工。

我跟着父亲做过厨师、送过煤气罐、当过建筑工人，也跟母亲收过废品、做过保洁员、摆过地摊。对于父母这个年纪的中年人和我这般没有技能的青年人，想要多挣钱就只能靠出卖力气或是做小本生意。我还记得在工地搬运水泥时，晴天一身灰雨天一身泥，腰部背部肌肉劳损，我的眼睛差点又出问题。送煤气罐的时候，三轮车上绑了八个煤气罐，街角转弯时为了避让行人，车翻在地，其中一个煤气罐滚到一处开始漏气，发出"吱吱"的响声，吓得路人尖叫着逃避。我也吓傻了。幸好父亲出现了，他让我跑开，自己却扑过去关上了煤气阀。

我们干累活、脏活、日夜奔波，无非为了存钱。等存到一定数额，父母就拿去还债。几年后，父亲成了正式下岗工人，拿到了一笔买断工龄的补偿金（母亲是临时工，没有这笔钱），这笔钱足以让我们家在城郊租下一间店面。我们三人各有分工，父亲炒菜，母亲洗碗、打杂，我做服务员兼采购。我们家的债务压力有所减轻，就是从开饭店开始的。凭父亲的厨艺，应付快餐小炒绰绰有余；加上他诚实和善，愿与人交好，回头客多了，生意就稳定了。

我至今认为，我能活下来，并活到今天，第一个要感谢的是我的父母——他们的养育之恩，自强不息的精神，激励我要更加努力地活下去；第二个要感谢的是给我捐献角膜的人，如果没他的角膜，我将永远在黑暗中摸索。关于这个人的情况，我知之甚少，只在父亲还健在时（父亲是在饭店开成后第六个年头意外去世的），听他讲过我的角膜是从汤溪医院送来的。从那时起我就想，将来有一天，一定要去寻找他的家人，表达我的谢意。但那时候一家人每天为生活忙碌，我自然不便为这件事分心。

事实上，我到现在也没有发财，不过是将父亲留给我的饭店开得更像样一点了。我不像父亲亲自下厨，我雇了四个员工，自己总算能抽出时间来做这件事情了。在合适的时候，我把想法跟母亲说了。母亲说："去一趟也好，省得心里有个结，老念叨。但是明亮啊，你悄悄地给完钱就回来，不要去问死去的人生前的情况，结痂的伤疤揭开了，更疼！"我明白母亲的意思，她难免跟很多人一样被传言影响，潜意识里把捐角膜的人跟死刑犯联系在一起。

我说："妈，你放心，我知道怎么做。"

我选择在一个晴天，从金华汽车南站出发。中巴车上都是讲汤溪话的人。看样子大多是在城里务工的，说话时个个高声大嗓：你说在什么厂做什么工多少钱一个月，他说在什么店卖什么东西老板一年挣几十万。偶尔，开车的也会加入进来，说他一个朋友买了一辆名牌轿车，光上个牌照就花了十万，尾号带三个8呢。站车门口吆喝人上车的呢，是个妇女，粗粗壮壮的，用汤溪口音喊着："汤溪、汤溪嘞！九点十五，准时开！"

这不是愉快的旅程。从金华到汤溪，年轻人侃侃而谈，中年人吞云吐雾，小孩子晕车呕吐。一个小时四十五分后，当我从车内逃命似的下来，看到的是一派更为嘈杂喧闹的景象：摆饮食摊的，开摩托车的，拉三轮的，卖水果的，都大声嚷嚷着。

"兄弟，去哪里咧？"一个戴鸭舌帽的家伙跟着我。

"汤溪医院离这远吗？"我问。

"汤溪就屁股那么大，远不了。"他示意我坐上一辆摩托车。刚坐稳，车体就"突突"抖动起来。车开出去两三里地远，停下了。"汤溪有两个医院，一个是县级的，一个是乡级的。你要去哪个？"

"啊？去县级的吧。"

他掉头，驶进一条巷子，出了巷子发现医院就在车站对面，但他收了我五里路的钱。

这就是汤溪。

我心情郁闷地走进医院，问过几位医生，都对我摇头。我一层一层地询问上去，找到院长，他安排人带我查到了资料。那是个面色苍白的中年人，通过他，我得知1990年只有一位器官捐献者，叫陈军，山乡吴村人。家属签字栏摁着很重的手指印。角膜由金华哪家医院取走也对上了。但是我想了解更多信息，他态度突然变差，问我究竟想调查什么。我只好离开了医院。

时间已是中午，我吃过拉面，问清去山乡怎么走。不一会儿来到"西门头"，不长草的泥地上聚集着很多人。有一个理着过去知青发型的人立在站牌下，我问他车几点钟来，去山乡多远，他说跟着他就行了。我们攀谈起来。他告诉我，进山公路目前只通到学岭村。我问起陈军的事，他显得吃惊："你认得？"我不得不重复刚才在医院说过的话，我是角膜捐献受益者。他一副不知从何说起的样子。我心里有些发怵，担心陈军真是个杀人犯。正胡思乱想，他说："你说的陈军，说起来，我们是一块儿长大的呢！"我望着他，心里盘算着陈军父母要是不在了，就不进山了。

"陈军当年死的时候，好像是1990年。"他缓缓地说。

"是1990年。"我确定。

"一九八几年，记不太清了，大山里发生了火灾……"

"哦，陈军是在火灾中……"

"不。是他哥哥陈光！"

"那他父母……还都在吧？"

"他从小没妈，爹带大的。"

"他爹怎么样？"

"阿昆伯身体倒还挺硬朗的。"

我心安些了，说："你等我一下，我去买点东西。"等我提着一袋麦乳精、一盒人参蜂王浆回来时，车来了。这是一辆浑身泥浆、由农用车改造的载客车。人群骚动起来，他招呼我："兄弟，快上车吧。迟了就进不了山了。"

乡村公路没有柏油浇筑，非常颠簸，农用车行驶在砂石铺就的路面上，车身"哐哐当当"地抖动，有时候轮胎遇到坑洼，车上乘客一阵尖叫，甩成一堆。好在车过中戴乡，人下去一半，车过山乡政府驻地祝村后，人就基本下光了。接着，车绕上水库一侧的盘山公路，四十分钟后，公路断了，我们不得不下车步行。

"你叫什么？"

"李明亮。"

"我叫陈集义。"说着，他指给我看，"你知道吗？那些山，差一点全部烧掉了。"

"为什么？"

"不说了嘛，陈军的哥哥就是为扑灭山火死的啊！"

"可我的角膜，是陈军的……"

"他哥哥叫陈光，那次山火烧起来后，咱刚才路过的学岭村、和尚村，还有其他村子都行动起来了。可灭不了火啊！树木太茂盛了，天气又干燥，如果任由它烧，能烧十天半个月。那时候水库边的公路还没修进来，消防车进不来。进来了也派不上用场，还得靠人海战术。主要方法是：在大火烧到某座山之前，大伙自山脚到山顶一起砍树，清理出一条隔火带……"

"他哥哥也去了吧？"

"是的。陈光是我们村的护林员。这工作在平时主要是上山巡逻，制止偷树行为。这工作不好搞，狡猾的护林员会收受贿赂，铁面无私的护林员会成为砍树者的公敌。可陈光就不同了，他称不上聪明，甚至有点傻。说起这个，我插几句题外话：从血缘上讲，陈光、陈军不是亲兄弟；阿昆伯两个儿子都是他捡来的。阿昆伯是个剃头匠，到了吴村你就见到了。他自己也是孤儿，解放前流落到吴村，是一个大户人家收留了他。有一天早上，阿昆伯打开房门发现地上有个包着蓝花布的篮子，打开看里面躺着一个婴儿。这就是陈军。有人说是阿昆伯在外面理发时跟某个妇女生的，这话不能信。陈光呢，是他在汤溪镇外捡的，就咱等车那地方。捡回来时五六岁了。因为这孩子扒垃圾堆找吃的，被阿昆伯看见了。陈光的脑子大概在讨饭时被人打坏了，不是很灵光，只认死理。但是这样的脑子，做护林员再好不过了。他每天像更夫准时起床，拿喇叭宣传有关林业政策，他可不管你是谁，遇上皇帝老子破坏林业，他也要把你拿下。这样一来，我们村的护林工作在全乡是做得最好的。可是那一年春节，井下村因有人上坟烧香起火了。井下村——喏，你看见前面那些山了吗？"

这里的山绵延不断，我和这位认识不久的青年在幽谷里行走，时而两山壁立一水中流，时而开阔像喇叭口，出现大片农田。我"嗯嗯"地应着，看到远处的山上树林明显矮了，稀了，有的地方还裸露着泥土。

"山火烧了一天，火势很快蔓延开来。井下村人一边组织人上山，一边派人向邻村求助。吴村人都去了。陈光起了带头作用。那种情况下，只有几百人一起行动，迅速砍出隔火带才能让山火终止燃烧。砍隔火带要有技巧，左手边的树往左侧倒，右手边的树往右侧倒。可是，突然刮起的狂风让山火燃烧的速度加快了，大伙只得手持树枝与山火面对面地去搏斗，以减缓它前进的速度。一天一夜后山火虽然被扑灭了，可是返程时才发现陈光不见了。原来山火攻势减弱之后，他一个人去了山顶上灭火。你知道，山高的地方是不长树的，但是草甸要是被忽略的话，火苗照样会蔓延到山的另一边去。唉！当我们找到他，火已经烧到山顶的草甸上，火被他扑灭了。可是他，倒在了一堆灰烬上……"

这么说着，我们已经路过井下村。他刚才提及的被山火烧过的山，大片大片地出现在视野里。按照他的说法，那次大火将几座山烧成焦炭，至今没有恢复元气。大火烧死了陈光，也改变了他弟弟陈军的人生。因为陈军接了陈光的班。说起为什么要这样做，陈集义分析：第一，当然是出于兄弟情深，陈光的牺牲给了陈军很大打击——别看陈光从小被人当傻瓜，作为哥哥，他却格外照顾陈军，有人欺负陈军，他都要去找人打回来——陈军为了纪念哥哥，决定继承哥哥遗志；第二，陈军是以更长远的眼光，看到了森林防火需要更科学的管理。

在这之前，陈军是吴村小学的代课老师，他教数学。他的理想是考上师范学校，以便顺利转正。可自接过哥哥的担子，他的业余时间就都用在了森林防火上。在他看来，在林中清理防火道、种植防火林，是重中之重。他通过试种木荷、苦槠、杨梅、油茶等树种，发现它们具有很好的抗火、难燃的特点，他就组织几个要好的青年开始在村里推广种植。该经验在全乡得到了推广。据陈集义说，当年他就是参与种植防火林的成员之一。在陈集义的指点下，我还真的看到了当年他们种下的防火林，就像一条条彩带镶在针叶林间。然而，由于陈军在护林工作上牵扯了过多精力耽误了复习，他最终没能考上师范学校。那几年又恰好遇上教育改革，代课老师不能再续聘，陈军就这样成了全职护林员。既然如此，他一不做二不休，干脆成立了一支活跃于山区的消防队。他们当年所做的事情，不只是救火，也做其他事情，比如山洪暴发时的紧急救险。附近村子都有青年参加。

听了这些话，我有些惭愧起来。我可能在黑暗中生活太久了，眼睛明亮了，心灵却没有跟着亮起来。这么多年来，我一直默认捐献角膜的人是个死刑犯，偶尔想到我正通过一双死刑犯的眼睛看世界，会感到不安。

"由于他们的努力，山乡有很多年没闹山火，不管哪个村只要遇到急事，比如深夜有人喝了农药、胃出血、患急症，需要人手抬去水库外医治，一个口信，一个电话，消防队员们就会赶去……"他还在讲着。

为了掩饰内心的委琐，我落在了他的后头，不敢接话。没过多久，在几根电线杆的尽头，我看到了一个古老村庄的轮廓，他的话题才跟着变了，向我介绍起吴村的历史来。当我们走进村，行走在一条石头铺成的街巷，我看到不断有乡亲跟陈集义打招呼，并且打量我。我发现一个现象：这里人衣着都较随便，但是头发都理得齐齐整整，胡子都刮得干干净净，连老太太的头发也是修剪过的。事实上，到井下村时我就发现山里人都很讲究头发。

　　尴尬的是，这一路上我都没想过住宿问题，进村后才想到，如贸然地去陈军的老父亲家住宿，势必会对老人家造成很大打搅。而天已经暗下来。我支支吾吾地问，吴村开有旅店吗？陈集义说，小山村哪来的旅店，住他家就行。见我犹豫，又说，不要说你是跟我一块儿进山的，就是半夜有陌生人敲门，山里人也会起来煮饭烧水，腾出房间给客人住。

　　也只能这样了。到了陈集义家，不用说，他父亲的头发也是理得清清爽爽的，正所谓"三面光"。寒暄之后，陈集义的母亲去了厨房。不一会儿，一盘小葱炒土鸡蛋、一碗烂菘菜滚豆腐就端上来了。他父亲从屋角酒坛里舀了一碗老酒。说起此次我进山的目的，老人家放下酒碗，严肃地说道："难得你这个后生有这份感念！我们山里人呀，都以为陈军捐献了器官，被忘得光光了呢。"我的脸一阵发烫，慌忙解释："这些年，我是一直想感谢捐献给我角膜的人的，苦于开店忙碌才未能成行；没想到今天在汤溪医院一问就问到了，我就进山了。"

　　"我跟你说呀！这世上很难见到陈光那么心思单纯的人，陈军那么乐于助人的人。这两兄弟没得说，是我们吴村的骄傲。至于他们的爹阿昆更是菩萨心肠，整个山乡人都敬佩他。今天他给人理一天发，一定睡了。你明天再去找。"

　　"嗯，我正想问呢，您的头发也是老人家理的吧？"

　　"嗯。村里人大多都是阿昆理的发。他欠了很多债，就用理发来还。"大概看我一副懵懂的样子，他继续说，"你可能还不清楚我们山里的情况，做人做事都按着老一套。你听说过许多年前，每逢麦子收割季节，总会有外乡人到乡村赊镰刀的事情吗？"

　　"嗯。"

　　"现在我们山里每年还有人来赊镰刀、砍刀、菜刀、锄头、铁锅之类的。跟平原上赊镰刀的做法不同，我们这里是实打实地留出检验铁器质量的时间，如果使用半年出了问题绝不收钱，使用一年不出问题才会按全价收。赊铁器的、用铁器的，相互信任很重要。陈军出事那年，情况也是这样。阿昆挨家挨户去借钱，不管借多少他都收着。他没办法呀！村里人呢，有人听说是陈军生病急需用钱，把刚卖了猪的款子都给了他，这时没人去想阿昆借了这么多钱将来怎么还，想的都是把人救活要紧。尽管陈军在汤溪医院住了很长时间，最终还是走了。阿昆一时半会没有能力还清债务，却没有一个人为借出去的钱后悔过。我们都知道，陈军的病是累出来的。这孩子自从做了护林员就忙个不停，成立消防队后，夜里都会有人来找。他是带头人，往往一出去就是抬担架。吃饭也是，他家没女人做饭，饥一顿饱一顿的，长此以往胃肠都出了问题。那一年连下暴雨，洪水成灾，他连着几天没得休息，洪水退去后他倒下了。后来就查出了肝腹水，还有其他病。都不好治。"

"爹，陈军成立消防队那几年，我还在家呢，我也都参加了的。"陈集乂邀功道。

"陈军是坚决不医治。因为教书没有存下多少钱。可阿昆一定要救他，逼着他去看医生。阿昆把一辈子的存款都拿出来了，还是不够。拖了一阵子，陈军的肚子越来越大，力气越来越小，最后死在汤溪医院……他爹就开始还债。大家都知道他困难，有的明确说，借你救孩子的钱不要还了。但是阿昆死活要还。他没有经济来源，就给债主理发来还。"

"原来这样。我终于明白山里人为什么都理着差不多的发型了。"

"嘿，这发型的确有点落伍，不过我们倒都以理老式发型为荣呢。"陈集乂说。

第二天，我起了个大早，陈集乂已经在房门口等着我。一碗白米粥、几样腌咸菜匆匆下肚，我们来到街上。"咱早一点去，要不然他就出门去理发了。"陈集乂催促我。刚一拐过街角，我就看到有一户人家的门敞开着，一个老农坐在一把锈迹斑斑的理发椅上。不用说，站在老农背后手拿推子的人就是陈军的养父阿昆了。他正一丝不苟地理发，并未抬头看我们。陈集乂示意我坐到一条小矮凳上。

一眼就可以看出，老人家手上功夫了得，虽然使的是老式推子，但是推进速度很快。又快又利落，一畦齐刷刷的发楂就像刀削斧斫而成。我认得这种老式发型，叫游泳头。刮脸呢，不用刀片，用折叠剃刀。用之前往刀布上篦三个回合。簌簌簌，能清晰地听见胡须被剃刀刮断的声音。突然，他抬头见到我，停下手头的活，说："啊，这位小兄弟，怠慢了，你是跟陈集乂一块来的吧？"

"阿昆伯伯，是啊！他叫李明亮……"陈集乂帮我回答。

我站起来，傻傻地笑着，算是打过招呼。

"你们昨天回来的吧？"老人家继续给老农刮脸，一边问。

"嗯哪！我是专门回来理发的。"陈集乂说。

"哎！上回就说了，不用专门回来，你要在啤酒厂安心工作。"

"嘿嘿，那当然了。不过，我也有一个月没回来看我爹妈了！"

"你小子变孝顺了嘛。"说着话，经过推、剪、洗、刮，老农的游泳头大功告成。

趁着陈军爹去翻墙上的账本，拿一支拴着绳子的圆珠笔画"正"之际，说不上为什么，我一阵冲动，几乎本能地抢先一步，坐上了那张空出来的理发椅。

陈集义说："明亮，让我先来……我要在理发时，那个，介绍一下你的情况……"

"嘿，当然客人先理！客人不嫌我理得老式，是瞧得起我。"陈军爹轰走陈集义，然后问，"小兄弟，眼下发型样式繁多，可我只会几样。我看你之前理的是三七开，很合适你脸型，我就给你修得短一点好了。"说着，他用梳子给我梳头，梳好了，用梳子扯住我头发，另一只手拿剪子，沿着梳子，咔嚓，咔嚓，咔嚓，声音脆亮，动作麻利。

我突然想起，在我失去光明的日子，由于出门不便，都是父亲用他的刮胡刀将我的头刮成光头。虽然这两人理发工序不同，但是那种长辈站在身后，用他们布满老茧的手触及我头皮的感觉何其相似。尤其陈军爹给我洗头时，当年父亲给我洗发时的记忆复活了。

"小兄弟，是有肥皂水进你眼睛了？"从放脸盆的长条凳坐回理发椅，他可能从对面镜中看到我在抹眼睛。"来，拿毛巾擦一下吧。"随着他从我背后转到跟前，将毛巾递给我，我看到他慈祥的目光，那苍老的，却干干净净的脸。一种欲哭不能的感觉让我难受。

我的眼睛自从手术后就成了枯水眼，这时候，却有一种想流泪的冲动。为了掩饰内心的波动，我接过毛巾擦了一把。那一刻，我多么想说，我是陈军的角膜捐赠受益者。我是透过陈军的角膜看到这个日新月异的世界的。可我说不出口了。

我的窘迫，显然被陈集义看到了，他从矮凳上站起来，说："阿昆伯伯，我跟你说，这个朋友是我在汤溪西门头遇到的。有一件事，我还没跟你说……"

我再也无法克制，鬼使神差一般，从理发椅上滑了下来，"扑通"一声就跪下了。"大伯！我，我是您儿子陈军的角膜捐献受益者，我看到的光，是您儿子陈军赐予的啊。"

"啊？！……"他显然受了轻微惊吓，不安地说，"起来！你先起来！"

他把我拉起来。

我起来了。

他问陈集义："你这位朋友，刚才怎么说？金华口音，我听得少……"

陈集义可能也被我刚才的一跪吓着了，吞吞吐吐道："阿昆伯伯，是的。他就是当年陈军……陈军捐出角膜后……他的眼睛做了手术，才看见的……"

"啊，啊……我那可怜的孩子啊！"老人一下扔掉手中的剪子，用那双长满老茧的手捧住了我的面颊，我分不清是他的手在颤抖，还是我的脸部出现痉挛，时间停顿的片刻，我的内心流淌暖意，又深感歉疚。他等这一天，一定等了很久……

"咳，咳，太好了。我说呢，第一眼就看着亲切。孩子，孩子？……你看到爹了吗？"

他那双饱经风霜的眼睛，充满关切、喜悦，还似乎要透过我的眼睛，看到角膜那一头的——陈军。我看着他的激动与隐忍，想到我眼睛里的角膜，隔着的是生与死，我的泪水就涌了出来。没错，我的一度干涸了的眼睛又流泪了。可我不想让眼前的老人看见我眼里有泪，那样他就看不清角膜另一头的儿子了。我站起，从小矮凳旁拿起麦乳精和人参蜂王浆递给他。

"哎呀！你这孩子，你能带着陈军的眼睛回来，我很感谢你。"

我摸了摸口袋，还有一千元钱，包在一个信封里，我掏了出来……

"不，孩子！万万使不得啊！"老人家就像遇到了手榴弹，连连推辞，后退，"礼物我收下，钱你收回去。使不得……"

陈集义帮着我劝说，希望他把信封收下。他态度坚决：这是他孩子生前留下的遗愿，这不是买卖。"我如果收下你的钱，他不答应的！"他把信封强行塞进我口袋，一下子把我摁回理发椅，继续理发。

可能为了消除一番推让后突然安静下来的尴尬吧，老人家跟我讲起了一些过往的事情。他说他做理发这行快五十年了。附近村子很多人从小到大，都是他理的发，所以没有人比他更清楚谁的头大谁的头小，谁后脑勺上长有疤瘌。剃头的有句行话，刮胡怕刮连鬓胡，剃头怕剃疙瘩头，但谁来了都得整饬利落了再走。他说他是外来户，十多岁那年从兰溪流浪到山里来的。村里的陈大斤看他柔柔弱弱的，就派他去汤溪学理发，计划学成归来后让他在村里开个理发铺，顺便也能给他一大家子人服务。可是三年后，他回到吴村正赶上解放。作为无产者，村里分了土地和这间屋给他。这间屋以前是陈大斥家的厨房。他也参加集体劳动，但主要靠理发这门手艺活到今天。二十七岁时他有过短暂的婚姻，女人也是苦孩子出身，生孩子时生不下来，死在了抬去公社卫生院的路上……

他的讲述平静、不急不缓，被语言浓缩的几十年光阴，就像静静流淌的溪水，清澈、明净，发出细碎的光。我和陈集义就像坐在溪畔的古树下，默默地听着，偶尔溪流遇到险滩，翻滚起飞浪，旋即，溪水在横卧与堆叠的巨石下潺潺而流。他特别提到，他自幼无爹无娘，是个没有姓氏的人，在被陈大斥收留前到处讨生活，平原人都叫他阿混。他也不知什么时候起，发现山里人都叫他阿昆了。念于自己从小尝尽人间疾苦又被人收养的经历，他决定收养同样没爹没娘的陈光、陈军。这两个孩子的姓氏，是他擅作主张让他们跟了吴村人口最多的姓，他希望他们以后能成为真正的吴村人，融入大集体……

离开时，我没有再提给钱的事，怕执意拿出一千元钱作为所谓感谢金，只会玷污了陈军的人品。可是回到城里，想起陈军的爹已苍老，想到他收养的两个孩子，一个死于救火，一个死于绝症，这位倔强的老人坚持还债，我那双一度不会流泪的眼睛，就会汩汩地涌出泪来。可我又想不出该怎样帮助他。直到有一天，我与母亲商量，母亲的一番话让我顿悟。我能做的可能不是资助陈军爹多少钱，他不会要的，而是想办法让那些借钱给他的乡亲们得到回报，那才是他的心愿。

因此，我把父亲留下来的饭店交给了妻子管理，自己则在农贸市场租下摊位，卖起了以吴村为主的山区人出产的山货。这一决定，让我走上了人生的另外一条道路。

我没有统计过，经我手售出去多少笋干、茶叶、土鸡、土鸡蛋、土猪肉、茶油、杨梅、苦槠豆腐……可以肯定的是，这些产自大山里的农产品，通过我搭建的平台都顺利地卖给了城市居民，并大获好评。其中最重要的成果是，通过一次次采购与销售，给了山里人养殖、种植的信心和热情。他们来到金华，很容易就能在农贸市场找到我，我乐意为他们售卖他们运来的东西，也乐意为他们办理一些力所能及的其他事情。对于我来说，我最大的愿想，是让那些愿意借钱给陈军爹为陈军治病的乡亲们的日子过得更宽裕一些。哪怕市场上某类农产品过剩，我也会按照合同价去收购。有一次，已经成为我的生意伙伴的陈集义劝我："这次市场上毛芋已经跌到几毛钱一斤，村民们种的就让他们喂猪吧。"我说："他们是因为签过合同才种了这么多，我们得讲信用，就像陈军爹借钱那样。"他再没有说过类似的话。

是的，我不会忘记，我今天能看见光和色彩，看到天空和大地，都是因为有陈军捐献的角膜。尽管我售卖山货的生意起起落落，没有挣到多少钱，但是日积月累也有利润，至少没有赔钱。这就够了。随着这几年山里人出钱出力，乡亲们已经把公路修到吴村村口，我一次次来往于金华与吴村，一转眼，也坚持了快十年。这期间，我的头发也都是陈军爹给我理的。每次去，我都要劝他早日退休，没有还清的债由我来还好了。他不同意。只是，他七十四岁后体力明显不如从前，他已经不能继续挑剃头挑子去别的村庄理发，只能守在店里等着"债主"上门了。他也接受了电推子、电须刀、热水器，那是我给他买的。

"明亮啊，难得你一次次来看我，照顾我的生意，你还帮山里人卖山里东西。如果陈军能够感知，他一定会为自己的角膜捐献给一个好人而欣慰的。想想当时他治病需要很多钱，没有钱医院不给治，我只能摸黑回村里向乡亲们求助。可我有可能坚持不到还清债务的那一天了。稻老一夜人老一年，人总要死的。虽然他们说，不要还了不要还了，可我不能这么做啊……"

无奈衰老是人无法回避的规律，有一次他给我理发时手一抖，电推子"吱"一声咬进了我的头皮。看到我痛苦的模样，他终于答应我，等他实在理不动了，没有还清的债务将由我来还。我暗自高兴：一是我不想再看到他为债务牵累，他该退休了；二是他终于认可，我也是他的一个孩子了。之后，他请人郑重地写下一纸文书，内容涉及：有一天他不在了，他的房屋、地基、承包的山上的树，等等，交给村委会；假如还有没还清的债，将由我——李明亮代还；他屋里留下的家具，等等，都交由李明亮处理。文书上写着的，差不多是他的遗嘱。

可是现在，离这位老人答应我退休，又过去了两个年头，他并未停止给乡亲们理发。我不知道我理解得是否正确，许多借钱给陈军爹为陈军治病的乡亲，他们愿意年复一年把头发交给陈军爹来理，是用这样的方式向陈军和陈军爹致敬。他们之间看似不可理解的守信方式，在我看来是为了怀念英雄而达成的默契。但是老人家毕竟年纪大了，我还是想把他接到金华城里来住，这样才有可能让他真正歇下来，安享晚年。

那天，我终于下定决心去接他。等到农贸市场一打烊，我就开车去学校，接上儿子就出发了。想着晚上到吴村住一宿，第二天一早把老人家接出山。

　　我儿子也说，不能让山里爷爷一个人守在山里了。他一路都在计划，怎么陪山里爷爷去双龙洞玩，再带他去剧院看婺剧。

　　我儿子陈继亮九岁了。每次进山，都跟山里爷爷玩得很好。老人家也只有跟孩童在一起时，脸上会露出少见的笑。所以每次见我没带孩子去，他就要说，怎么没带继亮来呢？他省吃俭用，却总给我的孩子准备着一些吃的，野山栗、红薯干、小鱼干、腊野猪肉……

　　这一次，车过汤溪天就黑了，我开了车灯。继亮趴在车窗上往外看，也不知什么触动了他，他突然问："老爸，为什么我会有两个爷爷呢？"

　　"有两个爷爷不好吗？"

　　"奶奶说，山里爷爷不是我的真爷爷。因为我问奶奶，山里爷爷为什么不姓李……"

　　"嘿！这事，由我来跟你说吧……"

　　我不得不从我七岁那年放学路上，眼睛被氨水严重烧伤说起。尽管很多往事，他应该从奶奶那里听说过。实话说，自从小日子过得平顺以后，我就很害怕去回顾那段在黑暗中摸索的生活。然而，现在似乎也没必要再去避讳什么了。接下来的旅程，我告诉孩子，那时我跟他一般大，什么都看不见，每天活着的动力，就是盼着我阿爸——也就是他故去的爷爷回家，盼着他为我带来某个医院有了新角膜的好消息；我们盼了十年……

　　我说着这一切，想起那一个个真实的、具体的日子，当时内心的无望，仿佛小货车的车灯突然毁坏了，而车还要继续行驶在人生之路上，那种看不到前路的恐慌，与没有经历过很多世事的人，是难以说清的。然而话匣一旦打开，就有些关不住。很明显，继亮被我的讲述吓住了，那不是一个孩子能承受的。我有些后悔讲述这些，也不知道该怎么结束。等到车开到山乡，他的情绪稍稍平静一些，我才把手伸过去，握了一把他的手，说："孩子，都过去了。嘿……人活着总会遇到困难的……"

　　这么说的时候，我已经打算草草收场，什么都不讲了。可是看着茫茫前路上，照亮我们一路前行的那两束车灯光，又让我想多说几句。"继亮，爸问你个事啊，"我故意装出轻松的口吻，"假设啊，有一天爸爸不在了，请你要记住，把爸爸的器官——都捐献出去。好吗？"

　　"老爸，不要！不要你说这个……"我的问题可能有些突兀，我听出他的话带着哭腔。

　　"请你回答我。"我说。

附　　录